2013年度
公安文学精选
（短篇小说卷）

沙堡

全国公安文联◎选编

代表本年度中国公安文学最高创作水平

一年一度的中国公安文学盛宴

群众出版社·北京

图书在版编目（CIP）数据

沙堡：短篇小说卷／全国公安文联选编．—北京：群众出版社，2014.8
（2013年度公安文学精选）
ISBN 978-7-5014-5261-3

Ⅰ.①沙…　Ⅱ.①全…　Ⅲ.①短篇小说—小说集—中国—当代
Ⅳ.①I247.7

中国版本图书馆CIP数据核字（2014）第172495号

沙　堡

全国公安文联　选编

出版发行：群众出版社
地　　址：北京市丰台区方庄芳星园三区15号楼
邮政编码：100078
经　　销：新华书店
印　　刷：北京通天印刷有限责任公司

版　　次：2014年8月第1版
印　　次：2014年8月第1次
印　　张：11.25
开　　本：880毫米×1230毫米　1/32
字　　数：300千字

书　　号：ISBN 978-7-5014-5261-3
定　　价：33.00元

网　　址：www.qzcbs.com
电子邮箱：qzcbs@sohu.com

营销中心电话：010-83903254
读者服务部电话（门市）：010-83903257
警官读者俱乐部电话（网购、邮购）：010-83903253
文艺分社电话：010-83903973

本社图书出现印装质量问题，由本社负责退换

出版说明

由全国公安文联选编的“年度中国公安文学精选”已经出版了七卷，即《2011年度公安文学精选》（共三卷，含中篇小说卷《特殊任务》、短篇小说卷《结案风波》、纪实文学卷《追捕始于新婚之夜》）和《2012年度公安文学精选》（共四卷，含中篇小说卷《归案》、短篇小说卷《编外神探》、纪实文学卷《亮剑湄公河》、散文诗歌卷《我的贺年卡》）。这七卷作品出版后，受到了广大读者，特别是全国各级公安机关民警的欢迎和喜爱。为深入学习贯彻党的十八大和十八届三中全会精神，积极落实好公安部关于推动公安文化大发展大繁荣的实施方案中提出的“推出更多公安题材优秀文化作品，出版年度公安文学精选”的要求，进一步加强公安队伍思想文化建设，着力打造公安文化品牌，推出公安文学精品，发现和扶持公安文学创作人才，满足新时期公安民警对公安文化的新期待、新需求，推动公安文化大发展大繁荣，同时更好地满足社会广大读者对优秀公安文学作品的阅读需求，全国公安文联和中国人民公安出版社决定继续编选、出版《2013 年度公安文学精选》。

《2013 年度公安文学精选》的入选作品，均为发表后受到读者广泛好评，并产生较好的社会效益的优秀公安文学作品，代表2013 年度中国公安文学创作在长篇小说、中篇小说、短篇小说、纪实文学、诗歌、散文体裁中的最高创作水平，在思想性和艺术性方面具有突出特色，是奉献给广大关心和热爱公安文学的读者的精神大餐。

这是中国公安文坛第三次举办全国性年度公安文学作品精选的征集选编活动。

特别说明：《2013 年度公安文学精选》共出版三卷，即中篇小说卷、短篇小说卷、纪实文学卷。入选的2013 年度长篇小说因篇幅所限以存目形式收录于中篇小说卷内，诗歌、散文将并入《2014 年度公安文学精选》的散文诗歌卷出版。

“年度中国公安文学精选”编委会办公室

2014 年 7 月 28 日

目　录

和胡安的 151 天

韩梦泽

去年九月初的一天，我糊里糊涂地做了件一时兴起的事，没想到竟会影响了此后的全部生活。现在，事情似乎已过去，我却仍然活在怀疑里，似梦似幻，悲戚起伏，永无休止。

先说说我。我三十出头，具体是三十二岁还是三十三岁实在很难说，因为降生在除夕夜，有关于属猴还是属鸡的问题，我的父母各执一词，每当提及生辰的事，他们就会爆发激烈的争论，本着似乎尊重当事人的态度拉我入伙，让我感到很受重视的同时又觉得骑在墙上孤立无援，插不上话。有些孩子的投胎带有一定的悬疑性。是的，我就是他俩十个月前合作的一枚定时炸弹，摧毁了他们盼望已久的佳节，我的问世让他们没过好年，在时段的选择上又有点儿含糊，伴随着新春午夜凝重的钟声和刺耳的鞭炮声，我的哭喊估计连护士都没听清，就像有些显贵人士急匆匆参加剪彩仪式一样，剪完了才打听这是啥活动，很多貌似隆重的序幕却被搞得乌烟瘴气疑窦丛生，生活总是这样。

现在好了，在达成妥协之前他们都先我而逝，农历慢慢变得不那么重要，一个“80 后”独生子想怎么样都行，反正也没人再记得我的生日。眼下，我孤身一人，靠养老金度日。这个养老金是我爸爸的，为了能让我死去的爸爸继续发挥余热，我放弃了谋一份儿差事去做，同时每年聘请隔壁单元的一位神似他的大爷冒充一天，让其生前单位的核查人员轻信他还好好地在这个世界上苟延残喘。我很担心有朝一日事情会败露，也怕那位颇具表演天赋的大爷突然撒手人寰，这样，我的生活将面临动荡。毕竟，一个职员要是被老板解雇，或许还能拿到一至三个月的工资作为安抚，而一个人要是被上帝开除，就啥都没了。总的来说，只要活着，就是一个生命的最大胜利。几年下来，我无意中总结出一句“名言”：如果可以，让一切都晚来一些。

我每天过着同样的日子。每天吃两到四顿饭，遛狗、上网、看书。每周到大众浴池仔细地搓个澡，再享受一次足底按摩。差不多每月有一次赴宴活动，同学结婚、离异、生娃、死爹之类的，我都毫不客气地奔过去大吃大喝，最后被醉醺醺地送回，不过我只让他们送到小区门口，从不让任何人知道准确住所。为此，曾有一个刚离婚的女同学半夜三更来找我，发短信问住哪个楼，还说只是想找人聊聊，我都英明地拒绝了。第一，上学的时候就没对她萌生过一丁点儿的幻想，现在再去培养感觉实在是勉为其难，顶多就是平添几许暧昧的惆怅；第二，上学的时候体育比赛跑接力，我只会跑第一棒。每年，偶尔在我爸爸发年节奖金的时候也会出去旅旅游，距离或远或近，视资金数额而定，在交通工具的选择上我相对保守，从没坐过飞机，这不只是因为机票较为贵重、机场距离我的目的地也只会徒增遥远，主要是我对交通工具能够腾空而起感到忧虑，试想，一列火车或者大巴忽然这样做到了，后果何其惨烈。既然手头的资金绝对有限，而我的时间似乎相对无限，如不选择慢悠悠的廉价旅程显然是不明智的。时间多，节奏慢，由此有过几场艳遇，可一点儿都不刻骨铭心。

小区门口始终有个布告栏，上面张贴着一些好消息和坏消息。好消息通常是小商贩的广告，告诉这里的居民某某货物运抵本地，质问大家“还等什么？”坏消息则是“本人不慎”之类的根本博不到同情心的倒霉故事。当然，还有一些中性的消息，我第一眼看到她的时候，她就正在观看一则中性消息。

这是一个身材绝佳的女人，侧面望去的第一印象就是比我大不少，初步判断她应该是四十五六岁的光景，不过要比多数的同龄人更有风采，就像很多征婚启事中所写：显年轻。

她瞥了我和元宝一眼，继续看一张房屋租赁广告。我不知道怎么了忽然凑上去，假装咳嗽一声才问：请问，您是要租房吗？

她转过身，点头，温和地打量着我和元宝。

我赶紧说：我有房子想出租，不知道您想不想要？

她目光近了一些，想了想说：就在这个小区里吗？能带我先去看看吗？

我说行啊，让它（一指元宝）前面带路吧。她一笑，笑得可亲。

我承认就是一时冲动，这种冲动里到底夹杂了多少其他因素我自己也不清楚。一个漂亮的中年女子，按理说不至于引发什么妄念，可我竟然会冲动到想放弃几年来一直保护得很周到的平静生活。这件事令我至今都在感慨，当初是怎么了？就是因为她那一瞥么？还是因为她的短发、帆布夹克、牛仔裤、缀满流苏的短靴、咖色格子的拉杆箱、平静的眼神、略带凄婉的嘴角么？

后悔么？一点儿不。

2012年9月4日，星期二，多云。

“今天是她来之后的第一天。昨天她对我的房子比较满意，三室两厅两卫让我一个人住确实有点儿浪费。我把里屋带卫生间的卧室分给了她，她说按天付我房租，一天一百。我觉得这个价位很不错，相当于我老妈的养老金也回来了。昨天下午她出去采购，买了被褥等床上用品，看来是打算长期住下来了，这样才好！”

刚写到这儿，听到她敲门。我说，请进，门没关。她轻轻走进来，笑了一下说，你在忙啊，打扰你了。我赶紧把日记本合上，站起身说：没事没事！你有事么？

她捏着一张百元钞票对我说：今天的房租啊！

我尴尬地一笑：你看你，我又没催你。

她说：让人催就不好了，昨天也说好了嘛。

我接过钞票，不知道该放进裤兜里还是继续拿在手上才好，嘴里含糊着：那好那好。

她停了一下说：能不能把家门钥匙给我？我出去配一把，以后也方便些。

我一边哦哦着，一边把钞票放到桌子上，找钥匙。

她问：还一直没问你怎么称呼。

我答：我姓韩，叫我小韩就行了。对了，我还在想呢，你干吗一天一交房租啊？一般都是按月的。

她温和地说：我觉得这样好计算，可能以前住旅馆习惯了，再说我也不知道哪天就走了。

我把钥匙从钥匙包里取下来，递给她：不用配了，这把你先用吧，我还有备用的。对了，也忘了问你怎么称呼？

她说，你等一下。径自转身出去了，片刻返回，递给我一个身份证。我迅速扫了两眼，就礼貌地还给了她，同时说了一句算是恭维的话：很少见到有谁身份证上是微笑的照片啊！

胡安，一个平凡却不平淡的名字，如今已经融入我的生命。出于对逝者的尊重，我在这里不便说出她来自的那个西南小城的名字。

2012 年 9 月 5 日，星期三，多云。

“胡安昨天外出了一天，不知道干啥去了，我也不好多问。反正天黑了才回来，回来之后就关门睡觉了，想过去打个招呼都没机会，算了，毕竟人家是交钱的房客啊！今天元宝似乎很郁闷，走到胡安的房门外哼哼了几声，也没遭到接见，就溜达到沙发上睡觉去了。我猜，胡安可能不喜欢宠物。

补充：中午遛狗归来，发现胡安又出去了，餐桌上放了房租，呵呵。”

现在想来，如果时间可以倒流，我实在不想浪费这段最初相识的光阴，一个灵魂接纳另一个灵魂的过程总是显得拖沓，从陌生到熟悉通常需要时间和事件的辅助，而这个通常也算是一种人类的无可奈何的习惯，这习惯总是繁文缛节的。

2012年9月6日，星期四，阴。

“昨天胡安很晚才回来，准确地说应该是十一点四十五分，这女人大半夜地去了哪儿？疑惑之中……又不便打听。今天一早她外出买了早点回来，请我吃了，还和元宝玩了一会儿。我猜她这是想将功补过，可是她对昨晚半夜才归未作任何客套的解释。”

傍晚遛狗的时候，碰上了隔壁单元的大爷，他也在遛狗。他的狗名唤墨菲，和元宝一样也是一只流浪犬。大爷刚收养它不久，很多养狗事宜都来找我咨询。其实我也不懂，当初收留元宝就是一时兴起的决定，不过我会上网啊，百度一搜，早晨发布的问题中午就有人解答，是网络让我成为邻居大爷的良师益友。不过，今天他的问题有些暧昧，让我怀疑这个老鳏夫的好奇心过于强烈了。

他眯缝着眼睛问：你知道狗在什么时候发情吗？

我一怔：应该是在春天吧。

大爷摇头：秋天也会的！

我问：你担心你家墨菲要闹了？

大爷目光深远地望着我说：墨菲目前倒是没啥反应，你家来的那个女的是谁？

我有点儿意外，只好如实答复：我把一间屋子出租了，闲着也是闲着嘛！

大爷点头：嗯，闲着也是闲着。

我扯住正在和墨菲纠缠的元宝打算回去，却又听到大爷喃喃自语，你爸那些工资还不够你花的？鉴于他话里有话，我当机立断要解释个明白，如果就这样落荒而逃的话，他不定得猜测成什么呢。于是我丁字步站稳，正色道：我在网上贴了出租房屋的消息，她就来租房了。比我大十来岁呢，一个外地来的中年妇女我能怎么着？就是收房租就完了其他的事我也不管不问！

大爷附和着我的话连连点头，好像理解了，目光深邃且充满笑意。

作为回敬，我说：您老是一个人过也不好啊，也该考虑考虑了，听说这也叫守寡容易变态啊！

大爷目光迅速暗淡下去，幽幽地说：我没事，我惯了，我有儿女啊。

哦？我怎么没见过你的儿女来看过你啊？

来过，来过，墨菲——走！

2012 年 9 月 8 日，星期六，小雨。

“胡安的到来，让我的生活增加了一些内容，但非常有限。今天下雨了，没见大爷出来遛狗，不知道那天对他说的话是否触及他的灵魂深处，令其情绪波动，哈哈！”

胡安没有外出，一个人关在屋子里无声无息。我几次有意经过她的房门，释放出一些窸窣的动静，但终是无功而返。我慨叹，多了这么个房客之后，除了每天增加一百元收入外，似乎又凭空增加了一扇门。

晚饭前我去菜市场转了一圈，回来的时候手里少了一把伞多了一只烧鸡，我都忘了那把伞是怎么没的还有这只死去的鸡身价几何，以及它是怎么到了我的手中，反正提回来就是。因为多了这只鸡，我就有了搭讪的借口。

胡安在房间里说：谢谢！我一会儿就来。

晚餐一点儿也不丰盛，鸡是主料，此外就是一盘蔬菜沙拉，为了看起来不那么寒酸，我搜出一包五香花生倒在碟子里，规矩地摆在餐桌上。这个时候，胡安就走了出来。她上身披件栗色毛衣，里面是暗花的绒布衬衫，端坐在我面前后微微一笑。

我说：也不知道你喜欢吃什么，本地的烧鸡还算是有名的，随便尝尝吧！

胡安说，看起来应该挺好吃的。说完，夹了一片蔬菜细细咀嚼。

我这才意识到烧鸡的完整性令对方无从下手，就手忙脚乱地用筷子和叉子把它大卸八块，一边歉疚地说：不好意思啊，拆得太难看了，乱七八糟的。

胡安笑笑：就该这么吃。

我问：你不想喝一杯吗？我这里有啤酒。

胡安咬着块鸡肉连连摆手，过了一会儿才说：改日吧，今天有点儿冷。

我说：那好，等哪天你有情绪了一起喝一杯。

胡安点头：好的，我很少喝酒，不过也能来点儿白的。

我大喜，连连吃花生。

胡安又说：这鸡的味道确实不错，要多少钱一只呢？是附近买的吗？

我答：就在附近菜市场买的，我也忘了多少钱一只了，这是真的。

胡安露出姐姐般的微笑：你们男人都这样，我估计你也不会讨价还价吧？

我摇头：我倒是还价了，可是卖鸡的大嫂说了一句话把我雷翻了。

胡安扬起眉毛。

我笑：她说，俺们这些做鸡的也不容易啊！

胡安反应过来，差点喷了，赶紧捂嘴。看着我哈哈大笑，她也幽默了一把，说道：那下次你去买烤鸭的时候别找男掌柜啊！

我继续说：为了买这只鸡，我还把雨伞丢了，去的时候举把伞回的时候拎只鸡，所以说这只鸡的身价不低啊！

胡安郑重道：依我看，这只鸡就是雨伞变的。

我也严肃起来说：很可能，下次我穿双雨靴过去，看看能换来什么。

我已经好久没这么笑过了。胡安说，她也很久没这么开心地吃过饭了。

此刻，我独自坐在餐桌旁，回想了这段往事。胡安生前坐的那把椅子还在，只是寂静无声，就像她从来没有坐过，又像她刚刚起身离开了片刻。

2012年9月11日，星期二，雨。

“秋雨连绵，持续的降雨让我百无聊赖，缩在家里发呆，书也翻不下去了，心中涌起一股悲天悯人的感伤情怀，大姨妈都来了，更年期还会远吗？遥想十一年前的‘9·11’事件，似乎也是个星期二，灾难、悲剧、离别，总是充斥在人类社会生活里，随着时间或者地域的距离渐行渐远，但哭声和叹息似乎就在我耳边盘旋，呜呼！”

合上日记本，我长叹一声。元宝见我情绪如此低落，便跑来慰问，我对它说：一边儿去！

这时候有人敲门，跑去开了，竟然是邻居大爷立在我家门口。他头发漆黑无比色泽凝重，显然刚焗过；他下巴光滑如玉像个太监，显然刚刮过；他一身休闲西装压痕清晰，显然是刚买的；他一脸善意的笑容，让我不得不闪身请他进来。如实说，除了每年一度的“健在核查”，他会被我力邀而至，其他时间一次都没来过我家。

大爷主动换了拖鞋，爽朗地说：兄弟！在家猫着哪？

我哼哼着，不明来意。

他往客厅走，眼睛四处扫着，同时说：兄弟！怎么也不到我家串门了啊！喝喝酒聊聊天嘛，毕竟都是邻居，多走动走动才好啊！

我很不适应他一口一个兄弟地叫我，不过也大约懂了他的目的。

偏巧胡安去厨房，见来了客人就招呼了一下。结果这一招呼，惹来了日后一连串的麻烦。

大爷奔过去，对胡安说：你是他表姐吧？

胡安笑笑不置可否。

大爷继续进逼：那你可得好好管管你这兄弟了，一天到晚不务正业的，年纪轻轻天天在家吃老本怎么行？不像我，我还经常去外面做会计顾问呢。

我有点儿恼，这不是引狼入室么，这老家伙居心叵测。

胡安问我：这位是？

我连忙说：这是我隔壁单元的大爷，大爷您怎么称呼来着？我还一直忘了问呢。

大爷不满道：兄弟！你瞧你这记性，我姓王你都忘了！

胡安客气地说：王大爷，您喝杯水吗？

老王摆手：叫大爷是他拿我开玩笑的，我哪儿那么老啊，比你大不了几岁的啊！

胡安给自己倒了杯热水，捧起来慢慢喝着。

老王快人快语：妹子，你是做什么工作的？我看你像个舞蹈老师！

胡安睁大了眼：你猜对了一半！

老王得意地晃晃脖子，马一样回过上身看着我说：我年轻的时候第一个对象就是跳舞的。

我笑呵呵地说：但是人家没跟你，对吧？

老王满不在乎地继续对胡安说：你为啥说我只猜对了一半？

胡安解释：是跳过舞，但没当老师，水平不够。

老工点点头：不当老师也好，现在叫老师都是骂人的话，你谦虚！我一听你口音就知道你是西南地区的人，就不用我具体指明了吧？

胡安瞅了我一眼：您真是见多识广。

老王激动地咴咴叫：哎！我以前是当会计的，注册会计师！去过的地方也真是不少了，大半个中国吧。

胡安随口问：您现在退休了？

老王不甘心道：嗯！不是因为年龄，更不是因为健康问题，主要是我觉得太累了，现在是网络社会信息时代，新技术还是留给那些毛头小伙子去整吧，我呢，目前就是搞搞户外休闲活动，驴友远足啥的，人嘛，不能总让自己绷得太紧。

我差点儿喷出来，这个王大爷太离谱了，天知道他为了今天登门造访准备了多少台词，抑或他年轻时代就挺能和异性搭讪的，只是深藏不露罢了，如今居然瞄上了胡安，这不是癞蛤蟆想吃某种肉嘛！

胡安微笑起来：您还挺时尚的呀！

老王谈笑风生：时尚不敢说，反正心境还是不错的，其实我骨子里是个传统的人，但是我也不拒绝新鲜事物，人嘛，不能太落伍，既然活在这个时代，就要活在当下，不要把自己丢到另一个世界里去嘛！

胡安问：您会跳舞吗？

老王龇牙：唉，说来惭愧，一直没机会学，也是以前工作太忙顾不上。不过，你要是乐意教我，我肯定报名！

胡安颇为认真地说：我可以教您啊。

我不争气地说：王大爷，该回家吃饭了吧？

老王甩我一眼说：我就一个人，不在乎早晚！

胡安好奇地问：怎么，您就一个人生活？您夫人呢？

老王伪装成哀伤的模样，咧着嘴讲：走了好几年了，一直就这么过着，也碰到过条件差不多的，但是我看不上，别人还说我眼高呢，其实是没找到那种感觉，没感觉的感情我是不会接受的，宁缺毋滥。

我翻起白眼看天花板，有盏吊灯正在老王头顶上方，我邪恶地想，这灯要是掉下来，我是不会心疼的。

胡安叹息道：您一个人也挺不容易的。

老王转移话题说：我这个人眼挺毒的，我能猜出你是跳舞的，能听出你是哪里人，还能看出你的身高、体重、脾气、秉性！

胡安一副倾听的表情。

老王试探道：你身高165？体重100到105斤？

胡安连连点头。

老王越发来劲：你脾气好，是慢性子，很少得罪人，人缘好，喜欢清淡的生活，有点儿洁癖，喜欢大自然，又不排斥都市的繁华，你在感情上遭遇过坎坷，目前孤身一人，你对未来的感情没有太多奢望，只求感觉合适相处容易就好，我说得对不对？

胡安露出了开心的笑容。

之后，我就更插不上嘴了，就像以前父母争论我生辰时候的那种感觉。索性，我离开了他们，进书房上网去了。

2012年9月12日，星期三，阴。

“胡安让我非常失望，她受邀去老王家做客，还真就去了，回来之后告诉我，老王学习跳舞很认真，进步很快。这话让我越发失望。不知道她是否看出来我的表情，但愿没有吧！”

眼下，我翻看这些日记，觉得自己挺可笑的。胡安的聪明和博爱是那个时候的我所无法想象的，她会让很多男人迷恋上她（包括我，至今我已不得不承认），但都相敬如宾，不乱法度。她不暧昧，恪守合理的尺度，就算有人大胆地向她示爱，表白衷肠，她都能恰到好处地予以拒绝，且这种拒绝让人不觉得尴尬和失落。她并非是个有手段的女人，她完全没有，一切均发自内心，简单、明确、自然，让一切怀有隐情和私欲的人都不得不退避三舍，从内心深处就会发觉自己与她之间存在着不可逾越的距离感。老王如此，我亦如此。

若说一个女人已经具备了诸如姣好的面容、白皙的皮肤、婀娜的身材、温婉的声音、健康的体魄，差不多已经是个百里挑一的美女了，可获得天下九成男人的倾慕。要是再加上温柔的性情、贤淑的品格、优越的家世、良好的教育，足以笑傲群芳，成为万里挑一的佳丽，十个男人十个都会爱上她，这个不会错。如果再具备天真的心灵、宽容的胸襟、坚贞的气质、不俗的品位，那她将是一尊孤品，天下只会有不到一成的男人会为之倾倒，但却是最真挚的倾倒，一念此生。

胡安或许不能达到那样的高度，但她有着全体优秀女性共有的优点，她亦是集大成者，我这么说一点儿不夸张，随着相处的日久，这种感觉不断加强，直到今日，仍然温暖着我的内心。

2012 年 9 月 18 日，星期二，晴。

“老王病了，估计是因为最近过度兴奋外加过度载歌载舞造成的恶果，作为好邻居本不该高兴才是，可是我竟然非常高兴，这算不算幸灾乐祸？此外，还有一个激动人心的好消息：坚守长达三年之久的一注彩票号码，终于不负我望被摇了出来，它就是：福彩双色球 2012 第 110 期！可惜最后一个蓝球辜负了俺的一片苦心，我选的是 8，它出的是 9！痛哉！悲哉！呜呼哀哉！600 万奖金就这样与我擦肩而过，一去不复返啦！二等奖的奖金才 114248 元！还要交税！怪只怪一等奖的人太少，恨只恨自己为啥偏偏要迷信 8 这个数字？事到如今，啥都别说了，‘知足常乐’这个词就是为我量身定做的！以后再不买彩票了，到此为止！总的来说，也还算是个惊喜，该告诉谁呢？谁能和我分享呢？”

中奖这件事已经过去半年了，但是想起来还是很有感觉的。后来我依然抱着侥幸心理继续买下去，幻想问鼎头彩，不过再也没中过任何奖，包括小到五元的那种。直到四个多月后，胡安离开了，我才彻底放弃彩票这个不算爱好的爱好。胡安说，她总是能给别人带来幸运和惊喜，不过幸运和惊喜又总是一种被带来带去的东西，该珍惜的时候就得珍惜，该失去的时候就得认可失去。

从得知中奖到领取奖金的那几天，我魂不守舍，食之无味，夜不能寐，所有的念头都和钱有关。我做了很多幸福的白日梦，如何平静地接受自己获得巨奖的事实？如何安全地藏匿彩票？如何去领奖？等等，尤其是在奖金如何分配的问题上，我绞尽脑汁，力求和自己的欲念达成一致，不断地推翻、妥协、商量、辩论，让我情绪波动很大，始终处于一种不该有的亢奋之中，还得抽空理性地告诉自己：你现在还没中巨奖，你现在只是个二等奖，这份奖金不足以改变你的生活！理性完了，又立刻一头扎入如何分配巨奖的幻梦中去。

2012年9月24日，星期一，晴。

“经过大约一周时间的挣扎，我才从中奖的梦幻中逐渐走了出来，现在又无比理性了，我决定把这件事告诉胡安，甚至告诉老王。十万元还不至于让他们产生谋财害命的念头，倒是有很大的希望获得他们的羡慕和敬意！”

最近几天，我过分专注于发财梦，不免忽视了胡安的存在。我终日像个特务一样躲在屋里不露声息，有时候胡安外出前会和我打个招呼，我也不再像以前那样猜测她要去哪里。

后来老王告诉我，那段时间胡安每天会去他家慰问一下，待上个把小时就离开。老王也没生什么病，只是小恙，但是他装成很衰弱的样子，为的就是每天看到胡安，并获得短暂的呵护和陪伴。我认为老王这么干比较无耻，玷污了胡安对他的关心，后来一想，老王也不容易，这么一把年纪了寂寞之心昭然若揭，可以理解。我做发财梦，老王做爱情梦，这都是凡夫俗子们最基本的心理需求，再正常不过，我没理由再去羞辱他。

2012年9月25日，星期二，多云。

“我打着庆祝老王恢复健康的旗号，在家里设宴款待他，胡安

是主陪。吃饭过程中，我郑重宣布了自己获奖的消息，他俩都表现得很激动，替我高兴。其实在宣布之前我又最后犹豫了一把，可在喝了一杯之后，还是吐露了出来，虚荣心使我获得了满足。接下来，他俩帮我筹谋如何去领奖，我告诉他们需要去彩票中心办，但一个人去有点儿不踏实。老王就说陪我一块儿去，顺便沾沾我的喜气。胡安却犹豫，说自己这两天需要见个朋友。我想有老王就可以了，三个人去领二等奖有点儿兴师动众，再说胡安的回头率一向比较高，不适宜参与这种隐蔽活动。”

记得那一天我喝醉了，半夜才爬起来。去厨房找水喝的时候，看到餐桌上有三百元钱和一张字条。胡安留言说：尊敬的房东韩先生，本人外出会友，大约三天回来，既然我的行李都在这里，所以房租理应照付，切莫推辞！顺祝领奖愉快，回来请我吃大餐哦！

我一边喝白开水，一边淡淡地想，她到底是做什么职业的？她一个人千里迢迢来这里租房是为什么呢？她外出三天要见什么样的朋友呢？

2012 年 9 月 30 日，星期日，晴。

“今天是中秋节，胡安为我和老王分别买了月饼，此刻她正在自己的房间打电话，估计应该是给家人打的吧。这几天也没顾得上写日记，主要还是因为奖金给闹的。老王陪我去领奖，几乎不费吹灰之力，拿着支票出来后，两人都觉得不够刺激和隆重，简直就像去办了个商业手续，小小地失望了一把。回来的路上，老王也买了几张彩票，我认为他这是迷信，毫无意义，人不能和人比的一个巨大因素就是：运气！”

胡安那天的电话打了很久，由于隔着房门，根本听不清她说什么，再加上有些方言更无法破译。我在门外无声地徘徊了几分钟，只听到一些沉重的语气，又像是叹息，看来邀她下楼赏月的事要搁浅了。

倒是老王比较有能量，他先是敲开了我的大门，然后直接去敲胡安的门。我本想阻拦他这么干，但是一想也好，女人嘛，总是能把电话打到没电才罢休。

胡安出来的时候，眼圈是红的，不过她还是努力灿烂起来，笑呵呵地问我俩干啥去，是不是要赏月。老王在关键的时候着实让人大为扫兴，他说，月有啥可赏的？一块大石头吊在天上而已，我刚刚炖了一大锅排骨，请你俩去啃！胡安望着我说，那就听他的。

去隔壁单元只有二十步的路，她却走得很慢，我回头看胡安，她正仰脸望着那轮金烁的满月，发现我在看她，就笑了一下，跟了上来。

我不否认那锅排骨确实做得很出色，是老王精挑细选文火慢工才做出来的，味道当然没得说。可是这么一个良宵佳节就围着一锅排骨度过，怎么想都不是滋味。

后来我才知道，老王比我掌握情况要早得多，他已经在几天前得知胡安的病情，为此，他放弃了继续让胡安教他跳舞，转而把自己最拿手最实惠的烹饪技术奉献出来。老王是个心思细腻的人。

2012 年 10 月 1 日，星期一，晴。

“中秋连着国庆，佳节不断啊！不知道那些天天上班的人怎么想的，反正我是比较喜欢过节，这样显得不那么日复一日。胡安说，生活如湖水，平静居多。这话当然有道理，可我却自始至终有种冥冥般的感觉，那些看似平静的水面之下，一定蕴藏着不为人知的暗流，一旦平静被打破，那么汹涌的波涛将会彻底淹没以前的所有假象，告诉你什么才是真实的，而真实的往往又是可怕和不可抗拒的。就像我每月领取的养老金，究竟还能领多久？十年之后谁还会相信我爸爸依然好端端地健在？再不会有什么经济来源可为我养老送终，如何能够逃避在饥寒交迫中凄惨地离开这个人世的命运？就算我及时发奋，能在青黄不接的当口寻觅到一份有保证的收入，又该怎样安全地把我爸爸秘不发丧多年的事情通报他所在的单位得知？那必定是耸人听闻的，因为这个，我极有可能被曝光到网上，成为一个迫不得已的名人。念及此处，不免心灰意懒。实在不行，只好当一辈子房东老大爷了，等动弹不了的时候，变卖房产，落草到养老院也罢，但愿不要碰上那些年轻力壮脾气不好的女看护们，把我的排泄物丢进我的衣领，把难以下咽的粥倒在我的脸上，那样的话，我也会继续没尊严地活下去，只在脑子还算清晰的某时，追忆我似水的无意义的青春时代。”

我想找人谈谈了。晚饭的时候我对胡安说，我想问你个问题，你觉得我们之间现在是种什么关系？或者说这种关系已经到了什么程度？

她反问：你这是怎么了？

我说：我挺好没怎么，就是想听句实话，因为有心事想和你说说，顺便也算征求下你的意见，我实在憋得郁闷了，我都快抑郁了啊！

她莞尔一笑道：原来是这样，那好，我可以实话实说，你呀，人不错，这是我第一眼留下的印象，否则我也不会这么胆大住进你家来啊。

我说：难道我们之间就是纯粹的房东和房客的关系吗？

胡安怔了一下说：从经济关系来讲，是这样，可是从感情关系来说，当然不止如此。

我击掌：我要听的就是这个！

她注视着我的眼睛说：我是把你当弟弟的。

我不甘心地点头说：姐姐弟弟只是个年龄上的说法，毕竟我们没有血缘关系，所以我还是想知道得详细一些。

胡安并没显出为难，她还是充满了笑意，温和地一字一句地告诉我：你是我感觉很好的朋友。

我得到认可，心情疏朗许多。

她问道：什么事情让你郁闷了呢？我把你当朋友，如果你也这样认为的话，不妨和我说说，或许我帮不上忙，但愿意倾听。

我说：这可确实是件麻烦事，对我今后生活也是大大有影响的，我觉得你不但能倾听，还能帮上我……

胡安听完我的事之后，陷入了片刻的沉思，随后，她帮我出了主意。

那一夜我们俩聊了很多，大体都是关于我如何解决养老金和今后生活的话题。胡安认为依靠老王这个演员不是长久办法，多则三至五年必会败露，到那时万一遭到养老金发放单位的起诉，后果难堪，每月四千多元的养老金我已经冒领了快五年，可除了手头这差不多十万块的彩票收入再无其他积蓄，届时恐怕我的房子都不能保全，所以，应在一两年内找到出路。而如何向我爸爸单位合理发丧，这倒不是太难的事，死亡通知书上的日期可以修改，这就不用谁来教了，作为单位一方，其实是乐得这样的消息，我只需要宣称我爸爸临终前有份遗嘱就够了，交代不搞追悼会，不举行遗体告别仪式，恐怕单位的同志们会更幸福一把，弘扬我爸爸的高风亮节了。

经胡安这么一指点，我茅塞顿开，甚至有点儿为自己提前放弃养老金的义举感到自豪和不明不白的悲壮。紧接着，我又为即将到期的自由生活感到委屈和茫然。

胡安说，像你这种情况的人其实不少，有些人比你还过分，明明自己挣着一份国家工资却还在冒领父母的养老金，那才是社会的蛀虫。我只好自嘲地说，那我也算蛀虫了，或者算是寄生虫。胡安安慰我说，你不能这么讲，你刚才把情况也都如实和我说了，你爸爸在位的时候没有动用手里的权力帮你谋一份铁饭碗的工作，而他又过早地退休和去世，从某种情理上说，你吃国家几年白饭不算太可耻。我有点儿不好意思了，开玩笑说，那好，我就再理直气壮地可耻两年！胡安说，重要的不是怎么善后，而是怎样开始新的生活，我们每个人都是对社会有义务的人，应该有所作为，撇开大道理不谈，至少让自己的人生少些遗憾吧，你说呢？我说是是是，道理我焉能不懂？可是让我忽然就放弃这么长时间的自由生活，确实于心不忍，恐怕一时也很难适应，再者说，我对以后怎么找工作也很挠头，第一，我学历不高才大专，现在本科都满街卖菜了；第二，我除了吃喝玩乐别无所长，天生就是块啃老的好料，忽然不让啃了，肯定浪费了我的这个才能。

胡安并没有因为我的胡搅蛮缠而失望，她说她很理解我的苦衷，任谁到了我这样一种田地，都会萌生出类似的“混世”心态。我表面上侃侃而谈，心里却说：谢谢你了胡安。

后来，我想顺势问问她的情况，眼见着她也天天不工作，却还能支付一张张钞票作房租，究竟是靠啥吃饭呢？一个月来所看所感，她都不像个富婆——富婆也不会在我这儿落脚啊！老王说她单身中，难道是她离婚后获得了一笔协议补偿款？貌似都不像。正要开口呢，胡安说她累了，想去休息。只得作罢。

2012 年 10 月 6 日，星期六，晴。

“老王说要过生日，晚上喊我俩过去吃饭，我该准备个什么礼物呢？自从她来了之后，我和老王也慢慢变得浪漫起来，盯住所有的节日，找出各种理由吃饭聚会。胡安女士近期也不大外出了，有时候连续几天都不出门，最多帮我下楼遛遛元宝，其他时间则猫在房间里，不知道在鼓捣什么。如果说一个月后附近银行的金库被挖穿了隧道，而入口在我家，我一点儿都不会感到惊讶。”

我翻箱倒柜找出一瓶洋酒，却是个空瓶，索性把一瓶长城干红倒进去充数。又找出一张别人送我爸爸的贺卡，扔掉里面满是套话的字签，提笔伏案写道：恭祝邻居大爷老王先生诞辰快乐！祝您健康长寿，继续休闲！邻人韩某敬上。收笔一琢磨，用词不理想，贺卡上写祝他健康长寿这种话功利性太明显，有继续利用他领取养老金做挡箭牌的嫌疑，干脆丢到一边去了。

我和老王把酒都满上了，胡安才急匆匆赶来，手里拎着一盒蛋糕，腋下夹着一束百合花。老王接过鲜花的瞬间，眼睛竟然湿润了，颇让我费解，暗暗赞叹老王的演技越发炉火纯青。

这顿饭吃得很不容易，几乎全是老王的内心独白和煽情段子，我闷头吃喝充耳不闻。直到有一句话刺痛了我的耳鼓。

老王说：小胡啊，能和你做邻居这些天，是我的荣幸！如果过一阵你不方便在他那儿住了，可以搬到我这边来，我一不要钱，二不嫌弃什么。

我直起脖子：老王！你这话什么意思？想抢人啊！你还不嫌弃？你有啥可嫌弃的？

胡安连忙打圆场：老王老王，你又喝晕了是吧？我没有什么不方便的，就算等到不方便的时候，也不想给你们添麻烦，来来，切蛋糕啦！

什么不方便啊？我认真起来。

老王顾虑道：这件事不该由我来说，我承诺过的话得算数，必须的！

胡安解释：老王是好意，但他不会讲话，他不要房租我更不好意思搬过去呢，好了好了。

不对，我第一次感觉到胡安撒谎了，她眼神里有局促和无奈。我喝道：要是你们合伙瞒着我什么事，那以后邻居没得做了，朋友也不做了！

2012年10月7日，星期日，晴。

“以前酒喝多了会断片儿，这次却不会了。昨天胡安的事深深地刺痛了我，卵巢癌，晚期，医生已经下了判决书，最多还有半年左右的生命！原来她千里迢迢跑到北方，就是想偷偷死去，哪怕让父母以为她失踪了。一个如此完美的女人，竟然要被一个只有女人才会得的绝症带走，这真让我难过！不管怎样，最痛苦的人本该是她，要不是老王的漏嘴，我怎么会追问到这些？怎么会相信这是真的？谁能知道她内心的痛苦？她越乐观越顽强，就越让我伤心啊！我怎么会嫌弃她？更不会觉得她死在我家里是什么不吉利的事，她多和我生活一天，是我的幸运。胡安昨天对我和老王讲，她真的不想死在旅馆里，太孤独了，没有一丝家的味道，她也不会耗在医院里，死前身上被插满管子或者开膛破肚，一点儿尊严都没有。求生的感性和对病势的理性，此前也让她四处寻医问药，最终还是拒绝了放化疗和摘除术，她说那没用的，病在自己身上她很清楚，癌症晚期，任何治疗都不如积极生活更有意义。眼下，我能做的就是尽量去满足她的一些心愿，拉上老王一起，让她少些遗憾离开我们……忽然不知道继续说些什么了，如果有一天还能翻看这篇日记的话，我知道自己还是会忍不住流泪。”

我的生活转瞬陷入低谷，一点儿吃喝玩乐的情绪都没了。中午下楼遛狗的时候，老王已经牵着墨菲在路灯边等我，见我垂头丧气的样子，他劈头盖脸地说：你不该这样！这样做究竟是给谁看的？你是要逼走她吗？

我知道他说得对，可是很难控制自己的心情，就瞥了他一眼朝远处走。老王飞快跟进，严肃地说：假如是因为你闹这种情绪，再不加以克制的话，我是不会原谅你的。难道你希望一个得了绝症的女人来安慰你吗？我知道你是个有点儿情怀的家伙，对小胡的感情也是复杂的，可你要明白，你是个爷们儿是个男人，就算我不这么看可她或许是这样认为的，所以你必须在她面前做个爷们儿当条汉子！

我闷头继续走：我知道了，可你也不能让我立刻就破涕为笑吧？

老王不罢休，尾随着我说：赶紧给老子振作起来！

我火了：你是谁老子？

老王威胁道：你是不是不想让我再冒充你那死鬼老爹了？

我一下子瘪了，赶紧说：那倒不是啊！行了行了，这是两回事。

老王啐了一口道：浑蛋才会说是两回事！我冒充你老子那是在帮你，让你好好活下去，我要你振作起来也是在帮你，让你也能帮她好好活下去，哪怕多活一阵子也好。

我看老王言下黯然，于心不忍，只得妥善安抚，并信誓旦旦。

2012年10月9日，星期二，大风。

“今天是世界邮政日，理当庆祝，还没想好怎么安排呢，老王就炖了鸡送过来，他说最近开始学习上网了，查了一些资料，据说鸡肉还是可以吃的，补充蛋白。胡安说吃啥都行，重要的是好吃。吃饭的时候我突发奇想，问胡安会不会开车，带我和老王郊游去，胡安说会是会，可是很久没开过了，再说也没车可开啊。我说吃完了就去买。”

记得那天的风特大，胡安说快把她刮跑了，北方的风真是不得了。于是我和老王一左一右拉住她的手。胡安的手很小很光滑，拉起来不忍用力，倒是她使足了劲头扯住我俩往前跑。我宅家太久缺乏运动，跑得磕磕绊绊，倒是听见老王在另一侧发出天真的笑声。

三个人在风里奔跑，那种感觉真是好，也难忘。

汽车城很大，跑了一会儿她就累了，脸色惨白。老王问要不要回去，胡安摆手，示意休息一会儿就好。我和老王分别用自责的目光看着对方，又不知该如何才好。医院这个词是绝不能提的，胡安已经多次恳求过我们。

可能是看出我俩的不安，胡安找了个话题，问两只狗为啥一个叫元宝一个叫墨菲？老王说元宝是捡来的，所以他希望捡来的是只金元宝，比较拜金嘛！我说墨菲也是我给起的名儿，你看过电影《机械战警》吗？里面的主角就叫墨菲，顽强勇敢，死而复生。胡安哦了一下，眼神里有了一丝不易察觉的波动。

这一天无功而返。

2012 年 10 月 10 日，星期三，晴。

“今天是辛亥革命纪念日，我特意出去买了只烤鸭，还在网上提前下载了电影《孙中山》，打算饭后一起观看。却不料，胡安外出了。桌上留了字条：有事外出两天，世界保健日前一定回来！不得已，只好去找老王。”

老王在胡安不在场的时候，吃相极为恶心，简直像一只野狗啃食一只野鸭，让我几乎丧失食欲。

老王边吃边问：她又外出了？去几天？

我只好把世界保健日搬出来。

老王翻起白眼又说：哦，那应该是十三号周末了，你可知道她去干什么了？

我好奇反问：怎么？你清楚？

老王擦擦嘴说：当然！她去邢城了。

邢城？

老王点头：邢城有全省最大的眼科医院，她是办志愿捐献手续去了，可能还挺麻烦的，你知道，她这情况。

我站起来说：她想干吗？要捐献眼角膜吗？

你别激动！老王安抚道：我认为这是件好事，善事，有意义。

我说：我没激动，可是我查过，癌症病人是不在器官捐献范围内的，因为癌细胞很容易满身跑，那个专业术语叫啥来着？浸润？

老王缓慢地说：角膜捐献一般是不受影响的，她应该没问题，而且没做过化疗，癌细胞转移的范围不大。况且现在全省眼库告急，每年一千多人排队等着换角膜，而实际捐献的不到十人，是我支持她去的。

那你怎么不去捐？

老王白了我一眼：我已经捐了！

开玩笑！你要是捐了怎么还能这样看着我？怎么还能准确地吃到鸭腿？

老王苦笑道：我已经签了无偿捐献协议，这就等于是捐了，懂不懂？

我好奇地问：这种捐献怎么搞？是人快死的时候还是死后？死人的眼睛还能用吗？

老王解答：当然要等人死之后，否则活生生地摘除太不人道了啊，只要你签了协议，在你停止呼吸后立刻就会有专业队伍来取走你的角膜，四十八小时内给需要的人装上，就 OK 了！

我终于明白，于是昂首道：那也算我一个！你们俩真是的，这种事应该叫上我的。

老王审视着我说：你还年轻啊，不急。

我又好奇地问：你都捐了啥？

老王幸福地说：能捐的都捐了，角膜、心脏、骨髓、皮肤、血液、肾！

我肃然起敬：您连腰子都不要了！

老王颇为郑重地说：能用的都留下，不能用的做解剖实验，随他们看着办吧！否则全烧了也可惜。

我感动了：你倒是会精打细算。

老王把话题转回到胡安身上，他说：是小胡让我有了这个觉悟，我认为她做得对，就照做了，小胡对我说，人是社会关系的总和……

我打断道：这是马克思说的，在本质的现实性上，人是一切社会关系的总和。

老王瞟了我一眼：你读的书还不少么，小胡说每个人的单独性构成了社会的复杂性，个体的付出和回报或许不成正比，可是放在整个社会来看，还是物质守恒的，一个人总是去索取和收获的话，他的付出自然显得吝啬，可最终他还是要付出的，甚至超出自己的想象，就好比我们天天吃鸡鸭鱼肉，而养鸡养鸭的人却不舍得吃，可是我们摄入了更高的胆固醇，付出了健康和生命，假如到死再不肯把自己的身体交出的话，我们还将获得一个难堪的局面，或许不算骂名，但至少是个评价——你活得没意义，和蛆虫一样，你白活了，虽然你自己不认为白活。

我笑了：看来，我要是不去捐的话肯定说不过去了。

老王指点着我说：你小子就这样，明明心里清楚了嘴上还装糊涂！不要贫不调侃你会死啊？你也算是吃了几年白饭了，再不奉献社会，还真没啥存在的意义了，自己想清楚吧。

我认真道：我捐行不？我现在就捐，您要腰子不？立马给您捐一个！

老王摆手：我自己有，我要那么多腰子干啥？你要真想捐的话，可以去联系一个尿毒症患者，帮他恢复健康。

我赶紧说：这个不急！让我回去好好考虑考虑。

回去的路上我在想，这个老王，真是没救了，你自己愿意捐就捐好了，何必还拉上别人？有劝人捐款的，还没听说有劝人捐器官的！我就是捐，也要等到活腻歪了之后再说，而且要看看获捐的对象够不够资格，那些像我一样的寄生虫，捐给他作甚？还有，为啥他和胡安有那么多秘密不告诉我？老王究竟有什么迷人之处？

2012年10月15日，星期一，小雨。

“今天是国际盲人日，胡安还是没回来，给她打电话，关机。不就是去办个捐献手续干吗用了这么多天？就算顺便来个体检，再去探望一下受捐对象，也不至于这么久啊！不会是出了什么意外吧？”

正写着，胡安回来了。我急忙奔过去看，她气色还好，也不是太多疲倦的样子，才松了一口气。

抱歉啊！她说：没能在世界保健日赶回来，对不起啊，你们两个怎么度过的呢？

我装作不满的样子说：不只是世界保健日吧？昨天世界标准日也浪费了，还好，你总算赶上个盲人节。

胡安听懂我的小抱怨，笑眯眯地换了拖鞋，放下包，伸出双臂说：来，抱一个！

我任她拥抱了片刻，自己的手臂却始终没能抬起来，本想开句男女授受不亲的玩笑，也没成。说实话，我很久没和谁拥抱过了，特别是被异性主动抱，记忆中似乎是五年前和妈妈。所以，一瞬间，我忽然想哭，特别想。

胡安注意到我表情上微妙的变化，拍拍我臂弯，进屋去了。

我鼓起勇气追过去，大声说：我知道你干啥去了！

她猛地站住，一秒钟后回过身来说：是老王告诉你的吧？

现在，通过对许多支离破碎记忆的整理，我才明白，那一刻胡安是多么地紧张和意外，还好，她反应迅速，因为她意识到我所说的和她所想的应该是两件事。整整五天，胡安当然不可能只在邢城停留，她还有更重要的使命去完成，而这个使命直到她去世后，我才知道究竟是什么。

我没有责怪胡安隐瞒我，在那样重大的问题上，不要说隐瞒，就算是肆意的欺骗也是必需的和可以理解的。而她并没有欺骗我，这显得尤为难得。

因为是盲人节，而且是国际的，我和老王一致认为应该有意义地度过。经研究决定，我们三个在老王家活动一天，到午夜十二点为止，任何人都要佩戴眼罩，体会当盲人的感觉，不许偷看，不许中途退出，违令者斩。

这是一次听起来幼稚，行动起来却非同寻常的活动。我吃饭的时候夹不到菜、上厕所的时候尿不到马桶里面、几次和他们迎面撞上、看电视只能听个音、打电话按不准号码，我甚至放弃了去遛狗，实在不想在光天化日之下像个白痴一样瞎摸，而元宝也不是一只合格的导盲犬。

晚饭后我告诉他俩，决定提前去睡觉了，然后像个僵尸一样摸索着去开大门。老王在我背后说，怎么样啊兄弟，是否觉得做个盲人是件特别痛苦的事？我哼哼着，心里想，也罢！抽空我也捐了去算了，如果忽然成为一个盲人，肯定希望有人为我捐角膜的，哪怕只给一个。

2012年10月17日，星期三，雾。

“今天是世界消除贫困日，胡安忽然问我还想不想买车，我说想啊，早就盼着成为‘有房有车’一族呢。她告诉我，她认识一个熟人是倒卖进口车的，车况都很好，也就跑过几千公里，关键是很便宜。看我不大放心，她又说可以先看看，如果合适再说。我就心怀期待地答应了。”

买车的过程很是惊心动魄，类似谍战片。胡安叫了辆出租车，让我和老王坐在后排，一路上她不断地发短信，并指挥司机变换着路线。大约绕了半个城市，我们才在一条僻静的小街停下。

我四处张望，不见一辆豪华的进口车出现，就问胡安，在哪儿啊？她低声说，别急。片刻，有个戴墨镜的男子走了过来，几乎同时，胡安的手机响了一下。那男子朝我们点点头，继续走。

我们尾随着那名男子拐进一条胡同，又跟了几步，那男子忽然停住，回过身露出一丝僵硬的微笑，他说：只要现金。

我小声说：可我没带现金啊，我只有银行卡。

老王也帮腔：就是嘛，还没让我们看到货嘛！

男子显然有些生气，质问胡安：你们到底还要不要？

胡安反倒很平静，她称呼那名男子为“老刀”，并把老刀带离了我们，在稍远的地方窃窃私语。几分钟后，胡安回到我身边，轻轻地征求我的意见。我信任她，一一点头。胡安就远远地朝老刀点头。

老刀匆匆走过我身边，同时撇下四个字：只看一眼！

我独自跟随着老刀转回小街，街的一端有辆破旧的集装箱卡车。越走越近，卡车司机跳下车，迎向老刀，他们低声地交谈了几句。这个司机面目还算和善，但是目光阴毒，让我不敢对视。

老刀拽开集装箱的一扇后门，我凑过去，一看就愣了，这真是一辆崭新的好车！我从镜子般车的漆皮上看到了自己的脸，上面写满了惊喜。

老刀忽然客气地说：兄弟，识货吧？这么新的宝马 3 才要你十万。

我自然是识货的，虽然一直没车，更不会开，但是长期在汽车网站上溜达，也算半个车迷了，这怎么会是辆宝马 3 呢？这分明是辆宝马 M3！市场售价高达百万！

见我连连点头，老刀很急切地说：那就利索放款吧，我们还有事。

他甚至都不给我再去找胡安说话的机会，就让卡车司机挽着我的胳膊走了。我边走边想，这自然是辆黑车了，以后被警察扣住怎么办？可这辆车实在是太值了！先不管这些，反正那十万块钱也是来自彩票，不义之财不可久留，大不了玩一年再转手卖出去，尽快交接也好，万一他们忽然发现这车不是宝马3而是M3呢？岂不要提价？岂不要泡汤？

走到小街尽头，拐上大路，前面不远有家银行。他问，你的卡是银联的吧？我点头。他就不再说话，只是加快了脚步。我忽然有些担心地想，万一我把钱转账之后，他们再把车拉跑了怎么办？于是掏出手机想打给胡安，却被他一把抓住，同时喝问我：朋友，你想干吗？

我笑嘻嘻解释：我确实有点儿不放心，想给我一起来的朋友打个电话，咱们也好一手交钱一手交货不是吗？

他用力把手机按进我的口袋，还算客气地说，打电话可以，你得用我的。说着，掏出一个脏兮兮的破电话，拨通了一个号，递给我。

电话的一头正是胡安接的，她明白我的意思让我放心，并用字正腔圆的普通话告诉我，该怎么办手续按照他们说的去办就好，最后她还加了句让我情绪大增的话：我和老王已经坐在你的新车里啦，一会儿就去接你！

去银行转账倒是很简单，那个司机找了一台ATM机，让我插入银行卡，并且主动背过身去等我输入密码，之后就把我支到一边他负责操作后续。搞完了，他给我看了一眼转账凭据，十万整，然后迅速撕成碎片就快步走向大街，旋即消失在人流里。

事后胡安告诉我，与此同时老刀的手机响了，他收到了转账短信，就对她说，以后必须用现金，仅此一次！说完，飞快地把M3开下集装箱，然后跳上那辆卡车，疾驰而去。

直到胡安开着我的M3来到面前，我仍旧处于迷糊状态，不相信刚才发生的一切，不过还好，进了小区之后，我恢复了一些神智，告诉自己终于得到了它，这无疑又中了一次大奖。

2012 年 10 月 18 日，星期四，雾。

“不知道自己为什么如此信任胡安，竟然会冒险买下一辆走私车，彩票中奖的事我才刚刚挺过去，现在又立马投身到一场近乎非法的勾当中去——其实就是非法的！我这是怎么了？为了掩盖罪证，买了件车衣把 M3 罩住，等风平浪静之后再说吧。昨晚和老王在网上偷偷聊了几句，他倒是很看得开，说胡安这样一个命在旦夕却肯捐献器官的女人，怎么会去算计我这样一个全无利害关系的朋友呢？他还有一句话说得挺睿智：做了之后就别再疑神疑鬼的了。”

我端着一杯茶伫立窗前，楼下是我的 M3，不清楚是在欣赏还是在忧心忡忡，反正发傻了好几分钟，这种感觉就像是从画卷中走出一名美女，要对我以身相许，闹不清是开始男欢女爱才好，还是要搞清她的来龙去脉。

后来胡安回来了，她外出了一上午，路过我的宝马车时，她停顿下来，抬头看见窗子里的我就怔怔地注视了片刻，露出一种琢磨不透的笑容。

2012 年 10 月 23 日，星期二，雾。

“今天是重阳节，是老王的节日，啊哈！昨天经过轮流审问，他才承认自己是过六十五岁的人，其实，要不是他努力把自己打扮得如此年轻，又专门喜欢往比自己年轻的人堆里扎，说他七十恐怕也会有人信。老王、胡安、我，我们是老中青混世组合，老王吃自己的退休金，我吃我爸爸的养老金，胡安吃自己的早年积蓄，真是一帮彻头彻尾的“吃货”！这几天，我大体上从获得豪车的惶恐中走了出来，胡安不知道从哪里给我搞到一副可以以假乱真的牌照，还有看似制作精良的全套海关罚没车辆手续，也就是说，我的 M3 几乎是一辆明媒正娶的车了，它几乎被洗白了。胡安给我的感觉越来越神通广大，我甚至邪恶地想，最好能让她再多发挥点儿余热。可是早上我问过她了，能否帮我把户口调进京城，她的回答是：第一是你不需要，第二是我办不到。”

胡安开车带我和老王去郊游，时值深秋，天地肃杀，着实没啥好看，不过三个人的兴致还是不错的，一路上说说笑笑感慨连连，谈的都是各自的心愿。

我的心愿是先学会开车，聘请胡安当我的私人教练，房租冲抵学费。她欣然接受。第二个心愿是一年内把M3卖掉，最好能卖个市场半价，然后买辆出租车开，这样我就有饭碗了，再说像我这种无聊的家伙，没事拉拉客，也能找些说话的人，不至于最后变成老年痴呆。在我正要说出第三个心愿前，老王打断了问胡安，他这个车的手续能行吗？胡安说，原本是帮老刀联系买主，联系成了提成五千，但是我也不能赚自家兄弟的钱啊，于是就托老刀给搞了套手续，凑合用吧。我问，那是真的了？胡安回答，还算真吧。老王说，那就还是假的，继续说吧，说说你的第三个心愿。我说，我想给你养老送终啊。

老王忽然沉默下去，哽咽了一下才说：那好，我也说说自己的三个心愿吧，第一个我想见见我的孩子们，他们一个在加拿大一个在广州，都忙啊，没时间回家瞅他们这个没用的爹了，就想在我还能给他们做一顿饭的时候看见他们，全家一起再吃顿饭，就够了。

我拍拍老王的手：那下一个呢？

老王说：我想咱们三个一起去照个合影，不管以后天各一方还是阴阳两隔，都有个念想。

胡安说：这个一会儿就去实现。

我问：那第三个呢？

老王想了想道：我先不说了，让小胡先说，等她说完了我再说。

胡安矜持地笑了一下：那好，我就先说，我的第一个心愿就是能再有一次机会登台表演，不需要多少观众就行。

我好奇地问：登台？你想跳舞？

胡安摇头：跳不动了，我想的是钢琴演奏。

你还会弹琴？

老王瞥我一眼道：小胡可是全才呢！舞蹈、乐器、唱歌、绘画。

我还真有点儿吃惊，笑嘻嘻地说：这我倒不吃惊，对了，有机会也给我画张画呗。

胡安继续说：第二个心愿是不想让我的女儿知道妈妈死了，你们懂的，我女儿跟着她爸爸过，现在应该上高三了，虽然我们离婚让她无法接受，可毕竟还是接受了，我真的不想高考前再影响到她。

老王问：你们俩一直保持着什么样的联系？

胡安叹口气：没有任何联系方式，她不肯接受我这个妈妈，虽然我知道她以后会懂的，但是现在任何解释都是徒劳和多余的，所以唯一能称得上联系方式的，就是每个月我给她卡上打930块钱，因为她是9月30号的生日。

老王思索了一下说：这个我可以帮你，如果哪天你忽然走了，那么我会继续给她汇钱。

胡安说：那就太好了，其实只需到她大学毕业就可以了，而且这笔钱我早就准备好了，交给你老王去办，我再放心不过。

老王淡淡地一笑：我估计再活四五年问题不大。

我插嘴说：没事的，假如老王不在了，我还在的。

老王笑骂道：你小子真是贫嘴，等我们俩都不在了，看你还和谁去贫！

我满不在乎地说：那也没事的，等你们俩都不在了，我对着咱们的合影去贫。说到这里，忽然心底一阵刺痛，我似乎看到了这个画面。

胡安说：你也得帮我，我给女儿写了封信，等她大学毕业了，你就用E-mail给她发过去，希望你到时候可别忘了。

我点头答应。胡安说出了最后一个心愿之后，就把车停在一家照相馆门前。老王首先跳下车，钻进去和店主商量了片刻，随后挥手招呼我们进去。

照相的时候，老王轻声对我俩说：我的第三个心愿就是想看到你们所有的心愿都实现，再走。

我低声打听：再走？走哪儿去啊？

老王说：来，都笑笑！

2012 年 11 月 1 日，星期四，晴。

“今天是新一个月的开始，最近一周比较忙乱，也没顾得上写日记，总的来说一切安好。简单做个回顾总结：1. 我和胡安私下打听到老王儿子的联系方式，联系了，那小子表态过一阵子会抽空回来探望，并答应同时叫上妹妹。2. 我和老王私下联系了一家咖啡馆，店主是老王以前的一个下属，店里有钢琴，可以在客人少的时候过去，随时恭候。3. 胡安每天很早起床教我开车，每次一小时，我进步神速，已经可以在小区里转圈了。4. 我们的合影洗好了，幸好胡安漂亮在中间，否则我和老王显得太傻了，目前这个相框就挂在我的餐厅，十分祥和！当然也有让人义愤填膺的事，老王客厅里挂的一张合影居然是他和胡安的！竟把我剔除在外，一定是这老家伙在我们照相前和老板交代了什么！作为回敬，我在相框下插了一贺卡，就是老王过生日没给他的那张，刚好挡住他的脸，哈哈！5. 胡安昨天外出忘记带手机，有个电话连续打了三次，我只好替她接了，对方是等待受捐的病人家属，说他家的小男孩病毒性角膜炎，已经彻底失明了，非常想念胡阿姨和问候胡阿姨身体健康之类的话。这不是催命吗？我非常不客气地挂了电话。我才不管你是什么病毒性，如果你们觉得她的生命已经没有意义，只是早等早盼的话，那我真的希望胡安可以长命百岁，让你们好好绝望一下！”

胡安知道我接了她的电话，神情显得有些不快，听我念叨了一堆废话之后，她对我说：你并不了解病人之间的这种感受，我和那个小男孩几乎天天联系，互相鼓励，他根本不想要我的眼睛，他更想我能活下去，他告诉我假如有一天胡阿姨真的没有了，他会用我的眼睛为我流泪的，而只要每天能听到我的声音，他愿意在黑暗里为我祝福！

胡安的话搞得我很狼狈，想去找老王排解，又怕遭到第二轮的轰击，只好领着元宝去楼下擦车。

前不久，我赶到邢城见到了那个小男孩，他已经恢复了光明，一听说我是胡阿姨的朋友，他的眼泪就大颗大颗往下滚落。

2012年11月11日，星期日，雪。

“今天是国产光棍节，早上天就很阴，快到中午的时候下起了雪。这个节日是必须要过的，因为我们是真正的光棍组，老王是丧偶，胡安是离异，我是独身，所以我们商量好要在11点11分开始宴会，好，就写到这里，出发！”

记得宴会是在小区对面的火锅城隆重举行的，点菜的时候我和老王一致倾向于照顾胡安的饮食需要，可她坚决不吃病号饭，甚至还要了一份辣椒。胡安说，就算严格按照健康食谱去吃，又能健康吗？如果每天只让吃白菜就能多活半年的话，我宁可不要这半年的生命。

这话听起来像是她很贪吃的样子，实则不然。胡安不希望因为自己而改变了别人的喜好，成为被人照顾的对象。后来我逐渐发现了她所倡导的生命观，那就是：别把死亡看得那么重要，你越是轻视它，它就越无力征服你。

这顿饭吃得很愉快，大家谁都没有煽情，一共喝掉了一瓶白酒五瓶啤酒，最后互相搀扶着回去了。

可是快走到楼下的时候，胡安的手机响了，她看了一眼号码转身就走。我问干啥去，她说是急事，让我俩先回去。

胡安去世后，我见到了负责接收她骨灰的同事，记得非常清楚，那是一个个子不高相貌清秀的小伙子，但说起话来并不腼腆。他告诉我那天胡安去了哪里，做了什么，以及后面的整个过程。还是记得很清楚，我是用一种并不惊讶的表情听完了所有内容，就像在听一个毫不相干的故事，甚至与胡安都没有丁点儿的联系。

2012年11月18日，星期日，多云。

“胡安整整消失了一星期！今天凌晨才回来，目前正在休息。如果我是她老公，也会和她离婚。等她起床，我要严肃地和她谈谈了！这一周的时间，我是在极度无聊中度过，几乎有点儿无依无靠的感觉，这感觉让我莫名地愤怒。老王竟然也没过来串门，遛狗的时候一次都没遇见他，真不知道躲在窝里干些啥。更可气的是，刚才我给他发短信告知胡安回来了，他居然说早就知道了。我就算再笨，也能猜出他俩之间存在着比我更密切的联系，这真让人难堪。这种事该怎么办？我是该去怒斥老王还是该去找胡安摇尾乞怜？”

许久之后，当我和老王共同回忆起这段往事时，他的解释令我震惊和惭愧。

老王说：从精神世界讲，那时的你和胡安还不处于一个层面上，而我算是尽量理解紧随其后，也许这与年龄有些关系，所以她更愿意和我谈谈自己的事情，不过，她所谈甚少。人都有好奇心，尤其是当你将自己看作她的朋友之后，免不了希望对方也把你摆在同样重要的位置上，这是人之常情，似乎合情合理，而如果对方疏忽了这么做，你的好奇心就会很容易转化成自尊心，平白无故地感觉很受伤，进而去质问对方，或者发一通坏脾气，说白了，就是矫情。老实说，我对胡安也充满了好奇心，她忽然消失几天也会让我坐立不安，甚至想到了很多糟糕的结果，但是我强迫自己不去猜测和追问，既然是朋友，有些信任应该是无条件的，如果你认为对方很重要，那么就别把自己的好奇心视为重要的，那真的不算什么。从另一个角度讲，她没有告诉我们的那些事情，自然是不适合让我们知道，作为朋友，她或许比我们还尴尬，就像你冒领养老金的事，你会告诉我们之外的其他朋友吗？

我用一种敬仰的表情看着侃侃而谈的老王，希望他不要再喋喋不休。我知道他讲得有道理，某些理论相当有说服力，旗帜鲜明，论据完备，但是在倾听他这一席话的过程中，我的思维已经转移到另一个问题上，即为何老王这个人会变成这样了？

老王以前给我的印象就是个脑部没受过创伤却存在明显残疾的家伙，一个喜欢和路人搭讪、讲些没意思的笑话、热衷观望过往的中青年妇女、酷爱和小商贩讨价还价、有点儿小聪明小算计的退休老会计，他怎么会变成了这样？一厢情愿的可笑的爱情能产生让人洗心革面的力量？胡安带给他的影响究竟有多深？他们私下都聊过什么？会谈论起我么？

现在我懂了，其实每个人都有一个内心世界，或汪洋肆虐，或溪水潺潺，别人极难看穿，甚至连自己都无法看穿。因为经年累月地生存在一种生活模式下，变得极度收敛，盲从于现实，所以我们的世界里才会出现那么多看似雷同的人，他们说着雷同的话做着雷同的事过着雷同的生活，有些面目都雷同。老王如此，我亦如此。我们像是各式各样的保温瓶，外表都差不多，但心里装的是什么绝看不出，根本经不起剧烈的跌宕和磨难，信奉平安是福，一场小病就会让我们悲天悯人，一个小失败就会变得自怨自艾，生离死别对我们来说就是世界末日，知道得了癌症会比不知道死得更快。

正是因为胡安这样的人出现在我们的生活里，或者说生命里，我和老王才一步一步发现了埋藏已久的自己，老王变得绅士和哲理，我变得不那么自私和目光短浅，也许，这都是我们最想要的那个自己。

秘不发丧领钱、不停地买彩票梦想中奖（事实上，用于购买彩票的钱几乎占据了我爸爸养老金的三分之二，却羞于对任何人说起）、投资走私车，我所做的一切看似无奈和有理，实则毫无正派可言，我明明就是一个靠侥幸心理谋生的家伙嘛！

胡安是懂我的，她肯定懂，她什么都清楚。

2012 年 11 月 22 日，星期四，大风。

“今天是感恩节，经过多日的运筹帷幄，我们终于迎来了老王的子女！”

一大早我和胡安就赶到了省城机场，像抗议示威一样高举着牌子在出港口迎候。这对不孝儿女的航班还延误了，害得我们连午饭都没吃。老王的儿子比我年龄大一些，个头很高，打扮很气派，嘴里不时迸发着英文，生怕别人不知道他是海归。老王的女儿个头也很高，长得挺难看，浑身全是香水味，一出来就嚷嚷着北方真冷，真不是人待的地方。等他俩见了我的豪华车，都老实了，说话的态度也变得温柔恭敬。在此，真的要感谢走私贩老刀先生啊！

这一天印象深刻。我们回来的时候，老王正在生闷气，质问我俩为啥忽然没影了，连丰盛的午饭都不来吃。我说，感恩节可以晚上过嘛，菜凉了不怕，热热就行，我们不挑食。胡安认真地告诉老王，我们还带来了两个你想见的人。老王瞅见了自己的儿女，弹簧一样站了起来，竟然不知道该说什么。

菜重新热过一遍，大家都饿了，老王的儿女闷头吃喝，倒也没忘记称赞味道好。老王分别给孩子们夹了一个猪蹄，海归兄显得犹豫，说了句谢谢但还是吃了。为了不至于太沉闷，我和胡安随便扯着玩笑，可是老王没有笑，他吃了几口就起身进了卧室。

胡安望着仍在继续吃喝的两个家伙说：我们是外人，不适合说太多的话，但是作为一个大姐，我认为你们应该多陪爸爸说说话，既然千里迢迢来了，怎么也该叫一声爸爸。

儿子说：我们家的情况你们不懂，从小到大一直这样，他很少和我们说话，大家也都非常习惯了，习惯就OK啦。

女儿起身说，那我去看看他。转了一圈，她从卧室慢慢走出，表情变化非常明显，低声对哥哥说：你进来看看吧。

海归兄懒洋洋地起身跟进去，嘴里还一直嚼着饭菜。我和胡安也吃不下去了，侧耳倾听，老王的卧室里无声无息，竟然连一句对话都没有，好一会儿才听见这对子女喊：爸！我们错了！

我和胡安凑过去，看到老王呆滞地坐在床上，一双儿女跪在面前，抱着他的膝盖痛哭。

老王的卧室，整间屋子的墙壁上都是这双儿女的照片，大大小小的，各个年龄的，整整齐齐的，贴得连一丝缝隙也没有。

2012年11月29日，星期四，多云。

“今天是国际声援巴勒斯坦人民日，老王的孩子们回去了，一家三口相处了一星期，应该是和睦快乐的。老王昨晚在网上给我留言，就几个字：他们要走了，谢谢你们！”

胡安似乎不大舒服，躺了一天，中间送了一杯水进去，她还装作没事的样子起身道谢。

我不知道她的病情已经恶化到什么程度，痛苦程度又是多少，可她既然还能从容地微笑，我就感觉好些。

傍晚前，老王探望了她一次，出来的时候眼睛湿湿的。我问他怎么了，他说没事没事。

假如我那时就知道胡安距离死亡还有两个月的时间，我不会感觉好些的，我会惊慌失措。

2012年12月3日，星期一，晴。

“今天是世界残疾人日，我将面临严重考验，一同参与考验的还有老王，希望我俩同仇敌忾，顺利过关！”

昨天忽然接到一个电话，是我爸爸生前单位打来的，问他是否在家，明天是否方便过来看看他，顺便提前拜个新年。我猛然觉醒，大脑中某个程序迅速被激活，我大声告诉对方，欢迎啊欢迎，随时欢迎过来。

我挂断电话，匆匆去找老王，没等我说话他就先开口了：他们要来检查了？嗯，我估摸着也该来了。

今天一早，老王就过来了，还吆喝着让我去买早点，主子一样在屋子里溜达着，指点我该注意搞搞卫生了。他吃早饭，又吃午饭，其他时间都是和胡安嘻嘻哈哈地聊天，还不时命令我端茶倒水。我像个奴才一样东奔西跑毕恭毕敬，心中充满了仇恨。

熬到天近黄昏，检查人员也没有出现，不知道是不是忘了我爸爸还在等他们。我被老王指挥着出去买菜，打点他的晚饭。等回来的时候，发现屋子里气氛不对头，探头一瞧，差点晕过去。

以前都是派个小姑娘来检查，根本不认识我爸爸，简历照片看两眼就过来了，再加上老王会演戏，聊上几分钟家常再问问单位的琐事，就能打发过去。可今天，来的却是一个中年男子和一个小伙子，那中年男子我有些面熟，可能是我爸爸过去的下属！这样的阵容出现在我家客厅里，老王和胡安显然并不知情，正陪着东拉西扯呢。

见我发傻，老王吆喝着：你们看，我儿子买菜回来了，一会儿别走了就一块儿吃吧！

我只得出场，伸头探脑地表示欢迎。

检查团倒是挺客气，听出老王送客的话，就急忙站起来寒暄两句告辞。老王还让我送送客人，一口一个“我儿子”，我的头都大了。

送到楼下，中年男子用一种古怪的微笑瞅着我说：你爸爸身子骨真好，你得好好孝敬啊！以前我们在一起工作的时候，他就总说你聪明懂事。

我是在一种巨大的屈辱感中送走了他们，有一种行将被灭绝的恐惧，却又心存侥幸地想，也许他不记得我爸爸的长相了呢？这么想过之后，我认为自己是在掩耳盗铃，情绪随之衰败到底。

回到家，老王正连连擦汗，要求我陪他喝一杯，以庆祝我又获得了一年的自由时光。我没好气地说，晚饭取消了，散会吧！老王认为我是过河拆桥卸磨杀驴，就赖着不走。倒是胡安察觉出我的异样，细问之下，只好一一道来。

老王听了，脸上的笑容一扫而光，悲鸣一声：太丢人了！

胡安却笑了：这样看来，倒是那个男的演技更高。

我问：我该怎么办？

胡安安慰道：既然他没有道破，那说明还是想给个面子，做个顺水人情呗，下次他就不会再来了。

老王怆然道：下次我也不来了，死活都不来了！这叫什么事儿啊！

我沮丧道：看来就能自由一年了，明年这个时候还得披麻戴孝报丧去，可是我担心到时候没有痛苦的表情啊。

胡安笑眯眯地说：这是早晚的事，你应该有心理准备，没事的，到时候你就能做到了，想想失去的自由生活，你就会潸然泪下了啊。

我点头：虽然你有点儿幸灾乐祸，可还算在理。

至今，当我回想起这一幕，常忍不住想笑，胡安瞅着我这个倒霉蛋，如果再装作严肃关心的模样，就太假了。有时候就是这样，一个人遇到的烦心事或许当时很受打击，可在别人眼里就是个滑稽事，好比出门摔了个大马趴，唯一能做到的就是赶紧爬起来忍痛离开，其他的都别指望。

2012年12月20日，星期四，大风降温。

“今天是澳门回归纪念日，也是世界末日前的最后一天，不管玛雅人有没有准儿，我们都决定外出狂欢！”

这一天我们是在吃喝玩乐中度过的，胡安精神头非常好，根本不像个背靠死神的人。她的好情绪成功地感染了我和老王，以至于忘记了晚上还有重要的节目。

夜半三更回到小区门口了，我拍了一把老王，提醒他是否想喝咖啡了。老王这才顿悟，吆喝着去咖啡馆。胡安有些为难，但是看我俩情绪亢奋，不忍拒绝，只好一起杀回去。

幸好咖啡馆还没打烊，老板见我们来了，也算热情，招呼着我们随便坐、随便喝、随便玩。胡安一眼瞅见了角落里的钢琴，就全明白了。她说先去趟洗手间，洗把脸清醒清醒。

等胡安离席之后，老板皱着眉头说，你们的这个朋友真的没有几天了，她的脸水肿得这么严重啊！老王摆摆手说，不要提这个不要提这个，我们过来是图开心的啊！

后来老王告诉我，胡安去洗手间其实是去打吗啡了，没有镇痛剂的支撑她根本挺不住这样的折磨。以前我对私下躲在厕所里注射针剂是极为厌恶的，可是自从它和胡安产生关联之后，我想那也仅仅是一种药。

胡安返回的时候，特别留意了一下我的表情，就快活地跑到钢琴前坐下，深深吸了一口气，闭目片刻，进入平静。老板把一盏射灯打开，胡安就坐在光影里。

胡安弹奏的第一支曲子是《忧伤的天使》，她弹得真好，说是专业级一点儿不为过。在场的每个人都在凝神倾听，琴声打动了所有人。不知不觉中，这支似乎欢快的曲子，竟然让我泪流满面。

第二支曲子是老王点的，我听着耳熟，但是想不起叫什么名字，想问问他，扭头一看，他紧紧闭着眼睛倚靠在沙发里，一滴泪正无声地淌下。

前几天，我在一张旧CD中意外地听到了这首曲子，才知道是《梦中的婚礼》。

2012年12月22日，星期六，阴。

“世界末日顺利度过，一切都云淡风轻，我和老王储备的大批蜡烛和食物看来要慢慢消耗了。最近几天，我的驾驶技术有了革命性的突破，可以独自去超市了，真是不错！虽然也感觉心惊肉跳。”

记得这天胡安去了医院，我和老王一直跟到诊室外，张望着大夫的脸色。她当然不会同意住院，让医生开了些药就走了。一路上，我们都没有说话。

胡安的腹水积压严重，正常的生理机能受到了可怕的影响，美丽的容貌和身材渐渐离开了她的身体，很多时候只能佝偻着走路。老王要求搬到我的书房来住，我没法拒绝他。

2012年12月24日，星期一，中雪。

“今天是平安夜，老王忙活了一天，采购了很多装点节日气氛的东西，光气球就买了 100 个，吹得我腮帮子生疼。老王搬过来之后，每天都给胡安买一束鲜花，有时是菊花，有时是百合，有时是玫瑰。他还是定期理发焗油，衣服也一尘不染，他在房间里走动的时候，总是哼着歌，像个即将办喜事的小伙子。胡安说，男人一旦爱上了，不管他多大的年龄，都会变成孩子，而老王这个孩子让她非常心疼。”

胡安已经不能自由活动，走路的时候时常撑一把墙壁，她拒绝我们的搀扶，总是用一种不容置疑的口吻说：我行。

我们搞了一个烛光晚餐，吃到一半，胡安就挺不住了，无所顾忌地连打了四支杜冷丁，却也不见好转。又过了一会儿，她小便失禁了，老王把她背进卧室，仔细地为她擦洗身体，更换衣裤。

我很想帮帮他，可是老王也是用一种不容商量的口气说：还是我来！

把她安顿好了，老王总是显得很疲惫，会长时间地注视窗外，尽管外面什么都没有。注视得久了，他会惊醒过来，回头看看胡安。有些时候胡安也在看他，老王就会微笑一下。

胡安死后，老王曾在这间卧室里安静地待了一整天。现在我回想起来，都觉得他是个了不起的男人，甚至是伟大的，他隐藏痛苦的本领让凡人不可企及。

2012 年 12 月 31 日，星期一，阴。

“今天是 2012 年的最后一日，老王的儿子打来越洋电话，说了足有半小时的话，不过他并没有半点儿开心的样子。胡安的健康每况愈下，但依旧挣扎着每天起床刷牙洗脸，受到我和老王照顾的时候，还会吃力地说出感谢的话。我以为，她已经进入了某种轨道，随时都会离开我们了。我已经习惯了去等待一场离别。胡安曾经说过，从我们降生那刻起，生命就是倒计时。”

老王在我给餐具消毒的时候找到我，开门见山地说：喂，有件事需要和你交代一下了，她快不行了，随时都有可能，所以从现在开始，这个家靠你了，我的工资暂时交给你，需要怎么开支都不必和我商量，你看着办就行，该买什么你就费心费力去买吧，我只想寸步不离守在她身边。

我点头。

老王又说：她走之后，我可能就搬到国外去了，先住一段时间试试，所以我那房子也暂时交给你，你是租是闲置都可以，我要是还能回来，咱们就继续做邻居，万一回不来了，我的女儿会过来接收，到时候你再帮她出售吧。

我心里不是滋味，只能不断点头，示意听懂了。

老王于是把钥匙、工资卡都交给我，然后就走开了。

眼下，老王身在加拿大，偶尔会在网上给我留言，说的都是些那边的生活琐事，看得出来，他很是无聊。但我也明白，他是想表达已经从悲伤中走了出来，虽然真实未必如此。

我给他的回复也比较琐碎，告诉他已经把M3转卖，但是我不想成为一名出租车司机了，因为开车时精神总不那么集中，怕出事故或把乘客送到违背他们心愿的地方去。我决定暂时把那笔款子储蓄起来，等以后有了更好的决定再用。再有，我成功地向我爸爸生前单位发了丧，很快我爸爸的养老金就停发了，一时还真不习惯，但我感觉比以前要坦然得多。我目前的生活费主要是来自他的房租，租他房子的是一对日本小夫妻，都在中国留学，上次他们和我嘀咕半天可能是想迟缓几天再交房租，我义正词严地告诉他们，钓鱼岛是中国的，房租是不能商量的。此外，他的墨菲也一切良好，天天和元宝打架，偶尔会进错单元。

我和老王始终都恪守着一种默契，谁也不提胡安这个名字。

2013年1月19日，星期六，雾霾。

“今天是腊八，我去买了腊八粥，老王喝了几口就说难吃不吃了，真不好伺候。倒是胡安赏脸，坚持喝下两口。她现在几乎很少进食了，老王把我买来的半成品加工成流食喂给她，每见她喝一口，就表扬她真棒。他们都消瘦得很厉害，像是难民。记得以前胡安说，多数的死亡都和痛苦关联，这更让死亡变得空前强大，尤为可怕。老王说，痛苦分为两种，一种是肉体上的，一种是精神上的，都可以让人沉沦，好在它们往往并不一起来。”

在这段煎熬的岁月里，我终日无所事事，眼睁睁地看着胡安的生命逐渐枯萎，再也无法拿她现在这个样子和最初认识时相比。诚然，那个光彩照人的胡安其实已经死了，眼前的这个胡安连微笑都是丑陋的，她更像是一个躯壳，承载着曾经的回忆，而我于她姑且还算是朋友，却几乎无法交流，所以更像是一位亲人，我第一次身不由己地体会到一种被需要的痛苦，又无法割舍。

2013 年 1 月 31 日，星期四，雾霾。

“今天胡安忽然自己走过来看我，她动人的微笑又复活了，她说想吃草莓。老王跟过来站在她身后看着我，从他的眼神中，我想到了一个词：回光返照。所以我必须去给她买草莓，老王叮嘱我要去附近的山区买，那里温室大棚刚采下来的才新鲜。于是我就开车出发了，也买到了非常好的草莓，只是耽误了很多时间，天黑才到家。可是，当我进屋的时候发现他俩都不在了，房间里收拾得异常干净，胡安所有的东西都不见了。我在餐桌上看到老王的字条：我们走了，对不起。”

后来老王对我说，胡安离开你家的时候真的恋恋不舍，还主动把你的床单抻平了，这是她唯一能为你做的。

胡安要老王转告我，这五个月来，除了感谢就是感动，感谢我的收留和帮助，在她离开这个世界前再一次有了一个家，体会到了最好的友情。为了不让我太难过，就把所有的个人物品都带走了，免得看见会伤心。她并不想活在别人的嘴里眼里，她要活到他们心里去。还有，她感觉我是一个语言能力不错的人，善于开玩笑也机智，平常又爱看书写日记，可以试试当个作家，不行再去开出租车。

老王最后说，希望咱们下辈子还是邻居还是朋友，还能碰见胡安，让元宝带路来租你的房。

2013年2月1日，星期五，晴。

“今天赶到了邢城，可是没能赶上见胡安最后一面。昨天她在老王的陪伴下抵达这里的眼科医院，才在病床上躺下不久，就悄然离开了人世。老王始终在她耳边轻声说着我爱你——胡安的第三个心愿终于实现（有人说爱她，没有孤独地死去）。医生迅速地为她摘除了角膜，并给两个患者换上，手术很成功，胡安的眼睛还在这个世界上。他们始终认为我不该参加最后的送别仪式，因为胡安说我会承受不住，别看我平常一副啥都不在乎的模样。或许她是对的，但在我心中却是无法挽回的遗憾。别了，胡安！”

我在医院附近的一家旅馆里见到了胡安的同事，他是一个身材不高眉清目秀的小伙子，谈起往事，他显得异常平静。

在我国南部沿海某城市，始终有一个走私汽车的团伙，他们把一部分车辆运到西南地区销赃，但是在一次围捕过程中，办案民警们发现所有汽车座椅都被刀子割开，经过对里面残留粉末的提取化验，确定是毒品。毒贩们以黑车为运载工具从西南出发，由于全程都是高速公路，缺乏警力监查部署，这条通往北方小城的路被称为“淘金新干线”，每到达一辆车，就会输送进来数十公斤的海洛因，并被迅速分销到周边的大城市，一张完善的贩毒大网竟然已经运作多年。胡安是缉毒组的副组长，主动请命到北方小城调查毒品的落脚点，通过一条偶然的线索，她发现黑车的销赃是由一个叫“老刀”的人控制。毒贩们为稳妥起见，黑车只跑一次就甩掉，所以才会异常廉价地出手。胡安认为只有先和老刀接上关系，才能进一步摸清整个贩毒网络。经过几次交易之后，老刀逐渐相信胡安只是个提取黑车佣金的中介，而且还是个吸毒者，进而同意带她去黑车窝点看车。经过周密部署，胡安带领缉毒小组配合当地警方果断端掉了这个窝点，同时一网打尽了整个团伙……

年轻的警官最后说：胡姐交代过我，说在她离开之后一定要把所有的事情都告诉你，因为你既是她的朋友又是热心协助警方破案的市民，所以不必再有隐瞒，还有，你买的那辆车早就不是黑车了，我们帮你办理了合法的手续，毕竟不能让守法公民吃亏，对吗？

我客气地表示了感谢，一时还无法接受胡安的这个身份，却也终于明白她那些日子为何经常突然消失。

年轻的警官公务在身，急于返回原岗，就站起身来和我握手再见，临出门前他抱起一只手提箱，想了想对我说：胡姐的遗体才火化不久，你需要和她最后道个别么？

我点点头走过去，在他的帮助下打开手提箱，里面安静地放着胡安的骨灰匣。我触手而及，不禁感伤道：还是热的呢。

他听了，忽然掉下了眼泪。

2013 年 2 月 9 日，星期六，晴。

“今天是除夕，街道上到处张灯结彩，很有气氛。我走了很多的路，专门在小街巷里穿行，但总是感觉哪里都是空旷的，这感觉前所未有。胡安已经彻彻底底地离开了我的生活，可我总是怀疑，怀疑她还在这个城市。短发、帆布夹克、牛仔裤、缀满流苏的短靴，拖着那只咖色格子的拉杆箱，伫立在某个小区的布告栏前寻找着一个可以栖身的出租屋。”

老王节前就飞往了国外，与家人团聚。我曾提出送他到机场，他推辞了，告诉我要“好好的”，并再次请求我接管他的房子。在清理他家的时候，我发现了胡安唯一留给我的东西。一幅画，画面上是一个男子手握茶杯立在窗后，目光茫然却清澈。这是我。

除夕之夜，窗外鞭炮轰鸣，我在台灯下翻看了近半年来的日记。通过对日记的回顾，计算出胡安在我生活中一共存在了 151 天，这个数字不代表什么，也几乎毫无意义，因为她已经植入我的生命里，不用注释，无须争辩。

今夜该是我的生日，我已不再关心自己到底出生在哪一刻，想都不想，生命中未知的事情太多，且太多未知的事情亦是无须知道的，能知道自己死亡日期的人才是幸运的，因为可以来得及道别。

（原载《啄木鸟》2013年第5期）

黑白追杀

易玉林

一、酒是英雄胆

合八爷喜欢穿一件洗得发白的军装在粗石街的街上走过来走过去，大多时候他都是背着手，有时他的左手夹支烟，右手便放在腰上撑着，遇上人时他便向人点点头，那人便必定会叫他一声街长，合八爷便笑了起来，问一声吃了没，然后右手挥一挥便走了过去。

合八爷在粗石街是个人物，这是粗石街每一个人都清楚的事。

粗石街在这座城市的城乡结合部，它之所以被称为粗石街是因为这条街原来叫粗石村，后来这座名叫凤城的城市扩建，便把原来的粗石村变成了粗石街，于是粗石街被写入这座城市的名录，合八爷也就成了粗石街的第一任街委会主任，但粗石街的人不习惯叫主任，就像以前他们叫村委会主任不叫主任叫村长一样，他们也把街委会主任叫作街长，合八爷自己也不喜欢别人叫他主任什么的，他喜欢别人叫他村长或者街长，“当官不带长，打屁也不响”的俗话他是非常清楚的。

现在，粗石街已经相当有规模了，一条街道就算摆在大都市也毫不逊色，两边的楼大都不高，只有五六层的样子，但统一的别墅式建筑，上面住人下面是清一色的铺面，铺面前种着那些和城里一样的桂花树、法国梧桐什么的，既大气又荫凉。这些铺面有些是户主自己经营，那些在城里有工作或者有更重大的生意在做的人便把自己的铺面盘给从更遥远的乡下来的人做点服装饭店之类的生意，街委会也办了几家小厂加上收取一些土地出让金，到了年底粗石街的人都有一些分红，因此粗石街的人大都非常悠闲自在，他们不是在麻将桌上小赌怡情就是在粗石街的小花园里散步遛狗逗鸟。合八爷对这一切非常满意，因为这一切都是在他的统管下完成的，他就像古时的那些开国元勋一样享受着粗石街人对他的尊重与亲近。

这时，合八爷已经踱到一家名叫“乐园火锅城”的铺子前，他朝里面咳了一声，里面的那个名叫“美国佬”的老板便赶快走了出来，手上的那包玉溪烟打开了盒盖，“美国佬”用手指往盒底一弹，一支烟便弹了出来，合八爷伸出两个手指一夹，那支烟便到了合八爷的嘴上，“美国佬”的火早已递了上来：“街长，到店里坐坐?”合八爷吐出一口烟圈儿摆了摆手走了，“美国佬”赶紧说：“街长，有空到店里坐。”声音还飘在街上，人已回了铺子。合八爷回头望了一眼，口里骂道：“这狗日的。”仍然踱着他的方步，朝街的更深处走去。

合八爷，是他在家族中兄弟们的排行，粗石街的人大都是农民，他们的称呼一般是按排行来喊的，如果你排行老大，他们就会叫你李老大周老大之类的名号。粗石街的人另一个爱好就是给你取外号，无缘无故他们会叫你老狗崽、猪郎公什么的，他们可没有城里人那样有许多雅致，把别人的名字叫得恭恭敬敬的，他们喜欢你时不会讨好你，而是会骂你，甚至会在你的身上擂两拳，说你这个狗日的这两天到哪里去了，害得老子喝酒也没味道。合八爷很喜欢别人叫他这个名字，他真正的大号唐建平竟没几个人叫得出。有一次在镇里开会，镇长包爷喊唐建平这个名字时，合八爷竟有半天没有反应过来。

再比如刚才那个乐园火锅城的老板秦天美，一个从四川到粗石街捞吃的小伙子，粗石街人就不叫他秦天美的大名，而是叫他美国佬，平时遇上了总要问一句："美国佬，你狗日的生意忒好，哪天不请老子喝一餐看老子不捶死你。"美国佬挨了骂，心里还热乎乎地说："狗日的你来啊，你不来你是我的崽。"骂完闹完，散根烟，各忙各的去了。

所以，合八爷走在这条长长的粗石街上时，他是颇为得意的，对粗石街的人也是非常满意的，唯一令他不满意的是建在街尾那幢名叫"粗石街派出所"的房子，那幢房子像他眼里的一根刺一样让他非常不舒服，他想拔掉他的眼中钉肉中刺，可他又奈不何，因此每次他踱到这里时，便蹲在那里用眼斜斜地望着那幢房子，等十根八根烟抽完了，便狠狠地跺一下脚，口里骂声"狗日的，哪天我不收拾了你我合八爷就是你的崽"。

合八爷之所以恨这幢派出所的房子，这里面是有缘故的。原来，当初派出所要建这幢房子时是跟他合八爷商量过的，合八爷也是同意了的，但当时派出所的所长鸡麻眼说好是要按国家征地的标准对街委会进行补偿的，但房子建了一年了，补偿款连半个毫子也没见着，合八爷去找鸡麻眼，鸡麻眼说我已跟镇长说好了，有什么事你找镇长说去。合八爷又去找镇长包爷，包爷却说，你狗日的合八爷想钱想癫了，派出所建了房子你问我要钱，你是不是撞着鬼了？骂得合八爷屁都不敢放一个，只得灰溜溜地回到家里喝闷酒，喝醉了就把老婆金燕按在床上好好地干一回。

现在，合八爷又踱到派出所的这幢房子前，他又在那里蹲了下来，又用眼睛斜斜地望着那幢房子，越望心里越有气，"狗日的仗着派出所有两杆破枪就想欺负老百姓?”他嘴里正这么骂着，鸡麻眼所长就从派出所里走了出来，合八爷赶快住了嘴，拿起一盒玉溪烟就往鸡麻眼的面前递，嘴里说:“王所，来，抽支烟。”

鸡麻眼望了合八爷一眼，接过烟自己点燃了，然后才说:“合八爷，又在街上视察工作了?”

“看看，王所又讽刺我了，我一个小街长视察什么工作嘛，哪比得上王所你日理万机的。”

“那你到这里是问我要钱?”

“王所真是太聪明了，怪不得能当这么大一个所长，王所，你看……”

“合八爷啊，我不是和你讲好了吗?要钱的事你去找包爷包镇长，找我有个鬼用，派出所连办案经费都不够，哪有闲钱付你的那些街皮费?”鸡麻眼说完就走了，把合八爷一个人撂在那里就像晴天的一把烂伞偎在十分光鲜的街檐下。

合八爷那个晚上一夜没睡，那个狗日的鸡麻眼太不把我合八爷当一回事了，我合八爷是什么人，是堂堂粗石街的街长，我跺一跺脚整条街都会地震，你鸡麻眼在我的地盘上欺负我，这算怎么回事?如果我不把街委会的利益争到手，我合八爷以后还怎么在这条街上混?!

可是，要真正从派出所拿到征地补偿款无异于虎口拔牙。合八爷知道自己的弱点在哪里，一来，合八爷是个好面子的人，和领导也好和群众也罢他都不想撕破脸皮；二来，这鸡麻眼是县公安局下到粗石街的一方诸侯，又是专政机关，街上出现一些意外情况还得靠他们来维持，万一搞得鸡麻眼卵火毛了，粗石街的事他一概都不管了，那麻烦就大了，但眼睁睁地看着十来万块钱拿不回来，那又不是他合八爷的做派。所以，那个晚上合八爷一个劲儿地唉声叹气，酒也不喝，觉也不睡，金燕在他那里摸了几遍，都是软绵绵的，像条剥了皮的麻虫。

第二天天才麻麻亮，合八爷便起来了，他先在街上转了一圈，看看乐园火锅城的店子还没开门，便蹲在屋檐下抽烟。他 边抽一边想，狗日的即使要不到钱，也要到派出所闹一闹，让他们晓得他合八爷不是好惹的，也让群众晓得他合八爷为了集体的利益敢和派出所对着干，免得日后说起这事时怪他们街委会的干部没有尽心尽责。

说实话，合八爷对自己这一生的为人做派还是很满意的，他不贪财也不贪官，虽然爱从街上的女人们身上占点小便宜，但他从来没有越过界限，他知道，经济问题、作风问题是搞垮领导的两剂毒药，如果不在这两个问题上把握住，那他干了一辈子的革命工作就会被一餐狗肉毁了，他宁愿穷一点，苦一点，只要能够在粗石街悠闲自在地踱步就好。

这时，街上的人多了，来来往往的开始热闹起来，他们看见合八爷蹲在乐园火锅城的门口抽烟，便嬉乐他说："呀嘿——美国佬两口子有福气啵，他们在里面播早间新闻，我们堂堂的粗石街街长在为他们站岗放哨啵。"有几个和合八爷年纪相仿平常和合八爷开惯了玩笑的人还蹲在合八爷身边，从他袋子里掏出那包玉溪烟点几支抽起来，说："街长，听到床板响了吗？"合八爷便笑骂一声说："你个狗日的那么骚，昨夜你那个黄脸婆还没把你榨干？"

那些人便不明所以了，齐齐问道："那你蹲在这里干屁啊？"

"我在这里等美国佬那个狗日的开门，我想喝早酒。"

"那有我们份儿吗？"那些个全闹了起来，"合八爷，你不知道，我们可有几个月没有闻到酒香味了。"

"放你妈的犬屁，昨天我还看到你们几个喝得东倒西歪从王寡妇的店里出来，又来这里吵死哦。你们快走吧，我等下还有大事要做。"合八爷一边说一边又从袋里拿出一包三块五的黄梅烟给每人发了一根，将他们赶走了。

店门就是在这一下被打开的，美国佬一见大清早的合八爷蹲在他的大门口就吃了一惊，他还以为出了什么事，立即慌慌地问："街长，你这是……"

"你个狗日的，太阳晒屁股了两口子还要搞什么早间新闻了嘛，害得老子在这里蹲了半天。"

“昨晚有一帮兄弟在我店里喝酒，一直喝到下半夜三点才离开，所以早晨起得晚了。”

“没有搞早间新闻?”

“这两天凤姣婆搞板路，我已经吃了两三天的斋了，还搞什么早间新闻！哎，街长，你这么早到我店里有什么吩咐?”

“我到你店里能有什么吩咐？我是来喝早酒的。”

“哎呀，那可是开门捡着宝，原来财神到。街长，你快请。”美国佬说完忙把合八爷让进店里，同时对内喊道：“凤姣婆，街长到我们店里喝早酒了，也不出来招呼一下。”

美国佬的话还未说完，通向房间的门帘便掀开了，只见门帘里走出一个女人，合八爷的眼睛便有些直了，他觉得这狗日的川妹就是漂亮，就算是女儿已经七八岁了的凤姣婆，那脸蛋、那奶子、那腰叫人看了也是腿软骨酥的。那凤姣婆也不避合八爷那直勾勾的目光，迎着合八爷便走了上去：“哟，街长，今天的太阳怕是从西边出来了，舍得到我的小店里来消费了?”

“你这婆娘，街长不是经常关照我们的小店吗?”美国佬也跟着老婆唱和着。

合八爷便只哈哈地笑着，他是好久没到美国佬的店里来了，不是他不想来，他是怕来了看见凤姣婆就走不了路。

“今天我不是来了吗?”合八爷接过凤姣婆递过的烟说，“以后我天天来，吃了不交钱。”

“那你来啊，你不来你就是条傻狗!”凤姣婆说。

“那我们就说定了。”合八爷说。

“我们是说定了，只怕你前脚刚进我的店门，你的街长夫人后脚就把你拖回去割了你那个东西拿去喂狗。”凤姣婆说着在合八爷的肩上拍了一掌。

合八爷只觉得肩头轻轻一酥，正想说点什么，美国佬已把火锅端了出来。

凤姣婆在合八爷的对首坐了，美国佬拿出一坛天锅酒，在合八爷与凤姣婆的面前摆上两个土碗，那大锅酒便香喷喷地倒在了两只土碗里，凤姣婆先拿起酒碗说："街长，先敬你一碗。"说完把酒倒进了喉咙里，合八爷心里暗骂一声臭婆娘，也把酒倒进了自己的嘴里。美国佬在旁边张罗着，他对合八爷说他可不敢喝酒，万一他也喝醉了，这店子就没人照顾了。合八爷挥一挥手，美国佬便舀了一碗火锅汤，烫了点米粉算是过早了，然后到厨房里忙去了。

酒过了三轮，凤姣婆的脸上早已有了红晕，这就显得更加漂亮了，合八爷也就是三碗天锅酒的量，这时眼里早已醉醺醺地望着凤姣婆发呆了，凤姣婆又倒了第四碗酒，端起酒碗走到合八爷面前说："街长，讲，为什么今天到我的店里吃早酒？"

"我为什么要告诉你？"

"是不是你老婆昨夜把你踢到床底下了？今天想到老娘这里来揩油？"

"凤姣婆，你狗日的，我要想揩你的油还用等到今天？不过，说句实在话，你这个臭婆娘是蛮漂亮，看到你老子就想搞，可老子是谁？老子是粗石街街长，怎么能乱搞别个的老婆？"

"好，有你这句话，今天这早酒老娘请定了，不过，街长，老娘看你是个好人，是个好干部，你今天一定有什么心事，如果有用得上我们的你开口说句话，哪个不帮忙就是你的野老婆。"

"好！"合八爷说完率先把酒干了，"凤姣婆，你这句话暖心啊！不过今天这事与你无关，你也帮不上什么大忙，你能陪我喝酒就行了。"

"那老娘今天就陪你喝个一醉方休。"

"那可不行，我不能喝醉，我只是到你这里喝两碗壮壮胆而已。"

"是哪个比我们街长还要牛逼，我们街长还要喝酒壮胆才敢上场？"

合八爷叹了口气，沉沉地说："妹子，有好多事我们奈不何啊！"

凤姣婆点了点头，望着眼前这个男人，心里也不禁一叹，别看堂堂街长风风光光体体面面的，其实心里也有好多吐不出的苦，也许还没有我们这些平头百姓过得舒坦呢。

合八爷站了起来，“凤姣婆，今天这酒就喝到这里了，我要办事去了。”合八爷说完从口袋里拿出五十块钱压在土碗下，走出了店门。凤姣婆追出来还他的钱，发现合八爷歪歪扭扭地走远了，凤姣婆用手撑着门框，用眼望去，眼里竟有一些潮润，她这才把那碗还未喝完的酒一仰脖喝进肚里，竟觉得有些醉了。

合八爷在醉态中仍保持着他的方步，粗石街的人都在做生意，没有几个人和他打招呼，只有早上和他嬉乐过的几个人远远地注视着合八爷一直朝街尾派出所的那幢房子走去，他们便觉得有些不对劲，因为大家都知道派出所欠街委会征地款的事，于是，他们跟了过去想看看热闹。

合八爷在派出所的大门口站住了，他先点燃一支烟定了定神，然后大声朝里面喊道：“狗日的鸡麻眼，你给我滚出来。”

合八爷的话刚喊完，鸡麻眼王所长就出来了。鸡麻眼看合八爷有些醉了，便说：“合八爷，你狗日的喝酒喝醉了到派出所来撒什么野？小心我把你铐起来。”

合八爷立即伸出双手说：“狗日的鸡麻眼，你铐啊，你不铐你是我的崽。”

鸡麻眼的那双小眼睛立即瞪了起来，他对着合八爷吼道：“合八爷，你不要以为自己是个街长就可以为所欲为，你知道这是什么地方吗？这是专政机关，你要是影响了我们的公务，老子就可以把你铐起来。快滚，不然老子就对你不客气了。”

合八爷一下就冲上去勒住了鸡麻眼的脖子，“你个狗日的，在我的地盘上建了房子不给征地款，你们是强盗还是土匪？你不要以为有包爷包镇长给你撑腰，我合八爷就怕你，我明确地告诉你，你是包爷的一条狗，你是包爷的狗奴才！我问你，那征地款你们到底给不给？”

鸡麻眼何时受过这样的委屈，毕竟是受过专业训练的，他一反手就挣脱了合八爷，并把合八爷按倒在地，“狗日的合八爷，今天老子告诉你，你那征地款老子不给了，你敢怎么着？”

旁边看热闹的见合八爷躺在地上，急忙走过去把鸡麻眼扯开了，合八爷从地上爬起来，指着鸡麻眼的鼻子说：“那我就操你的娘，操你祖宗十八代，操你子子孙孙……”

鸡麻眼这下真正火了，他拿出铐子就要铐人，旁边的人立即拉了合八爷就走。合八爷却脾气犟得很，被那些人拉了不远便挣脱了，他又来到镇政府，走进包镇长的办公室，包镇长正在和一个群众说着什么，合八爷拉开那个群众对包镇长说，“包爷，派出所那征地款究竟什么时候给我？”

“现在给什么款？到时再讲。”

“什么到时再讲？我今天就得要。”

“狗日的合八爷，你想翻天啊！你一个小小的街委会主任还是属于镇里面领导吧？你竟敢在我面前闹？”

“你包爷包镇长讲得对，我是一个小小的街委会主任，你信不信，我如果要你从粗石街滚出去你就得滚出去。老子如果现在想揍你现在就可以揍死你。”

“合八爷，你要对你今天讲的话负责。”

“负责就负责，大不了坐牢披枷。”

镇里的干部和看热闹的群众见他们闹得不像样子了，便把他们拉开了，合八爷一边走一边骂，说些官警一家欺负老百姓、别人怕你我合八爷就不怕你之类的话。这时，合八爷的婆娘金燕知道合八爷把事情闹大了，赶快拉了他回家睡觉了事。

凤姣婆与美国佬见金燕扶着合八爷从店门口走过时才明白，合八爷喝早酒壮胆原来是为了唱这出戏。

合八爷睡了之后，金燕来到乐园火锅城，埋怨凤姣婆不该让合八爷喝那么多酒，凤姣婆不好说什么，一个劲儿地给她道歉，金燕说：“你知不知道，鸡麻眼是个心眼非常小的人，他一定要报复我们家合八爷的。”金燕说完叹叹气走了。

鸡麻眼挨了合八爷的骂，果然气壮如牛，他来到镇政府找到包镇长，包爷知道鸡麻眼也挨了骂，觉得这事一定要严肃处理，不然以后镇里大小干部都来骂领导，这工作还怎么开展？包爷叫来镇里的肖秘书，让他就合八爷骂人一事写成材料向区里汇报，而鸡麻眼除了写材料之外还报了警，把事情通报给了区公安局的张副局长。

张副局长当场雷霆大怒，他骂鸡麻眼，“你个狗日的怎么不把他抓起来？”

“那合八爷是区人大代表，我敢轻易抓人吗？”

张副局长说：“那就把他的人大代表资格抹去，这事一定要严办。狗日的竟欺负到我们公安民警的头上了，还有王法吗？你们一定要从重从严打击，绝不能手软。”

有了张副局长这句话，鸡麻眼雄心大振，他又把合八爷骂了包镇长的事向局领导汇了报，局领导的意见很统一，那就是严办。

合八爷酒醒之后，又想在街上踱步，还没出门，他在镇政府工作的一个朋友胡麻子赶紧拦住了他说：“合八爷，你还有闲心出去遛街，你今天的事已经闹大了，派出所告了你一个妨害公务罪要严办你，你赶快去给包爷和鸡麻眼认个错吧。”

合八爷听后睁大了眼睛问：“错？我有什么错？要错他们也错在前面。”

胡麻子见合八爷不听劝，也不好再说什么，临别时他还是对合八爷说：“老兄，我可把话告诉你了，到时可莫怪我不够朋友，不过，你还是真的小心一点好。”

合八爷点了点头，酒醒之后，他回忆起自己那些骂人的话是有些过头了，他便回到屋里对金燕说：“婆娘，我要出去几天，别人来问起你就说什么也不知道。”说完之后自己拣了几件换洗的衣服匆匆出了门。

这件事说起来合八爷也真是冤死了。

粗石街建街时，派出所建房占了粗石街的土地930.51平方米，一直没有办土地使用手续，应该补给粗石街街委会土地补偿金9万4千多元。年初，区公安局向市发改委申请资金用于无房派出所建设，市发改委批准了区公安局的报告，但无房派出所必须提供合法的用地手续。为了把合法用地手续搞到手，包爷和鸡麻眼找到合八爷，希望街委会补签一份用地补偿协议，但协议称“已给予补偿”，而实际上派出所没有给粗石街街委会任何形式的补偿。为了防止群众问自己补偿款的下落，合八爷没有签这份协议。

这时恰逢街委会换届选举，街委会的公章被镇政府收走保管，随后，派出所的建房用地盖上了粗石街街委会的公章，并有了合八爷的签名，合八爷断定公章是在镇政府保管时被盗用的，而且，那个合八爷的签名也是假的。

现在群众在追问那笔补偿金，而那笔补偿金本来就是子虚乌有，合八爷越想越气愤，便忍不住骂起街来。

天黑了下来，合八爷提了那两件衣服不知道往哪里去。按理，合八爷当了这么多年的村长或者街长，总有一些亲朋故旧，但他知道，一旦他骂了包镇长与鸡麻眼的事曝光开来，他就会连累别人，他合八爷可不想做这么缺德的事，可是到哪里去躲过这场风波呢？平时计谋百出的合八爷一时竟没了主意。

走着走着，合八爷竟又走到乐园火锅城来了，他停了下来，他想，也许自己跟这个店和这个店里的人有缘分，或者说越危险的地方越安全，那就在这里躲几天吧。

合八爷敲开了门，是凤姣婆开的门，见是合八爷凤姣婆什么也没说就将他迎了进去，说：“街长还没吃饭吧？”

“还是早上在你这里喝了早酒，肚子早已咕噜咕噜地叫了。”合八爷笑着说。“妹子，哥落难了，想在你这里住两天，有什么问题吗？”

“那有什么问题，街长能到小店来，说明我们的关系不一般。”

合八爷笑了：“以前没有关照到的地方请你们多包涵了。”

“哎呀，你个狗日的合八爷，今天放什么屁的客气话？没有你关照，我们两个外地人能在这街上顺顺当当做生意？你放心住，直到你觉得可以走了为止。”

他们正说着话，美国佬进来了，见是合八爷急忙想关了店门，凤姣婆白了男人一眼说：“你咋这么没长脑子，我们照做生意，既然街长这么看得起我们在我们这里住两天，我们就要装作和没事一样，这样街长才安全，我们才安全。”美国佬听了连夸老婆主意好，还发骚一样在凤姣婆的脸上亲了一口，惹得凤姣婆娇笑连连。

凤姣婆将合八爷安排在楼顶的阁楼住下，又叫美国佬煮了酒菜送了上来，凤姣婆对合八爷说：“街长，你一个人慢慢用，我不能陪你灌马尿了，我得下去守着生意，免得让人生疑。”合八爷听了，点了点头，等到凤姣婆下了楼，当他一个人端起那碗天锅酒时，竟有一些从未有过的落寞，但他还是忍住了就要流出眼眶的泪，把那碗酒全倒进了喉咙里。

凤姣婆与美国佬送走了最后一个客人，匆匆吃了点饭，便关了店门，美国佬一边收拾碗筷一边问凤姣婆：“婆娘，我们把合八爷藏在这里不会出什么事吧？”

“我哪晓得会不会出事，我又不是神仙。”

“那你还把他留在这里？”

“你这个狗日的没良心啊，我们当初到粗石街来做生意，如果没有合八爷的关照我们会做得这么顺当？还有街上那个名叫花狗的街痞，带着一帮子哪个店子不闹事，就是我们这个店子他不敢来，因为合八爷对他说过，如果花狗敢来我们的店里闹事，他就打断花狗的腿，取消他们家的年终分红。”

“那还不是合八爷看你漂亮才这么做的。”

“你这个砍脑壳的，这个时候了还讲这种话，当初要盘这个门面遇到困难时还不是你让我去找合八爷的，现在又来说这种屁话。”凤姣婆生起气来，将正在抹桌子的那条抹布摔到了美国佬的脸上。

“我不过是说说，你发什么火嘛，我知道合八爷是个有色心没色胆的人，他家里那个黄脸婆管他比管她的那个崽还要严，你和合八爷是清清白白的。婆娘，我讲错了，向你道歉还不行吗？”

凤姣婆这才有了笑脸，接过美国佬递过来的抹布继续抹着桌子。

收拾好店面，他们都上到了阁楼，美国佬掏出了玉溪烟说：“街长，叫你住在这里委屈你了，你放心，没什么大事，过不了几天，你又可以在粗石街悠闲地踱步了。”

“但愿如此吧。”合八爷吸了一口烟说。

“但我觉得这样躲下去不是个办法，”凤姣婆用手扇着两个男人吐出来的烟雾，“我们四川人都是直筒子，讲得不对街长你莫介意，按我的主意呢，那派出所与镇政府有错在先，你还怕他们不成？青天在上，他们还能一手遮天？我讲你事情已经闹了起来，干脆就闹大点。”

合八爷听凤姣婆说得有理，一下子又喷发了激情，“怎么闹大点？”

“给新闻媒体写信，给社会各界写材料，让他们都知道事实的真相。”

“就算我写了，也没有办法弄出去啊？”

“那不是有我凤姣婆帮你吗？”

“妹子……”合八爷那一下感动得差不多要给凤姣婆两口子跪下了，“如果哪一天我合八爷还有出头之日，我一定不会忘记你们的大恩大德。”

第二天，凤姣婆给他买来了纸和笔，合八爷在阁楼里整整写了一天，那天晚上，凤姣婆把合八爷写的材料寄到《凤城日报》，然后又连夜骑着摩托车把另外一些材料散发到粗石街及附近一些村镇的大街小巷。合八爷在材料中说，派出所与镇政府联合造假偷盖公章并模仿签名，并说派出所不愿补偿粗石街街委会的土地征用费，那里面一定有什么猫儿腻，等等。

鸡麻眼第二天打开派出所的门一看，门口贴了一张合八爷写的材料，他那个气呀不晓得怎么出，一把抓起那份材料就要撕，但他想一下又忍住了，他在心里说：“合八爷，你个狗日的，天堂有路你不走，地狱无门你偏行，可莫怪我心狠手毒了。”他拿着材料进了屋，刚想给局里打个电话报告一声，电话却先响了，电话是隔壁乡的派出所打来的，那个名叫蒋昌五的所长说，鸡麻眼，你怎么回事？你在粗石街做的事那材料都发到我们这里来了，你这个所长还想不想当了？鸡麻眼气得肺都要炸了。他急忙给区公安局汇报了案情，然后来到了镇政府，刚好包爷也见了满街的材料气得在办公室骂娘，鸡麻眼与包爷一合计，决定先把合八爷监视起来再讲。包爷又指示肖秘书向区人大写报告，请求取消合八爷的人大代表资格。鸡麻眼得了包爷的指令，立即派民警到合八爷家里去监视，却发现金燕正在和几个婆娘打麻将，问合八爷到哪里去了，金燕说："你们还不知道合八爷的脾气，他到哪里去会告诉我吗？我也正在找他呢，砍脑壳的几天不回来，肯定又和哪个骚货在床上要狮子去了，你们如果找到他叫他快点回家，不然我就割了他那个东西去喂狗。"民警见问不出个所以然，便把合八爷已经逃匿的事报告了鸡麻眼，鸡麻眼闻言大惊，再次和包爷合计，两人赶到区人大，将案情作了紧急汇报，区人大向区公安局了解情况，张副局长告诉人大，合八爷妨害公务罪已经立案，请求区人大立即取消合八爷的人大代表资格，区人大只好召开常务委员会紧急会议，取消了合八爷的人大代表资格，鸡麻眼又到区检察院申请了逮捕令，在粗石街以及附近地区紧急追捕合八爷。

合八爷这时还在阁楼上喝着天锅酒，对外面的事一无所知，凤姣婆在街上打探消息还没回来，正当他喝得神五神六的时候，凤姣婆爬到了阁楼上，一见面凤姣婆就大号一声说："街长，不好了，派出所已申请了逮捕令，正到处抓你呢。"合八爷一听，那酒碗就落到了地上，声音有些结巴地问："那……那现在……怎么办？"

"那你现在只好在这里躲一躲，等天黑以后再动身。一个字：逃！"

二、不要命了啊

正是下午两点多钟的时候，花狗和衙内等一帮子进了乐园火锅城，一进门，他们就冲美国佬喊道："老板，上菜。"美国佬不敢怠慢，立即张罗起来，仅仅用了七八分钟就把麻辣火锅上到了花狗他们的桌子上。

"兄弟们喝点什么酒？"美国佬恭敬地问。

“来三瓶五十六度的二锅头。”

酒上来之后，花狗他们便开始喝了起来，美国佬在一旁侍候着，只听衙内说：“大哥，那几个湖南崽想在我们的地盘上捞吃，不教训他们是不行的了。”

花狗不喝酒，每次到美国佬的店里吃饭，他只喝一杯红茶，真有点大哥的派头，他听了衙内的话说：“先喝酒，一切大哥为你们做主。”

衙内一伙便不再说什么，三瓶酒一下就见了底，衙内还想喝，花狗摆了一下手，美国佬便赶快过来了，花狗说：“酒先喝到这里，先去办了正事。”丢了两百块钱在美国佬的手上，一伙人便出了门，来到对门一家名叫“山里人家”的土鸡店。

架就是在那一刻打起来的，美国佬眼睁睁地看着花狗那一伙人把那几个湖南崽往死里打，湖南崽虽奋起反抗，无奈寡不敌众，有两个被衙内砍翻在地，四周的人见架打得那么凶，生怕伤到自己，全都作鸟兽散了，只有美国佬站在店门口看得呆了，然后一想不对劲，就赶紧打了120急救电话并报了警。

花狗一伙砍完人立即散了，十多分钟之后美国佬才看到鸡麻眼带着队伍赶到，他们到了现场之后发现一个死亡一个重伤，便立即送伤者去了医院，然后全城追捕肇事者，但令鸡麻眼没想到的是，附近的街坊都不能或不愿说出行凶者是谁。鸡麻眼只得去查当时的报警电话，才晓得电话是从乐园火锅城打出来的，鸡麻眼便将美国佬喊到了派出所。

凤姣婆一见鸡麻眼叫走了美国佬，生怕她把合八爷藏匿在火锅城的事捅出来，便急得尿都要出来了，但急也没用，只好等美国佬从派出所回来再说。

倒是合八爷沉静得很，一边喝酒一边说：“有了这件案子，鸡麻眼他们哪里还顾得上我？放心，这两天绝对平安无事。”

凤姣婆觉得合八爷分析得有道理，也就安下心来，只是当合八爷的手无意间在她的奶子上贴了一下时，她才说，“都这种时候了你还吵死啊！”一个人咚咚咚下了阁楼。

美国佬还是第一次到这个合八爷恨之入骨的派出所，心里竟然慌慌的，鸡麻眼拖条凳子让他坐下，还主动给他发了一支烟并为他点燃，美国佬有一些受宠若惊，慌慌地抽着烟，便问：“王所，你找我来有什么事？”

“秦老板，你不要怕，这个案件你是第一报警人，我们公安人员非常感谢你，你也是这个案件的重要目击证人，所以你必须出来做证，不然这个案子就难搞了。”

听说要自己做证，美国佬慌了，这可不是开玩笑的，花狗衙内那一伙都是亡命之徒，万一公安机关不能一网打尽，那他这一辈子就都不得安宁了。想到这里他忙说：“其实我也没看见什么，只是见人倒在地上为了救人才报的警。”

但鸡麻眼是个老公安了，他哪里肯信美国佬的假话，但他又不能拿美国佬怎么办，于是他说：“我晓得你在家什么事也做不了主，你先回去和你那个漂亮老婆商量一下，明天早晨我等你的回话，还有，没有公安机关的批准，你不能离开粗石街。”

美国佬唯唯诺诺离开了派出所，回到火锅城的时候，凤姣婆正急得上蹿下跳。

“你没把合八爷的事说出来吧？”

“粗石街出了这么大的人命案，火烧了他们的屁股，他们哪还有心思管什么合八爷。”

“这就好，那他们要你做什么？”

“要我做证。”

“那就做呗。”

“你个傻婆娘，如果做了证让花狗他们晓得了，不一刀子砍死你啊！”

“那现在怎么办？”

“我哪知道，这不回来问你吗？”

两口子都不作声了。凤姣婆虽是个聪明的女子，可她也从来没遇到过这样的事，一下子怎么拿得出主意。

夜晚的风就这样在店子里非常杂乱地吹着，两个人坐在那里，听着粗石街嘈杂的声音，突然觉得这个世界真正地变了，如果在故乡的山村，发生了这么大的命案，肯定满村子的鸡鸣狗吠，而现在粗石街照样灯火通明，人声鼎沸，他们对发生在他们眼皮底下的事都来不及关切就都得为自己的日子奔波了，城里人和乡下人其实都一样，过得都不容易。

风在这时停了下来，美国佬抬起头，发现合八爷已站在了他们的面前。

“你怎么下来了？不要命了啊？”凤姣婆说着就要把合八爷推到楼上去。合八爷却嘿嘿一笑说：“不怕，现在那些狗日的自己已忙得像条傻狗一样，哪还有空来管我？”

“还是小心一点好。”凤姣婆忙示意美国佬关了店门。

店门关好以后，风就不再乱吹了，现在是三个人坐在黑暗中了，合八爷点了一支烟后说：“说说我们三个人的事吧。”

但真要说一说的时候，大家却说不出话来了，合八爷的烟雾在屋子里缭绕着，凤姣婆咳嗽了几声，但仍然没有话语。于是，合八爷把烟丢到地下用脚踩熄说：“我反正是不打算逃了，我能逃到哪里去？而你们是必须去做证的，因为配合公安人员破案是每个公民应尽的职责。”

“合八爷，你莫哄我，我是不会去做什么证的，你要知道，万一让花狗他们晓得是我们去做的证，我们两口子死定了，你不逃被他们抓住最多判个年把刑，我们要是被那些砍头的抓住，那就没日子过了。”美国佬一口否定了合八爷的意见。

“要不，我们一起逃吧，我也不想坐牢。”

“我们不能逃，”凤姣婆说，“我们这么大的一个店，怎么能轻易撒手？再讲，我四川老家的亲人们还指望着我们的钱来过日子呢！只要我们不去做证，花狗他们就不会对我们怎么样。”

三个人正说着，外面就响起了敲门声，美国佬急忙示意合八爷上了阁楼，然后打开了门。

门外，站着鸡麻眼和一个叫秋林古的警察。

鸡麻眼带着秋林古走进了店里，美国佬和凤姣婆急忙迎上，说："王所，这么晚了，还要来喝一杯？"

"喝你的头啊！我现在哪还有心思灌马尿？"鸡麻眼在凳子上坐了下来，凤姣婆忙为他点了一支烟，"美国佬，做证的事考虑得怎么样了？"

"王所，我们家美国佬真没看见什么，他能去做什么证啊？"凤姣婆赶紧说。

"警是他报的，120急救电话是他打的，竟然说没看见什么？是不是存心跟公安机关作对啊！凤姣婆，我跟你说，知情不报也是犯罪。"鸡麻眼说完，也把烟丢到地上，但他立即愣住了，他飞快地捡起合八爷刚刚踩熄的烟头，厉声问道："合八爷是不是藏在你们这里？"

美国佬暗叫一声不好，但见东窗事发，只得推诿道："他……没有来过。"

"放屁！这是合八爷专门抽的"回龙牌"香烟，整个粗石街抽这种烟的人不超过三人，你还想骗我？"

凤姣婆见事已败露，只得打圆场说："王所，你莫发火，合八爷刚才是来过，吃了点东西就走了。"

"你们知不知道，合八爷是逃犯，发现了他应该立即向派出所报告。秋林古，快去查一下。"鸡麻眼吩咐道。

秋林古立即在全店开始了搜查。

美国佬与凤姣婆的心那一刻真的提到了嗓子眼，要是真的抓住了合八爷，他们就是有一千张嘴也说不清了。但秋林古搜了一遍后向鸡麻眼报告说没有发现合八爷。美国佬与凤姣婆见秋林古这样说，总算把心放了下来，但鸡麻眼却又对秋林古说，把他们两个带到派出所去，发现逃犯不予报告，按照治安管理条例进行处罚。

"怎么处罚？"凤姣婆觉得真是撞到鬼了，忙小心翼翼地问。

"行政拘留十天，罚款1500元。"

"天啊，这可搞不得，你把我们关进牢里，我们店里的生意还做不做啊？"美国佬急忙哀求道。

"那我不管。秋林古，把他们带走。"

“王所，你就放过我们这一回吧，下次再也不敢了。”

“你还想有下次?”

“下次我们如果发现了合八爷一定要向你报告，再讲，合八爷又不是通缉犯，我们怎么知道他是你们派出所要抓的人啊!”凤姣婆又哀求着说。

鸡麻眼认真看了凤姣婆一眼，觉得这个女人不简单，她倒是很好地提醒了自己，如果一下抓不到合八爷，就在网上通缉他。想到这里，他对美国佬说，“不处罚你们也行，但你们必须为在‘山里人家’发生的血案做证。”

“做证? ……”

“不做证就处罚。”

凤姣婆觉得今天算是被这个狗日的鸡麻眼抓住了把柄了，就是一只鹰也难逃出他撒下的网了。

“那你们能为我们保密吗?”凤娇婆问。

“保护证人是我们公安机关的神圣职责，你放心，只要你们出来做证，我王荣林用生命保证你们的人身安全。”

“那我们就说定了，明天，我们就到派出所去做证。”

鸡麻眼嘿嘿一笑，走出了乐园火锅城。谁知鸡麻眼前脚刚走，合八爷就来到了店里。

“我的天啊，”凤姣婆惊呼一声，“你刚刚跑到什么地方去了?”

“阁楼上有一条后门，我躲在后门外只有两寸宽的墙沿上。”合八爷说完，拍拍美国佬的肩膀说：“兄弟，我连累你们了。”

“你还是快逃吧，或者干脆去自首，你的事就那么大，有些事情说清楚了，也许就没有什么事了。”凤姣婆劝他说。

“我没有错，更没有犯罪，我去自什么首?”合八爷又点燃了一支回龙烟，“落到他们手里，我什么也说不清楚了，我要去上告，我就不相信，这粗石街的天是包爷和鸡麻眼两个人的。”

见合八爷这样说，美国佬和凤姣婆就不好再说什么了，然后，合八爷说：“凤姣婆，麻烦你们帮我搞点吃的，再借我五百块钱，我连夜就走，免得拖累你们。”

凤姣婆望了美国佬一眼，美国佬到厨房准备吃的去了，凤姣婆拿出一千块钱给合八爷，说："多带点钱，钱是男人胆，没钱在外面怎么过日子。"

合八爷点点头，给凤姣婆写了一张借条，叮嘱她偷偷到金燕那里去收账。这时，美国佬已把吃的东西准备好了，合八爷拿上东西，美国佬悄悄地给他打开店门，像过去的地下工作者那样朝四下一看，用手一挥，合八爷立即出了店门，像一只老猫一样窜过了粗石街。

店门立即关死了。

三、小蕊不见了

那个晚上，美国佬与凤姣婆睡得挺踏实的，他们甚至在睡前还兴奋地来了一场云雨之乐。第二天一大早，凤姣婆在家看店，美国佬就到了派出所。一进派出所大门，鸡麻眼早在那里等着他了，见美国佬来了，便示意他在自己对面的凳子上坐定，秋林古拿出本子。鸡麻眼便问了起来。那一下，美国佬有一种受审的感觉，但他一想这也许是派出所的一个规矩，便安安心心地把那天的情况说了。但在说之前，他还是一再要求鸡麻眼为他保密，直到鸡麻眼把头点得像鸡啄米一样，他才开了口。

由于有了美国佬的证词，鸡麻眼立即抓了花狗，但衙内文军和另外两个同伙跑了，由于证据确凿，花狗对犯罪事实供认不讳，法院判了花狗赵锦州的死刑。那一天，整个粗石街张灯结彩，喜炮冲天，特别是那些外地来粗石街做点小生意的人更是奔走相告，欣喜若狂，为政府推翻一座压在他们头上的大山而欢呼，美国佬和凤姣婆站在店门口望着那些欢呼的人群也情不自禁地高兴起来，暗暗地觉得自己为政府为粗石街做了一件天大的好事。那时，他们真希望鸡麻眼对那些欢呼的群众说，你们知道吗？政法机关能够为粗石街除害，全靠美国佬与凤姣婆做证呢！

枪毙花狗那一天，粗石街下着许多年以来从未下过的大雨，那时，合八爷正走在逃亡的路上，他不知道能躲到哪里去，他也不知道他最后的归宿在哪里，他一个人走在一条不知道通往哪里的马路上，他的衣服既破又烂，像一个讨米的叫花子，如果不是非常熟的人，任谁也认不出他就是那个喜欢在粗石街踱步的合八爷了。合八爷感到懊恼极了，当初自己是不是发癫了，为了街委会的利益去骂什么街嘛，就算那些钱追了回来，分到他合八爷名下他又能占得多少？现在自己真的已经成了逃犯了，想一想，这值吗？更令他气愤的是，在这之前，他曾偷偷地去找了区委书记，书记指着他的鼻子说："你个狗日的，胆子也忒大了，你今天敢骂镇长，明天就敢骂区长市长。"合八爷想向他解释一下，区委书记根本不听他的，他对合八爷说："赶快去自首，争取宽大处理，你是跑不掉的。"他还趁合八爷不注意偷偷地报了警，害得合八爷那个晚上跑得脚都要断了。

雨越下越大了，合八爷坐在湿淋淋的地上，禁不住放声哭了起来。

美国佬和凤姣婆没有去看热闹，而是早早地关了店门，这一天，他们在四川老家读书的女儿小蕊要到粗石街读书了。他们觉得四川老家乡下的教学质量太差，应该让女儿到大城市来接受最好的教育，这些年两口子在粗石街开店也赚了点钱，为女儿读书交点赞助款还是不成问题的，并且，他们已经联系好女儿读书的学校了。一家人正高兴的时候，电话来了。

电话是凤姣婆的堂弟老鬼打来的，凤姣婆一向不太喜欢她这个不务正业的堂弟，他也是凤姣婆带到粗石街来打工的，却不怎么学好，整天跟着花狗他们瞎混，凤姣婆也曾喊他到自己的店里帮忙，但他只做了一天就叫苦连天，第二天就走人了事。自从花狗出了事之后，他也不见了踪影，没想到这个时候却给自己打来了电话。

"姐，我是老鬼啊，你和姐夫怎么那么傻去做什么证嘛，告诉你，衙内已经晓得了，过些日子他们就要到粗石街收拾你们了。"

"衙内是怎么知道的？"凤姣婆惊出一身冷汗，"派出所不是答应为我们保密的吗？"

“衙内怎么不知道？那判决书上写得一清二楚的，你们快逃吧。”老鬼说完便挂断了电话。

那一下凤姣婆只觉得全身都冷了，惹上了这帮亡命之徒，今后还有好日子过吗？她走过去一把抓住美国佬问：“老公，怎么办？”

“我明天去找鸡麻眼，问问他为什么。”

“你一定要鸡麻眼想出一个办法，不然我们比合八爷还要惨。”

那个晚上，两口子一夜没睡，唉声叹气的，直到天亮了才眯了一会儿。

第二天早晨，美国佬刚打开店门，就发现鸡麻眼站在门外，他想，也许鸡麻眼也接到了老鬼的电话来保护自己来了，便高兴地说：“王所，你来了，我正想去找你呢！”

鸡麻眼白了美国佬一眼：“先进去谈。”说着率先跨了进去，并在凳子上坐了下来，凤姣婆刚披衣起床，见了鸡麻眼也忙着倒了一杯茶，坐在他跟前说：“王所啊，你可要给我做主啊！”

鸡麻眼忙问发生了什么情况，美国佬便把接到恐吓电话的事说了一遍，鸡麻眼便说：“是法院那帮狗屌的说这么重要的证人证词必须公开，以示司法公正。放心，那几个小毛贼有什么可怕的，现在他们的大哥花狗已经死了，他们成不了什么气候，放一百个心，有派出所保着你还怕他个屌？”

“王所，我们一家人今后的日子可就全指望你了。”凤姣婆把身子都靠在了鸡麻眼的身上，鸡麻眼急忙移开了，鸡麻眼不像合八爷，见了女人就来劲，他只对往上走有瘾，这次抓了花狗一伙，局里、区里给他记了功，他相信，下一届局里领导班子调整，有一个副局长的位置肯定是他老王的了。

“没什么鸟事，莫做起那个样子，天塌不下来。”鸡麻眼安慰他们说。

美国佬两口子这才放下心来，正想给鸡麻眼准备一些早餐，鸡麻眼却突然问道：“你们知道合八爷逃到了哪里？”

“王所，你可不要开玩笑，”凤姣婆大叫起来，“我们要是知道他逃到什么地方了还不赶快向你报告？我们是真不知道那个狗日的跑到哪里去了。”

“凤姣婆，你个臭婆娘讲假话连脸都不红呢！告诉你，金燕已经跟我说了，合八爷逃走是你们给了他一千块钱呢，前两天还到她家收账去了，快说，合八爷到底逃到哪里去了？告诉你，窝藏罪犯也是犯罪。”

凤姣婆白了美国佬一眼，暗骂一声金燕这个臭婆娘真不是个东西，经鸡麻眼一吓就把什么事都说了出来，也怪美国佬这个小气鬼，就那两个烂钱就要收得火紧了，现在被人家抓住把柄了吧！

“王所，你的话句句是实，合八爷逃走的时候是在我们这里借了一千块钱，我们当时也不好不借，你晓得我们到这粗石街开了这家小店合八爷是帮过我们的，再讲，当时我们也不晓得他是罪犯，至于他借了钱到哪里去了我们确实是一点也不知道，我们两口子要忙着做生意，又没有天天跟着他。”凤姣婆向鸡麻眼解释着。

鸡麻眼一听凤姣婆说得合情合理也就没再说什么，拍拍屁股站了起来说：“你们好好给我听着，一有合八爷的消息就来报告我，如果隐瞒不报，看我怎么收拾你们。”说完一撅屁股走出了店门。

整整一天，美国佬两口子都没有心思做什么生意，甚至客人要一个水煮鱼片，美国佬竟然给人家弄了一个水煮牛肉，搞得客人在店子里屌娘，直到凤姣婆出面重新给他们做了水煮鱼片，并把那盘水煮牛肉送给他们白吃客人才罢手。天还没黑，他们就早早地散了工关了店门，把刚刚接到粗石街的女儿小蕊送到同在凤城打工的妹妹秦二秀那里，求她顾着侄女，好在学校已经联系好了，秦二秀没费什么心便把侄女送了学校。

但第三天，秦二秀就跑到店里说，小蕊不见了。秦二秀一边哭一边说，今天下午放学的时候她到学校去接小蕊，左等右等就是没有看见她，秦二秀又去问班主任，班主任说，他也正想与秦二秀联系，这小蕊今天早晨压根儿就没来。美国佬与凤姣婆一想就糟了，一定是衙内那伙人动手了。

“砍脑壳的，现在怎么办啊，我可怜的女儿啊！”凤姣婆瘫在地上大哭了起来。

美国佬垂手站在那里，不知道如何是好。

凤姣婆哭够以后，站起来对美国佬说："我们现在绝对不能报警，如果报警我们小蕊就没命了，这些狗日的太狡猾了，知道我们这里有鸡麻眼罩着他们奈不何，便在小蕊身上下手。老公，赶快收拾东西，我们必须离开粗石街。"

"离开粗石街？不做生意了？"

"你个傻狗，这粗石街的生意还做得下去吗？"

"那小蕊怎么办？"

"他们绑了小蕊一定会来电话的，他们要什么我们都给他们，我们只要小蕊。"

见凤姣婆这样说，美国佬自己也拿不出什么好主意，只得按计行事。

然后凤姣婆又对秦二秀说："老妹，你回家之后要赶快搬家或者离开凤城，如果衙内他们找不到我们一定会对你动手的。"

秦二秀应了一声，狠狠地剜了哥哥一眼说："你个癫子，去做什么证嘛，害得一家人不得安宁。"

"老妹，现在不是埋怨哪个的时候了，怪只怪那个狗日的鸡麻眼说话不算数，没有替我们保密。"

"可我刚在凤城干出了一点名堂，我不想离开凤城。"

"那你就赶快搬家。"

"那也只有这样了。"秦二秀说完便离开了店子。

美国佬和凤姣婆坐在店里蒙了，特别是美国佬，把自己恨得要在墙上撞死，他不明白，明明是这么好的一件事，怎么会糟成现在这个样子？是自己错了？是合八爷错了？是鸡麻眼错了？还是人民法院错了？想起自己与凤姣婆离乡背井千里迢迢来到这座别人的城市打工，每天起三更睡五更含辛茹苦攒起了现在这点家业，可就在自己的几句证词之下就化为灰烬，如果自己安安心心在四川的那个老家穷是穷点苦是苦点，也不必像现在这样提心吊胆，让幼小的女儿去遭受那无妄之灾了，想到这里，美国佬禁不住哭了。

可美国佬才开腔哭了两声，电话就响了。凤姣婆急忙拿起电话，她立即听到了衙内那哈哈大笑的声音。

“凤姣婆，你个骚婆娘给我好好听着，告诉你，得罪我文衙内绝对没有什么好处，告诉你，从今天开始，你死定了！”

“文大哥，莫发火，有话好好说！千万莫伤害我家小蕊。”

“放心，你的女儿在我们这里乖得很，但你们如果不拿出六万块钱来，只怕这个乖乖女过不过到明早我就不知道了。”

“文大哥，你能不能先缓一缓，我们一下子凑不齐这么多的钱……”

“那是你的事。我告诉你，今天晚上七点半你必须把钱送到，交款地点另行通知，不然，嘿嘿……”

“好好，我们立马去筹钱。”

电话在凤姣婆说完这句话后一下子就挂死了，凤姣婆与美国佬对望了一眼后，立即就向派出所跑去。鸡麻眼在听了他们的情况后，也赶快向区公安局作了汇报。凤姣婆与美国佬围住鸡麻眼，要他一定救出小蕊，不然，他们两个就吊死在派出所的大门口，鸡麻眼见出了这么大的案子哪敢怠慢，立即安排警力破案，但凤姣婆与美国佬围住他不让他离开，仿佛鸡麻眼一离开，他们的女儿小蕊就完蛋了一般。鸡麻眼被他们搞得烦死了，却又无可奈何。

直到那天晚上七点钟，鸡麻眼他们的破案仍毫无头绪，不但没有找到衙内他们的踪迹，而且连他们的一点信息也没有，凤姣婆在派出所大闹了起来，她指着鸡麻眼的鼻子骂道：“你个狗日的鸡麻眼，哄起我们家美国佬给你们做证，现在你们撩出了祸却要我们来给你们承担，今天你们要是救出了我们家小蕊便罢了，如果救不出，我和美国佬也不活了，鸡麻眼，我要杀了你全家为我们家小蕊报仇！”

鸡麻眼这一下完全被凤姣婆搞得火起来了，他也对凤姣婆怒吼道：“你杀啊，有本事你杀啊！你个狗日的一天老守着我，我怎么去帮你破案？你们快滚，不然，我们也像对待合八爷一样，告你一个妨害公务罪把你们全送进看守所算了。”

鸡麻眼的这句话惹出了凤姣婆更大的火气，但她不和鸡麻眼骂，而是坐在派出所的门口，哭是那么哭，骂是那么骂，惹得围观的群众个个骂鸡麻眼，把个派出所搞得乌烟瘴气。

眼看七点半就要到了，美国佬拉起在地上哭癫的凤姣婆回到了店子，虽说在粗石街这些年他们赚了点钱，可大多数都开支了，眼下家里所有能凑起的现金也只有两万块，美国佬把这两万块钱用报纸包好，放进一个蛇皮袋子里，他知道，派出所破案不知道要到哪个猴年马月去了，去和衙内好好说一下，也许两万块钱他们能把小蕊放出来。

但那个电话一直没来，美国佬和凤姣婆的心像悬在天上的月亮，空空荡荡的，美国佬从袋子里拿出一支玉溪烟点了起来，他平时很少抽这么好的烟，袋子里备着主要是为了招待客人的，现在他自己也抽了起来，他想，反正要家破人亡了，自己也先抽支好烟，不然死了都不值。凤姣婆见美国佬抽起了烟，她也回到厨房拿起一块卤牛肉大口大口地嚼了起来，说实话，她确实有些饿了，从早上折腾到现在她滴水未进，现在吃起来发现自家的卤牛肉竟这么好吃。

正在这时，电话响了，凤姣婆丢下卤牛肉急忙抓起了电话，电话中响起合八爷有气无力的声音。

“凤姣婆，你们快来，小蕊在我手里……”

四、一刀结果他算了

雨一直在下，合八爷真有一种穷途末路的感觉，他更气的是金燕，他曾偷偷地打电话回去，金燕一听是他的声音，连电话也不敢接，这样的婆娘真是少见少有，如果自己还有出头之日，一定要休了她！

凤姣婆借的那一千块钱早就没有了，他已经从垃圾箱里翻东西吃了，他还真没想到，那垃圾箱里的残羹剩饭在饿了的时候吃起来还真是香极了，这一下，他高兴起来，至少，他不会很快饿死，只要自己不死，就有申冤的机会，他就可以重新在粗石街悠闲地踱步，他就可以在凤姣婆的面前说几句荤荤的笑话。想到这里，合八爷活泛起来，他坚强地往省城的方向走，他相信省城的那些清官们一定会给自己平反的。

天完全黑下来的时候，雨仍然没有停，合八爷又冻又饿却没有一处可以停泊的地方，而雨仿佛越下越大了，雨雾中他恍恍惚惚走到了一座山神庙。庙很破旧，应该很久没有香火了，合八爷知道，这里就是他今晚的宿营地了。他把身上的湿衣服脱下来拧干，披在一尊神像上晾着，然后，翻出那些从垃圾箱里拣来的食物嚼了起来。

这时，他突然听到了说话声与脚步声，而且那脚步声离山神庙越来越近，他本来是不想理会的，但他害怕那些人把他赶出去，害他到外面淋雨，那今晚的日子就难过了，于是，他爬到神像后面藏了起来。

那伙人果然进了山神庙，一边咒骂这恶劣的天气，一边埋怨着什么人，合八爷悄悄伸出头一看，却一个都不认识。这时，只见一个瘦猴一样的小伙子说："老鬼，给衙内打电话，就说我们到了指定的地方。"

那个叫老鬼的家伙拿出手机，拨了号码后说："大哥，我们到了，你叫美国佬交钱取货吧！"

合八爷一听，惊了一大跳，原来这些狗日的竟是衙内一伙，他们要美国佬交什么钱取什么货呢？

"叔叔，我饿……"合八爷突然听到了一个稚嫩的声音在呼唤。

"小蕊，你莫喊，等下你爸和你妈就来接你了，你就可以回去吃饭了。"那个叫老鬼的蹲下去轻轻地对那个小女孩说。

"叔叔，我真的饿了，肚子咕噜咕噜叫了。"

"莫喊，再喊老子一巴掌撩死你。"那个瘦猴子朝女孩吼道。

合八爷一下子就明白了，他知道这些家伙是花狗的余党，花狗之死是因为美国佬出庭做证，现在，他们来找美国佬与凤姣婆的麻烦了。

合八爷在心里笑了一下，没想到自己骂了镇长所长被白道在网上通缉，美国佬为白道做证，却被黑道追杀，真是人生一出戏，其中滋味谁能解得清？

那些家伙在庙内的后堂坐了下来，瘦猴子拿出酒菜铺在地上招呼那帮狐朋狗友喝了起来，把小蕊一个人丢在了殿前，连个放风的也没有，他们做梦也不会想到这山神庙里还藏着个合八爷。合八爷一看机会来了急忙从神像上下来，抱起哭泣不止的小蕊就从后门跑了出去。

合八爷跑啊跑，总算前面有个村庄，他来到一家小卖部，拿出身上仅有的两毛钱给凤姣婆打了个电话。

美国佬与凤姣婆立即赶到了那个小村庄，他们不知道对合八爷说些什么，紧紧地抱住女儿，四个人只是一个劲儿地流泪，小卖部的大嫂把他们让进屋子，烧起了一炉火让他们烤干已经湿淋淋的衣服，并煮了一锅酸辣姜汤让他们喝暖了身子，凤姣婆掏出五十块钱给那位大嫂，大嫂拒绝了，她说："谁家没有个难事。"说完又去准备铺盖，"今晚在我家住一宵，明早再走吧。"

可他们怎么睡得着，都是被追着不得安生过日子的人，眼下最需要想的就是，明天他们怎么办？以后他们怎么办？

"眼看日子没法过了，街长，你年纪大，以前又是领导，你想个办法，我和美国佬听你的。"凤姣婆首先打破了沉闷。

"我想去自首，我只骂了包爷和鸡麻眼那两个狗日的，事只犯得这么大，就算他们再黑，也最多坐两三年牢，到时出来还可以安安生生地过日子。"合八爷接过美国佬递给他的烟，美美地吸了一口，他已经好久没有这么美美地吸过烟了。

"你倒好，是政府在追你，自了首就没事了，我可是被黑道追杀，那些狗日的个个是烂命一条，他们不为花狗报了仇是绝不会放过我们的。"美国佬重重地叹着气说。

"那你们还是先逃，也许过几年那些烂崽又犯了事，被政府搞死了，你们也就没事了。"

"可我们能逃到哪里去？"

"一个离凤城越来越远的地方，一个黑帮找不到的地方。"

"这个地方在哪里？"

"我不知道。"合八爷也重重地叹了口气。因为他知道，只要那些烂崽想为他们的大哥报仇，就是天涯海角他们也找得到。但现在不躲不行啊，躲过一时算一时。这样想着，他又对他们说："现在没有其他的路可走，躲到哪天算哪天。"

美国佬与凤姣婆点了点头，他们觉得合八爷说得对，除此之外，他们还有别的办法吗？

夜色越来越浓，而雨则早已停了。

一条弯弯的河，一江碧透的水，一条小小的街道，显得那么安然而宁静。

当合八爷、美国佬与凤姣婆带着小蕊经过一个多月的逃亡来到这个名叫石婆水的小镇时，他们决定不走了，就在这里停下来。

合八爷本来是要去自首的，他试着给金燕打了个电话，金燕在电话中告诉他，叫他千万不要回来，一旦回到粗石街他就死定了，因为鸡麻眼在粗石街贴出了告示说合八爷已是网上通缉犯，一旦抓住一定要重判。合八爷原以为鸡麻眼那个狗日的闹闹就算了，没想到他们竟然在网上通缉他，合八爷是粗石街的街长，他知道网上通缉意味着什么，于是他只好跟着美国佬他们逃了。

既然在这里停下来，就要准备好好过日子了，过日子是需要柴米油盐酱醋茶这类东西的，而这类东西是要用钱去买的，虽说美国佬两口子身上带了两万块钱，可这东逃西躲的已折腾得差不多了，要想在这安然宁静的石婆水住下来，就必须挣钱过日子。于是，他们盘下一家铺面，在街上开了一家川菜馆，只是店名不再叫"乐园"而是叫"破碗居"了。开张那天，当合八爷点燃那一串响得欢快的鞭炮时，凤姣婆在店里哭得一塌糊涂，美国佬劝了半天一点效果也没有，合八爷在旁边悄悄地说，"让她哭吧，压抑了这么久，除了哭还能做什么？"美国佬便停住了劝，而凤姣婆却站起来揩干眼泪说："狗日的，不哭了，做生意！"

生意不是太好也不是太坏，赚的那些钱除了他们四个人的日常开支及各种管理费用外，每天也就节余百把块，这就令他们非常高兴了，在这样一个偏僻小镇他们不想赚多少钱，只要能够支撑起他们逃亡的日子就行了。

这天是合八爷的生日，等客人散尽之后，美国佬搞了个重庆火锅，凤姣婆拿了一瓶好酒，四个人便围着火锅喝了起来，小蕊很听话，虽然在石婆水的这些日子里她无法上学，但凤姣婆给她买了课本和练习题，让她自己读书。因此吃完饭后，她就回房间做作业去。而合八爷与美国佬、凤姣婆的酒却喝得有些晕了。

这时，凤姣婆又拿出一瓶酒，她先给合八爷倒了满满一杯，然后又给自己倒上，端起酒杯说："合八爷，不不不，街长，敬你一杯，感谢你与我们同甘共苦。"

"不不不，不要叫我街长，就叫我合八爷，这样叫着心里舒坦，我听着也顺耳，再讲，那个狗屁街长老子早就不当了，我现在是什么？是逃犯！哈哈哈……来，凤姣婆，干！"

两只杯子用力一碰，一杯酒进了喉咙。

美国佬笑眯眯地望着他们喝，在石婆水的这些日子，结束了那种颠沛流离的生活，他感到了一种久违的安然与宁静，如果日子就这样过下去，他愿意在石婆水终老百年。

"合八爷，我也敬你一杯，祝你生日快乐，健康长寿！"美国佬也举起了酒杯。

"不，你不能多喝，"凤姣婆拦住了，"我们三个人必须要有一个人是清醒的，现在是什么时候？小心为上。"

美国佬点了点头，他觉得自己这一辈子没什么出息，却讨了一个好婆娘，不但人漂亮，心眼也好，自己去给鸡麻眼做证，弄出这么一大摊子事来，她却从来没有真正埋怨过自己，即使在逃亡的这些日子里搞得她心烦意躁的时候，她也只是骂两句狗日的悄悄抹两把泪了事。人生何幸？有一贤妻足矣！

美国佬用嘴轻轻地碰了碰酒杯，便把酒放下了。

凤姣婆还要给合八爷倒酒，谁知合八爷也阻住了，"凤姣婆，我们两个也不能再喝了，如果喝醉了，万一有事，我们两个是怎么死的都不知道，那不是太冤了？"

于是便停了酒，三个人把店子收拾停当，上床睡了。

可就在他们正迷蒙中，便听到了激烈的敲门声，美国佬与凤姣婆急忙爬起来冲到楼下，只见合八爷拿了把刀已到了门边，美国佬见了也赶紧拿了根木棍和合八爷一边一个守在门边，而外面的门却越敲越急了，合八爷点了下头，凤姣婆走到门边问："哪个？"

"快开门，我们是长途车司机，车子坏了，又饿又冷，想搞点酒喝。"

"这深更半夜的，我们已经睡了，不营业了。"

"我们多付你钱，这年头，难道你还有钱不赚？"门外的说着，还从门缝中塞进来一本驾驶执照。

凤姣婆接过看了看，又拿给合八爷与美国佬看了看，然后望着合八爷，合八爷点了一下头，于是凤姣婆走到门边慢慢打开了门。

门一打开，凤姣婆就知道坏了。

冲进门来的是衙内一伙。

"狗日的，跑到这里就以为我们找不到了吗？"瘦猴一进门就一把抓住了凤姣婆，一把明晃晃的刀架在了凤姣婆的脖子上。而其他人见东西就砸见人就打，美国佬那条木棍还没来得及抡起，就被老鬼抢了过去，合八爷立即将刀藏在身后，躲在门边没有出声，他知道，这些家伙主要是对付美国佬两口子的，对自己不会太防备。

衙内一把抓住美国佬，恶狠狠地说："美国佬，你个狗日的会跑啊，竟跑到这山清水秀的偏僻小镇来了，害得老子找了你大半年，老实告诉你，我们这个道上的规矩是有恩必报，有仇必偿的，所以，今天你死定了。"

"大哥，你和他啰唆什么？一刀结果他算了！"瘦猴嚷道。

"你这个狗日的怎么这么没文化？你知不知道玩一玩一个马上就要死去的人是一件多么愉快的事？"衙内瞪了瘦猴一眼，"不过，这个憨不隆通的美国佬没什么好玩的，要玩就玩凤姣婆，这个川嫂可是个大美人哦！"

"你们要杀就杀了我吧——"美国佬吼道。

"我会的。"衙内说着，手上的刀就要向美国佬捅去。

但此时另一把锋利的刀已向衙内砍去，衙内甚至没明白是怎么回事，合八爷的刀就狠狠地向他劈来，衙内哼都没哼一声就捂着已被砍去半边的脑袋倒下了。

那一刻，所有的人都怔住了，但仅仅一瞬，瘦猴他们就向合八爷扑去，合八爷挥舞着刀与一伙豺狼虎豹拼杀着，美国佬也捡起棍子与他们搏斗着，但他们哪是一伙亡命之徒的对手，凤姣婆眼睁睁地看着瘦猴的那把刀插进了合八爷的肚子。

“合八爷——”凤姣婆哭天抢地地喊道。

而那帮家伙杀了合八爷之后又疯狂地向他们两个扑来。

正危急时刻，警笛响了，那帮家伙想逃，但石婆水的警察已把他们团团围住。

楼梯下的角落里，小蕊拿着一只手机正瑟瑟发抖。

五、此信息你无法删除

石婆水的警察把合八爷的尸体运到了粗石街，他们是以一个反黑英雄的名义把合八爷运回来的。那一天，区委书记、公安局的领导以及包爷包镇长都来了，只有鸡麻眼没有出席，他已被调到一个远离凤城的边远小镇去做普通民警了。包爷致了悼词，悼词中说，合八爷是一个好干部好党员，为了人民的利益献出了自己宝贵的生命……金燕哭得跟泪人似的，粗石街的百姓想着合八爷以前对他们的好，也都哭了，美国佬和凤姣婆没有哭，他们的泪在合八爷倒在血泊中的那一刻都流干了。

后来，美国佬与凤姣婆又回到了石婆水，继续开着那个名叫“破碗居”的川菜馆。在每餐吃饭的时候，都要给合八爷祭一杯酒，一支玉溪烟，说：“街长，你老喝酒抽烟……”

许多年以后，小蕊看到那条通缉合八爷的通缉令还贴在网上，便想尽一切办法想删除它，却看到上面有一行提示：此信息你无法删除。

（原载《芳草·小说月刊》［下旬刊］2013 年第 1 期）

冰人之谜

蓝 玛

一

暮秋一过，这天气便渐渐地有些冷了。

卸完货的李秃子，穿着一件不算厚的夹克从冷库里蹿出来，一边擤鼻涕，一边咒骂阿六不体谅他上了年纪，他估计自己受凉了。刚才他叔侄俩在里边和冷库的头头儿吵架，旁边就是成堆的海蟹，冻得硬邦邦的。吵架的原因不提也罢，总归是钱。

李秃子叔侄贩运海产已经有两年多了，每半个月给本市送一趟货。从胶东运到这里，紧赶慢赶，刨去自然损耗，挣不下几个钱。阿六是个没心没肺的混账，不考虑，或者说根本就没想过应该照顾自己这个叔叔。

“扯个球呀扯，老子要是病了，你掏钱给老子治?”李秃子吸着鼻子坐进副驾驶，让阿六赶紧开车。

从胶东每拉一车冷冻海鲜来，供应两家，第一冷库和新金路饭店，每家半车。新金路饭店比第一冷库更黑，因为是现金交易，价钱压得更低，更他妈没有好脸色。

冷藏车开出第一冷库的窄巷子，朝新金路方向开去。李秃子对阿六说：“告诉你爸，下个月老子不干了，身体顶不住。让你爸把你哥从海南岛叫回来，他车开得好，保鲜技术也比你强。”

说着话，老家伙又打了个喷嚏。

城市车多，行走起来不痛快，赶到新金路饭店时，已经是下午五点多了。看来今天晚上又得睡在市里，最便宜的旅馆也要八十多块。李秃子真的想骂娘了。

可等着他们的是更令人愤怒的情况，饭店管冷藏室的人因老婆急病走人了，门打不开。李秃子知道今天算是遇上鬼了，所谓门打不开十有八九是假的，就是为了让他们的货在外边多待一晚上，价钱好往下压。他也没心思吵架了，回头给第一冷库打电话，问他们可不可以把剩下那半车海产收下，价钱好商量。打着电话的时候，他已经决心不和饭店合作了——杂种！

冷库那边倒是没拒绝，让他等一等，商量后给答复。李秃子和阿六靠在车上抽烟，抽了一半电话来了，说收下可以，价钱打八五折。李秃子料定这一次买卖算是没得赚了，问他们是不是明天才能入库。对方说是的。李秃子骂了声王八蛋，关了手机。

多住一晚上看来是必需的了，叔侄俩开车直奔郊区。城郊的旅馆便宜，能省几个算几个吧。

就这样，他们多住了一个晚上。而恰恰因为这无端多出来的一个晚上，出了条人命。

二

人死在冷藏车的货厢里，已经冻硬了。

这个诡谲而恐怖的场面出现在人们面前时，李秃子“哟”的一声就瘫了。此刻已经是第二天早上的九点多，接货的依然是第一冷库昨天那几个人。叔侄俩把车子的后屁股对准冷库的大铁门，而后旋开了货厢的密封门。

哦，上帝，那个死人脸朝外跪在货厢边上，就竖在人们眼前！

死人的脸已经被雪白的霜盖满了，包括睫毛。在睫毛的后边，是一对灰黑色的、死鱼一样的眼睛，怒睁着。嘴，半张，两排白牙仿佛在努力朝外龇出来，十分邪恶。头发看上去比较长，支棱着，仿佛理发师的造型。人看上去不到三十岁的样子，尚年轻。

死者的两只手一高一低，掌心朝外，像在拍门，又像在扶着什么东西。一身普通职员的衣裤，长相没什么特色。最别扭的是那两条腿，乍看上去像是跪着，细看不是，两个膝盖并没有沾到货厢的底部，仅仅是个姿势而已，看上去像支持不住慢慢蹲下去却突然定格那个样子。

当然，最可怕的是，情况是在谁都没有心理准备的时候出现的。

阿六原本打算抓紧时间爬上货厢下货，因此他离那个死人最近，脸几乎能碰到死人的手。他比他叔强，没有当场瘫下去，但是也已经哆嗦了。至于冷库那几个家伙，一个个靠在大铁门上，面色如土。

警察赶到的时候，冷库附近已经围了不少人。冷库那几位大爷倒是明白一个道理——保护现场。所以他们竭力把围观者挡在远处。欧光慈探长带人从一侧靠墙的地方走进去，看见了冷藏车上蹲着的那个死人。

“大马，小郝，先把警戒线拉起来。”欧光慈看着那个死者，也吓了一哆嗦。他见过死人无数，可这种死法的还是头一个。

冰人，他脑子里冒出这样两个字。

扯淡，怎么会这样？欧光慈捏着下巴，目不转睛地凝视着眼前这座“雕塑”。冷冻技术他是外行，活活把一个人冻成冰雕，真他妈超出他的预想。

手下人已经开始忙活了，欧光慈一直没动，就那样默默地看着死者。他在思索，这人垂死时会是一种什么情景。毫无疑问，那时他应该是活着的，谁把他锁进了冷藏车？这是问题的关键。但令他更想不明白的是，从锁进货厢到冻死，这中间应该有个过程呀，甚至不是很短的一个过程——就没有人听见什么动静吗？

他扭头看着那个面如死灰的车主：“你认识这个人吗？”

“哦哦，不……不认识。”李秃子的声音依然在颤抖。

“谁认识？”欧光慈提高了声音，看着身边的每个人。

谁也不认识。

欧光慈又把死者仔细看了一遍，然后把李秃子和他的侄子，以及冷库的一个头目叫到一边问话，那里阳光比较好。

此时此刻，按照一般的思维，那对叔侄当然是第一怀疑对象，因为人毕竟是死在他们的货厢里。但欧光慈首先排除嫌疑的就是这两个人。因为从最简单的逻辑出发，如果这两个人杀了人，是绝不可能把死人留在货厢里的，更不会积极报案。

“我现在什么都不问，你们仔细把昨天下午到现在的整个经过说说，不要遗漏——谁先来？”他看着眼前这几个人。

一直站在他身边的女警范小美掏出了录音笔。

可是一个个谁也说不出来，因为他们现在仍然是蒙的。

欧光慈只好从最基本的顺序问起，问他们何时出发，何时到达本市，何时到达冷库，以及后来发生的事。

李秃子和阿六互相印证了一番，认为到达冷库的时间应该在昨天下午三点多钟。他们强调，正常的情况下，拉一趟货要走十四个小时，不出意外，大多是上午十一点左右就到了。但是昨天半路碰上一起车祸，耽误了两个多小时，到达本市时是下午两点半，又遇上堵车，所以到冷库的时间晚了不少，三点多。

“下货的时候货厢里没有这个死人？”欧光慈明知多余，还是问了一句。

李秃子说没有没有，不然还不把人吓死。说到这儿的时候，老家伙突然朝冷库那个头头儿发火了，说他们没有诚意，价钱上说话不算话，光扯皮就耽误二十多分钟，不然的话，这样的事情可能不会发生。

欧光慈抬起手问："停，此话怎讲?"

李秃子说如果不扯皮，就不会在冷库里待那么久。接下来顺利的话他们天黑前应该能上路回家了。

阿六提醒道："叔，不对，主要问题出在那个杂种饭店。更多的时间是他们耽误的。"

欧光慈看看这叔侄俩，很快弄清了他们的怨气来源。也就是说，第一冷库说话不算话，价钱上扯了皮，耽误了叔侄俩给饭店送货。恰恰又赶上饭店管冷藏室的人不在，于是导致了他们的货没有地方卸下来，不得不在本市驻留了一个晚上。

李秃子说正是这样。

欧光慈点上烟吸着，眼珠子盯着那个李秃子："也就是说，没有这个晚上，你们在饭店卸完货就上路，死人的事就不会发生了。"

"对对，就是这样。"李秃子用力点着头，"照理说，我们给饭店卸完货，马上就可以结账走人。一个晚上就能到家了。"

欧光慈想，事实应该是这样的——他们没在饭店卸货，因此车里有没有这个死人谁都不知道。现在看来应该是有这个人的，因为把一个大活人冻得邦邦硬，没有足够的时间是不行的。如此说来，昨天多出来的那个晚上非常关键。但并不是说人一定就是昨天晚上钻进去的。欧光慈的心脏猛揪起来。

他盯住李秃子："昨天晚上货厢锁没锁?"

李秃子说当然锁了，里头的货价值一万八呢。

"上锁之前你看没看过?"他追问，"知不知道里边有人?"

李秃子看看阿六，又看看欧光慈，很认真地回答说："没看。上了锁我们就吃饭去了，吃完饭直接回房间睡觉。"

"肯定?"

"肯定。"阿六说，"如果看见死人，昨天晚上就报案了。"

欧光慈嗯了一声，开始走来走去。

现在，时间变成了一个很重要的背景。具体来说，货厢里这个死人不可能是在新金路饭店碰壁，及至晚上住宿之间这段时间被弄进去的，因为货厢的门没有开过。为了敲结实这一点，他追问李秃子，有没有在新金路饭店打开过货厢。李秃子已经完全恢复正常了，肯定地说：没打开过。

欧光慈在脑海里立刻锁定了一个时间段——此人进入冷藏车货厢的时间应该在此之前，最可能是在叔侄俩和冷库的人吵架那个时段！只有那个时间段，只可能是那个时间段！

他快步走到货厢尾部，观看那两扇密封门的结构。总体上跟电冰箱近似，只是在密封门的外部有一个方向盘那样的东西，用来拧紧货厢缝隙，下边是大大的一个挂锁。

他问李秃子，这辆冷藏车是不是比较早买的？

李秃子说是，现在高级的都是电子控制车门。

欧光慈紧逼一句："我问你，离开冷库的时候这个门上锁了没有？想仔细再说。"

没等李秃子开口，阿六说道："没有，大铁锁就扔在副驾驶座上，我叔上车的时候还硌了屁股一下。"

李秃子也想了起来，连连说是："我想着到饭店还要卸货，就没有锁。不过这个密闭门是拧上了。"他拍拍那个圆盘。

"你关的？"

"对对，我关的。"李秃子连连点头。

欧光慈凑近他的脸，表情严肃地说："回想一下，关紧这个东西的时候，你听没听见货厢里有动静？"

李秃子想了想，非常肯定地说，什么动静也没听见，真的。不过他解释说，那时候刚跟冷库的人吵了一架，没心思在意别的。然后车就开走了，路上乱哄哄的，就算有动静也听不见。

"政府，"最后他使用了一个犯人常用的称呼，"你的意思是不是说，这个人是我们跟冷库的人吵架时弄进货厢里去的？"

欧光慈注视着那个冰人，心想，看来车老板也明白了。

是的，只能是他们在冷库吵架那个时间！

三

硬邦邦的死者倒是不难查验，身份很快就搞清楚了。

此人姓阮，叫阮求善。市政府公务员，二十六岁，贵州都匀人——工作证是一个咖啡色封皮的小本，和欧光慈的一样。

和工作证在一起的还有此人的身份证、银联卡、饭卡，以及各种面额的钞票共计九百一十四元，这些东西统统放在一个软皮子钱包里，比较高级的那种。

除了钱包和工作证，从死者的口袋里还找到钥匙一串、交通卡一张、手机一个、U 盘一个，以及一小包纸巾和一个粉红色的避孕套，封在精致的塑料袋里。

欧光慈面对着这些东西一言不发。此时的死者已经从一个生物意义上的人，变成了一个社会意义上的人。什么东西一扯到“社会”二字，就具备了充分的想象空间。他抬头望天。

死者阮求善已经被放倒了，以一种很诡异的姿势放置在一块塑料布上。法医老周说人无疑是冻死的，身上没什么可疑之处。进一步的验尸要等尸体解冻以后进行。

“队长你来看看这个，”大马把欧光慈领到冷藏车前，抓住死者的一只脚，“你看看这是什么东西。”

他用一根竹签从死者那只皮鞋底的花纹里抠出一小团东西。欧光慈凑近过来，拿过竹签看着。那是一种类似于胶状物的东西，似乎有些干了，颜色呈浅黄色。欧光慈辨认了一会儿，然后把那玩意儿凑近了鼻子……

“红薯。”

大马小声道：“对，就是红薯。队长，这是不是一个有用的线索？”

欧光慈嗯了一声：“当然，这证明死者在进入冷藏车之前踩过红薯。困难在于现在正是红薯上市的季节，满大街都是卖烤红薯的。”他扭头问冷库的那个头头儿，“附近有没有卖烤红薯的？”

那个人想了想说：“这个我倒没注意过，罗马花园那儿好像有卖的。”他朝巷子外边指了指。

欧光慈打了个哈欠，让技术人员先把死人和冷藏车弄走，他带着几个年轻人在附近看看。李秃子急了，说是要赶路，耽误不起。欧光慈说不要这样，死人了，我们有些东西还是要给你做笔录的，得都弄清楚了才行。说完这话他让冷库那个人带他们进冷库里去看看，他要知道站在里边是不是完全看不到外边。

事实证明，的确看不到。制冷系统嗡嗡地响，冷气森森。站在昨天跟李秃子叔侄吵架的那个位置，基本照顾不到外边。这就是说，那个时候外边的冷藏车弄进去个人，再把门关上，冷库里的人是不可能知道的。想到这儿的时候欧光慈发现了一个小小的，但是非常关键的现象——所谓弄进个人的“弄”字有问题。

所谓弄，应该解释为被另外的人弄进去。可真那样的话，被弄进去的那个年轻人肯定会大喊大叫，而大喊大叫冷库里是可以听到的。他问那个头头儿：“你们昨天在这儿吵架的时候，外头有没有喊叫的声音？”

对方想了想，摇头表示绝对没有。

欧光慈就此认定了一点，人不是被“弄”进去的，应该是自己钻进去的。他快步奔出，揪住了那个正要上车的李秃子，问他昨天离开这里时冷藏车的门是谁关上的。李秃子强调是他关上的，但是当时没有上锁。

欧光慈摆摆手：“我说的是，你关后门的时候这个门是不是已经掩上了？”

李秃子努力地思考了一会儿，认定说，是掩上的，自己过来只是把门扭紧而已。

欧光慈无声地点点头，确认那个时候冷藏货厢里已经有人钻进去了，之所以没有声音，除了李秃子所说的那些原因外，更可能的是，钻进去的人根本就不敢出声。

躲避！

两个普通却又诡异的字眼跳进了他的脑海——那个阮求善当时正在躲避什么可怕的情况！

四

热闹终于过去了，出事的车和围观的人都走了。欧光慈看看天上的太阳，然后领着几个年轻人朝巷子外边走，他要去罗马花园证实一下有没有卖红薯的。

总体上看，那个阮求善很可能是为了躲避什么人。

可以想象，当时他从远处跑来，慌不择路地钻进了冷藏车，掩上了门。是的，确实为了躲避。不幸的是，李秃子在外边把门拧紧了。更不幸的是，后来又因为各种原因没有及时打开那个门，冷冻了一夜，大活人被冻成了冰雕。

是什么情况使他如此恐惧？

他跟几个手下说了自己的想法，得到了一致的认可。

出了巷口是又一条巷子，宽一些，东西两分。从正面的巷子往西，出去就是罗马花园。那里有很好的车行道和浓密的绿茵，是所谓的贵族区，让人羡慕嫉妒恨的地方。欧光慈知道这个小区，没进去过。他记得这里发生过一起死人事件，最后证明是一位身家过亿的老兄想不通，开煤气自杀了。

人生总有一些你从外表看不明白的事，包括这个阮求善。什么样的原因会使一个人不要命地钻进冷藏车呢？那可是个很可怕的地方啊！

他停下来，观察着附近。

在罗马花园两侧的路边，有一些卖首饰的小店。几家名小吃，还有些洗脚屋什么的。没看见有卖烤红薯的。他找了棵树靠着，点上烟抽。然后让大马和小郝去问问罗马花园的保安。范小美问要不要到市政府去了解一下死者的社会关系。欧光慈说当然要去，但是不必着急。范小美说既然不着急，你是不是应该回家换条裤子，你的裤子太脏了。欧光慈说干吗，难道市政府不让我进去不成？你是不是觉得我像个叫花子？范小美笑道，叫花子倒不像，有些像丐帮帮主。

两个人斗嘴的时候，大马那边朝他们招手，好像是有情况了。

两个人走过去，看见一个个子高高的保安在玩弄着一根电警棍。可能是大马他们已经亮明了身份，保安没等欧光慈开口，就说那根警棍是假的。

欧光慈现在不想管这些，问对方这附近有没有卖烤红薯的。保安说有，同时指了指离大门不太远的一块树荫：“昨天还有一个呢，大头，吆喝起来像骡子叫唤似的。”

欧光慈点点头，觉得大方向恐怕是找对了。他依照保安指的地方过去看了看，很快就在路面上找到了一块印记。红薯，被踩在地上的红薯印。他走回来让大马去提取一些残留物，然后扭头看着那个保安问：“你认识那个卖烤红薯的吗？”

保安点头说：“不熟。我只知道他叫旺仔。山里人，最近才干上卖烤红薯的。”

欧光慈嗯了一声，眼睛转向小区里那些漂亮的小洋楼问：“里边这些有钱人也喜欢吃烤红薯？”

保安笑了，说：“时尚，山珍海味吃多了。”

欧光慈思索着，又点上一支烟。他在想阮求善，一个小公务员，绝对不属于贵族，住在这种地方应该是不会的。但是他们的身份又和普通老百姓不一样，容易接近这里的人，出现在这样的地方也有其合理性。

他定睛看着保安的脸说：“给你看个人，看看你认不认识。”

他从口袋里掏出阮求善的那个工作证，用手遮住文字部分，让小伙子看那张照片，问：“认识他吗？”

小伙子伸过头来盯着照片，脸部突然有些不自然，虽然很短暂，但是没有逃过欧光慈的眼睛。

“眼熟。”小伙子吐出这样两个字。然后看着欧光慈，把宽宽的肩膀缩了一下，“说不准，看上去好像见过。”

欧光慈心想，不是好像，是一定见过。

“我想告诉你，”欧光慈凝视着他，目光突然变得很尖锐，“这个人死了！”

保安果然哆嗦了一下，目光瞬间变得很暗淡。欧光慈看着他，等他开口，但是小伙子什么也没说，只是怔怔的。欧光慈抬手搭在他的肩膀上："告诉我，你都知道些什么？"

"这人时不时来小区找人，我见过。"

"找谁？"欧光慈不给对方以喘息之机，"不要隐瞒。"

小伙子垂下头说："这个我怎么知道？"

欧光慈收回那个工作证，闪开身子让一辆轿车从身边开出去，然后再次望着小区里的那些房子，过了一会儿，他问小伙子："昨天你看见这个人没有？"

"昨天他来了吗？"小伙子问。

欧光慈看出，对方这是明显的作假，换句话说，他昨天应该是看到阮求善了。看来有戏呀，什么事情让小伙子不敢说实话？正常情况下，时常进出的人没有必要隐瞒什么，也隐瞒不了什么。别小看这些守大门的保安，有时是知道事情最多的人。

他决定避开这个话题，问："平时都有些什么人进出这里？"

"您问的是住户还是外人？"小伙子反问。

欧光慈心里一笑，知道这是个什么都关心的家伙，他说："住户我很容易查清楚，现在指的当然是外人。"

小伙子点点头，道："这个不太好说，外人当然不少，住在里边的都是些有身份的人，外人也就不是一般人了。"

再深问恐怕有难度。保安也分什么地方的保安，贵族小区的保安应该比一般保安有见识，同时也更懂得什么事情不该说。欧光慈把脑袋转向那个卖烤红薯的位置看了一会儿，问保安："你说那个卖红薯的小伙子叫什么？旺仔？"

"嗯，听见有人叫他旺仔。"

"他一般情况下都在这里卖烤红薯吗？"

保安想了想："也就是最近一个多星期吧。过去他在大禹路十字路口摆摊，让城管抓了几次。"

"明白了，多谢。"

五

下午，四个人兵分两路。

欧光慈让大马和小郝去四处找一找那个卖烤红薯的旺仔。他觉得从旺仔那里有可能了解到保安没注意的东西。但是欧光慈依然很关注那个保安，他知道，对方的话没说完。至于他和范小美，当然是去市政府摸情况。

市政府欧光慈没事儿是不来的。原因很简单，这里的人，当然不是所有人，大多不是他所喜欢的那种类型。他喜欢痛快人，有一说一的人，不畏权势的人——这种人市政府不多。一路上他都在奚落那些公务员，说在官场待久了人就差不多了。

“这和生存环境有关系。鸡在鸡窝里是好鸡，狗在狗窝里是好狗。”范小美说。

欧光慈表示严重赞同。

这么说着两个人进了市政府。接待他们的是市府办公厅的一个副主任，姓裘。姓裘的见面就说老欧你怎么来了？欧光慈搜索了脑子里的记忆，最终没想起何时与此人打过交道。

他“啊啊”地应付着，然后问有没有阮求善这个人。

“黄鳝呀，他就是我的手下。”姓裘的显然说的是死者的绰号。

欧光慈点了烟坐下，垂着眉毛沉思了一会儿，抬头问：“这个人怎么样？”

“出事了？是不是出事了？”姓裘的盯着欧光慈，表情严肃了，“这家伙昨天下午就没来上班，今天又没来……你们一开口我就觉得不对头，出什么事了？”

欧光慈摆摆手，暂时还不想吓唬对方，因为在恐惧的心境下，某些通常的感觉会发生变化，他不想听不真实的东西，问道：“别胡猜好不好，我们不过是来了解一些简单的问题。告诉我，这个人怎么样？”

“一般般。”姓裘的依然用充满疑问的目光盯着欧光慈，口气稍微放缓了一些，“听话倒是听话，偶尔也会表现出一点儿小脾气，因为他爹在老家是个小头头儿，养成的毛病。工作能力嘛，也是一般般。说老实话，这样的年轻人一抓一大把，他怎么进了市政府，细究起来恐怕就有意思了。”

欧光慈听出了对方话中有话，却不想在这方面多扯。他问姓裘的：“阮求善的社会关系怎么样？”

姓裘的莫名其妙地瞟了范小美一眼，然后翻着眼皮想了想：“这个我不太清楚，要不要我把计财处的沈大姐叫来，她好像比较了解黄鳝。”

欧光慈点头说：“那太好了，叫来谈谈。”

姓裘的快步走到门口，停住回头说：“老欧，到底出什么事儿了？你可不是轻易出马的人。”

“阮求善死了。”欧光慈适时地把话说了出来，迟早要说的。

姓裘的脸色瞬间煞白，伫立了片刻，点点头。欧光慈嘱咐他暂时不要吐露情况。姓裘的再次点点头，出去了。

不到两分钟，姓裘的带着一个矮胖矮胖的中年女人进来了。欧光慈也没多扯别的，让对方谈谈她所了解的阮求善。沈大姐显然是个懂事的人，什么都不问，唠唠叨叨地开始说起来。

虽然很啰唆，但说得还是很清楚的。阮求善来市政府一年多，上边打了招呼的，要不然进不来。这孩子工作方面没什么特点，让干什么就干什么。平时没什么社交，上下班而已。她给他介绍过女朋友，没成。平时好看个电影，机关组织郊游小伙子也算积极。性格比较内向和腼腆，听个黄段子都会脸红，但是最近几个月似乎有所改变。

欧光慈在这个地方打断了沈大姐的诉说，问是怎么看出来的。

沈大姐笑笑，指出仅仅是感觉，感觉而已。

看得出，这个中年女人的确比那个副主任更细心，观察人还是有一套的。但是欧光慈要知道的不仅仅是这些。他追问最近这几个月阮求善是不是有了一些外边的应酬。沈大姐微笑，有些讳莫如深：“好像是这样，但是具体的他不说，我们也不便问。”

“手头，”欧光慈比画了一下，“手头是不是……”

“您指的是钱?”沈大姐摇摇头，“这个倒看不出来。”

“那是哪方面?”欧光慈咬住不放。

沈大姐再一次说：“感觉，仅仅是一种感觉。”

欧光慈不再问了，他已经看出，眼前这个中年女人即便知道一些什么也不会说的，更何况也许她并不一定知道。感觉。是的，也许真的仅仅是一种感觉。

但是感觉有时是非常准的。

这时一直站在门边的姓裘的开口了：“大姐，听说黄鳝在外边有人……”

沈大姐扭头看着对方：“你听谁说的，我怎么不知道?”

姓裘的走上一步，看了欧光慈一眼，然后盯住那女人说：“大姐，知道什么还是说了吧——阮求善死了!”

室内顿时一片寂静。

后来那个沈大姐站了起来说：“对不起，我只知道这些，实在对不起。”说完弯了弯身子，走了。

欧光慈和范小美的目光同时盯住姓裘的。姓裘的当然也明白这目光中的含义，缩了缩脖子说：“对不起老欧，我也是听说。据说阮求善在外边有女人。是谁，我不知道，确实不知道!”

“你是不是想说，沈大姐知道?”

姓裘的点头道：“嗯，这个女人不一般。”

欧光慈吐出一口气，道：“行啦，我已经有些感觉了。”

他想起了那个豪华的贵族小区。

六

夜色在不觉间便降临了。

当各色的霓虹灯闪亮的时候，整个城市眨眼间变得五光十色，一片璀璨。人们的激情与欲望也就随之展露出来。啊，是啊是啊，享受生活，人人都渴望享受生活。有钱的人自不必说，没什么钱的人也一样有这方面的渴望。

哪怕你仅仅是个小保安。

保安小伙子换了班，回到地下室宿舍把自己收拾了一番，然后翩翩而出，俨然已经变了一个人，走路的姿势都不一样了。离开罗马花园，他在路口乘公交车往西去，在热闹的小街下了车。车站已经有个女孩子在等他了。

他在街边抱住女孩子的腰，啪啪地接了几个吻，然后豪迈地在女友的屁股上拍了一巴掌，便勾肩搭背地朝着小吃一条街走去。两个人时不时地摸一摸对方敏感的地方，嘻嘻地笑。在小吃一条街的街口，他们观看了一场全武行的搏斗，是两个农民工为了什么屁事打得满脸是血，后来那两个斗殴者被警察带走了。小伙子于是弯下腰，背起女朋友继续朝里边走，最后停在一个挤满人的小吃摊前等座位。大约就在这个时候，保安小伙子注意到一个人。那个人是从附近的一家烧烤店挤出来的，白白的一张脸，不是正常的白，是一种叫白癜风的皮肤病导致的那种白。这个白癜风的出现使保安小伙子突然紧张了，先是扭转了身子不让对方看见自己的脸，后来好像还不放心，把等待的座位放弃了，拉着女友朝墙角闪，女孩子于是叫了起来。

结果那个白癜风注意到这边，看见了小保安。

白癜风走了过来，膀大腰圆的很有些气势。他先是认真地盯着这对男女看了好一会儿，然后把女孩子推开，从容地抓住小保安的衣领子，在女孩子的号叫声中，像拖死狗似的把小伙子拖出了小吃街。刚出街口他就毫不犹豫地给了小伙子一个嘴巴，然后又是一个嘴巴。

当第三个嘴巴即将抽到小伙子脸上的时候，白癜风突然觉得腰上挨了重重的一脚，随即下巴颏上遭到了一记重拳，他飞了出去……

等他挣扎着站起来的时候，出现在他面前的是个年纪不小的瘦老头子，个子不高，双眼眯成了两条缝。

“欧……欧队长，你……”

欧光慈握住手腕子，活动着，低声道：“他妈的，好久没动手了——还不快滚！”

“是是……”白癜风连滚带爬地跑了，头都没敢回。

欧光慈这才扭头看那小保安。那小子此刻已经看傻了。

他当然认出了眼前这个瘦老头子，但是不敢相信白癜风就这样跑了。没错，白天他就感受到了小老头儿的厉害，却不料瘦老头子还有这一手儿。“谢……谢谢。”

欧光慈看了那女孩子一眼，然后点上支烟用力抽了一口问：“你女朋友？”

“是是。”小伙子使劲儿点头。

“我找你有话说，”欧光慈比画了一下，“她能不能回避？”

小伙子怎敢说不能，急忙让女孩子（先）走了。随即他摸了摸让白癜风打过的脸。欧光慈笑了：“那是个不要命的家伙，你是不是欠他钱了？”

“是，欠他两千多。”小伙子耸耸肩，“你那几下子真棒！”

欧光慈摆摆手说：“不说这个了，咱们找个地方吃点儿。”

两个人离开小吃街口，沿着树荫朝南边走了约莫两百米远，找了一家面积不大的风味馆子，在安静的角落坐下来，要了两瓶啤酒和几个小菜。

喝下两杯酒，欧光慈双手扶住了桌面，盯着小伙子的眼睛道：“知道我为什么找你吗？”

“不，不知道……”小伙子放下了手里的杯子。

“老子跟了你一路，而且帮你收拾了那个混账，你居然说不知道？”欧光慈的双眼习惯性地眯了起来，“真不知道？”

“您……您指的是……”小伙子的表情僵住，“那个死人？”

“告诉我，”欧光慈竖起一根手指，“你白天是不是没跟我说实话？”

“不不不……我说的都是实话。”小伙子脸色有些变了。

欧光慈那根手指依然竖着说：“对不起，也许我没表达清楚。你说的是实话，但是有所保留，而且是非常重要的保留。”

小伙子不吭声了。欧光慈也不吭声，就那样默默地看着他。终于，小伙子拍了一下桌子，道：“算了，老子也不管那么多了，反正这种男盗女娼的事也瞒不住。”

“女的是谁?”欧光慈事实上已经预感到了这种事，那个沈大姐言语中已经让人有所感觉了，阮求善似乎干了不干净的事。

“是个半老娘们儿。”保安小伙子比画了一下，“十一号楼的，好像姓吴。很有钱，孤身一人，骚上来给头毛驴都不够。”

欧光慈笑道：“你他妈倒会形容——小伙子可不是毛驴。”

“所以小伙子可怜嘛!”保安跟欧光慈要了支烟点上，“都说女人三十如狼，四十如虎，这个女人正是如虎的年纪。不说了，再说就下流了。”

欧光慈也不想多问了，知道事情已经非常清楚了，就是那种包养的事。他问小伙子对那女人了解多少。小伙子说不了解，好像和市政府什么人有关。

欧光慈摸出张票子拍在桌上，让保安小伙子把女朋友叫来吃，说完起身走了。

小保安感到非常不可思议，追上来把手机号码给了欧光慈，说有什么事随时可以找他。欧光慈拍拍他的肩膀，快步而去。

其实欧光慈没走出多远，就站在一个关了门的报刊亭附近给市政府值班室打了电话，问到了姓裘的联系电话，打过去说要找沈大姐。姓裘的整体感觉还处在紧张不安中，说马上就联系，让欧光慈等电话。

大约五分钟后，沈大姐的电话来了。

欧光慈开门见山地询问住在罗马花园一个姓吴的单身女人，沈大姐语气平静，声音不高：“欧队长，你记得市政府前年年初逃到国外那个邹秘书长吗，嘴角长了颗大痦子的那个。”

欧光慈当然记得，那件事闹得动静很大，市政府邹秘书长带着情妇跑了，据说去了加拿大，弄走了将近一个亿。

“你说的是邹洪达?”

“对，”沈大姐轻声笑了，笑得很短促，“那个姓吴的女人就是邹洪达的前妻。”

原来如此!

七

事情变得有意思起来。

邹洪达，这可是个有权有势有根底的人，不然不会轻而易举地卷走一个亿。死者阮求善怎么和他的女人扯到一起去了呢？当然，欧光慈不怀疑那个姓吴的前妻会拉阮求善下水，这个年龄和这种身份的女人，干得出这样的事，特别是前夫有了小三以后。问题的关键在于，被拉下水的为什么是阮求善而不是别人？

这背景使得阮求善之死罩上了一层很诡异的阴影。

欧光慈给大马打了手机，让他通知小美和小郝到队里等他，然后蹲在路边抽了支烟，清理思绪。很显然，出事那天定有某种原因使得阮求善迅速地离开了罗马花园跑进了巷子，然后一头钻进了冷藏车——什么原因促使他这样？

赶回队里的一路上，他的思绪纠缠在这个问题上。答案可以有一万个，但是他一个也抓不到，因为一切对他来说都是朦胧的。回到队里时，三个年轻人已经到了。他们对他提出来的问题一致表示认可，小美强调，阮求善逃离罗马花园的时候恐怕正在买烤红薯。

欧光慈对“逃离”二字极为赞同。是的，能够导致一个人不顾寒冷钻进冷藏车，原因一定很可怕。罗马花园，吴某，邹某，一个亿……确实，这里确有一个影影绰绰的“背景”。

可是他总觉得阮求善和这个背景有些扯不上——阮求善的家乡在贵州，在此地并没有根基。

他征求年轻人的意见，要不要到死者的老家去一趟？大马说有必要，小美则认为先不着急，看看案情的发展。小郝也是这个意见。大马说，根据市政府姓裘的说法，死者阮求善家在当地似乎有些权势，别看地方小，地头蛇还是很厉害的。欧光慈认为去一趟或许是有必要的，让大马和小郝有个心理准备。

至于那个卖烤红薯的旺仔，大马二人跑了不少地方，没找到。

“还找吗？”小郝望着欧光慈，对这个任务似乎没有兴趣。

欧光慈不容置疑地说，继续找。

四个人一直熬到晚上十二点，思维无法展开。欧光慈说先这样吧，明天小美跟我去见见那个姓吴的半老徐娘。

小美很乐意。

第二天上午九点过一点儿，两个人来到罗马花园。那个瘦高个儿保安在值班，欧光慈说我看见你们大门口有摄像头，摄像资料保存了没有。小伙子说有，要不要看看？欧光慈说要看，等我们找过人再来看。小伙子说你们恐怕要等一等，每天早上那个女人都要去游泳，常年不懈。

于是欧光慈领着小美到别墅区里转了一阵子，感受了一下富人们的生活环境。小美说，他妈的这些人也太有钱了，简直和老百姓不是同一个世界。欧光慈说不扯了，这个问题不是你我能扯得清楚的。

大约十点一刻，那个女人回来了，开了一辆三菱小跑车，银灰色的。半老徐娘看上去保养得很不错，身体微微有些发福，但是很结实，精力充沛的样子。不漂亮，但很耐看，加上周身洋溢着的那种范儿，那种有钱有权人特有的范儿，一定不是个好对付的角色。事实上，邹某外逃以后，所谓权已经谈不上了，钱嘛，肯定是不少的，能看出来。

对于两个警察的驾到，女人表现得很淡然，说知道警察定会来找她，进来说话吧。欧光慈料定阮求善之死恐怕已经传开了。他们跟着女人进了别墅，在那个华丽富有的空间里东张西望，女人很麻利地给他们冲了两杯咖啡，双方坐了下来。

“关于我和那个贵州小子的说法你们恐怕都知道了吧？”女人开门见山，说话的时候面带微笑，有两个酒窝。

欧光慈料定这是一个聪明人，不和警察打游击。他歪着头反问：“你指的是什么？”

女人很优雅地扬了扬脸说：“当然是关于我和他的关系，中国老百姓不就是关心这个吗？”

“北京人管这个叫‘包二爷’。”欧光慈看着她。

女人收回目光和欧光慈对视着说："如果我告诉你我和他屁事没有，你信吗？"

范小美不失时机地跟上一句："真没有吗？"

女人瞟了小美一眼，再次扬起脸："事实上我有别人——"她微笑着盯住小美，"这个回答你们满意吗？"

小美被噎住了。欧光慈轻轻笑了一声。

女人似乎被这声笑搞得有些不舒服，语速很快地说："小阮的死和我没有任何关系，你们找我恐怕找错人了。"

欧光慈虽然已有心理准备，还是被这女人的语气激怒了。不管有没有肉体上的关系，和自己常常来往的人突然死了，此女却毫不动容，不但开着跑车去游泳，而且说出了这样无情的话，是可忍孰不可忍。

但欧光慈还是忍了，问："看来你对我们的登门很反感？"见女人要开口，他抬手止住，"你听着，阮求善死得很奇怪，我们的任务就是搞清他死亡背后的秘密，你难道没有义务协助破案吗？说句你不爱听的话，现在还不能排除你和阮求善的死有关。"

女人的气焰被压住了，停了那么几秒钟，小声道："我现在就可以告诉你——和我无关。"

范小美的声音拔高了一些："那……你能告诉我们你和什么人有肉体关系吗？"

女人盯住范小美问："你喜欢听这个？"

一句话把小美搞了个大红脸。

欧光慈摆摆手，把话题拉回来："先不扯那些鸡鸣狗盗的事情好吧？你真和那个小伙子有什么关系也不着急说，我现在想问的是，阮求善是贵州人，怎么会和你家扯上关系的？能说说吗？"

女人虽然有些恼，但还是懂事的，应道："说了也没什么，那个阮求善还在念大学的时候就有人和老邹打过招呼了。"

原来如此。

欧光慈看着天花板上的吊灯。关系社会，这样的事情确实没有什么新鲜的，看来阮求善家确实有些本事。但是他不能不抓住这个线头：“什么人和你前夫打的招呼？”

女人摇摇头说：“这个我真不知道，也从来没想知道。老邹那个人现在人人都可以骂他，可前些年谁敢？不说了，反正我和他已经没关系了。”

“可是你还在使唤着这个贵州小伙子。”欧光慈死盯着她，“没关系恐怕说不过去吧，即便不是包二爷，也不能说没关系。顺便问一句，出事那天下午他是不是来过你这里？”

女人注视着欧光慈道：“看来你们已经摸过情况了。是，是的，他来帮我整理了一下书房，而后我让他到门口去买两块烤红薯。有问题吗？”

对上了。

欧光慈挺了挺身子道：“他去了就没回来，是不是？”

“是。”

“这还不是问题吗？”欧光慈凝视着她。

“可是和我有什么关系？腿长在他身上。”女人不示弱。

欧光慈轻声一笑，站起来说：“问题就在于，他死了。”

女人也站起来说：“是呀，这恰恰说明他的死和我无关。”

欧光慈动动手指，让女人坐下，依然盯着她：“你可能觉得我们在审问你——不，我们这是正当的调查，你用不着咄咄逼人。可能你觉得我们也在咄咄逼人，是的，这是因为你的态度。”

女人哼了一声：“说实话，我很愤怒。”

“我希望你接下来不要愤怒，心平气和。”

欧光慈重新坐下，开始用一种迂回的方式提了几个问题。女人显然很聪明，一一给予了回答，但是这些回答丝毫没有联想价值，让你抓不住所以然。最后欧光慈把话题拉回最为关心的那个焦点上：“好吧，我最后再问你一句，在你前夫面前替阮求善说话的那个人是谁？”

女人挺直了身子，不假思索地说：“还是那句话，我不知道。”

欧光慈不再多问，叫上范小美起身告辞，但是他提醒那女人，必要的时候我们随时会来找你。

女人一言不发。

告辞出来，范小美说那女人一定隐藏着秘密。欧光慈未置可否，他说无论如何有一个事情搞清楚了——阮求善进入市政府和那个外逃的邹某有关。同时，有人替邹某说话。

小美盯着欧光慈，隐隐觉得朦胧的纱幕撕开了一条小小的缝隙……小小的。

八

头顶上的天空似乎有些转阴，一块奇形怪状的云彩把太阳遮住了。两个人往物业走的时候，谁也没有再说什么，欧光慈一直在看天。小美仿佛有些东西想问，可是却不知道问什么。是的，朦胧的纱幕撕开了一条小小的缝隙，但这仅仅是感觉——当你想通过纱幕看过去的时候，眼前依然是迷蒙的一片。

——有人在邹某面前为阮求善说过话。

这里给出了三个信息。一、阮求善进入政府部门的原委有了答案。二、有一个人说话，谁？三、邹某很买这个人的面子。

这三个信息究竟和阮求善之死有没有关系？

再一个事就是那女人另有一个“和她有肉体关系”的“别人”，这个情况有用吗？

那个问题算是搞清了，阮求善出事那天确实是为那女人去买烤红薯的。是的，那女人说的没错，阮求善的确活着离开了她的家，但是再也没返回。被人发现的时候，他已经冻成了冰人。

是，阮求善的确是因某个可怕的原因逃离了罗马花园。

两人找物业看录像，目的就是要落实那天的那个时候阮求善碰到了什么事。但是仅仅一个录像能给出答案吗？不好说。

那个保安陪他们去看摄像资料，很快就找到了那段录像——

……十六点二十四分零六秒，阮求善出现在屏幕上。他半低着脑袋从远处走来，感觉像有什么心事的样子，走得比较慢。随着走近，他的身子越变越大。然后停住步子，一辆黄色的轿车从大门处驶人，阮求善侧身让车开过去。当他再次朝大门走来时，不知为什么站住了，转回身朝别墅区看。由于视野的关系，无法得知他在看什么。看了大约几秒钟之后，他转身朝大门走过来，面无表情地出了门，走出了摄像范围。

欧光慈吐出一口气，问那个高个子保安："当时你注意到他出来没有？"

保安小伙子摇头说："没，没注意。"

欧光慈让他把录像重新放了一遍，还是那些内容。他吩咐不要停止，继续播放。小美有些不解，说阮求善不会回来了，说不定这时已经跑进了小巷。欧光慈摆摆手没说什么，看着录像上又开来了一辆车。他问保安认不认识这些车都是什么人的。保安说认识一些，但认不全。说这话时欧光慈突然抬手叫停。画面上，迎面一辆黑色的大奔从小区里开出来，车头正对着大门口。

"小美，看——"欧光慈朝屏幕指指。

范小美当然在看，但她看不出什么特别，不就是一辆奔驰吗？她不明白队长为什么叫停。但是她的目光随即聚焦了，聚焦在那个车牌上：××－×9999。

"哦，见鬼，他怎么住在这儿？"

欧光慈看着吃惊的小美，点上烟慢慢抽了一口说："我敢肯定，阮求善刚才回头看的就是这辆车。准确地说，是车上的那个人。"

"甄三十六郎。"

"对，就是这个王八蛋。"欧光慈喷出一口浓烟，"没想到他也住在这儿。"

前些年本市出了一件事儿，大款甄启发为了一个车牌号把人打了，就是眼前这四个"9"的号牌。打人并没有引起什么反响，搞出大动静的是接下来——为了这个号牌，甄启发扔出三十六万把号牌买了下来。挨打的人拿了钱，事情就了结了。甄某从此落下一个绰号——甄三十六郎。

四9——三十六。

欧光慈没想到甄启发也住在罗马花园，确实没想到。但是引起欧光慈注意的是，在他的记忆里，甄启发也是贵州人。他觉得心跳有些加快——贵州？妈的，又是贵州……也许这一点并不重要，也许……很重要。

阮求善停住步子回头看，似乎就是在看这辆车。

一个微妙的情况出现了——阮求善出事那天看见了甄三十六郎。欧光慈叮嘱范小美把这段录像拷贝下来，然后让录像继续。

接下来的画面比较遗憾，甄三十六郎的车子快速开来，随即出了镜头——也就是说，这时候阮求善和甄三十六郎都在画面之外。

欧光慈停住了画面。

他问那保安，后来的情景有没有注意到？保安回答得倒也利索，说他根本就没往外看。欧光慈琢磨着，会发生什么事呢？也许什么都没发生，不然的话，保安一定会注意到的。可事实上，阮求善大概就是这个时候被吓跑了。他盯着画面思索着，手机突然响了。

是法医老周打来的。

老周告诉他，尸检证明死者的确是被冻死的，各项指标没有任何异常。但是有个情况似乎有些意思——阮求善死前有过性行为，性器官和内裤上均有精斑残留。欧光慈说知道了，他想起了死者身上找到的那个避孕套。

显然，姓吴的娘们儿说了谎，阮求善出门买烤红薯之前显然与她有过鱼水之欢。奶奶的，不管那女人是不是“还有别人”，阮求善必定是她的“工具”之一。根据市政府的人所介绍的情况，阮是一个比较内向、比较闷的人，干这个，他绝不可能主动。

离开罗马花园时欧光慈把这情况跟小美说了，小美立刻大声叫起来：“嗨，我第一眼就觉得那是个骚货！”

“小声点儿，小姑奶奶。”欧光慈拍拍她的脑袋，“我现在比较关注的是那个甄三十六郎。”

小美看着队长说：“你认为他和此案有关？”

“有没有关不好说，”欧光慈实话实说，“我的特殊感觉不会随便出现的，但是现在出现了。小美，你设法给我弄一份罗马花园住户的名单，我要印证一下我的感觉。”

“印证什么？”小美追问。

欧光慈说：“要知道，那个甄三十六郎也是贵州人，和阮求善出现了某种交叉。”

“好，我会办的。”小美点点头，然后大胆地猜测，“队长，那个骚女人说的‘别人’会不会是他？”

“一切皆有可能。”欧光慈看着远处，“你甚至可以设想，这个甄三十六郎知道了那女人和阮求善的事……”

小美的心里咯噔了一下。

两个人慢慢朝前走着。欧光慈摸出手机给市政府沈大姐打过去：“喂，我是欧光慈……您好您好。是这样，我们的调查正在继续。现在有个事情想问问您——您知道那个甄三十六郎吗……对，我说的就是他。是这样，我也不绕弯子了，我想知道，您听没听说过他和逃跑的邹洪达有关系……噢，噢噢，嗯……明白，明白了……嗯，我懂。”

欧光慈收了线，对小美轻声道：“丫头，邹洪达也是贵州人。”

不知为什么，范小美突然有些毛骨悚然。

九

接下来的三天，情况大体如下——

死者阮求善家乡来人了，当然是处理后事。为首的是当地的一个小官，还有两个工作人员，据说交涉得还算顺利。但是由于案情未了，尚不能火化，这是公安局的意思。其次，小美弄来了罗马花园的全部住户（共计三十八家）的资料，证实，只有甄启发是贵州人，仅此一家。此外，那个一直没找到的旺仔依然没有下落，大马二人对此越发不积极。欧光慈犯了牛脾气，命令他们必须把人找到。与此同时，欧光慈约谈甄启发碰了一鼻子灰，甄某没有回避他与邹洪达的关系，以及和邹的前妻吴某有来往，但强调都是正当关系，声称，欧光慈可以调查他的祖宗三代。

也就在那一天的傍晚，一个电话打到了欧光慈的手机上，说他姓崔，贵州来的，想和欧光慈聊聊。欧光慈预感到，可能有情况了。这个姓崔的欧光慈见过。在处理阮求善后事的过程中，这个贵州来的小公务员和他打过交道。

印象里这个人是个酒糟鼻子。

电话来得比较意外。欧光慈当下说了个地方，对方说他知道那里。但是对方要求欧光慈一个人来，欧光慈说了声没问题，便揣了个录音笔去了。

那是闹市后边比较僻静的一个小巷，有一家黔菜馆，很小。

两个人很准时地见了面，进去找了个比较安静的角落。酒糟鼻子面相不太好，情绪似乎也不太好。他背对着门，显然不希望有人看到他的脸。欧光慈很理解对方的心理。

姓崔的说他过去来过这里，对这个馆子印象很好，然后提出今天他做东，不要欧光慈破费。欧光慈没意见。感觉上，这个人不像是给警方提供线索来的，更像是无处倾诉的人找了个听众。

果不其然，崔某一开口就把欧光慈吓了一跳。

“欧队长，也许我这么说有点儿缺德。但这是实话——不知为什么，我觉得这孩子迟早会出事。”酒糟鼻子可能因为闻到了酒味儿，鼻子尖更红了。

欧光慈看着对方的脸，似乎感觉出这个人为什么找他来聊天了。世界上有这么一种人，知道的秘密很多，却不敢说，大都烂在肚子里。只有在没有任何危险的情况下才会开口，才会把淤积在内心深处的东西诉苦般地倾吐出来——这种人就是在权势者手下谋饭吃的那种人——比如，小公务员。

“谢谢你对我的信任，能说具体一些吗?”欧光慈点上烟。

姓崔的没有马上说什么，有一句没一句地东拉西扯。直到欧光慈很认真地把话题拉回来，他才小小地抿了口酒，凝视着手里的酒盅说：“欧队长别笑话我，我他妈就是个悲催——在死鬼他爸手下什么活都干，死鬼他爷爷他奶奶都是我帮着送的葬，如今又来这儿料理后事——兄弟我都可以开殡仪馆了。”

欧光慈知道，这里所说的死鬼指的就是阮求善。

可以看出，崔某对自己的饭碗既厌恶又无可奈何。在权势者手下，你很难保住自己的尊严，因为并非人人都是圣人。

“这是一年之内他们家的第三个死人了。”崔某笑了一下，“怕是违逆了天意。”

欧光慈也笑了一下。

“两个老的死了也就算了，可这个小的连三十岁都不到啊！”

能感觉出，对方话语中对阮求善之死有些惋惜。

欧光慈探过身子把声音放低一些问：“你刚才说阮求善早晚会出事，我想知道你为什么这么说。”

崔某揉了揉鼻子，脸上现出一个古怪的笑，说道：“欧队长，你应该听说过一句俗话吧——多行不义必自毙。阮家干的坏事太多了，老天会报应的。”

欧光慈知道，这里所说的阮家显然是指阮求善的父亲等人。

“我能不能认为你是在协助我们破案？”欧光慈认真地说。

崔某一口喝干了酒盅里的白酒，抹抹嘴说：“欧队长可以这么理解。但是我不能给你提供什么破案的线索，我说不清那孩子为什么就死了。”

“不要紧，”欧光慈越发认真地说，“你不以为意的东西，很可能正是我们要寻找的，说说看。”

崔某吃了粒花生米，道：“我能说的是，这家人有仇人。他爹、他舅都不是等闲之辈，作恶一方，民愤不小。”

“权贵？”

“对，权贵。抓权，捞钱，搞女人……只有你想不出来的，没有他们干不出来的。我活在这些人身边，你能够想见。”

欧光慈给了对方一支烟，然后帮他点上问：“我明白，我明白。但是我想知道，阮求善在其中充当了一个什么角色？”

“阮求善是个傻×。”崔某哼了一声，“别误会，我不想说死者的坏话。事实上这家人如果还有好人的话，也只有阮求善了。但是这个孩子一无所长，能混进政府机关，完全靠他爸。”

“他爸和我们这里的什么人……”欧光慈凝视着对方。

“姓甄的那家伙，你们难道不知道吗?”崔某的声音有些颤。

欧光慈怔了一下。原本他以为对方会说“姓邹的那个秘书长”，却不是。有意思的是，姓甄的和姓邹的都是贵州人。

“看来你们真的闭目塞听。”崔某发出一声短促的笑，“姓甄的靠阮求善他爹捞到第一桶金，从而发迹。阮求善他爹又靠姓甄的捞钱，阮求善则靠姓邹的进了市政府——这是一个关系链。”

欧光慈真的吃惊了，原来这些人都是串着的。

崔某又满上一杯酒，一仰脖子喝了：“这么说吧，阮求善那人其实连大学都没考上，压根儿就是个白痴。”

“可他却上了大学。”欧光慈摊开手。

崔某喉咙里发出一声古怪的声音，仿佛面对的是个不谙世事的小儿：“这有什么难的，你没听说过调包上大学的吗?有钱就有人替你操作，有人操作就能把你儿子送进大学。这已经不是什么新闻啦!”

说得对，欧光慈在报上看到过这类报道。他觉得有一股浊气从肚子里升起来，愤愤地问：“这不是把另一个孩子毁了吗?”

“没错。”崔某又开始倒酒，“这件事他们干得很隐蔽，连我都不太清楚，只听说那个考上大学的孩子至今还在家乡放牛。而冒名顶替者却进了你们的政府机关，端上了金饭碗。”他又干了一杯，用手背在嘴上抹了一把，“所以说，报应，天报应!”

欧光慈无言，久久无言。

崔某的内心得到了释放，话语越发多了起来，饭桌上只听他一个人没完没了地说，说了多久不知道，到最后一桌子酒菜都报销了，他才停住嘴“哟”了一声。

“欧队长，你怎么不吃?”

“对不起，我一点儿食欲也没有。”欧光慈仿佛陷入了某种莫名的情绪里，心情有些犹疑。分手的时候天已经不早了。崔某让欧光慈不要把这次见面透露出去，欧光慈让他放心。

望着渐渐消失在夜色里的那个身影，欧光慈半天没有动弹。思维好像被激活了些，但依然不好判定。

十

孙旺沿着生锈的铁道疯狂地奔跑着，大马和小郝穷追不舍。这是铁路局货场的延伸部分，似乎荒弃很久了，铁轨上生满了红锈。那个孙旺非常结实，尤其是奔跑起来，简直就像头豹子。

大马让小郝从侧面包抄过去，绝不能让那小子跑掉。

原本大马二人对寻找这个人已经不抱什么希望了，区区一个卖烤红薯的，即便死者和他有过接触，又能说明什么呢？他们跟欧光慈争辩过，欧光慈也说不出什么道理，但是老家伙认死理，非要找到这个人不可。这使他们俩非常郁闷。

事情是无常的，就在你极其失望的时候，希望会莫名其妙地出现。两个人问遍了全城卖烤红薯的，个个都摇头不知。却不料，一个擦皮鞋的老者在红薯摊前听到了询问，说他知道旺仔。

“去北郊市场当搬运工啦，”擦皮鞋的老头子吸着一个烟屁股，眯缝着两只小眼睛，“一天能挣二百多，比烤红薯强多啦！”

于是两个人直奔北郊货场。

旺仔果真在这里干。但是他们赶到时，旺仔正好跟车去上货了。七八个正在吃盒饭的民工听说来者是警察，涌上来问是不是那狗日的犯事儿了，这两天像丢了魂儿似的。

这话引起了大马两人的警觉，询问孙旺都有什么表现。一个小胡子说：“狗东西好像要杀人！”

石破天惊呀，一瞬间两个年轻人对他们的队长佩服得五体投地。

他们让小胡子说说看，要杀什么人。

小胡子喝了几口白开水，说他和孙旺并不熟，那小子是前些天才来的，两个人睡在同一个工棚里，胡扯扯出来的。小胡子说：“吹牛逼呢，狗日的根本不像（杀人的）。”

大马干脆坐在地上，让小胡子说仔细一些。

小胡子挠挠头皮，又抓抓腮帮子，说都是些胡说八道，那小子杀人还欠点儿火候。用他的话说，旺仔手里有几个钱，是卖烤红薯挣下的。到搬运队的时候还算懂事，每个工友给了一包好烟，所以大家还比较看得上那小子。至于说他要杀人，谁都不信。那小子说了以后似乎有些后悔，接下来再也没提过。现在细想起来，那小子好像心里有事儿，特别是最近这两天，心神不定的，今天早上露出一句话，说他打算结账走人，不想干了。

小胡子能说的大抵就是这些。

好像正议论到这儿的时候，旺仔跟着一辆装货的卡车回来了。小胡子老远一指，叫道："快看，那就是他——"

事情就坏在这句话上，那旺仔远远就看见人堆里站起两个生人，明显地怔了一下，说话间就从车上蹿了下去。大马二人嗖的一声跟上，一直追到西边的旧货场。

最后那孙旺还是被按在了地上，却也把两个警察险些追死。小郝气不过，上去就给了那家伙一脚。大马随即把他铐住，起身打电话向欧光慈报告："队长，好事儿，那个旺仔被我们抓住了。"

"抓……谁让你们抓人啦?"欧光慈居然咆哮起来，"我是让你们把人找到！懂不懂什么叫'找到'?"

大马险些被气疯。

十一

就这样，苦苦寻找后的第九天，孙旺（旺仔）终于坐在了欧光慈的面前。看得出，这家伙心中是虚的。由于难掩内心惊恐，他脸上的肉绷得邦硬，眉头紧蹙。不过小子依然倔强地梗着脖子，端着两个充满力气的肩膀。这一点欧光慈比较欣赏。那小子长得不是很高，但五官周正，认真打扮一下，应该是个不错的小伙子。

欧光慈悄悄问小美，给他一身迷彩服穿上，像不像电视剧里的许三多？小美说，看上去好像要比许三多机灵。

"抽烟不?"欧光慈把自己的烟扔到孙旺面前。

旺仔瞟了瞟那包烟，从自己口袋里掏出一包好得多的烟也扔在桌上，什么话都没说。

欧光慈咦了一声，拿起那包烟看看，闻闻："假的。"

"假你妈……"旺仔骂出半句脏话，突然明白眼前坐着的是谁，赶紧把后半句咽了回去。

欧光慈站起来走动着："乡下人呀，的确很他妈粗野。"

旺仔沉默了，沉默得很彻底。

欧光慈朝范小美做了个"记录"的动作，重新坐下问："姓名？"

孙旺依然梗着脖子道："身份证不是在你们手里吗？"

欧光慈说："现在是我在问你！"

"孙旺。"

"哪里人？"

"身份证上有。"

"现在是我在问你！"

"贵州都匀。"

欧光慈把烟蒂按在烟缸里："年龄？"

小美说："身份证上有。"

孙旺说："就是。"

欧光慈嗯了一声："喝不喝水？"

孙旺看着欧光慈，用力咽了一口唾沫。欧光慈把茶杯推过去。但是孙旺最终没敢伸手。

欧光慈再次问："年龄？"

孙旺："二十六。"

欧光慈靠在椅背上问："知道我们为什么找你来吗？"

小美觉得这样的场面很像电视剧。她看了孙旺一眼，又看了欧光慈一眼。直到现在，她还是不能把阮求善的命案和眼前这个人扯到一起，因为她找不到理由。而且从欧光慈的情绪上也觉得不像。到目前为止，引起小美注意的只有那个地名：贵州都匀。

阮求善也是那个地方的人。

小美发现那家伙动了动嘴角，仿佛要笑的样子，但又不全是，眼神里依然有恐惧的成分。

孙旺说："不知道。"

欧光慈歪了歪脑袋问："你说过你要杀人？"

孙旺嗯了一声，又赶忙摇头说："不不，我那是顺嘴胡说的。"

"我觉得不是胡说。"欧光慈的口气突然强硬了，死死盯住孙旺，"听着小子，作为一个老警察，我的每一句话都是认真的，这一点你必须明白。现在我问你，既然是顺嘴胡说，那么我的人去找你，你为什么逃跑？回答！"

孙旺显然被镇住了，倔强的脖子终于缩了起来，沉默。

欧光慈同样沉默，强化着气氛。

小美凝视着小伙子的脸，她觉得那张脸上的确藏着些莫名的诡异之感，想隐藏什么却又隐藏不住的那种感觉。

贵州，都匀……

欧光慈突然在桌上拍了一掌道："说，你到底杀人没有？"

孙旺慌乱地抬起一只手答道："没……绝对没有！"

欧光慈快速把脸凑过去，几乎碰到了孙旺的脸，耳语般压低声音说："你认识一个叫阮求善的人吗？"

孙旺怔了一下，随即朝后缩道："不不，我不认识。"

"我再说一遍，这个人叫阮、求、善！"欧光慈盯死了他。

孙旺仿佛被逼入了绝境，脸色开始发生变化。小美恍惚觉得他随时可能疯狂地掐住队长的瘦脖子……她放下手里的笔。

孙旺当然没敢那么做，定了定神，他说："你的嘴巴太臭了，离我远点儿。"

欧光慈嘿嘿一笑，摸了摸对方的腮帮子说："小兔崽子，跟我较劲你还嫩点儿。好吧，你不想说咱们就不说。我问你，你不老老实实在老家放牛，跑城里来干吗？"

这句话看似平常，却显然击中了对方的痛点。小美发现孙旺的脖子又一次挺起来，双眼也睁大了一些，他说："我凭什么不能到城里来？难道我就应该一辈子放牛吗？"

欧光慈垂下眼皮，抽出一支烟闻着道："山野林泉，天高地广，有什么不好？”

孙旺显然感觉到欧光慈说的是反话，道：“哼，不想跟你说。”

“因为你没的说。”欧光慈斜睨着孙旺。

小伙子突然恼了，大叫：“放屁，如果你祖祖辈辈都在山上放牛，如果你一家人一年挣不了一千块，你还说这种话吗？”

“进城打工一个月能挣多少？”

孙旺垂下眼皮道：“不一定。”

欧光慈提高了声音：“你可以改变自己的命运呀，比如念书。”

“没有谁比我们更明白这个了，”孙旺抬起脸，目光灼灼，“我就着松树明子看书都快把眼睛看瞎了，你知道吗？有时候一看就是一通宵，你知道吗？我妈妈怕我饿，半夜起来给我烤芋头，你知道吗……”小伙子突然哽住了。

欧光慈慢慢把烟点上，狠抽了一口：“我知道，我比你多吃了几十年的大米饭，当然知道。”

孙旺仰起头，说道：“你好歹还有大米饭吃，你知不知道我上中学带的什么饭——荞面粑粑。因为我吃不起学校的饭！我还想告诉你，为了这点儿荞面，我爹累得吐血……”

“那你为什么不好好读书，却跑到城里来卖烤红薯？”欧光慈的声音突然变得沙哑，“我想知道。”

孙旺太阳穴上的青筋暴出来，脸色由灰白变成了青紫。小美被这个表情惊住了，她觉得对方的情绪随时都可能爆炸。但是那小子终于还是稳住了自己，口气淡然地说：“我成绩不好。”

“嗯嗯，山里人嘛，可以理解。”欧光慈声音有些恬淡。

孙旺很敏感地问：“山里人怎么了？”

“文化水平毕竟跟不上。”

“对，我看来只配卖烤红薯。”

“浑蛋！”欧光慈突然吼了出来，“连阮求善那种白痴都能考上大学，你难道连他都不如吗？”

孙旺看了欧光慈一眼，胸口剧烈地起伏着，一言不发。

欧光慈用指头点着桌面说：“你想过没有，如果你上了大学，就能像阮求善那样坐在市政府的办公室里，捧上金饭碗。”

孙旺一动不动，但是小美发觉他的手指有些颤抖。

“有了金饭碗，就有了固定收入。”欧光慈继续道，“随着年头儿的增长，你的工资会按部就班地涨上来。你，你的父母也会一天天好起来；你，以及你整个家庭就会改变命运。”

孙旺发出一声冷笑：“真好，还能怎么样？”

欧光慈身子朝前探过去：“当然还有——你可以在城里安家，娶妻生子，你的后代就是实实在在的城里人，永远地告别面朝黄土背朝天的历史。”

孙旺再次沉默了，用一对冷冷的目光看着欧光慈。

欧光慈叹了口气道：“人不争气，鬼都没有办法。”

孙旺又一次发出冷笑说：“行啦，不要说这种不靠谱的话啦。你比我更清楚，即便我努力，也实现不了你说的那种梦想。”

“阮求善为什么可以？”欧光慈看着他。

孙旺愤怒地哼了一声：“只要有权势，狗都能升天。”

欧光慈长舒一口气，微笑地抓住这句话说：“也就是说，你知道阮求善这个人？”

范小美发现孙旺闭了闭眼睛，分明知道自己说漏了嘴。她的心跳有些加速，看着狡猾的欧光慈。

孙旺的眼睛眯成了一条缝，声音放低了些：“你这人太坏了，简直……太坏了！”

欧光慈嘿嘿一笑道：“不，这是智慧，懂吗？你应该明白，有些事任你怎么回避都没用，早晚是要露馅儿的。”

小美看见孙旺的眼睛睁大了些，狠狠地吐出一口气。她知道对方要说实话了。不知怎的，她突然有些紧张和不安，似乎对这个山里孩子涌出些同情。

孙旺问：“你是不是觉得很得意？”

欧光慈摇摇脑袋说：“不，我很伤感。为你，也为阮求善。事实上——该死的不是他。”

孙旺的头低垂了一下，马上又抬起来说：“这么说你真的认为是我杀了他？”

“你远道而来不就是为了杀他吗？这是你自己说的。”

孙旺噌的一下站起来说：“胡扯，我要真想杀他，怎么会跟外人说？”

欧光慈手掌朝下压了压，要孙旺坐下。小伙子愤愤地坐了回去。欧光慈再次点上一支烟，抽了一口。

“好了，现在咱们从头开始。请坦率地告诉我，你认不认识阮求善？”

十二

“是，认识，烧成灰也认识。”

“也就是说，你的确是抱着杀人的目的来的？”

“不完全是。”孙旺平静了，声音不高不低，“应该说我来这个城市和阮求善有关，也可以说是来寻仇的。但是来了以后，我打消了那个念头。不，我原本就没想杀人。”

欧光慈点点头：“嗯，我也是这么想的。现在告诉我，你觉得阮求善的死和你有关系吗？”

孙旺用力比画了一下手指说：“毫不相干！”

“可是他却死了。”

孙旺回敬道：“这个你不应该问我。”

欧光慈竖起一根手指问：“你什么时候知道他的死讯的？”

“前天。”

“也就是你改行干搬运以后？”

“对。”

“怎么知道的？”

孙旺说：“你可以看我的手机，我是从微博上知道的。”

范小美记得孙旺的手机确实可以看微博。她看着眼前这个从从容容的小伙子，心里越发糊涂了。阮求善之死到底和他有什么关系？感觉上小伙子说的都是实话。

“好了，咱们现在换一个角度说话。”欧光慈正了正身子，“你和阮求善是不是同学？”

“是。”孙旺毫不回避。

“同年？”

“对，同级不同班。”

“你们学校在当地是不是很棒？”

孙旺点头说：“是，首屈一指。”

“这证明你的成绩应该很棒。”

孙旺显出一些激动，说：“前三，年级前三。”

“好小子！”欧光慈称赞道，“阮求善前儿？”

“他？”孙旺不屑地笑了，“他能进我们学校就很不正常了。”

“对，他智力不行。”欧光慈摆摆手，“不啰唆啦，我知道，他智力一般，成绩更不用说，但是他考上了大学，你却没有。”

小美的心咯噔了一下，感觉到一些深意。她看见孙旺咬住了嘴唇，努力压抑着内心的起伏，沉默了一会儿，而后抬起头问：“这些事儿你是怎么知道的？”

“这不重要。”欧光慈摆摆手，“关键是我说得对不对？”

孙旺哆嗦起来，眼泪突然奔涌而出。范小美手里的笔掉在桌子上，一股热辣辣的感情冲到嗓子眼儿。

欧光慈扬起脸，看着头顶上的日光灯说：“有人利用权势，使了调包计，让一个近乎于白痴的人进了大学，却让一个优秀的学生失去了改变命运的唯一机会……孙旺，告诉我，你是不是最近才知道这些黑幕的？”

孙旺吸了吸鼻子，瓮声道：“是，不然我就不会来了。”

欧光慈收回目光问：“看来你的确是来报复的？”

孙旺沉默了一会儿，点头道：“是，但是我最终没有报复，什么事也没干。”

“可是阮求善死了！”欧光慈再次盯住他。

孙旺也盯着欧光慈说：“那应该是别人干的，我绝对没有杀人！”

欧光慈慢慢地摆动手指，问："不一定，小子，他的死百分之百和你有关系！"

"你……"孙旺想站起来，最终却没有，他的脸憋紫了。

欧光慈坐正身子问："现在你回答我，不许有任何隐瞒和编造。第一，你有没有到市政府找过阮求善？"

孙旺也坐正了身子，说："找过，但是我进不去。那时候我刚来这个城市，不认识任何人。"

欧光慈接着问："然后呢？"

"然后我在市政府门外等了好几天，却没等到人。"

欧光慈顿了顿问："第二，你吃饭怎么办？"

孙旺说："我要说的就是这个——为了吃饭，我只得去找事做。正好有人不想卖烤红薯了，我就接了过来。"

欧光慈点点头说："第三，这期间你有没有再次去找阮求善？"

孙旺："这期间我的心思发生了变化，我觉得即便找到了也改变不了什么。信不信由你，就是那几天，我放弃了。"

"一心一意卖烤红薯？"

"这么说也可以。"孙旺仰起头来，"我，连棵小草都不如，能改变什么？人家有权势，有背景，通吃。我……"

欧光慈沉默了，好一会儿才开口问："最后一个问题，十一月四日的下午，你是不是在罗马花园卖烤红薯？"

范小美的心狂跳起来，知道谜底迫近了。

孙旺依然平静，慢慢收回目光，点头道："是。听人说那些有钱人爱吃这个，我就去了。"

"接下来发生了一件让你万万没有想到的事情？"欧光慈的声音有些颤抖。

孙旺的声音也突然颤抖起来："是，你真厉害！"

"从罗马花园里出来个人，朝你的摊子走过来？"

孙旺说："是。"

欧光慈问："你一眼就认出了他？"

孙旺说："没有，我当时正往另一个方向看，直到他走到了跟前。他喂了一声，我才转回头来。”

欧光慈问：“我想知道接下来的情景。”

孙旺别转头，看着墙说：“别问了，我不想说。”

范小美咬着笔杆，看着那个可怜的小伙子。她能体会到他的心，是的，那一刻的情景的确是不好言说的。

大约一分钟的沉默后，欧光慈问：“那么接下来呢？”

孙旺说：“他跑了，飞快地窜进了附近那条小巷。”

欧光慈问：“你追上去了？”

孙旺说：“嗯，我觉得当时我失去了理智，如果追上他，我说的是如果……如果追上他，恐怕真的会出人命。可是……”

欧光慈道：“接下来很重要，你要说实话。”

孙旺的声音一下子提高了，说：“可是我追进巷子的时候发现那里有个岔口，那浑蛋不知道窜进哪一条了。我先是追进左边的那一条，发现没有人，赶紧朝右边的那条追进去……”

欧光慈问：“看见人啦？”

孙旺说：“没有，阮求善不见了。”

欧光慈慢慢地吐出最后一句话：“你看见了什么？”

孙旺道：“一辆车，一辆能制冷的那种车。”

室内寂静无声。

（原载《啄木鸟》2013 年第 5 期）

沙堡

张 蓉

一

一辆出租车急急地停在河对岸，紧接着右后门打开了，下来一个高挑的女人，白色上衣，蓝绿色裙子，应该是大家都在等的那个汪小烟。不过奇怪的是，大热的天，女人脖颈上居然还系着条丝巾。这个时候，安在晨的尸身已经被搬上殡仪馆的车子，只等她的到来。

女人走到河边，显然犹豫了一下。说是条河，其实是条不足十米宽的河道，水已经抽干了，按规划将来会成为小区里的景观河道，这会儿河底仅留极浅的水和青黑色的淤泥。只见女人犹豫片刻之后，便一脸决然的样子走下河道，深一脚浅一脚蹚过来。没走两步，鞋子便没进泥里，蓝绿色裙摆上溅上了黑色的淤泥，如立体的水墨画一般。尽管走在淤泥里，她走路的样子却很从容，不疾不徐，像走在舞台上或者镜头里。待更近时，女人的面目逐渐清晰起来，一张已经不年轻的脸上，未施粉黛，平静和肃穆中显然有节制过的悲痛和哀伤，在她脖颈上蓝绿色的丝巾中，酒红色的花瓣若隐若现。再仔细看，那花瓣居然是她脸部和脖颈部皮肤交界处的胎记。

只见女人一言不发地穿过众人让出的夹道，走到殡仪馆车子后门下面，一步跨上去，掀开白被单，把脸侧成和白被单下面的人一样的角度，凝视着他，像是在辨认和确定，待确认之后便俯身替死者一点一点拿掉发间的水泥屑、木屑等杂物，又无比怜惜地用手指将他的头发理顺，之后，出乎现场所有人意料的是，女人闭上眼睛把自己的唇贴到死者的唇上。脖间那朵被看成是花瓣的暗红色胎记与死者脸色的苍白形成的对照格外刺目。

现场在一个名为多瑙河小镇的在建全装修住宅区里，安在晨是这个楼盘的设计师，事情发生在中午。因是炎夏期间，按照要求，工地十一点到下午两点之间施工是停止的。一个小包工头趁着午休时间计算接下来施工队要用的材料，去临时办公室拿流水单，办公室在其中一幢公寓楼的十二楼。这人刚拿好单子出来，突然听得一声沉闷的巨响，声音来自电梯方向，拿钥匙打开楼层门，电梯好好地停在原地。但明明是从这个方向传出的声音，赶快叫电梯检修工。电梯检修工到处找，结果在电梯井底发现一个人，大声叫，用强光电筒照，一点反应都没有。小包工头打电话到老板办公室，老板恰好在，忙跑过来查看，脸顿时煞白，声音都变了，说是楼盘的设计师安在晨，还马上唤来安保部经理。是安保部经理报的警。

重案探长洪荒和助手赶到现场的时候，消防队员已经把墙壁拆开，人也已经拖了出来，放在电梯外面走廊的地上，脸上不知谁给盖了块毛巾，又脏又旧，却拽得极为平整，算是对死者的尊重。腕上一块手表外壳上密密麻麻满是裂纹，仔细看，是块德国产的 LACO 军表，指针已经停止了。皮质的裤腰带硬生生断成几截，牛仔裤和条纹T恤衫像是被一双巨手顺着衣缝撕了开来，撕得丝丝缕缕，一根腿骨斜着刺出裤腿，身子下面汪出一团血，越靠到近处，血腥味便越浓烈。

那边助手已经将死者的基础资料拉出来了：安在晨，四十四岁，上海安和安建筑设计师事务所合伙人。经他设计的作品还真不少，有公共建筑、好几个区的图书馆、文化艺术中心、大学的新校区、地铁站、变电站、人行天桥，等等，住宅就更多了，长三角地区不下五十个楼盘。安在晨是二十年前入的德籍，事发之后，警方在通知德国驻沪领事馆的同时，也通知了安在晨申请护照时留的一个名叫汪小烟的紧急联系人。资料显示，汪小烟，四十五岁，既是安在晨的前妻，也是他的现任妻子，和安在晨毕业于同一所大学，亦有留德经历，目前的职业是摄影师。

二

打汪小烟电话，一直关机，最终打通时，已经是三个小时以后的事情了。是洪荒和她通的电话。洪荒表明身份之后，告诉她安在晨在多瑙河小镇工地上出了点事，请她马上来一趟。汪小烟嗓音有点沙，家织布的感觉，质朴，厚实，又有些沧桑感。她显然比较敏感，在电话里很警觉地问是什么事，怎么会是警察打她的电话。洪荒考虑到一个女人的承受能力，本想把话语再作斟酌，但想到刚刚电话里这个女人声音中透出的镇定和冷静后，便索性直接说，他不在了。不在了？汪小烟沙沙的嗓音重复着洪荒的话，您是说在晨……他……死了……怎么可能？几个小时前我们才通过电话，我还在机场等他来接我呢。洪荒说，对不起，他真的不能来了……他护照上留的紧急联系人是您，所以很抱歉地通知您这个坏消息。汪小烟冷冷地说，抱歉地通知……几个小时前我刚刚被抱歉地通知飞机延误了，现在又被抱歉地通知来机场接我的人不在了、死了，我不要抱歉，我要他活着……

在之后的对话中，洪荒才知道，安在晨说好了要去机场接汪小烟，已经出门了，却接到汪小烟的电话说飞机延误，让他晚点出门。安在晨说既然已经出门了，在机场等也是等，索性去工地上看看。寻常的设计师，头去一下、尾去一下便完结了，可安在晨不，他喜欢去工地，喜欢那个过程，喜欢看着自己画在图纸上的东西一天一天变成看得见摸得到的东西，一天一天从混沌到清晰……汪小烟电话里的这些话，让洪荒对安在晨心生戚戚：自己不也是一个喜欢过程的人吗？破了二十多年案子，尤其是对那些没办法一眼看到底的案子，总是跃跃欲试，他喜欢在九曲回肠中寻找若隐若现的那缕微光，喜欢在那微光的指引中左冲右突、披荆斩棘，这个过程，虽说艰难，却也乐趣无穷……

法医的结论已经出来了，安在晨属典型的高空坠落，这就意味着如果家属没有异议，尸体解剖便不再进行。

洪荒站在殡仪车后门外面，等车上的女人下来，边上陪着的是这家房产公司的老板和保安部经理。老板递过来名片，叫苏忆轩，不仅名字文艺，长相也相当文艺：非常 6 + 1 李咏那种发型，梳在耳后，露出凸出的额头和清朗的眉目，不像一般人印象中开发商该有的脑满肠肥的模样。苏忆轩说他很难过，为这个意外和安在晨的不幸。他说安在晨是他多年的朋友和合作伙伴，他们一直合作愉快，没想到出了这么大个意外，简直是天妒英才。见洪荒眉毛拧成一疙瘩，闷头抽烟，像是没在听他说话，苏忆轩便默默立在边上，不再言语。

这时女人走下了车子。洪荒迎上去，问她是不是叫汪小烟。女人说是，随后从随身的包里拿出本护照，递给洪荒。接过护照翻了翻，洪荒便将死亡通知书给了汪小烟。汪小烟低着头看了很久，仿佛那张纸上有很多字，或者纸上的字让她特别费解。也许因为用力，脖颈间蓝绿色丝巾下那块酒红色的胎记越发艳丽。这个时候，老板走上前去，揽住汪小烟的肩拍了拍，说，小烟，长久不见面，没想到，今日却在这里……在这种情况下，我很抱歉，没照顾好在晨，你要节哀顺变……汪小烟没有反应，还在低头看那张纸，之后她下了很大决心似的，接过洪荒递过的笔，签上了自己的名字。把签好名的纸还给洪荒，看也没看苏忆轩一眼，她便一言不发地转身朝小河边走去。出租车还等在那里。

等等。洪荒叫道。看样子，除了和安在晨是多年的朋友，老板和汪小烟也有一定的熟悉度。按照常理，对这种礼节性的安慰和致歉也该有个回应，她却没有搭理，可以理解为她在悲伤中不能自已，或是不谙人情世故，或是干脆在心理上将安在晨的死，归咎于这个工地、这个人。

听到洪荒叫她，汪小烟停下脚步，回身抬起头看着洪荒，布满鱼尾纹的眼角溢满了泪水。

这是安先生的包，留在现场的，麻烦你等会儿去刑队和我们一起清点一下，顺便还有一些法律文书也要做。洪荒上前一步，手里提着一只深咖啡色的皮包，不怎么鼓，却沉甸甸的样子，包身上还粘着些水泥和灰屑。

哦。汪小烟咬咬嘴唇，竭力忍住眼泪的样子。这个时候，安在晨那只包里响起了手机铃声，一首老歌，是罗大佑的《光阴的故事》，汪小烟迟疑了片刻，打开包，拿出那只正在吟唱的手机，是家餐馆打来的电话，问前面订的两人位还要不要保留。也许是不熟悉手机性能，汪小烟按了几下，结果按出的是免提键，这段话被周围人都听到了。她迟疑了一下，回答说要的，要保留的，片刻即到。听了这段对话，哪怕阅世之深如洪荒，也一阵难过。物是人非，本来一个普通的订餐问询电话，却在订餐人永远不可能去的时候打来。如此残酷。汪小烟收起电话，转身对洪荒说，我还有要紧的事，Sorry，如果您刚刚说的事情不必马上要做，下次再约吧，包也先放在你们那里。再看她，泪光已经收掉，眼中恢复了冷漠与平静。洪荒摊摊手，不无同情地看着她转身离去。

助手把手中的iPad递给他。已经有人在微博上爆料，说多瑙河小镇工地上死了人，听说是只大"海龟"，留下很多遗产，居然没有孩子继承。后面不少跟帖，有的说人再强，强不过命，有的人说老天爷早就定好了，一个人一辈子赚的钱是定数，赚到该赚的那个数后老天爷就要招呼你走了，还有的主张前去认个爹，继承遗产。洪荒含混地笑着把 iPad 还给助手。自从有了微博，这世界可真闹猛了不少。

三

一切看上去是那么的偶然。如果汪小烟的飞机恰好没有误点，如果安在晨恰好是一个不守时、也恰好是不喜欢去工地的人，如果施工队的临时办公室恰好没有设在安在晨当天要去的那幢楼的十二楼里、那个小包工头恰好没有在那个时间去临时办公室拿东西……实际上，恰恰是这些偶然因素如无缝的天衣般地凑在了一起……但是，正因为太过完美，这许多的偶然性，在洪荒看来，面目却如此地让人生疑。

夜行的地铁车厢里，乘客寥寥，本来拿腔拿调的报站广播，换成了一个慵懒的男声，家常的音调，一遍中文，一遍英文，甚至连清嗓子的声音也听得到，与周遭这份阑珊和寂寥很是契合。自从看过一部名为《时间规划局》的美国电影后，洪荒总觉得左腕上好像真的有一串电子数字，而且那串数字一秒一秒在变小。所以即使摊手摊脚、很放松的样子靠在空荡荡的车厢座椅上，他脑子里依然在快速地运转。没办法，劳碌命。不过，还是得感谢这份劳碌，比如，多年下来，洪荒感到自己的嗅觉跟茫茫大海中巡弋的鲨鱼一样，哪怕只有一点点血腥味，都会尾巴一摆，“嗖”地循味追索而去……一定有什么地方不对劲，这许多的偶然背后，一定有着令人难以忽视的必然性，虽然现在还无从知道它在哪里、是什么。

地铁在暗夜中呼呼穿行，茫然四顾，不远处几个醉汉说着醉话，一对情侣旁若无人地亲吻，车厢里本来挂着英文诗的地方，变成了移动电视，电视在寂寞地播着新闻和广告。突然，洪荒的眼睛定在了屏幕上。屏幕上正在播一条新闻，标题是“‘炸弹’致航班延误，警方六小时抓获嫌疑人”。新闻里说，一男子在一架航班起飞后致电机场说飞机上装了炸弹，要求往他的账号里打一百万元，否则将引爆炸弹。机场方只好令刚刚升空的飞机返回，对机舱、乘客和所有行李重新安检，结果并没有发现炸弹，飞机因此延误了三个多小时。事发六个小时后，经全力追捕，该嫌疑男子已被抓捕归案，目前案件在进一步调查当中。

事情发生在下午，该不会是汪小烟乘坐的那架航班吧？打电话给助手，助手通过民航方面的关系查，洪荒猜得没错，乘客名单里有汪小烟。哼哼，这种垃圾瘪三，莫非想钱想疯了，或者神经搭错了。用脚趾想想都能想得到，这种方法怎么诈得到钱？这下好了，偷鸡不成反蚀了把米，还顺带让一个无辜的人死于非命。

四

再次到工地，是第二天一早，洪荒带着助手想上楼再去看看。老板苏忆轩欲带路，洪荒说不用麻烦大老板，还是请前一天那个小包工头带路。电梯还在检修，只好走楼梯。一楼放过安在晨尸身的地方，已经有人拉了软管水龙头在冲洗，前一天的血迹此刻已全无踪迹。被消防队员拆开的墙壁也已经砌到半人高了，隔开几堵墙的地方有人有一搭没一搭唱着小曲。

洪荒、助手和小包工头三个人边上楼边谈。没说两句话，洪荒已经听出小包工头是东北银（人）了。真不知是东北话成就了小品，还是小品成就了东北话，即使很严肃的话题，只要尾音轻轻地那么一挑，便陡然具有了搞笑的味道。

是这样子的，现在不是整内装修吗？客梯已经装好了，外头的货梯还没拆，照道理讲，运水泥、黄沙什么的，只能用外头的货梯，但就是有些工银（人）瞎整，用里面客梯，整得到银（人）乘，客梯脏不说，半天还来不了。后来公司只好把客梯锁了，给管理层每银（人）整一把钥匙。说着，小包工头从口袋里摸出一把钥匙。洪荒接过来看，跟火车上列车员用的那种三角钥匙差不多。只听得小包工头接着说，你去几层，便把电梯开到几层，到了之后，用钥匙把电梯锁好，要用的时候，再打开。昨天中午十二点多，我到楼下后，发现电梯不知被谁停在了十一楼，按按钮把电梯叫来，用钥匙打开楼层门，直接开到十二楼，谁知刚拿好东西，就听到电梯方向传来很大的声音……那个姓安的是设计师，指定有钥匙。由于是边爬楼梯边说话，小包工头气都喘不匀了。

可以这样假定：首先是安在晨用钥匙把电梯开到十一楼，他在十一楼期间，小包工头把电梯从十一楼开到一楼，再开到十二楼，十二楼，恰恰在安在晨的上面一层，而就在这个时候，安在晨打开了十一楼电梯门，一脚踩了进去……思忖中，洪荒接着询问小包工头：听说出事后是你给老板办公室打的电话，打电话的具体时间是几点几分？

听到洪荒问他，小包工头立刻拿出手机翻通话记录，很快就翻到了，他说，是一点二十三分。

拿过小包工头的手机，助手习惯性地先校对了一下时间，小包工头的手机时间没错，再看通话时间，果然是一点二十三分。

哦，那……安在晨当天来有谁知道吗？洪荒接着问。

他这个银（人），来得很勤的，我们做过很多活，银（人）家设计师就开始来一下，毕了来一下，就他事多，一会儿这里不对，一会儿那里不对，跟真的一样……碍手……碍脚的。小包工头道。

哦，他碍到什么事了？洪荒很有兴趣的样子问道。

你想想，设计的和做的能整得完全一样吗？真是吹毛求疵，又不是你自己住，有这个必要吗？听小包工头把“疵”说成“屁”，洪荒想笑，但忍住了，没动声色，接着问：那一般他来的时候，会通知公司吗？

我想不会吧，否则公司会有银（人）陪的，我见他很多次都一个银（人）。

那你中午怎么会去工地的？洪荒问他。

最后一天了，要给施工队长报下一周的用料，我这银（人），不到最后想不到做的，中饭吃好本来牌都拿到手了，突延（然）想起下午就得领料，赶快跑过来整，谁承想……小包工头叹了口气。

你们每周都要报料领料吗？时间固定吗？洪荒问。

这个不一定，用完了再报再领，没什么固定的时间。小包工头答。

看来，前面在末班地铁里想到的偶然性中的最后一个，真的是偶然的。三个偶然性环环相扣，少了哪一个安在晨都死不了。这么说，是自己神经过敏了？

这个时候，三个人上到了十一楼。工人已经开工了，推着装满水泥黄沙的推车顺着隔墙上一人来高的墙洞在房间之间穿行。洪荒走进去看，房型看也看不懂，东一间西一间，一间套一间，没完没了，经小包工头解释才知道，原来，为运料方便，每一层的几户人家都是通的，只有到最后一个流程，才把墙上留出的门洞封掉。

站在窗前，风呼呼地吹过，天像巨大的蓝幕一样，大朵大朵的白云在蓝幕上任意舒卷。人有旦夕祸福，安在晨可能想都想不到，他会再也看不到这无边美景……洪荒抽出两根香烟，一根自己叼在嘴上，一根递给小包工头。小包工头接过香烟，一手从口袋里摸出打火机，殷勤地替洪荒点上，然后去边上拿了几块砖头，吹吹干净递给洪荒。洪荒接过来垫在屁股下面，眯着眼睛继续抽烟。调查没办法再进行下去了，这根烟抽好就收工吧。

小包工头美美地吸了口烟后，瞅着洪荒说，洪探长，在听到银（人）掉下去的声音之前，我还听到了别的声音，是说话的声音。

哦，人说话？在哪里说话？男声还是女声？洪荒迅疾回身看着小包工头。这么说，安在晨死之前，有人和他在一起，安在晨一脚踩空掉下去，这个人怎么没有同时踩进去？如果他没有踩进去也没有掉下去，那他或者她为什么不报警？洪荒骤然紧张起来。

只听到几个字。至于是什么，我真的不敢肯定，男的女的说话也没注意，会不会是幻觉？小包工头看到洪荒如此剧烈的反应，有点慌了，生怕自己讲的话捅出了什么娄子。

洪荒马上让助手在十一楼用正常与人交谈的语调说话，他和小包工头站在十二楼出事当时小包工头出房门的位置，听得到嗡嗡声音，但听不出具体内容。十一楼已经在施工，有用的痕迹都没有了。洪荒恨恨地把香烟屁股往地上一踩，便埋着头下楼。助手跟屁虫一样跟着下楼。到了楼下，洪荒并未停步，继续走，一直走到和出事这幢楼垂直的另一幢楼七楼，老板办公室所在的那个楼层，看表，十四分钟。前一天安在晨震碎的手表上，已经停下来的指针显示的时间是一点十四分，而小包工头给老板打电话的时间是一点二十三分，中间只有九分钟。听到师父在做加减法，助手知道师傅怀疑上了老板苏忆轩。但是，时间是固定的，是死的，就九分钟。假设最后和安在晨在一起的是苏忆轩，那他无论如何是回不到办公室再接小包工头的电话的，这也就意味着苏忆轩没有作案时间。

也算是有收获，至少知道在安在晨最后的时间里，有一个人和他在一起。而这个人的可疑之处，就在于他或者她的活不见人、死不见尸。这个人事发后为什么没有报案？是他或者她制造了安在晨的坠楼，还是当时仅仅和他在一起，因为他的坠楼，他或者她基于某种原因不方便出现？

五

拜访汪小烟之前，洪荒和助手仔细查看过安在晨的包。包里所有的结构仿佛都被派上了用场，手机、皮夹子、驾驶证、钥匙包、纸巾包，全部各就各位。打开皮夹子，不多的现金，数张银行卡，透明的照片框里是张女人的照片，一看便是汪小烟年轻时拍的，清爽的长发，清朗的额头，清亮的眼眸，清纯的笑容，散落在两颊的青春痘，脖颈间酒红色的胎记。抽出照片，后面写着数行字，字迹年代久远的样子：

所有美丽的呈现只是为了消失
所有令我颤抖与焚烧的相见啊
只是为了分别

我当然明白
今夜之后
我为你而留下的痕迹
不会比一座沙堡更多

这种调调，洪荒知道的，二十多年前他读大学时，有一阵子很流行。虽说有点矫情和文艺，但终究还是存在着让人为之一动的地方。正要将照片放回时，洪荒发现后面还有东西，上面也是手写的字，抽出来，是反放着的照片，两张，都是女人的，细看，两个女人都有着和汪小烟相似的轮廓，但显然不是她本人。而且这两个人也是不同的人，每个人的照片后面都有诗，跟写在汪小烟照片背后的诗一个调调。这两个女人是谁？拜访汪小烟时，洪荒记着把这两张照片先抽了出来。这个时候，助手已经查清楚安在晨的婚姻状况，结过四次婚，汪小烟分别是他的第一任和第四任妻子。两个人是不久前才复婚的。

门打开时，只见汪小烟长发拢在脑后，苍白的面色，脖颈间依然是条绿色的丝巾，不过比第一次见她时的那条颜色深了些，那块酒红色的胎记依旧像是绿丝巾做成的藤蔓上开的花。洪荒问她最近好吗？汪小烟凄凉地勉力笑笑算是作答，接着便闪身把洪荒和助手让进室内。

这个家也许是洪荒和助手见过的最奇特的家，整个被走廊分割成南、北两个空间，走廊的尽头是一个西式厨房，南、北两个空间里都有卧室、卫生间和书房。这边是在晨的，他是北方人，怕冷，上海的阴冷他受不了。汪小烟指着南边的空间给洪荒看，也许是房间太过空旷，汪小烟的声音居然有回声。宽大的书桌，满墙书架，空余的地方搁着些微缩的亭台楼阁、教堂城堡、剧院和市政厅，最为奇特的是，房间里还有一个巨大的沙盘，沙盘里是沙子，杂着些闪亮的贝类碎片。见洪荒师徒站在沙盘边上看，汪小烟走过来，抓起把沙子，然后边看着沙子在指间漏下边说，这些沙子是在晨的爱物。刚刚读大学时，一次我们很多同学去嵊泗列岛玩，别人或下海游泳，或去游乐场，他却一直在沙滩上建筑他的沙堡，沙堡做成之后，又捡来很多贝壳装饰它，闪着华丽的红色、绿色或者黄色光泽的贝壳，配上去很美。可是，还没最后装饰好时，潮水来了，沙堡瞬间被夷为平地，他一副失魂落魄的样子站在潮水中，无助的孩童般让人生怜，我一直远远地望着他，这个时候我走过去，牵着他的手带他到岸边。待潮水退去后，他又固执地开始建筑他的沙堡……

走廊两边错落有致地挂着摄影作品：有人像，有花草、树木，还有浸在海水和阳光中的乱石，或者一些看不出头绪的东西。看着这些摄影作品，洪荒在心里感叹，即使在人人都可以按下快门的今天，摄影依然是门艺术，光和影，瞬间的神情，连同那些被拍下的花和草，甚至那些没有生命的石块，揉皱的纸张，水波，透着光的蝉蜕，死去的蝴蝶……汪小烟的摄影无疑是悦目和深刻的。

这个时候，汪小烟泡好三杯茶，放在厨房间的岛状吧台上，自己则安静地坐在一把高脚椅子上，见洪荒走过来，凄凉而又拘谨地看着他。汪小烟的样子让洪荒难过。一个能够拍出如此悦目和深刻照片的女子，无疑是敏感的，她人到中年，爱人刚刚重回到身边，却遭此横祸……洪荒别过头去，目光正好落在她脖颈间的风景上。汪小烟发觉了，侧过身低下头，仿佛在细嗅那瓣酒红色的花。

小口啜着茶水，洪荒倾听着汪小烟的叙述：在晨是整个建筑设计系最令人瞩目的男孩子，英俊挺拔，才华横溢，善良温和。他很受欢迎，无论是男生还是女生，很多同学的设计稿经过他稍微改动，便都可得到A。只有我例外，离得他远远的。我不是不想接近他，是因为深深的自卑。那次在海边的经历之后，我感到他开始有意走近我。一次晚自习回宿舍区的路上，我们恰好同行，两个人抄近路穿过一片小树林时，他突然站住了，要我看着他。我没有照办，而是低着头，说出了我的自卑。他说我是傻瓜，他说胎记是天生的，为什么不能让它成为你独特的标志呢？他说我低头试图掩盖胎记的样子仿佛从李清照的小令中走出来的那个低头嗅青梅的女孩子……我记得很清楚，那是一个月明之夜，他冷不丁俯身吻我的脖颈，吻那块令我最为自卑的胎记，然后从口袋里抽出一条丝巾替我戴上，再次要我看着他。我第一次大胆凝视着他，他的面庞在月光下如雕塑一样美极了，他的眼眸也如月光一样清朗……他说丝巾是他在外面设计公司接零活赚的钱买的，在苏州买的，他在众多的丝巾中看到那条丝巾时，就想象到我戴着丝巾的样子……我知道他家里穷，大一的时候已经开始勤工俭学赚生活费，他却从中拿出钱给我买丝巾……回到寝室，我端详着镜中的自己。因为这条绿色的丝巾，脖颈间的胎记不再丑陋，我顿时自信起来。直到上床后，我还是不舍得拿下丝巾。整个夜里，数度起床去盥洗室照镜子，镜中原本那个丑小鸭渐渐变成了天鹅……说到这里，汪小烟沙哑的声音有些哽咽。她起身走到衣橱前，打开衣橱，里面几十个蜂巢状的六角形格子，格子里错落有致地放置着深深浅浅的绿色丝巾。汪小烟回身说，这些丝巾，都是在晨从世界各地买回来给我的，他说仅仅绿色，就有上百种，每一种都有不同的味道。他说的道理我懂，跟摄影一样，即使是同一张叶子，光线的瞬间变化，便会带来不同的视觉效果，不同的美感。

洪荒微笑着点点头。看来，安在晨天生是设计师，别人看来丑的东西，经他的点化，便陡然美了起来。但他想知道的是另外的事情，于是便问，汪女士，您先生的工作您了解吗?

汪小烟点点头，依旧凄凉的样子勉力笑笑说，在晨是建筑设计界的一块金字招牌，很多人说他是最优秀的设计师，是不是最优秀的我不知道，但我知道他是最有激情的设计师。你看，这串木头雕的玫瑰，你看，这个落地灯架，还有这个繁复花纹的相框，都是他自己做的，他的那些作品，我都拍过挂在墙上。他说建筑的最高目标有六个字，坚固、实用、愉悦。我敢说，如果假以时日，他还可以有更好的作品。他的理想是普利兹克奖。你知道的，这个奖有建筑界的诺贝尔奖之称，对于全世界所有建筑师而言，获奖意味着至高无上的终身荣耀。如今，他却……汪小烟沙沙的声音响在空旷的房间里，听起来令人格外难过。

坚固、实用、愉悦。洪荒在心里默念着这些词。的确是个好的概括和理想的目标。再看汪小烟指给他看的那些小东西，也的确实用又令人愉悦。他礼节性地表示赞许之后拿出前面从安在晨皮夹里抽出的两张照片，递到汪小烟眼前，接着问，这两个女人您认识吗？

看到照片，汪小烟先是一愣，接着法令纹微微括开，嘴角露出一丝不明含义的微笑：这也是除了自信之外，在晨带给我的又一笔财富。在他离开我的那些漫长的时日里，我学会了与自己相处，跟自己的内心对话，学会并享受孤独……他只是个任性且执拗的孩子，我相信他迟早会回到我身边，事实上也的确如此，我是他第一个女人，也是最后一个女人。

什么？她说安在晨居然用了“孩子”这个词。想起来了，助手拉出来的网站上安在晨的照片，四十多岁的男子，居然还有着很单纯、纯净的眼神，还有，她的确比安在晨大，大一岁也是大。她用孩子称呼安在晨，像是一个母亲慈爱地说着自己的孩子，说明她对安在晨的爱，除了情爱，还有母爱。他的理想是那个被称作建筑界诺贝尔奖的普利兹克奖，她一定也以他有这个理想自豪。他是她的美和自信的发现者，他也很可能是她理想的实现者。还有，关于这两位女子，她们与安在晨的关系一定深深伤害过汪小烟——虽然她是微笑着回答洪荒的提问的。这个关系，用她的话来说，让她学会了与自己相处，享受孤独。那反过来说便是，这个关系曾经给她带来过孤独……这两个女子和安在晨之间还有没有未了的情事？或者除此之外还有别的女子，干脆她们中的某一位便是最后和他在一起的那个人，那个看着他失足掉进电梯井之后不肯再露面的人？

告辞的时候，汪小烟送了本她的摄影作品集给洪荒。回家的地铁上翻，装帧很精美的一本书，书名为《花之语》，封面是汪小烟的自拍照，端庄、专注的样子端着相机，脖颈间是条几乎成为她招牌的一条绿色丝巾，脖间酒红色的胎记用彩笔描成了一朵栩栩盛开的花。集子里拍的也都是花。洪荒第一次知道，花的世界原来这么丰富，不仅指花的品种，还有花的形态，花的表情，花的内心。洪荒记得，这些摄影作品的原作，刚刚几乎在她家的墙壁上都看到过。

六

去安和安设计师事务所了解情况。果然很不一般的一个公司，本身是搞设计的，整个公司的每个细节都很有设计感，连同出来接待他们的另一个安，安德鲁，深眼窝，高挺的鼻梁，窄长的面孔，黑棕色的头发，棕色透亮的眼睛。安德鲁西装革履，修剪得极为得体的短发、胡须和手指甲，坐姿，手脚的摆放，连动作也像是设计过的。这难道就是传闻中的德国人的严谨？

除了个别音有些洋腔洋调，安德鲁的中文极为熟练，他说，查理，对了，就是安在晨，他实在是个令人嫉妒的同伴，什么好事都轮得上他：师从一个极为著名又极为严格的建筑学教授，取得很多德籍建筑系学生也很难取得的德国建筑师资格，回国创业又遇到中国建筑业最为景气的十年。人么，英俊，善良，慷慨，有女人缘……也许太过完美的缘故，使得上帝特别地喜爱他，所以提前召回了他……说到这里时，安德鲁浅棕色的眼睛里晶亮起来。

哦，女人缘，想起皮夹子里的几张女人照片，洪荒问安德鲁：他很招女人喜欢吗？

呃……安德鲁用他几近透明的眼睛看着洪荒说，查理在工作上很高纬度，在生活上很低纬度。我的意思是说，高纬度性格，你知道的，严谨，细致，一丝不苟，他工作上是这样，即使最严苛的上司，也挑不出他的毛病。但生活上，浪漫，热烈，奔放……他一共有四任妻子，汪小烟是第一任，中间他有逃跑过两次，因为两个女人，最后他又回到汪小烟身边，所以汪小烟也是最后一任。他对待女人都很认真，爱的时候，热烈，全心投入，给她婚姻，不爱的时候，也不拖泥带水，答应女人提出的一切条件，只要自由……尽管说着中文，但安德鲁褐色的几近透明的双眼，加上他的装束和神情，让洪荒总有种隔膜感。

哦，那他中间的两任妻子都提过什么条件？经济上的吗？洪荒问。

当然，每次他都是倾其所有。安德鲁说。

倾其所有？做设计师很赚钱吗？洪荒问。

那要看谁了，像查理这样的天才设计师，当然了。安德鲁说。

我没有概念，您能说得具体点吗？洪荒问。

好吧，合伙人是拿提成的，百分之十五，他每年给公司带来的收益大约是两千万，你们自己算算吧。安德鲁说。

哦。洪荒顿了顿。的确不少。那麻烦再问问，他最近还有这样的事情吗？有喜欢上别的女人吗？洪荒问。假设是这样，他想到的一种可能性是，这个女人很可能是最后和安在晨在一起的那个人，而她出事后不愿意露面，不愿意被警方和公众察觉。

不会有，二十多年了，我了解他。这个方面，查理既浪漫又纯情，浪漫你知道的，他结过四次婚，但这不影响我对他做出纯情的这个断语，他纯情到喜欢的是同类女子，纯情到绝不跟信任他的人说谎，包括我，他的合伙人。我可以肯定，不会有。他说过他以为自己可以离开汪小烟，试了两次，都失败了，别人都复制不出汪小烟带给他的感觉和味道，取代不了她。安德鲁说。

不会有。洪荒捏着下巴想，如果不会有，那么前面那个某位和他有纠葛的女人在最后的时刻跟他在一起的假设便不成立了。那么，最后和他在一起的人究竟是谁？略作思索后他问安德鲁，我想知道，贵所和多瑙河小镇的开发商合作中有没有过什么纠葛？

进入中国市场后就一直和他们合作，据我所知，没有过不愉快……其实，一定程度上，我们安和安事务所与这家公司，已经相互离不开，我们的设计，他们的施工，简直是天作之合，我们需要通过他们把画在图纸上的建筑变为真正的建筑，而他们需要我们的设计，也因为和我们联手，开拓出更为广阔的市场……安德鲁手轻轻握着，放在一叠文件两侧，很绅士的样子。

七

夜归的地铁上，洪荒又沉浸在自己的世界里。剥茧抽丝，丝的那个源头还在前面提到的那三个偶然因素上面。最后一个关于办公室楼层和小包工头的偶然性已经否定了，按说缺少这最后一个，便无法促成安在晨之死，但洪荒还是觉得心有不甘……那么，汪小烟飞机延误这个呢？延误是因为一个家伙打电话敲诈，法律语言叫恶意制造并散布虚假恐怖信息、危害公共安全，脑子正常的人都知道，这怎么敲诈得到钱呢？你打电话、发信息、上网，必得有痕迹，有痕迹就必得被抓住……如果这家伙明知结果如此还故意去打这个电话呢？洪荒突然感到自己像是捕捉到了一丝转瞬即逝的光痕。

他马上返回办公室，让指挥中心帮他查案件的承办单位。查到承办单位，再查嫌疑人的具体资料，最好有银行账户的进出情况。事发后，这家伙的银行账户倒正常，但他一个关系人，号称是他女朋友的一个名叫王晓莹的女子几个账户里都有进项，进项加起来有十万之多，这个王晓莹，仅仅是家美甲店的员工，怎么可能有这个收入？好家伙，洪荒一阵兴奋，不顾已是半夜，马上唤来助手去看守所提审。

半夜被叫醒，这家伙摆出一副臭脸，见提审他的警察，并不是原先的承办，便梗着脖子说：犯了法也得让人睡觉吧？你们警察还讲不讲人权？

你跟我讲人权？那么那些被你误了几个小时的乘客向谁去讲人权？洪荒厉声反问道。

这家伙圆头圆脑圆眼睛，留着一撮小胡子，听洪荒这么说，便圆眼一瞪，又调转枪头，顾左右而言他：那么多贪官污吏你们不抓，抓我一个小屌丝算什么本事？我没偷没抢，打个电话又怎么样？说着话，脖子依旧梗着。

贪官污吏自有人抓，如果你有证据，可以向纪委或者反贪局举报，我们现在讨论的是你打电话的事。普通一个电话是没什么，可是你打的什么电话？听着，我告诉你啊，为了你这个电话，飞机飞出去又飞回来，满飞机的人、满行李舱的包裹重新安检一遍，还误了飞机上多少乘客的事你知道吗？多少警察为了你这案子加班你知道吗？一起飞一降落得多少航空油料钱你知道吗？这跟偷跟抢有什么区别？洪荒的语气很凶很严厉。

我这不乖乖地认罪伏法吗？再说我犯的是国家的法，又没犯你的法，那么凶干什么？那家伙眼皮一翻嘴角一撇。

说得好，的确没犯我的法，犯的是国家的法，但我感兴趣的是，你知道自己犯了国家哪几条法吗？

哪几条法问你们警察自己呀，问我干什么？这家伙眼皮一翻，摊开手脚，不管不顾地斜靠在审讯椅上。

这个人脑子很清醒，思维很有逻辑性，不会是那种偏执性格，前面的猜想应该是靠谱的……洪荒和助手交换了一下眼神，然后接着说：好的，让我来告诉你吧，第一呢，很明确，恶意制造并散布虚假恐怖信息，第二呢，危害公共安全，还有这第三……洪荒顿了顿，扫了那人一眼接着说，还是把这个机会留给你吧，你说出来，争取个态度。

欲加之罪何患无辞，中国警察就这副样，法治社会呀，警察同志。那人看也不看洪荒他们俩，对着窗户慷慨激昂地说。

好，那你不要后悔我没给过你机会。我问你，王晓莹跟你什么关系？

那人怔了一下，说，女朋友呀。

王晓莹银行卡上为什么在你打过那个电话之后多了十万元？该不会是有人表彰她男朋友的英雄壮举吧？洪荒用揶揄的语气问。

听到洪荒的话，那人放松着的身体突然僵住了。洪荒和助手交换了一下眼神。有门。助手踱步过去，一手把住对方坐的椅子背，另一只手拍拍他的肩膀说，给你十分钟整理一下思路，想好了就可以说了，嗯？那人不言声，两只手十个手指像十条小蛇一样在相互快速地缠绕纠结。

不想说的话我来替你说，你看怎么样？助手一副虽说是商量的口气，却十分强硬。

那人耷拉下眼皮，依旧不吭声。助手一副惋惜的样子叹气道，给你的机会你可要抓住喽，要是我说了就不算你是坦白交代的，到时候别后悔就是了。我是说，你老兄那个电话打得可真够值得啊，十万块钱哪，太划算了。

那人肩膀一抖，头更低了。助手趁热打铁，问他：钱是谁给你的？

那人憋红了脸，结结巴巴说，谁……谁给的我还真不知道，我可以对天发誓，我要知道我是乌龟王八蛋，我……在网……上接的活，男的女的老的少的中国人外国人我都不知道，我只知道打电话拿钱便是。

洪荒和助手交换一下眼神，先退了出去。这个时候，天色已经微明，疲累却充实的感觉，两个人直接去了一家羊肉馆，一人一盆羊肉吃了再说。

专业侦查部门调查，证明这家伙确实没讲假话，但那个通过网络指使后来又打给他钱的人这条线索一时还无法进行下去，不过有这个结果就足够了，至少证明汪小烟飞机的误点并非偶然。接下去分析，如果有人能够天才到用一个谎称飞机上装了炸弹的电话制造出飞机误点，后面的环节便更加不难制造，这个人不仅掌握汪小烟在这架航班上，掌握安在晨守时并喜欢去工地这个习惯，还掌握或者利用了小包工头……具备这些条件的，似乎只有那个名叫苏忆轩的房产公司老板了，他和安在晨合作得够久，与安在晨夫妇够熟悉，有条件利用工地的资源。只是，前面已经算过了，他没有作案时间啊。还有，他为什么要安在晨死？

八

回到家中，懒懒地躺在床上，手如婴孩似的圈在头上方，不料却触到一本硬硬的厚厚的东西，拿起来，是汪小烟送的那本摄影图册。靠在床头，手机械地翻着，眼睛落在印出来的照片上。的确很美，将开未开的花，盛开的花，将败的花，干枯的花，大得覆盖了整个画面让人喘不过气来的花，小得要人去角落里探寻的花……突然一幅作品定格在洪荒眼睛里，作品名为《行走的郁金香》，数朵郁金香参差中擎起的花瓣，宛若光洁丰腴的双腿在行走。他想起来了，在汪小烟家的走廊里，有过这么一幅，但好像有区别，区别在哪里一时还说不清楚……这有关系吗？一个艺术家的作品本来就有很多相似之处，林风眠的仕女、芦苇和鹭鸶，齐白石的奔马和虾，但……对，汪小烟家里那幅，花瓣丰腴的部分在下，紧致的部分在上，也就是说，像大腿的那段在下，像小腿的那段在上，怪不得，当时看的时候觉得有些怪异，应该是挂倒了。确定，洪荒相信自己的记忆力。

可是，如果真的挂倒了，那怎么会挂倒的？是谁挂的，安在晨还是汪小烟？是有意为之，还是无意或匆忙中为之？不行，得去看看。办案中所有不正常的东西必须去证实，证实过才放心，虽然现在还不知道它与案件有什么联系。

打开门，见是洪荒和助手，汪小烟略微吃惊的样子，低头替他们拿拖鞋间，颈上的绿色丝巾拂过，仿佛一面哀伤的旗帜。洪荒抱歉地笑笑，进门后便迅速朝记忆中那幅画的位置走去。确实，是挂倒了。他把手伸向画框时，回身有意无意地看了眼汪小烟。汪小烟刚要张开的口定住了，一脸诧异的样子看着洪荒。见洪荒回头看她，便清了清嗓子，依旧沙哑地说，洪先生，您真有眼光，这幅作品名叫《行走的郁金香》，在国内国际多次得过奖的，不过，怎么会倒过来挂了？谢谢您……您要喜欢的话，我可以再去印一张装裱好送给您。这幅是在晨亲手冲洗的，恕我不能送您……

洪荒说，您放心，我不会掠人之美的，只是觉得这幅作品有点特别，能拿下来我们一起鉴赏鉴赏吗？说话间，洪荒已经伸手去卸，卸下画框，背后的墙上是个室内电表箱，透明的电表盖子，里面的开关看得清清楚楚，并没有什么特别的东西。在他暗暗沮丧之际，突然间发现汪小烟把目光落在画框的背面。疑惑中他把画框翻过去，木框边缘，赫然镶嵌着一个拇指大的优盘。拿出这个优盘时，汪小烟吃惊的样子欲言又止，但最终没有发出声音。

九

即使我知道潮水即将涌来，我仍然要建造我的沙堡。

打开优盘，只有一个文件，是 PPT 文件，首页上便是这句话，中文和一种不认识的外文对照的。猜想是德文，助手说正是。助手还说这个句式最早是德国一位名叫马丁·路德的宗教改革家说的，原话是，即使我知道整个世界明天将要毁灭，我今天仍要种下我的葡萄树。大意是，明知命运如此，还坚持与之抗争，或者明知不可为而为之。

往下翻，很多张楼盘的照片，不同角度的，有夕阳下的，有绿树掩映中的，有俯瞰的，有仰视的，多数拍的是大场面，也有建筑具体部位的特写。细看，右上角都有小字，标注着莱茵河小镇，易北河小镇，伊萨尔河小镇，尼斯河小镇，最后一个是多瑙河小镇。对了，前面安在晨的合伙人、那个安德鲁介绍过的，这些都是安在晨主持设计的楼盘，安在晨的民用建筑作品。助手说这些河，全是用德国的河流命名的。除却那行关于建筑沙堡的话和这些照片，再无任何文件。奇怪。如果仅仅是这个文件，那有这个必要把优盘藏在画框后面吗？

一张一张翻这些 PPT，洪荒陷入思索的泥沼当中。这些楼盘，简洁，庄重，毫无媚俗和浮躁之气，光看过去就已经让人很是愉悦了，要是能住进去的话……对了，汪小烟说安在晨讲建筑的最高目标是坚固、实用、愉悦，坚固……实用……愉悦，概括得真好，坚固，三个标准中坚固放第一，所以建筑的首要目标应该是坚固。坚固……不会是在坚固上也就是说建筑质量上出了问题吧？如果是，那安在晨为什么没有明确标注出来？他有什么顾虑吗？

洪荒被自己的想法吓了一大跳，这个时候再看 PPT 中的那些图片，那些局部的特写，有屋内的大梁，有插满了钢筋的地基，有刚刚浇注好的墙壁，是因为安在晨的摄影技术，而使得这些从普通人的审美角度一定会淘汰的局部特写变得艺术起来，他把这些特写放在这里有什么特殊的用意吗？回忆拿到优盘时汪小烟的眼神，她对这个优盘应该是不知情的，但作为安在晨的妻子，她不应该什么都不知道吧？

回身再去找汪小烟，话题从安在晨关于建筑最高目标的描述说起。汪小烟沙哑地说：这六个字，确是在晨的毕生追求。记得我告诉过您的，他的理想是普利兹克建筑奖，这个奖要求它的申请者既要有完美的作品，又要有无瑕的品格，让在晨屈服，我想是件很困难的事。

好，还有一个问题，您真的相信您先生是意外坠楼吗？洪荒用意味深长的眼神看着汪小烟。

您拿给我的死亡通知书上是这么写的，我怎能不相信？我不明白您为什么现在又来问这个问题，人命关天的事情，警方如此草率？汪小烟反问洪荒。

正是不愿意草率，正是为安先生和您负责，我才想把自己的所有怀疑都排除掉。您是他妻子，是他在这个世上最亲的人，您难道不想和我一起去探究他不幸离世的所有细节吗？洪荒诚恳地说。

汪小烟无语，眼泪却扑扑簌簌掉了下来。她低下头，抽出张纸巾揩着眼泪，声音更加沙哑了：想，也不想，人已经死了，又能怎样呢？

辞别汪小烟，洪荒和助手马上着手查访那些以德国河流命名的小区，重点是安在晨 PPT 中出现过特写的部位，一个一个查过去，几天过去了，并无什么异常，包括多瑙河小镇。但就在多瑙河小镇，洪荒和助手却有了意外的收获。当时走近安在晨出事的那幢楼时，洪荒一眼扫过去，突然觉得什么地方跟上次有点不同。助手在照相机里翻出那天拍的照片比对，原来是架在这幢楼和边上一幢与它垂直的裙楼之间的脚手架拆掉了，老板苏忆轩的办公室便是在这幢裙楼的七楼。

这有关系吗？洪荒伸出食指点着数照片上的楼层，脚手架搭的楼层是九楼，位置并不在安在晨出事的那个号门，而是在相邻的另一个号门。假设有人要借道脚手架的话，那他怎么从安在晨出事的那个位置到脚手架的位置？洪荒快速在记忆中搜索。哦，对了，对了，出事第二天，也就是那个当小包工头的东北银（人）带他和助手上楼的那天，是小包工头说的，施工中，为了运料方便，不管哪个号门，一幢楼的同一层房间都是相通的！

见他在数楼层，助手本来迷惑不解的眼睛也突然亮了起来。两个人二话不说，先走脚手架和地面平行的一条路，掐好时间；接着上到安在晨出事那幢楼的十一层，步行下到九楼，掐好时间；再到裙楼，乘电梯上到九楼，然后步行下到七楼，加上从楼梯走到苏忆轩办公室的路程，再掐好时间。三个时间相加，八分四十秒。前面算过的，安在晨震碎了的手表上停止的时间和小包工头打给老板电话的时间，中间相差九分钟，也就是说，单单凭时间一点，不能排除老板苏忆轩。面对这个结果，洪荒沉思良久。别无他法，只能赌上一把，走步险棋。

十

见洪荒带着助手来访，苏忆轩并没有显得特别吃惊。他上前一步很响的声音笑道，洪大探长亲临，又有什么指教？

不敢，我是来向苏大老板您请教的。洪荒面带笑意一语双关地说，说话间直接拉了一把椅子，侧身坐下。

没问题，您请讲。苏忆轩站在洪荒对面，抱着双臂，镇定的样子微微笑着看着洪荒。

好，看样子您是个爽快人，那我也不妨爽快一些。第一个问题，您的御用设计师安在晨出事那天，有位先生受到一位隐身人之托以十万元的价格打过一个电话给机场，结果导致了安在晨的妻子汪小烟乘坐的那架航班延误，恰恰就在这个延误期间，安在晨不幸在贵公司开发的多瑙河小镇掉进电梯井身亡，其中的背景故事您能讲给我们听听吗？看着苏忆轩，洪荒一字一顿地说。

苏忆轩笑容凝固在脸上。他举起右手，嘴巴对着拳眼干咳了一声，而后笑道，原来洪大探长是想听故事，哈哈，没问题，容我稍后讲给二位听。那么，第二个问题呢？

洪荒思忖，果然聪明，他是想知道我还掌握了哪些证据，再决定自己应该说多少。于是他依旧微笑着说，好吧，第二个，是关于贵公司开发的那些用外国的什么什么河流命名的住宅区的，那些个名字，太洋气，我叫不出，借用一下您的电脑好吗？

看到放映出来的PPT，尤其是看着被助手加过红圈的那些建筑的特写部位，老板张大了嘴巴。在意识到可能失态时，他又迅速把嘴巴闭住，看上去还算镇定，几欲拿过助手手中的鼠标，一缕鬈发滑到脸侧，居然没有察觉。

您能告诉我，这些画红圈的地方，有什么特别的吗？洪荒看着苏忆轩问。

这个问题我还真不好回答。苏忆轩理了理头发，扭头看着窗外的某处说：一，您是警察，不是建筑主管部门；二，即使要回答，如此细节的问题，我也得让我的技术人员来回答。可以继续，如果还有问题的话。

呵呵，正是细节决定了成败，不对么？问题么，当然还有，我们可是有备而来，炮弹充足哦。洪荒略带揶揄的眼光意味深长地看着老板继续说，第三个问题，有点私人，您能告诉我，安在晨出事那天，下午的一点十四分到一点二十三分之间您的位置吗？也就是说，贵公司多瑙河小镇的那位小包工头给您打电话到办公室之前的九分钟时间，您在做什么？

苏忆轩的脸红一阵青一阵，本来拳着的手掌松了开来，拇指和食指捏着下巴颏，沉默了数秒，抬起头后哭丧着的脸上带着难看的笑意：这个得要回忆，嗯……不等他的“嗯”字落音，洪荒说，好吧，我会给您回忆的时间的。不过，我还有第四个问题，安在晨出事那幢楼和您办公室所在的那幢楼之间的脚手架，哦，也就是有人将它作为空中走廊的那个脚手架，它是什么时间被拆掉的？

苏忆轩的脸憋得通红，眼乌珠赤红，几乎崩溃的样子跌坐在沙发里，沉默良久之后对洪荒师徒二人说：好吧，我愿赌服输。过程你们既然已经知道，那我就讲原因吧。

安在晨从头到尾都是个优秀的设计师，我不否认，但他也有弱点。比如，任性，所有开发的项目，都要用德国的河流命名，想是他用来纪念在德国度过的岁月吧，恰好现在都兴这个，我依他。还比如，他好胜心强，你需要他为你做事情时，只要给他把高帽子戴好，说他是最有才华的设计师，预言他不久后便会得到那个普利兹克奖，他便会跟着你的思路走。除了出图纸，我需要他的地方太多了，打个比方你便会明白，比如一堵承重墙，它可以有三十六根钢筋，也可以有三十根钢筋，这个数字甚至还可以是二十八，二十八和三十六，相差八根钢筋，造价也就相差近百分之二十，差了这百分之二十，外人看不出，工程监理也监理不出。但是，我也得讲究质量，在尽可能节约的情况下确保不出事情。出了事情，谁都救不了，你懂的。这得需要有人能给我算出这个临界点。也就是说，到底是减掉七根钢筋，还是九根，这个临界点在哪里？安在晨能，他在德国学的建筑设计，他的安和安建筑师事务所是块金字招牌，他严谨，精准，而且他设计的图纸他自己知道临界点在哪里。我知道不能直接把自己的想法和盘托出，便请教他，为什么设计的数据中会是一个区间。他一时兴起，便滔滔不绝地讲了起来，越讲越具体，还拿起图纸做了些标注和运算……这个楼盘便是莱茵河小镇，莱茵河小镇造好后，确实比预算省了一大笔钱，我便以奖金的名义送了辆豪车给他。他不要，我说所有建筑商都这么做，你不做，不会有人相信你没做，而且已经是既成事实了，他便不再说话。我明白这样算是把他绑到了我的战车上。后来舆论皆称莱茵河小镇楼盘质量好，我明白他有所保留。接着拿我上面的比方说，他一定计算出过临界点在哪里，在告诉我时他也一定加上过数字。我是说，比如，他算出确保不出事可以是二十八根钢筋，但他告诉我是二十九根，谨慎使然。造易北河小镇、伊萨尔小镇、尼斯河小镇等几个楼盘时，我便心里有了谱，在他的基础上再做减法。后来被他察觉了，他不断地去工地查看，对我大发雷霆，还说要举报我。我两手一摊，意思是，你我是一根绳上的蚂蚱，我出事，你也跑不掉。他愤怒，又无计可施，但提出要求，让我严格按照他修改后的图纸施工，不能再减。我嘴上答应，实际施工时依然我行我素。第一，建筑行当，哪家不是这么做？我算是有良心有底线的。第二，我知道安在晨是个有理想有追求的人，他的目标是国际上那个最著名的建筑奖，所以尽管对我凶，但他还不至于傻到要去声张。于是我有恃无恐，到了多瑙河小镇，又给他抓住了。他黑着脸，让我必须整改，说不改的话，他手上有足够的证据，要和我鱼死网破，什么奖不奖的，见鬼去吧。看他那样子，我知道他的话是真的，但我也没办法。整改，谈何容易？把浇注好的墙拆了，再加钢筋进去，开什么玩笑？那怎么可能？一是误了工期，罚款算谁的？二是前面的钢筋废了不说，这么多工人一人一天一百元，光工钱也吓死人的。我说下次，下次一定。其实，这话我说到现在了，他已经不相信了，他说没有下次，要改，从这次改起，否则，就等着上网见报吃官司吧。我也是走投无路，才出此下策的。对这个结果，我相信他妻子汪小烟一定会保持沉默的。倒不是和我同谋，她在乎安在晨的名誉，她和我都知道，一个人只要给你们警察盯上了，这个人的所有过往一定会被你们翻个底朝天。他不在了，只要她不去追究，尽管普利兹克奖不会授予一个亡灵，但他至少还可以保持一个清白的名誉。

洪荒和助手互相看了眼：也难怪，在出事现场，汪小烟在安在晨死亡通知书上签个字那么艰难，原来……只听得苏忆轩继续说：那个给机场打电话的，是我雇的，通过网上雇的，十万元。我吃定安在晨一定会按时出门，在汪小烟的航班延误后，安在晨一定会来工地，会来那幢楼的十一层查看整改的情况，我装作顺便在那里碰到他，本打算借个机会把电梯开走，然后诱他进去，巧的是，老天爷在那个时候派那个小包工头帮我，把电梯开走了。我明白时机来了。我故意激怒他，把他的注意力吸引到与我的争辩上。这个时候，我打开了电梯门，请他进去，他果然看也没看便走了进去。之后，我便从消防通道下到九楼，利用那个被您称作空中走廊的脚手架，以最快速度回到办公室，待我喘息甫定，电话响了起来。到现场后，我说了句后来让我后悔得想咬掉自己舌头的话，我想知道，是不是这句话惊动了你们、提醒了你们？

洪荒和助手面面相觑，刚碰上时，两个人目光是混沌一片。突然，两双眼睛同时亮了起来：对，怎么没有想到如此关键的一句话?！慢着，还有，在当时他们到场后，苏忆轩还说过：没想到出了这么大个意外，简直是天妒英才……警方的结论还没有，他怎么就直接给定性成意外了？问题是他太想让他们得出这个结论了……要是早想到这些，便不用走这么多弯路了……这个时候，只听得苏忆轩继续说：是的，我也是太紧张的缘故，黑洞洞近三十多米深的电梯井，怎么能看得清楚里面是谁，我却傻乎乎地脱口而出电梯井底的那个人是设计师安在晨……看着你们把这句话做进笔录里去，我那个后悔呀……百密一疏……

夜行的地铁车厢里，乘客寥寥，报站广播又换成了那个慵懒、家常的男声，一遍中文，一遍英文，甚至连清嗓子的声音都听得到，与周遭的阑珊和寂寥很是契合，洪荒依旧摊手摊脚坐着。呵呵，苏忆轩说他百密一疏，我不也是吗……看来啊，我这鼻子，离鲨鱼的还远着呢。

（原载《东方剑》2013 年第 5 期）

凌晨脱逃

少 一

一

副所长孙九名有急事报告所长。

当时，界岭派出所所长麻凡正在给镇卫生院的林院长打电话，联系父亲手术的事情。

等麻所长打完电话，孙九名说，麻所，“闪腿”现身了，在家里。不知从什么时候起，民警喊所长、队长、局长，都习惯把“长”字减掉。

麻所长问，消息可靠吗？

我的眼线亲眼看见的。孙九名用征求意见的口气说，我的意见是今晚上就动手，拖不得。

麻凡本来还想问问眼线是谁，又觉得欠妥，便打住。这次“清网行动”，岩门县公安局是下了死力的，不光完成追逃任务的单位和个人可以呈报立功，还拿出不少钱发奖金。追捕到位的多少钱、规劝自首的多少钱、提供线索的多少钱，等等，一一明码标价，兑现奖惩。所以，每个民警都像打了鸡血，兴奋得很。这时候，你掏孙副所长心里的小秘密合适吗？他不会告诉麻所长，更不会告诉其他人。

所里只留小张值班，其他人都参加晚上的行动。麻所长是职业警察，办事从来不拖沓含糊。他还吩咐孙九名，通知厨房，五点半开饭。晚上的行动由你具体安排部署。我听你的。

孙九名知道麻所长最后是在开玩笑。他说，那我打电话，让磨刀岭村的卓主任在家里等。

麻凡一挥手，还是那句玩笑，去吧，听你的。

孙九名刚走出所长办公室，麻凡又把他叫回来，孙所长，我看暂时不要给卓主任打电话，不是不信任他。

孙九名明白，对所里来说，抓住“闪腿”这件事太重要了，出不得半点闪失。所长的考虑是对的，为保万无一失，知道相关信息的人越少越好。

界岭派出所把“闪腿”挂成网上逃犯已经八年了。八年前的夏天，因为和邻居争一块地界，“闪腿”持杀猪刀将人家往死里砍了十七刀，其中五刀致人重伤，伤者至今还歪着脑袋坐在轮椅上起不来，涎水吊起尺把长。这个穷凶极恶的家伙，派出所肯定要抓。可是，“闪腿”住在磨刀岭半山腰上，每次等民警爬完十五公里山路，把他的屋子围起来一搜，他早翻过屋后的大山，逃进湖北五峰县去了。

“闪腿”每次都能成功脱逃，得益于他家的地理位置。磨刀岭半山腰以上只住着他一户人家。居高临下，视野开阔，山下的一举一动都在他的观察范围之内。只要有人上山，山中农家的狗就汪汪乱叫。狗叫声等于是在报信。所以，别说有人上去，就连飞上山一只鸟都瞒不住“闪腿”。有两次，麻凡在上山路上通过望远镜发现，被狗叫声惊动的“闪腿”慌慌张张地钻进屋后的林子，他不得不招呼弟兄们往回撤。

“闪腿”迟迟没有归案，成了界岭派出所民警的耻辱，成了麻凡所长工作中的败笔。它让界岭派出所民警笑起来不自然，使所长麻凡在局里说话缺底气。更要命的是，这次“清网行动”把界岭派出所网进去了。局长在动员会上公开说，日本鬼子那么凶恶，在中国也只横行了八年。可是，我们有个派出所的一名逃犯逃了八年多，如今还逍遥法外，过着快活日子。我就不相信，他真有钻天入地的遁身术？局长的话引起会场一片笑声，当时，许多人都扭头东张西望，想知道麻凡坐在哪儿。

这么说了还不算。散会后，局长把麻凡和孙九名留下来，又给他俩开另餐。局长说，有个问题不知你俩想过没有，这次“清网行动”，界岭派出所最有希望拿满分，也极有可能交白卷。

麻凡和孙九名都不明白局长话里的意思。

局长说，别的所抓回一两个逃犯，只能按任务算出百分比。你们呢，网上逃犯就只一个“闪腿”，抓住了，百分百；抓不回来，零蛋。局长停了停，然后接着说，当然，我对你俩信心十足。这样吧，我在这里抛开民主，搞回“一言堂”。麻所长，你不是一直嚷嚷在山里时间待长了吗？把“闪腿”抓回来，年底你就下山，另作安排。九名呢，局党委可以考虑明年给你加点担子，你是局里干得较长的二层副职，应该考虑了。怎么样，表个态吧？

麻凡和孙九名想不到，只有一名网上逃犯的界岭派出所，因为在全局追逃任务最少，反而让局长盯上，成了压力最大的派出所。

麻凡和孙九名除了立军令状，还能说什么！

麻凡和孙九名带民警赶到磨刀岭村是晚上九点多。把警车停在村部后，民警们步行去治调主任卓立群家。“闪腿”的家离村部十五公里，虽说上山抓过几回，但没有熟人带路，民警们夜里是摸不上去的。

九月里农事少，山里人节约电费习惯早睡。卓立群是被孙九名从热被窝里喊起来的。他披着衣裳，见派出所的人倾巢出动站在门口，就知道一定有大任务。

进屋来坐，喝点热茶。卓主任拉亮电灯，把民警往门内让，还埋怨说，怎么不提前打个电话呢？我今晚上本来要出门的，你们差点找不着我。

卓主任，你赶快把衣服穿好，带我们去办点事。麻所长说，我们就不进屋坐了，影响家里人休息不好。

不是搞突然袭击，事情来得紧迫，我们也是接到任务后就动身，来不及通知你。孙九名给卓主任做解释。

这时候，卓主任的老婆于氏起来了。她不是起来招呼民警的，而是出面阻止卓主任的。于氏不支持丈夫的工作，在全乡的治调主任家属中是最突出的。现在大家的日子都好过了，当村干部又不能像早前那样在老百姓面前要威风，人家根本就不尿你。再说，治调主任纯粹就是个费力不讨好的差。别人犯了事，该抓由警察抓。你卓立群冲在前面干什么？警察在一个地方干几年，把人得罪了，拍屁股可以走人，卓立群是撑不动的土船，到时候，人家只把账记你头上。于氏这些想法不是没道理，她给丈夫也不知说过多少遍。可卓立群十八岁干村治调主任，二十多年了，心里干治调的情结割舍不下。所以，两口子吵架从来不为别的，于氏总在拖卓立群的后腿。

麻所长，我给你们杀土鸡吃都可以，你能不能放过俺屋里的？

于氏的话说出来蛮不好听，但麻凡所长还得忍着。麻凡说，大嫂，一点小事，只请卓主任带个路，不要紧的。

麻所长，莫骗你嫂子了。只是一点小事，你当所长的不会亲自出马。我没吃过猪肉，还见过猪走路吗？这么大的阵仗，蠢宝也猜得出来，又要让卓立群垫背当恶人。大兄弟，不是大嫂子不给你面子，今晚上卓立群哪儿都不准去。

于氏精明得很。

你越来越混账了，这是工作。正在一旁穿衣服的卓立群感到很没面子，就开始骂老婆。

于氏说，狗屁工作！一年到头没拿回工资，打夜工、种仇恨的事归你包了，没卵用的家伙，只跟我吵架冲狠。老娘今天说不准去就是不准去，看你怎么样！

卓立群为挽回面子，脱一只鞋朝老婆扔去。于氏一偏脑袋，躲过了。

你个短阳寿的，还敢打我，我拼死你。说着，于氏就要往男人身上碰。

麻凡递一个眼色，孙九名一把将于氏拉住。

老卓，你要干什么？麻所长怕于氏接招，把事情闹大，就假装吼一声，你当治调主任的，居然敢动手打人，像话吗？

其实，卓立群真的一发火，于氏就软了，就哭。麻所长连忙给她台阶下。麻所长说，嫂子，最多两小时卓主任就回来，你先休息。

于氏抽抽鼻子，说，大兄弟，我们说好，只准这一回，下次不行。

麻凡想，以后是以后，先把眼前的事糊弄过去再说。他敷衍于氏，好，就这一回。

二

从磨刀岭山脚到“闪腿”家，至少有七公里朝天路。按鲁迅先生的说法，这里本没有路，但因为山上住了“闪腿”一家人，也就成了路。由于长年失修，路面的杂草能蒙住人的鞋脚，两旁的树枝和丝茅草争着往路中间挤，把仅有的一点玄月的光送了回去。不敢打手电的民警跟在卓主任后面，扒开随时都能抽打人脸的树枝和割破皮肤的茅草，深深浅浅地往前挪。

远处山林里，旮旮旯旯藏着人家，看得见农户低瓦的灯泡萤火一样地忽闪。东山一声狗叫，立刻引出北坡好几只狗的和声。路边林子里偶尔蹿出个什么野物，差点撞了民警的腿，吓得人直打冷噤。手机关掉了，谁都不出声。再绝密的行动也不过如此。麻凡心想，今晚还抓不住“闪腿”，真就没招了。

走出林子，是一望砂坡地。路突然成了挂在天上的云梯，前面的人抬起脚跟，能碰着后面人的鼻子。坡地里收割之后的玉米秆在朦胧的月光下影影绰绰，夜风扇动枯萎的叶子在玉米秆上敲打，发出吱嘎吱嘎的响声。离“闪腿”的屋不远了。麻凡抬头望望天上的玄月，估摸着时间应该过了凌晨三点，正是下手抓捕的好时候。这时，他们到了一个土坪上，麻凡让队伍停下来，轻声说，歇口气，听孙所长再明确一下任务。

“闪腿”的屋是一栋三柱四棋的旧木房子，屋后一堵山墙，光滑如镜，就是猿猴也难得攀援上去。西头有个高坎，至少三丈高，坎下乱石狰狞，犬牙交错，人是不敢往下跳的。那么，抓“闪腿”只要控制三面就行。

孙九名把分工重复一遍。麻所长，你带肖勇控制后门，站好两头就成；东头是赵佳喜，你的任务是策应好前后；正面由我带队，破门后，小马不动，留守警戒，张鹏和黑子随我冲进西屋抓人。

卓主任说，如果缺人手，我算一个。

不行，麻所长想到了于氏，没同意，你回避一下，不出面的好。人抓住后，我们先走一步，你随后回去。麻凡最后说，我强调两点，“闪腿”这次只要在家，我们下死力都要把他捉住。他最大的优势是速度，所以，如果发现他想跑，大家都不要手软，用警棍照准了腿打，留他的性命就行。另外，分工不是机械的，我们要灵活应变，密切配合。

这些年民警配枪出了些事。局里一朝遭蛇咬，十年怕井绳，干脆把民警的枪收了，统一入库保管。派出所只配一把七七式手枪，平时所长带着。这会儿孙九名要打主力，麻凡就把枪给了他，并交代，注意安全，尽量不开枪。

各就各位，民警摸着黑把“闪腿”的屋围住了。按约定，麻凡掏出打火机给负责正面攻击的孙九名发行动指令。他正要打火，突然感到后背上戳住了一个硬挺挺的家伙。接着，传来一个冷飕飕的低音，不乱动，不然我扣家伙了。凭感觉，麻凡判断出背上抵着的应该是一杆火铳的枪管。这两年，派出所虽然年年缉枪，但山里人因为要和野猪、野兔们争庄稼，总是藏着家伙不交。这种火器的威力麻凡是知道的，后面的人只要扣动扳机，他的上半截身子立刻就会变成蜂窝。当然，麻凡不虚，只要身后的家伙不响，他就有绝地反击的机会。他在部队的几年侦察兵不是白当的。麻凡听出身后是一个老者的声音，心里就有底了。他假装把手举起来，说了句“动手！”然后突然蹲下，180 度转体，一个扫堂腿出去，后面的人稍一愣怔，就中了麻凡声东击西的计，像一截锯断的树桩轰然倒下，砸地上啪地一响。与此同时，只听砰的一声，后面枪管里喷出一团火，铅弹成45 度角打在屋檐上，只听得瓦片哗啦哗啦地往下落。情况突变，肖勇和赵佳喜突过来，把袭击者摁住，上了铐子。

孙九名很有经验，听到枪响，知道事情出了变故，他没有乱套，而是领着张鹏和黑子几脚踹开正门冲进屋去。西头屋内没睡人，摸被子，冷的。再搜东头，“闪腿”的老娘蜷缩成一团，吓得做鬼喊。上楼，快！孙九名拉开枪栓，带头爬上木梯。搜过满楼，邋遢的楼板上除了乱窜的老鼠，鬼影子都没寻着。黑子后来发现西头木扇边有一块吊板，吊板的前端用抓钉拴上绳子，放下去，刚好能搭在屋后的山坎上。狗日的“闪腿”听到响动后果然从这里登山了。孙九名望一望屋后黑黢黢的大山，叹一口气，关上了枪的保险。

麻凡几个摁住的人是“闪腿”的父亲。“闪腿”当天晚上果真落了屋。他对娘老子说自己在湖北做生意，送些钱回来让家里过年，住一夜就走。可是，半夜里山下的狗叫声让“闪腿”一家人感到不妙。狗的叫声里是有学问的，只有长住山里的人才听得出来。“闪腿”的父亲说，听到狗不歇声地碰着叫，他就猜出肯定是有人上山来了。这么黑的夜，走山路还敢不照亮，只有两种人，不是抓他儿子的警察，就是强盗。“闪腿”登山以后，他的父亲就拖出挂在板壁上的火铳，拉上火，躲在西头山墙边的一口大水缸后面，不声不响地把麻凡“俘虏”了。

事情既然摆明了，麻凡也不藏着掖着，他给“闪腿”的父亲交代一番政策，然后收缴了火铳，收队下山。

卓主任依然走前头。出发时，麻所长只准带一杆强光手电，孙九名拿着，现在用上了，一柱光前前后后地甩。“闪腿”没捞着，往回走的路上大家都没话说，恁长的一段山路在民警脚下走得凝重寂然，只有四面山上的狗叫声比上来时热闹多了。

意外的事情发生得没有任何前兆。

大约离简易公路不到十米远的地方，走前面的卓主任突然哎哟一声叫，然后蹲下身去，把裤管撸起来。孙九名的手电光射在卓主任左脚脖子上。麻所长发现，那里有两个细小的牙孔，红红的血正慢慢冒出来。卓主任听到了左前方草丛里窸窸窣窣的响声，他松开捂脚的手指向那里，声音恐怖得有些变调：天啦！蛇！

九月天，不是毒蛇不拦夜路。

麻凡所长从孙九名手里抢过电筒，按卓主任手指的方向朝草丛里一阵乱扫，果真发现一蓬草正由近及远地耸动，浑身顿时一个激灵。麻凡在农村长大，军转入警后又一直在山区派出所干，处理这类事情颇有经验。他让卓主任卷了裤管，两手扣住他的脚脖子，用力挤出毒液。卓主任受不住，疼得龇牙咧嘴，嗷嗷乱叫。麻凡就俯下身去，用嘴吸出毒血后，一口口吐出来，然后吩咐黑子从路边草丛里扯来一截野葛藤，把卓主任的膝关节捆紧，以阻止蛇毒迅速向体内渗透。

离停车的村部大约还有两公里。麻凡说，黑子，你先来。我们轮流背卓主任走。

卓主任忸怩着，死活不让民警背他。他说，只当是蚂蚁咬一口，我自己能走。一个大男人，让别人背着，怪好笑的。

剧烈运动只会加快体内血液循环，蛇毒会随着血液钻。卓主任的忸怩让麻凡有些来火，不要命啦，你想害谁啊。

弄上吉普车的时候，卓主任没有声息，状态看起来很糟糕。左脚肿成了棒槌，嘴唇青紫，眼睛紧闭，吐出的气息短促而细弱。吉普车顾不得差到极点的路况和车况，风驰电掣地驱赶着沿路夜色。凌晨五点多，卓主任总算躺在了镇卫生院的病床上。

病人都成了这个样子，我也没有好大的把握，只能尽力而为。卫生院的林院长有一手治疗蛇伤的祖传绝活，麻凡是知道的。可他看了卓主任的情况，直摇头。

林院长凝重的表情让麻凡心里直打鼓，你会有办法的。我就坐在病房门口等，需要我做什么，你吩咐，我照办。说完，麻凡真的搬把椅子靠门坐下了。孙九名几个劝麻所长回所里休息，说有什么紧急情况马上报告。麻凡闭上眼没理会。麻凡的脾气大家都知道，他要不想理你，你就最好莫惹他。

闭上眼睛的麻凡在想很多问题。

“闪腿”没抓着不说，把配合行动的治调主任让蛇咬了，别说向上面交代，向卓主任的老婆于氏都不好交代。所里弟兄们的绩效工资连打了两个月欠条，现在又摊上了卓主任的医药费，这窟窿大得没法填了。当然，卓主任保得住性命，还只是钱的问题，万一出个好歹，就是天大的麻烦。

上午八点钟的时候，忙出一身汗的林院长长长地出了口气。他告诉麻凡，卓主任的命总算保住了。

麻凡看着林院长，我说过，你有办法的。

林院长发现，走出医院大门的麻所长身子有些飘。

三

“闪腿”天降神仙似的出现在所长办公室，似站非站，似坐非坐。

麻所长都有些吃惊了。“闪腿”，老子到处抓你，寻你的人不着。你敢送上门来，真吃了豹子胆？

“闪腿”阴险地笑着，我来投案自首。我不想逃了，在外面躲猫猫的日子不好过。我把事情讲完后，你按政策放我回去，我还在磨刀岭上当山大王，哈哈。

“清网行动”是有宽大政策的，对那些有小过、无大碍的投案自首者，可以取保候审，不关人，但绝不是针对“闪腿”这种恶物。所以，麻凡拍了桌子，“闪腿”，放你娘的屁。你都把人砍成了半死，还想回家，你以为法律真就宽得没边啦？做梦去吧！

坐牢，我不干。“闪腿”一脸无所谓的样子，起身往外走。

麻凡喊，这里不是你家菜园门，来了还想跑？孙所长，抓住他，抓住他……

麻所长是被自己的喊声惊醒的，他刚才只是做了个梦。他看看手机，只到九点一刻，从医院回到办公室，才眯了个把小时。

这时候，姐姐麻莲领着镇卫生院的林院长来敲门。麻凡差点忘了，昨天约好的，姐姐和林院长今天来商量父亲手术的事情。

父亲退休前是镇政府干部，常年在山区农村跋山涉水练就了一身钢筋铁骨，虽然年届花甲，却从来不病不快，平时连喷嚏都少打。可上个月，父亲突然得了个腰疼的病，针打过，药也吃过，撞了鬼似的硬是不见好。到县人民医院做CT扫描，诊断为腰椎间盘突出，医生说非得搞切除手术。

姐姐麻莲在镇卫生院当药剂师。林院长听了麻莲父亲的情况，建议手术在镇卫生院做。当着姐弟俩的面，林院长给出了几个理由。县公费医疗办对患者的医疗费用实行划块包干，界岭镇辖区的公费医疗费用原则上只能到镇卫生院报销。当然，你爸的事情我们不会卡，只是在外地手术，报销费用的手续转来转去太麻烦。

这不是主要的。我替你们考虑得最多的还是护理问题。林院长说，这样的手术做过之后，患者有蛮长时间下不了床，躺在床上需要两个人同时用力帮助翻身，才能保证身体平衡。那么，离家远了，护理是有困难的。麻莲自己在院里，我们可以提供些方便，让你照顾父亲。

当然，关键是要做好这台手术。林院长最后也不瞒着说，一个镇卫生院要做这么高难度的手术，风险是有的，我们准备从市人民医院请来主刀医师。

林院长拉拉杂杂说了这么多话，主意还得麻凡姐弟俩拿。麻凡对医疗方面的事不在行，但他从林院长的话里听出了好多意思。如果父亲的手术在镇卫生院做，那笔公费医疗费用就“肥水没流外人田”。况且，一个镇卫生院能把这么高难度的手术做成，定然名声大噪，在行业间激烈的竞争中，父亲有可能成为界岭镇卫生院的活广告，为院里带来可观的经济效益和社会效益。对此，麻凡半点不介意。姐姐所在的单位效益好了，他只会高兴。麻凡还有自己的小算盘，卫生院的病床上还躺着卓主任，需要林院长尽快治好。派出所结账时，更需要林院长买面子，掐些钱下来。况且，“闪腿”没抓住，一有什么消息，他得亲自上。父亲住院住远了，到时候怕误事。

所以，手术的事最终定了，就在镇卫生院做，父亲也同意。麻凡想，既然是市里的医师主刀，手术应该相当于市级水平。父亲下半辈子的命运就赌在这一刀上了，愿他平安无事——阿弥陀佛。

麻凡前脚刚把林院长送走，卓主任的老婆于氏后脚就跟了进来。

人呢？麻所长，你说两小时老卓就回家，害俺一夜等到大天亮，眼皮都不敢眨。于氏直截了当问，现在人哪儿去了？你们当干部的，说话不是放屁吧？

麻凡给于氏倒了茶水，扶她坐下，嫂子，情况发生了一点变化，我们安排卓主任去执行一项任务，结果没有预料的那么顺利，可能还需要两三天。我保证，最多三天，我亲自开车把卓主任送回家。

三天？于氏拍一个巴掌，你说得几多轻松。这日子，农村人一天忙得两头黑，屋里要挖红薯，捡茶籽，摘油菜。他躲懒，我一个人干？莫把脑壳想偏了。我只问你要人。

你看能不能这样，实在忙不过来，就先请工，我们只耽误卓主任几天。

你以为请工不要钱的？于氏朝地上吐一口痰，而今的小工不算伙食，工钱都上百啦。

麻凡听出道道来了，他出去打了内勤小张的电话。小张进了所长室，请于氏在一张领款条上签字，然后把500元钱给了她。麻凡说，嫂子，这是卓主任的工资。

于氏右手食指沾点涎水，数着钱，只问，你告诉我，俺老卓到底在哪儿？

麻凡说，这个事暂时还要保密，如果有人问起，你就说他出远门走亲戚了，过几天回来。

湖北五峰县有他一个老表，我就说他去了五峰。于氏把钱收好，补充说，麻所长，我只等三天，你记住。

于氏扑踏扑踏走后，麻凡马上给林院长打电话，问卓主任的情况。林院长说，院里一直用最好的药，病人恢复得很快，三天后出院没问题。麻凡说，林院长，感谢你帮了我们。卓主任的事暂时不宜对外人说，我的意思，除了派出所的人，别人不探视为好。另外，拜托你给院里的医生护士也交代一声，尽量不要对外散布消息。

林院长开玩笑说，我们这里是医院，又不是保密局。瞒几天可以，时间长了肯定不行。

麻凡说，瞒几天是几天。

林院长最后说，派出所还没交钱呢。

麻凡说，你这话千万别让卓主任听见，实话对你说，派出所现在没钱。

刚收了电话，内勤小张又跑来报告，说局办公室催“清网行动”的战果，局长点名问界岭派出所抓住“闪腿”没有。小张请示如何给办公室汇报。麻凡乱着一肚子事，就不耐烦，你又不是才当内勤的，汇报还用我教你？实话实说，就说“闪腿”闪了。

小张还是没走，说，孙所长让我请示你，是不是暂时不提卓主任的事？

瞒不住的。麻凡说，以后报医药费还是要过局财务室那一关，迟痛不如早痛，长痛不如短痛。孙所长怕挨批，我不怕。

四

卓主任住院的第二天，麻凡和姐姐把父亲送上了镇卫生院的手术台。

主刀的医师姓郭，市人民医院的，人称“郭一刀”。林院长给他做助手。“郭一刀”不是公派上山来做这例手术的，所以，手术所需的器材只能从沿途医院借用。等到了界岭镇卫生院一检查，还是发现缺一块用于隔离神经的挡板，只好到镇街上一家铁匠铺里临时加工赶制。

整台手术进行了四个小时。麻凡所长无法亲眼目睹“郭一刀”怎样将父亲的腰部肌肉切开，把那些压迫神经的赘骨剔除干净。他静静地坐在旁边休息室内，听到医生碰到神经引起父亲发出的撕心裂肺的叫喊，想象着六十二岁的老人正承受着怎样难忍的疼痛，汗水就从捏紧的手心里冒出来……

“郭一刀”做完手术的当天下午就回了市里。他说手术非常成功，把后期治疗的事撂给了卫生院。

第二天早晨，麻凡发现父亲的腿、脚和脚趾都不能正常屈伸。喊来林院长咨询，林院长怀疑是血肿压迫所致。他给病人注射麻醉药后，拆开手术缝合线，扒开伤口进行了半小时挤压，排出的血水不足五毫升。按常识，血肿压迫的可能性被排除。可此时的“郭一刀”远在数百公里外的市里，林院长除了重新缝合伤口，拿不出任何办法。

麻凡闹不明白，父亲原本体格健壮，肌肉结实，能打死山中的老虎。可一个腰椎手术，怎么就把好好的腿脚弄坏了？姐姐说，先观察几天，不行的话再转院。林院长也安慰麻凡，手术刚完，手术的疗效有一个过程。再说，马上转来转去，对病人的恢复治疗不利。

麻凡也不可能就考虑父亲转院的事。“清网行动”去他娘的算了，“闪腿”该逃先逃吧，病床上的卓主任不治好送回去，他心里悬着的石头不会落地。

第三天晚上刚吃过晚饭，孙九名打电话给麻凡说，卓主任嚷着要出院回家。麻凡给家里交代一声，独自去了卫生院。这几天，为父亲手术的事，他一直没有好好地陪陪卓主任。所里的弟兄们天天轮流着守护，也该歇歇了。

陪在病房内的是孙副所长和黑子。麻凡进去时，他俩正和卓主任聊得火热。见麻所长来，卓主任忙着递烟。麻凡早掏出自己的了，抽我的，你是客。卓主任一根精白沙都抠出来了，看见麻所长递过来的是芙蓉王，就不好意思道，我这个跟你比不得，拿不出手。麻所长看出卓主任的尴尬，连忙解释，我平时和你抽一样的，这是前天招待医师专买的，剩下几支，打牙祭吧。说完，他抛给孙九名、黑子每人一支。

麻所长，我明天回去，待在这里，心里急。

麻凡说，家里的事我们都帮嫂子做了安排，你的任务是治好伤。

卓主任在床边来回地走，你看，我好了，真没事了。

好没好，你我说的都不算。麻凡吩咐黑子，去把林院长叫来，我们听他的。

林院长一进门，卓主任抢着说，林院长，你说的，我好得差不多了，可以回家休息，你是这样说的啵。

林院长心知卓主任回家心切，他更知道麻凡眼下正焦头烂额。就依着卓主任的意思说，还休养几天当然更好，但我看卓主任在这儿行坐不安，不如干脆让你回去，我给你开点药带着，不会有太大的问题。

卓主任很高兴，俺农村人，命硬，身子骨没那么娇贵。

出院的事成了定局。麻凡看看时间不早了，就让孙所长和黑子回所里休息。病房内只剩两个人以后，麻凡和卓主任说了许多掏心窝子的话。

卓主任，这次把你害了，我心里过意不去。

麻所长，你这话就说偏了。人吃五谷杂粮，哪有不得病灾的？那么多人都没咬，偏偏只咬着我，这是运气，该我倒霉，怪不得你们。

本来呢，还多住几天，会恢复得更好，可嫂子她催得急。

她到所里找你啦？这个混账东西，我回去揍她。

麻凡知道这是卓主任顾面子的话，他回家不挨老婆一顿臭骂就烧高香了。麻凡说，我们对嫂子说派你出去执行任务了，你回家后要统一口径。

我对她说卵，工作上的事装在我肚子内，她挖都挖不出来。

另外，所里给了她一点钱，是当你的工资领的。一点补偿，不多，派出所经费困难，你晓得。

卓主任有些慌神，麻所长，我老婆惯不得的，工作就是工作，我从来不提钱的事，你给钱之前没和我商量，我要她退。

麻凡看着眼前的卓主任，再想想他老婆，心里就生了感慨，这人啊，真就说不清白。一口锅里吃饭，一张床上睡觉，照范伟的说法，差别咋就这样大呢？

卓主任，还有个话我都不知道怎么开口。你是知道的，为抓住“闪腿”，我们费的精力不少，花的代价也太大了。可是……

我明白你的意思，卓主任骂了一句娘，我回去，别的事都不干，就派人盯他，有动静马上报告你。要是撞上他，就把他捆了送到派出所。

这回没捞着，“闪腿”一时半刻不会露头，你盯紧点，要作长远打算。

卓主任说，“闪腿”是个孝子，他不会丢开娘老子不管，肯定有机会。

我代表所里的弟兄感谢你，也拜托你。只是嫂子那里，你的口风要紧，怕给你惹麻烦。

卓主任握紧拳头，她要多嘴多舌，我揍她。

卓主任打了一个哈欠。哈欠蜇人，麻凡也跟着打一个。麻凡说，我明天早晨来接你吃早餐，再送你回去。怕卓主任拒绝，麻凡说，我答应过嫂子，亲自送你的。

扯上房门出来，麻凡有一种轻松的感觉。卓主任有惊无险，明天回了家，也算了却一桩事。等把父亲手术的事处理好后，再一心一意与“闪腿”做计较。

“闪腿”的快活日子长不了的！

五

一晃，麻凡把父亲耽搁了半个多月。

都这么久了，父亲仍不见半点好转：腿脚依然不能动弹，而且双足下垂，双踝关节和脚趾无法屈伸，两腿肌肉明显有萎缩的迹象；大小便失禁，马鞍区与大腿后部、膝关节以下部位完全失去知觉；腰、臀、腿、脚等部位伴有间歇性的神经疼痛，离开止痛药，父亲受不住就喊，一个大男人的喊声撕扯得麻凡的心一阵阵生疼。

父亲最终躺在省医院的病床上接受检查治疗。省里的脊椎专家马教授看了原来的片子，脑壳摇得像陀螺。我搞了几十年，是不敢这么做手术的。他的话让麻凡姐弟俩心里陡然一惊：父亲惨在"郭一刀"手上了。

通过核磁共振扫描，父亲的腰椎间盘突出部位在腰三腰四，而"郭一刀"当初是按腰四腰五部位做的。手术明显做错了位。马教授说，幸好没有将神经弄断，只是造成了牵拉伤。马教授不无遗憾地说，本来，这个做错了的手术是完全可以矫正过来的，可惜错过了挽救时机。

马教授这话一出口，麻凡心里就好像刀切一样疼。看来，断送父亲身体的不只有"郭一刀"，还有他麻凡！

马教授主刀，父亲做了第二次手术。马教授对腰三腰四的中央型腰椎间盘突出正确切除，并在打开原来的手术部位进行检查后，对麻凡叹一声，你父亲重新站起来的希望太渺茫了。

啊！麻凡张大的嘴，好久都合不拢去。

有句话说，钱不是问题，问题是没钱。麻凡现在最大的问题也是没钱给父亲治病。卫生院一番折腾，加上省城的治疗，前后花去了十三万多元，能公费报销的只有八万多，而且还有两万多元没有到位，麻凡只好先垫着。家里能贴的钱都拿出来了，仍填不满越来越大的窟窿。父亲的病不能再耽搁，麻凡只剩了借钱一条路。背着父亲，他把亲戚都排了一遍，觉得没几个比他的条件更好些，能借出钱的有是有，但不多。他们都很小气，你要借他们的命都可以，借钱恐怕不行。麻凡骨子里也丢不起派出所所长的面子。在亲友中，他堂堂一个派出所所长，不算官也是官，兜里总该落几个钱，遇上这么点病灾都对付不了，只会让人笑话。

他不想找亲戚借了，要借只能找银行。

麻凡找到镇农村信用社工作人员，以自己的公务员身份申请贷款五万元。表都填好了，办事的工作人员说，两万元以上的贷款必须主任签字。镇信用社主任姓吴，年纪一大把了，在县信用联社的主任中算资历最老的。麻凡把申请贷款的表递给他，讲了父亲现在住院急需用钱的实际困难。吴主任搁在茶几上的腿始终没有放下来。他哼哼哈哈说，现在的贷款，上面卡得严，信用贷款呢，基本上关闸。这如今，讲信用、给面子的人死完了，免谈。那么，贷款的途径就只有两条，财产抵押和个人担保，你选一条。

那就房屋抵押吧。麻凡说，我父亲在村里有一连四间平房。

四间平房就算了，你还是额外想办法。吴主任马上否定，据我所知，农村建房都只在国土站办了个集体土地使用证，根本就没办产权。你父亲百分之百拿不出房产证来的。

金融部门的具体规定我不知道，你看能不能变通一下。麻凡是在求吴主任，反正有一套房子摆在那里，假不了。

呔，蛮稀罕呢，你是在让我弄虚作假吧，亏你还是个执法的警察，这么出格的话也说得出口。这是掉饭碗的，你敢不敢？吴主任似乎还没说够，你抓赌罚了款，我让你把款子退出来，你敢不敢？你不敢，哪个都不敢。

麻凡从吴主任的话里听出了一些弦外之音。他感觉得到吴主任是在恶毒地记恨他，但一时又想不起到底是什么事把他得罪过。

麻凡把近两年的执法活动和信用社联系起来捋了一遍，终于想出了一件事。前年冬天，孙九名接到群众报警，说信用社的工作人员和社会闲散人员在信用社聚赌。孙九名带人去抓了现场，参赌的人中果然有信用社的会计和出纳。社会上的两个人打和手，会计和出纳输得一塌糊涂。后来，两个不知天高地厚的家伙居然打开保险柜，拿公款扳本。第二天上午，麻凡正要签字呈报治安裁决的时候，吴主任找上门来说情。麻凡给足了吴主任面子，把裁决治安拘留和罚款的事撂在一边，答应放人。可吴主任要求退还当场收缴的两万多元赌资，麻凡没有同意。麻凡认为，赌资是从打和手的两个职业赌徒手里收缴的，与会计和出纳无关，你吴主任说自己的情可以，连社会上赌徒的情也搅和着说，纯粹就是得尺进丈。再说，派出所也确实需要钱，如果就这么退了，孙所长和弟兄们不就白忙活了一夜？往后还要不要大家干事？

麻凡给吴主任说了不同意退还赌资的理由。金融重地，外人不得随意进入，一旦出了什么乱子，派出所麻烦，信用社麻烦更大。会计和出纳开始动了公款，这是一个很不好的信号。这样的事情如果不发现得早，处理得及时，将来会害了他们。麻凡本来还想说说财务纪律和信用社管理混乱的问题，但碍着吴主任的面子，只字没提。吴主任当时听得鸡啄米似的点头，唯唯诺诺地退了出去，没看出有气的样子。

可是，事情后来还是传到了县联社。社会上那两个打和手的家伙没捞着油水，心里不服，故意把消息散布出去。县联社知道后插手调查此事，派出所包不住，不得已给联社提供了材料。会计和出纳背了处分，扣了奖金，镇信用社摘了年度先进。其中，出纳是吴主任的小舅子。

吴主任怪人不知理，他今天终于逮住机会了。

麻凡说，吴主任，从工作角度上讲，我们部门之间的配合都还说得过去，我感觉问心无愧。我今天是有私事求你帮忙，希望你抱着公心。

吴主任有些不耐烦了。我是在跟你说真话，就算你有房产证，房产部门要给你评估，手续跑下来，黄花菜都凉了。况且，四间平房评估值不了几个钱，你要贷五万，差远了。你还是找两个公务员来，让他们签个担保。你手下几个兄弟，这点忙还不帮你？

找人担保的事，麻凡想都不会去想。手下几个兄弟的家底他清楚得很，卡里千把多块钱的工资，一月算计不到一月。

离开信用社出来时，吴主任给麻凡出点子，其实，你父亲治病的钱有地方要的。卫生院不是搞错了手术吗？这是医疗事故，要赔的。不过……吴主任犹豫了片刻，不过，你姐在卫生院，跟卫生院撕破脸，那就要大义灭亲。

麻凡没回他，心里骂道：老子灭你祖宗！

六

一个周末，麻凡把所里的事情安排好后，到省城看望住院治疗的父亲。按约定，他应该送钱了。

父亲大个子，生活不能自理后，光靠做过乳腺癌手术的母亲根本无能为力。卫生院准了麻莲的长假，一直和妈妈一道陪护父亲。

麻凡支开了妈妈和姐姐，他要单独和父亲商量钱的事情。

爸，我这次没带钱来。

我知道。父亲从麻凡的表情里已经看出了一切。

信用社吴主任不是东西，他公报私仇。麻凡把自己怎样在信用社碰壁、吴主任因为什么事记恨自己都一股脑儿吐了出来。

这种小人，不能跟他计较。我们另想办法，天不灭无路之人。

可是，医院里都催好几遍了，再不交钱就要停药。

小凡，在别人想来，像借钱这种小事，一个派出所所长没有办不成的。可是，他们哪知道，一个警察真要把大檐帽戴正了，办起事来其实很难。但就算再难，你都要记住，私人的事为点难不要紧，你只莫把公家的事办砸了，人一生名誉要紧。父亲在用他的人生感悟和儿子交谈。

麻凡想起吴主任最后那句话，说，爸，我想和卫生院打一场医患官司，只有这样，才能保证你的治疗。

你疯啦。父亲坚决不同意，我和老林几十年的交情，他的心是好的，他并不想把我弄成这样。

爸，你现在成了这个样子，卫生院难辞其咎，不是我们不讲情面，这是没有办法的办法。

小凡，你和你姐小的时候，我在外乡工作，你妈要教书，又要带你和姐。有什么病病灾灾，我赶不回来，只要一个电话，老林不管落雪下雨，都亲自登门看病送药，钱的事给多给少从来不计较，人家的好处我们不能忘啊。

麻凡想到了自己小时候，他和姐每每挨了父母的打骂或有点什么委屈都跑去告诉林叔叔，只有到了林叔叔家，他们幼小的心灵才能得到安慰。后来，林叔叔当了卫生院院长，麻凡和姐姐也成了年，他们除了在称呼上把林叔叔改口为林院长外，心里的那份尊重没有任何改变。现在，为父亲的病要去翻脸，麻凡其实也狠不下心。

父亲全看出来了。小凡，你姐的单位现在不容易，你带头一告，别人都跟着起哄，把卫生院告垮了，全镇那么多老百姓上哪儿看病去？你姐他们二十多个人靠什么吃饭？

父亲正说得有些激动的时候，麻莲敲门进来，同时带进来林院长。林院长是专门从卫生院来省城看望麻凡父亲的。

林院长握住病人的手，对不住啊，老哥，是我把你害成这样了。说完，他就从背包内掏出一包东西，这是两万块钱，暂时只凑到这么多，你先用着，差的我们慢慢想办法。

讲些怪话。麻凡的父亲故作幽默，我工作三十几年，天天都在大山里跑路，老天是要我好好坐下来休息，就听它的，坐着歇息吧。

麻凡听着父亲的话，心里酸酸的，眼里也潮潮的。

你体质好，站得起来的，只是恢复要一些时间。林院长说，省城的医疗条件好，你安心治病，我跟院里的人都说过，就是把卫生院卖了，也要给你治病。

扭过头来，林院长又对麻莲说，院里的事你暂时不要想，我会另作安排。你现在的主要任务是照顾父亲，不仅仅是女儿伺候父亲，更是医生在护理病人，要尽心，更要尽职。

麻凡的父亲这时候显得不安起来。他说，老林，卫生院本来缺人手，麻莲为了我又一直没上班，担子大家分担着，我已经很感激了。你今天能来和我说说话，最好。我跟你说实话，麻凡借钱受了怄气，眼下我正缺钱，今天这两万块，先当我借你卫生院的。钱的事到此为止，再跟我提钱，我就翻脸不认你了。

林院长和父亲谈得如此真诚，麻凡再看看站在旁边的姐姐，心中把什么想法都放下了。

卫生院被人围住了。

有个一岁多的女孩肺部发炎到卫生院打针，回家后不适，便有二十多名亲友跑到卫生院来闹事，要求卫生院赔钱，张口就是十万元。

电话是孙副所长接的。孙九名早就替麻凡感到不服，这回逮着了机会。我说你们卫生院到底会不会治病？今天把人搞残，明天乱打针，人家的命不是命啊？派出所管不着，你们自己处理吧。

孙九名的大嗓门传到了麻凡的办公室。麻凡换上警服，招呼孙九名、黑子和肖勇赶紧出警。上了车，麻凡批评孙九名，人家报警，你那个态度，像话吗？

孙九名说，我帮你出气，闹，闹，就是要让他们闹，看那帮庸医还害不害人。

都听我的，麻凡不管孙九名说什么，照常下命令，到了现场，一定要控制好群众的情绪，保证卫生院的秩序不乱，财产不受到损失。如果有人不信邪，敢动手，搞硬的，坚决拿下。

说话间，麻凡他们就到了卫生院。闹事的人堵在卫生院大门口，嚷嚷着要林院长交出那个打针的医生。一个手膀子上文着“忍”字的年轻人恶声恶气地吼叫，不交出凶手，就不客气。林院长孙子一样地赔笑脸，做解释，可他说得越多，那个年轻人蹦得越高。麻凡看准了解决问题的关键，他把孙九名和黑子喊到一边，分别作了交代。

没多久，麻凡看到孙所长领着一个年轻人穿着他的警服从医院的后门出去，然后响起警车发动的声音。与此同时，黑子和肖勇假装着维持现场秩序，慢慢靠近了鬼喊大叫的年轻人。麻凡站上卫生院大门口的台阶，做了一个手势，年轻人就被黑子和肖勇像小鸡一样拎了出去。麻凡大声宣布：卫生院是治病救人的文明场所，有什么问题可以坐下来商量解决，公安机关绝不允许少数人借机闹事，干扰卫生院的正常秩序，影响病人的休息和治疗。

挑头的人让警察掐了尖，闹事的人再也闹不起来。事情本来就不大，林院长亲自给孩子看过后，配了药，孩子的家长和亲戚都恹恹地回去了。

一个多月以后，麻凡把父亲从省城接回来。为了方便治病，他在镇街上给父母亲临时租了两间房子。

父亲要赶麻莲回单位上班，遭到林院长断然拒绝。最后，两人达成妥协，麻莲每天只上半天班，剩下半天时间伺候父亲。

麻凡只要有空，就往父母的租房内跑。去了，人不闲着，有脏衣服洗衣服，该吃饭了做饭吃。麻凡的烹饪技术太差劲，该咸的淡着，该淡的咸着，不是米饭没煮熟，就是萝卜烧成了煳锅巴。但只要端上桌子，父母亲都有滋有味地吃，嘴巴咂得吧嗒吧嗒响，故意装馋相吃给麻凡看。

有一天，麻凡到租房内看父亲时，父亲把五万块钱交给他。父亲背着麻凡把村里的房子卖了。村上的毛麻子早就想买那栋房子，出过四万五的价，麻凡的父亲一直没松口。现在治病要钱，麻凡的父亲就主动打电话约毛麻子，答应卖给他。毛麻子也讲良心，主动加了五千元。父亲要麻凡把卫生院的两万元还给林院长，其余的留下治病。

父亲原先一直坚持不卖房子，退休后要和母亲住到乡下去，他说过，乡下空气好，水也甜，自己种的小菜不必花钱买，也不打农药，人吃着长寿。现在成了这样，父亲住乡下的希望破灭了，房子留着还有什么用呢？

一天夜里，麻凡和父亲聊得很晚。十一点多钟的时候，他伸了懒腰，起身回所。在楼梯中间，他听到有人上来踩出的脚步声，心里疑惑，这么晚了，谁还往这栋私房内钻？楼梯间没有灯，朝上移动的只是一团模糊的黑影。麻凡有着某种预感，他左手掏了打火机，右手伸向腰际的枪套——这已成为他的习惯动作。快要碰面时，他啪地打燃一团火，照着了眼前那张模糊的脸。这一看，麻凡都不敢相信自己的眼睛，来者竟然是狗日的“闪腿”。麻凡心里一紧，“闪腿”这时候出现在这里，目的再明白不过，绝对是报复——二楼单元内住着他的父母亲。

麻凡是训练有素的警察。他知道不能往下走，只有占据制高位置，才能保持制服“闪腿”的绝对优势。“闪腿”显然也认出了麻凡。这个下手不计后果的家伙从袖孔内抽出一把杀猪刀，劈面就朝麻凡剁下。麻凡只感到有一道白光正裹挟着夜色和冷气劈下，他本能地侧身躲过袭击的同时，抬腿当胸一脚，将“闪腿”踹下楼梯——这次再不能让他跑了。

“闪腿”，你敢跑半步，老子就打死你。麻凡拔出腋下的手枪，上弹、出枪、喝令，一连串动作干净利落。

“闪腿”的身子被麻凡单腿压住后，麻凡收了枪，先从背后翻过“闪腿”的夹克，将他的头包裹了，然后解下自己的鞋带，从后背捆住“闪腿”的双手，将他提起来。

现在，“闪腿”的脑门被枪管顶住，不敢有丝毫动弹。真是冤家路窄，没想到会这么轻易栽倒在麻凡手上，只好僵硬着身子乖乖地朝楼梯口外面的灯光里走。逃亡的日子肯定过得不如意，“闪腿”现在瘦成了一只皮猴，身手大不如前了。麻凡和他一对一，半点不在话下。“闪腿”自己也知道和对手有悬殊，彻底放弃了反抗的念头。

租房离派出所不过两百米。孙九名和黑子接到电话后很快就开车赶了过来。押上车后，麻凡揭开“闪腿”头上蒙着的衣服。“闪腿”摆动着脑袋，对麻凡颇不服气：今天栽到你手里了，算你狠。老子坐牢回来，不剁你的脑袋不是人养的。

麻凡坦然一笑，好啊，不过我要告诉你，要我脑袋的人不止你一个。你去了监狱抓紧改造，争取减刑早点出来，不然，我这脑袋就轮不到你取了。

七

局长得知“闪腿”被抓的消息，在电话里连说了五个好。他特别对麻凡说，你的活干得漂亮，我说过的话也一定兑现。这样吧，让内勤写两个材料，界岭派出所报集体三等功，你麻凡报个人二等功，二等功是要省里批的，省厅的工作我去做。

麻凡说，局长，二等功我不要，请局里考虑给我们所里解决一点经费，磨刀岭村卓主任住院的费用还欠着，他是为抓“闪腿”被蛇咬伤的。

电话那端的局长沉吟了片刻，道，这样吧，钱是钱，功是功。卫生院欠多少钱，你打个报告交上来。

局长还说，麻所长啊，只要钱不要功的话，我不想再听。传出去，别人还以为公安局真的不通人情，我这个局长是个一毛不拔的铁公鸡。

“闪腿”这样挂号的逃犯不宜在派出所留置。麻凡和孙九名商量，决定连夜将他送往县局刑事拘留。案子由孙九名牵头办，黑子主卷做笔录，问完材料，相关的法律手续也都办好，就到了第二天凌晨两点。麻凡天亮后还要照顾病床上的父亲，押送“闪腿”执行刑事拘留的任务就落到了孙九名和黑子头上。界岭镇距县城一百一十九公里，全是坑坑洼洼的山路，主干道正在打水泥路，实行单边放行，就是不塞车，跑到县城也要五个多小时。警车开出派出所院子后，麻凡算了一下，刚好天亮到局里，等法制室上班后办手续。

都有些困了，上车后，孙九名叮嘱司机注意安全，自己把头靠在椅背上休息。“闪腿”锁在后面囚笼内，两只手都上了铐子，不会有什么闪失，他听到后面的“闪腿”响起了鼾声，就眯上眼睛，不知不觉间也睡着了。

大约开出四十公里，孙九名被路面的一个大坑颠簸醒了。他让司机开了车内的灯，转过头去瞟了瞟囚笼。这一瞟，他就看出了不正常。“闪腿”面色惨白，额头上豆大的汗珠不停地滚落。“闪腿”强忍着不哼一声，但看得出来，他正在承受着非同寻常的痛苦。孙九名说，“闪腿”，你是不是哪里不舒服？“闪腿”咬着牙，不答话。孙九名是个有经验的人，“闪腿”不回话，只能说明自己的判断是对的。他又说，法律是法律，人道归人道。你如果有什么病就讲，沿途到处都有医院，该看病弄药的还是看病弄药。“闪腿”这才说，别送了，我不会活的。

听他这么一说，孙九名赶紧叫停警车，和黑子一同下去对“闪腿”做检查。囚笼门打开，孙九名不觉倒吸两口冷气：“闪腿”的脚边掉下一根表带！

哪来的表带呢？孙九名心里一咯噔，在所里忘了对“闪腿”搜身。

“闪腿”有气无力地说，表我吞了。

孙九名撸开“闪腿”的膀子，果然发现长袖蒙着的左臂上有戴表留下的痕迹。他和黑子都忽视了一个细节，“闪腿”铐在囚笼两侧钢筋栏杆上的手是能够滑动的。性子倔的“闪腿”知道自己的罪孽有多重，就不惜搞苦肉计，咬断表链将手表吞进胃里。

事发突然，孙九名始料未及。他只好催司机发动车，拼了命地往县城赶。“闪腿”明摆着要紧急手术，路边的卫生院干不了这样的活。

孙九名马上打电话，联系了县人民医院急诊科。车子开到门口，医生早等着了。见从车上抬下来的人戴着手铐，急诊科的主任就把手术帽揭了，交代一个年轻人说，这个手术简单，你做，瞧准了，把胃里的东西拿出来。“闪腿”推进手术室两个小时后还不见出来，等在外面的孙九名就有些急了。八点钟上班以后，他拉住急诊科主任问，主任才说，做手术的是一名学校刚毕业的实习医生。年轻人下刀的位置不对，表没取出来。主任不得不亲自主刀，在“闪腿”的肚皮上割开第二道口子，将那块西铁城手表取出来。接连两刀，换了别人是受不住的，“闪腿”挺住了，他躺在床上，尽管虚弱到极点，就是不哼一声。

麻凡是在手术结束后才知道的。孙九名不敢告诉他，也不想告诉他，就算死了人，他也准备自己顶，不把麻凡扯进来。不是怕挨批评，也不全是因为麻凡的父亲还躺在病床上，不想再给他添堵。搭档几年，孙九名对麻所越来越有了发自内心的佩服。麻凡没有所长架子，只有兄弟感情。好处总让着他，麻烦自己兜着，许多时候吃了哑巴亏都不说出来。这样的兄弟，打着灯笼哪儿找去？

麻凡可是发火了，他不是责怪出事，而是怨孙九名胆大包天，没在第一时间报告给他。孙所长，你信不信，只要我嘴巴一歪，局长那里告出你的稀屎。

少损些，你是那种人，弟兄们早不尿你了。孙九名顶嘴说，医院的事有我，你把局里对付过去。

麻凡把“闪腿”的事报告给局长。局长骂了他一饱餐。局长说，你的警察是越当越回头了。抓了嫌疑人，第一件事就是搜身检查，收缴可能用来自伤自残和对抗袭警的物品，起码的常识嘛，你却忘到九霄云外，鬼摸了你的头吗？那么大的一块表，又没藏着掖着，你居然都让他吞了，纯粹是扯淡。我告诉你，孤胆擒凶，算你有功，“闪腿”自残，在责难逃。功过两抵，报功的事暂时放一放，你把该处理的事处理了再说。

局长确实来脾气了，电话里都听得出来他噗噗出气的声音。骂了麻凡，他又转过来骂孙九名。孙九名，简直就是成事不足败事有余！你跟他讲，从现在起，他就待在医院好好地守着“闪腿”，当亲娘老子一样伺候。“闪腿”要是出个三长两短，他自己扒了警服回家种地去。

局长，这件事责任不在孙所长。麻凡说，他当时忙着问材料、办手续，其他的事由我处理，是我太大意了。

局长说，麻凡，你不要往自己身上揽责任。你们两个长期一唱一和演双簧，工作上协调配合默契，队伍团结有战斗力，我很喜欢。但在原则问题上你要知轻重，这次，组织的板子是要打人的，你准备脱了裤子撅屁股吧。

麻凡说，是我把事情搞砸了，局长批评得对。请放心，我知道该怎么做。

收了电话，麻凡就往父亲的租房内跑。

什么事这么急？母亲听说麻凡临时有事要去县城，看着床上的老伴问。

麻凡没有把昨晚上自己抓住“闪腿”的事告诉他们，他不想给亲人的心里投上阴影，只说，是点急事，得亲自去处理。

要很多天吧？病床上的父亲话一出口就感觉不对，马上说，去几天不要紧，有你姐和你妈，放心办你的事去。

八

“闪腿”从医院里跑了。

手术第四天夜里，孙九名和黑子值的班。

麻凡把前前后后的事情想了一遍，“闪腿”这狗杂种用苦肉计骗过了所有的人，从吞表到手术，都落入他精心设计的局，完全是一场蓄谋已久的脱逃。

“闪腿”手术的当天下午，麻凡就赶到了医院。麻凡看到的是一张寡白的脸，“闪腿”的眼睛始终没有睁开，如果不是床单的起伏证明着一个生命的存在，你绝对只能把眼前的“闪腿”当成死人。刚刚手术的“闪腿”不能进食，营养全靠打点滴维持。

狗日的急诊科，见送进来的病人戴铐子，知道油水不足，没什么来头，就安排实习生动刀子，拿“闪腿”当靶子，简直不把人当人。孙九名见女护士进来换药，就故意发牢骚。

女护士的脸顿时红了，争辩道，别说那么难听的话好不好？有本事直接对主任说去。

麻凡知道女护士也是冤枉挨骂，跟她骂没意思，就制止孙九名，实习生总得拿人开刀，不是“闪腿”，就会换成另外的人。怪只怪“闪腿”门子痞，冤里冤枉多挨了一刀。

黑子接话说，说不定多开一刀才制得住“闪腿”，不然，他还不蹦起八丈高？

病床上的“闪腿”动了一下，似乎对黑子的话颇不服气。但等麻凡他们伸手去摸的时候，“闪腿”依然显得平静。

女护士在给“闪腿”的伤口换药。麻凡问，护士，病人现在有没有生命危险？护士说，按说，这个手术不算什么，但这人动了两刀，身体抵抗力不是蛮好，就不好说。闯过一星期，才能说不会有事。

正说着，有白大褂敲门进来，问，哪位是派出所负责的？麻凡说，我是所长，有什么事你讲。

白大褂说，能不能给病人打开铐子？

黑子说，你搞明白没？他是逃犯呢。

白大褂说，年轻人，你少跟我耍警察威风，医生眼里只有病人。

他是很坏的病人，你知道吗？他说不定就是装病。

这算装病？白大褂感到很惊讶，你装个试试？

他故意吞的表，不是装是什么？

白大褂一甩袖子，很不耐烦地说，我只和负责的说话，如果你不是所长，请你一边凉快去。

麻凡见话不投机，把黑子扒开，问白大褂，你是什么意思？

七十六床的病人成了这个样子，你现在就是要他跑，他也不会的，除非他不要命了。白大褂还说，你们二十四小时有人守着，他根本就跑不了。

麻凡递一支烟过去，白大褂指指墙上“病房禁止吸烟”的提示，没接。麻凡说，不光是怕他跑，他性子烈，怕他自残。我们有纪律，像他这样的逃犯出不得半点闪失，请你理解。

其实，我也是在替你们考虑，白大褂说，话我得说清楚，真出了大事，我们是不负任何责任的。

白大褂最后这句话，让麻凡觉得有必要搞明白。他拉住准备转身的白大褂，有那么严重吗？

你想，白大褂指着“闪腿”，做过手术的人最怕什么？咳嗽！他一咳嗽，就会引起刀口开裂。伤口一旦崩开，会是什么后果？白大褂对麻凡翻一个白眼，意思是说，那就是个死。

他要咳嗽，我们也没办法呀。麻凡有些不明白。

哼！你们铐了他两只手和一只脚，露在外面最容易感冒，感冒了能不咳嗽？

白大褂的话让麻凡感到了后怕。刀口崩开是什么情景？肠子和脏器溜出来，保不住命了。“闪腿”有罪，但罪不至死。如果警察手里死了人，麻烦就大大的了。

麻凡马上对孙九名说，从现在起，给“闪腿”打开铐子，等他稍有恢复后再上。两个人一班轮流值守，要打起十二分的精神，不能出差错。

“闪腿”逃跑的机会就是这么得来的。

也怪不得孙九名和黑子。所里六个人，张鹏兼着内勤，要在窗口给老百姓办证，接电话，写那些乱七八糟的没完没了的材料。赵佳喜留在所里应急，哪里起火了，赶哪儿扑打扑打。其余四个人分成两班，孙九名带黑子，麻凡和肖勇一组，黑白轮流倒班。

几天下来，医院里花了一万多。到第三天晚上交班时，医院通知说，七十六床该交钱了，如果不交，病房内就要停药。派出所的账上一分钱都没有了，为了抢救“闪腿”，内勤把下个月应交给户政的几千块户口本工本费都挪了出来。麻凡拉上孙九名找医生协商，愿意用警察的身份担保，保证出院结账时不差钱，希望医生不停药，保证正常治疗。医生说，他们也无能为力。院里收费与治病分开，药房内有钱就发药，医生有药才能治病。这么简单的道理，麻凡他们不至于听不懂。

我看这样吧，孙九名提议说，所里每人想办法筹措两千元，先渡过这道难关。

麻凡想了想，最后没同意。他说，所里几个年轻人的家底我清楚，包内一年四季瘪着。这些日子，我们几个值夜后，白天需要休息，上哪儿弄钱？我想办法吧。

“闪腿”逃跑的那天晚上，也真是出鬼。孙九名吃坏了肚子，拉稀，老往厕所跑。蹲下去，拉不出什么，坐着又感到腹胀疼痛。

本来，他和黑子约定轮着打盹儿，两小时一换。凌晨三点多钟，黑子刚打盹儿，孙九名又来事了，他按着肚子想喊醒黑子，发现黑子起了鼾声，就忍住没有喊。“闪腿”从天黑到现在一直都没有醒过，孙九名被“闪腿”的假象麻痹了。孙九名这回的洋相出得太大，人都到了厕所门边，可屁眼把持不住，居然让稀稀的秽物喷到了内裤上。他解了裤带，拿纸在内裤上揩揩擦擦，耽误了一些时间，返回病房内顿时傻了眼，病床上没有了“闪腿”，吊针的水瓶还在悬空无声地摇摆，针头流出的药液弄湿了白色的床单。孙九名摇醒鼾声如雷的黑子，黑子呆若木鸡。他俩看着窗外茫茫夜色，茫然不知所措，连打电话的勇气都没有。

换成别人，不愿住院走了便走了，大不了医院背时，收不着钱。现在是“闪腿”，情况就大不一样。闪腿逃跑的时候，肚皮上还缝合着两条刀口。按起码的医学要求，病人拆线后还得消炎、休息一个礼拜时间，才能保证手术不出问题。现在，“闪腿”就这么不顾性命地跑了，万一出个好歹，麻凡他们向“闪腿”的家人、向社会、向法律都没法交代。

麻凡打电话给局长，说自己在值夜时疏忽大意，放跑了“闪腿”。

他打电话的时候，孙九名就在面前。孙九名不能让麻凡给自己背黑锅，他要抢麻凡的手机，麻凡说，你狗屁都不懂，争什么争！界岭派出所还得有人干，你明白吗？

局长接到麻凡的报告，也感到事态严重，通知全局所有警力发疯似的寻找“闪腿”的下落。按常理，“闪腿”应该跑不到哪儿去，可警察把全县周边的大小医院、诊所、公共场所、车站码头都翻了个底朝天，没有发现“闪腿”半点踪迹。

麻凡在电话里请求处分。局长说，煮熟的鸭子都飞了，你还好意思请罪。这样吧，先把账记着，到年底“清网行动”结束前，“闪腿”抓得回来，我们一笔勾销。否则……局长没有往下说，电话就挂了。

九

“闪腿”的父亲，就是上次用火铳差点要了麻所长命的那个人，带着二十多名亲戚闹到派出所来了。

当初追问“闪腿”的去向，他一问三不知，“闪腿”现在一跑，他消息灵通就带了人来。

孙九名和民警先顶了一阵，可那帮人不依不饶，坚决问派出所要人。“闪腿”的父亲还放话威胁，儿子如果有什么不测，他就要买瓶农药死在派出所。

正在卫生院伺候父亲的麻凡接到孙九名的电话后赶回所里。“闪腿”的父亲见所长出面，闹得更凶。他把袖子挽起来，伸出的指头只差戳到麻凡脸上。派出所院子里的喧闹声引来墟场上许多居民赶来看热闹，现场围观的群众已经不下二百人。

麻凡抢上一步，站在水泥台阶的高处，向大家解释，“闪腿”是负案在逃的犯罪嫌疑人。他寻衅滋事致人重伤，暴力袭警而且图谋报复杀人，证据确凿，公安机关正在全力组织追捕。在这里，我提醒“闪腿”的家人和亲友，如果发现他的行踪，请及时报告派出所，配合公安机关将他抓获归案。知情不报者、通风报信者和窝藏包庇者，我们查证后将依法追究法律责任。我特别要严正警告极少数别有用心的人，不要借机煽动闹事，无理冲击公安机关。请围观的群众擦亮眼睛，自觉站稳立场，维护正义，千万不要跟着起哄闹事。大家如果没事，该干什么干什么去吧。

麻凡话音刚落，“闪腿”的父亲就蹦上台阶，站得和麻凡一般齐。他伸腿捋手，唾沫乱飞。刚才他说的都是假话。我儿子是被派出所打伤的，身上都砍了两刀，警察打伤了人，就送到医院，还天天派人在病床上折磨他。我儿子是在受不住的情况下才跑的。他现在生死不明，我不问派出所要人，问谁要呢？你们也都是养儿养女的，谁个不心疼自己的儿女？

警察打人不对嘛，那不成了知法犯法？

人家都躺在病床上了，还整人，太不像话了。

问派出所要人，对，只能问派出所要人。

不明真相的人群里，有人七嘴八舌地帮腔。

孙九名见“闪腿”的父亲说得离了大谱，赶紧站出来引导舆论。大家听着，我是“闪腿”案子的主办人，对案情最有发言权。“闪腿”在被押往县城的途中吞表自残，然后，他在人民医院救治的过程中寻机脱逃。我们的工作经得起检验，有什么法律责任，我们敢于承担。

我现在就要找你算账。“闪腿”的父亲一把揪住孙九名胸前的衣服，我儿子就是被你打伤的，你就是凶手，今天不把我儿子好好地交出来，老子跟你拼命。

黑子握了拳头冲上前去，放开孙所长，这里是公安机关，由不得你撒野。黑子的拳头晃了晃，你放不放？

警察打人啦，你们快来看啊。“闪腿”的一个亲戚瞅准时机鬼叫鬼喊，刚刚散去的人群又像潮水一样涌过来。

事情顿时变得复杂。有人冲上来扭住麻凡，一见这阵势，孙九名和黑子不敢袖手旁观，各自和对手扭打在一起。麻凡极力想控制混乱的局面，可是他无能为力。所里那把七七式手枪就别在他的腰上，此时，他最担心的问题是怕有人趁机抢了他的枪，拿去伤害别人。所以，面对雨点般的拳头，他腾不出护枪的手来有效地保护自己，只能尽力避闪，躲过一下是一下。孙九名和黑子的情况并不比麻凡好。黑子年轻气盛，平时就天不怕地不怕，派出所碰到硬仗，都是他抢着先上。这样的场面，他更是丢不起警察的面子。他看见孙所长的鼻孔内流出了殷红的血，还看见孙所长的一只眼睛有好大一块青紫。他吼叫着扑过去，撂翻了两个为首的，结果，火都烧到了他的身上，几个人攻上来，扯腿的扯腿，摁手的摁手，把他按在地上动弹不得。尽管如此，黑子横了心，他想到的是就算拼了命也绝不能放过“闪腿”的父亲，他是为首袭警的人。黑子使出老力，从裤带上解下铐子，脱下一只袜子，三两下缠在铐子上，悄悄铐上自己的一只手，然后，瞅准时机，将手铐的另一端扣在“闪腿”父亲的手上。手上突然套上一个冷硬的钢圈，“闪腿”的父亲这才感到不妙。他用力拉扯，以为可以摆脱，结果是越拉越紧，直到钢圈儿扣进肉里去，不仅拉脱了皮肉，钢圈还咬得他的手开始发肿。他拼了命地喊，老子没犯法，给老子解铐子！黑子发狠地笑了。黑子说，今天就是死，老子都陪你陪到底。黑子因为有袜子套着，铐子的压力明显小得多。“闪腿”的父亲一向耍横，但今天横的遇上不要命的主儿了，他心理开始崩溃。

袭警的同时，有人踹开门窗，闯进派出所办公室，开始砸东西，哐当，窗子的玻璃掉了下来；啪嗒，办公椅成了两截；咔嚓，柜子的门掰折了。

黑子的举动提醒了孙九名。在这场寡不敌众的恶战中，要想最后赢得主动，就必须像黑子一样控制住带头闹事的人。他也把腋下的铐子掏出来，瞧个空当一把铐住了拿砖头砸玻璃的独眼，然后使劲拖过去铐在水管上。

这时候，出警的肖勇、赵佳喜和张鹏三个人回来了。为了保护所里财产，他们听到消息后，把警车停在外面，跑步冲进院子。两个还在埋头砸东西的家伙被大个子赵佳喜揪住，张鹏和肖勇也各抓一个在手里，死也不松开。见警察逐渐占了上风，其他人袭警的疯狂劲大大减弱。一直被抵在墙角给拳头当靶子的麻凡始终护住枪，弹夹退出来藏在了他的裤兜内，他胸前的警服被撕破，警号也不知什么时候扯掉了。

等镇政府组织干部赶到时，袭警的浪潮已经退去。

“闪腿”的父亲和那几个为首闹事的亲戚本来可以从重处罚的。鉴于“闪腿”没有归案的特殊情况，麻凡只报了行政处罚，送进拘留所关了十五天。

“闪腿”的父亲一伙人从拘留所放了回去，为防止他们反弹，麻凡又采取突然袭击，带警察深夜搜查了“闪腿”家和几个重要亲戚家。麻凡压根儿就没指望能从他们家里搜出“闪腿”，目的是要对他们敲山震虎，制造压力，快过年了，免得他们又兴起什么浪来。

十

一晃就到了年底。

“清网行动”结账，“闪腿”依然在逃，界岭派出所的成绩单上一张白纸，按局里规定，年度全部工作一票否决。

人事调整之前，政委带着局政工室的人上山征求麻凡的意见。政委把局长的意思带给麻凡，局里考虑到麻凡在高寒山区工作的时间超过了十年，尽管“闪腿”没抓回来，功劳没有苦劳有，还是准备让麻凡调局机关治安管理大队。只是按末位淘汰原则，麻凡头上的帽子保不住，只能干个副大队长。

麻凡谢绝了，政委，我哪儿也不去，我就在界岭派出所当普通民警。

你不要有情绪，政委说，这对你很不好。

不是有情绪，我方便照顾父亲，请局里考虑我的实际情况。

政委说，如果你不当界岭派出所的所长，你推荐谁接手？

当然只有孙九名，没有谁比他更能胜任。

政委下山走了。

没多久，新一年的人事调整到位。麻凡还当界岭派出所的所长，孙九名调到局治安管理大队任副大队长。据说有人把“闪腿”脱逃的值班真相捅到了局长那里。

过完春节上班后，麻凡接到浙江省温州市公安局电话，说是一个诨名“闪腿”的网上逃犯被当地警方抓获，要求麻凡马上带奖金过去接人。麻凡一拳砸在桌子上，恶狠狠地骂一句：操他娘的！

（原载《当代》2013 年第 2 期）

禁　锢

格格蕾

引　子

4月1日22时20分，福台市，海景公寓B座。

女人优雅地踩着红色高跟鞋走进电梯，轻轻抚摸着隆起的肚皮幸福地说：“宝贝，还有三个月我们就能见面了。”在她身后，一个身穿格子衬衫的男子轻轻压低了头上的鸭舌帽，悠闲地提着灰色行李箱迈入电梯，然后开始摆弄手机。

电梯刚上升了一会儿就咣的一声卡在了八层的位置。女子一愣，慌乱地按着求救按钮，但没起到任何作用。她向身边的男子求助，却看到他正蹲在地上戴着口罩拿出一个小号注射器，淡定地抽取着小瓶子里的液体。

“你这是在做什么？”女人惊恐地说。

男子将手中的注射器抽满液体后，轻轻一推，只见细细的针头喷射出透明的液体，混杂着淡淡的药味儿。

“别怕，我不要你的命，我只要你的孩子。”

“什么？我的孩子还有三个月才出生。”

“没关系，我剖开你的肚子，取走胎儿就可以了。”

一

甄宝扇举着相机，啪啪啪地按着快门。

海景高级公寓B座的案发现场已被警戒线封锁，甄宝扇被一条黄色的带子隔在五米之外。不过，从事记者行业三年多的她还是拍到了几张现场照片。目前她收集到的信息是：电梯出了故障，里面有很多血，一只红色的高跟鞋歪倒在血泊中。

甄宝扇是福台日报社的记者，从业三年多少有得意之作，一直默默无闻地跑着小市民新闻，比如张三家的狗咬了李四应该如何赔偿？再比如王五因为躲避刘六却撞了赵七，这个责任又应该怎么负？这种新闻跑多了，法律知识学习了不少，可是，如果她挖不到大新闻就永远不可能晋升为金牌记者。所以，她迫切需要一个大新闻来让自己一举成名。

前不久，她盯上了本市的地产大亨刘子业，偷偷跟踪拍摄了一段时间，希望查出点儿他的经济问题，然后借此一炮而红，不说成为《福台日报》的金牌记者，到那时候，主编的位置离她还远吗？遗憾的是跟了几天下来，她什么蛛丝马迹都没发现，只好放弃。

正所谓，条条大路通罗马，东方不亮西方亮嘛。

刚才接到了眼线的电话，堪称本市安全无死角的海景高级公寓居然发生了电梯事故，虽然是小新闻，但是为了生计，为了五斗米，即使是大半夜，甄宝扇也要开足马力赶过来。

甄宝扇伸长耳朵努力地听着现场勘查人员向一个大个子男警察——刑警大队长郑赋汇报……

受害人是女性，晚上十一点左右被八楼住户罗某发现。当时罗某正准备出门，离电梯还有七八米远的时候发现电梯灯一闪一闪的，罗某以为是谁家的小孩儿随手扔了饮料瓶在电梯门处，干扰了电梯的感应器。但当他走近时着实被吓出了一身冷汗，电梯里露出一只女人的手！电梯门每次关闭的时候就会卡住这只手腕，然后再次打开，如此反复。

当时罗某看到受害人浑身是血没有任何生气，以为她已经死了，不敢上前。赶紧拨打110，警察来后发现受害人还活着，只是陷入了深度昏迷，就将她送往医院抢救。

受害人身怀六甲，奇怪的是她腹中的胎儿已被取走，更奇怪的是受害人的肚子居然还被凶手缝合上了……

“受害人的身份确认了吗?”刑警大队大队长郑赋问。

“确认了，是住在二十层的张晶，已入住一年，二十三岁，模特，单身。”

单身的妙龄孕妇住在高级公寓里？郑赋和身边的助手心照不宣地对视一眼，继续调查。

“受害人活下来的可能性有多大?”郑赋问几乎与他们同时到达的抢救医生。

“受害人失血很多，目前还无法估计。”

郑赋沉思片刻，然后抬脚就走，当助手反应过来时队长已经走远了。

“队长，你去哪儿啊?”小警察边追边喊。

甄宝扇察觉到了一点儿火药的味道。队长头也不回地甩了一句“监控室”之后还补了一句：“郝帅你别跟着我，盯现场!”

被称为郝帅的年轻警察倒也想得开，跑上去说：“啊哦！我正好也想要去监控室，不是故意跟着队长你哦!”

眼看着他们要走，甄宝扇想都没想就跟了上去，她有一种感觉，自己可能要凭借着这条新闻火了。

监控室里，郑赋双手环在胸前，脸色有些难看。

保安说：“昨天夜里电梯监控系统进行升级，监控画面黑过一段时间，所以没有完整拍到女人在电梯里发生了什么，只能看到嫌疑人尾随女子进了电梯后一直在摆弄手机，五秒钟后，电梯内陷入黑暗。”

“为什么选择在那个时间段升级电梯的监控系统，那段时间你在做什么？”

“电梯安全维修和系统监控升级是不定期的。”保安有些急了，“不关我的事啊，我在保安室和负责升级的程序员聊天，当时电梯监控画面突然一黑，程序员说没事，升级时偶尔会出现这种情况，升级完成后画面会自动打开，不用担心。”

“当时你不知道 B 座的电梯出了故障？”

“不知道啊，一切与我无关，以前也出现过黑屏的状况，都没出过什么事啊，怎么这次就出事了呢……”

保安还在絮叨着，郝帅手指噼里啪啦地敲打了一阵键盘后大叫一声：“是 imprisonment！”

“Imprisonment？什么东西？”

“禁锢，一种可以远程控制电梯电脑系统的病毒。通常黑客制造病毒多是为了证明自己的实力，或是扰乱企业的电脑系统从而获得利益，比如针对银行的病毒，可以把客户存入银行的钱全部转到黑客的账户里。可这个 imprisonment 病毒的制造者却是为杀人！”

“负责升级安全系统的程序员有可能是帮凶吗？”郑赋问。

“不排除这种可能。”郝帅说。

听到这话，保安身子不自觉地向后退了一步，“那个……程序员他，他刚走。”

郑赋像豹子似的飞奔出去，刚拉开门就迎面撞到了一个人，这一撞实在不轻，那人倒在地上半天没起来。此时只听到保安大叫：“就是他！”郑赋一下摁住了躺在地上的程序员。

“说！你的同伙在哪儿？”

“你在说什么啊？”程序员一脸莫名其妙。

“说！为什么割破孕妇的肚子取走胎儿？”

“我真的听不懂你在说什么呀，我只是回来取落下的手机啊。”

监控室的桌子上果然有一部手机，郝帅拿起手机翻看了一会儿，摇摇头说：“没有，没有 imprisonment 程序。”

郑赋松开了手，程序员揉着胳膊艰难地爬起来。

郝帅掏掏耳朵，回到电脑前开始对电脑系统输入指令，然后在C盘里找到了一个程序文本，分析了一会儿后他大叫：“原来是这样！病毒是通过网络从外部入侵的，电脑显示植入病毒的时间是4月1日18时20分，也就是昨天下午，设置的是当天晚上22时20分执行电梯故障的指令。啊哦，病毒居然是通过邮件发送的黄色网站链接的。”

保安低着头，又不自觉地向后退了一步。

“我得查查发送病毒的IP地址，这样就能确定凶手的位置了。”郝帅对着电脑又是一阵噼里啪啦地狂敲，然后他愣了：“IP地址是……海景公寓网络。”

“这里？”队长吃惊地问。

“啊哦，给我点儿时间，我分析下电脑数据对IP地址进行的追查和确认。”郝帅说。

郑赋双手环在胸前，不知道在想些什么。

“郑队，这个IP地址是假的。啊哦，凶手既然是个电脑高手，自然会隐藏自己的真正地址。但至少我们明白了一点，这是一场蓄意谋杀！”

郑队长很不领情，脸上仿佛写着：这还用你说！

偷听到这儿，甄宝扇有些激动，脑子里盘算着起个什么标题好呢。“堪称本市安全无死角的海景公寓发生骇人凶杀案，开发商刘子业情何以堪！”和“凶手剖腹取婴，目的何在？”哪个好呢？

甄宝扇还在为构思标题而兴奋时，双手突然被人扣住。

“我不是坏人，我是记者，《福台日报》的记者。”甄宝扇马上掏出记者证恭敬地递了上去。

“还不到凌晨一点，你就收到消息了？”郑赋问。

“不是我自夸，干我们这一行必须有眼线，在本市比我眼线多的人不多。”甄宝扇有些得意。

郑赋松开她的手，一脸鄙夷：“你的眼线是谁？”

“可以不说吗？”

“可以，那么现在我以妨碍警方办案为由控告你……”

“我说，我说……”甄宝扇尴尬地指了指小保安，心里想着小保安啊，别怪我出卖你。

“那个……要是没什么事，我就先走了，警察叔叔，你们忙。”不等他们有所反应，甄宝扇就一溜烟地跑了。跑到远处后她掏出手机——这条大鱼绝对不能放过。

“主编，这个时间打扰你很抱歉，不过明天的头版头条一定要留给我，我现在正在案发现场，这消息太爆炸了……”

甄宝扇走到海景小区大门口的时候，被一辆豪华轿车吓了一跳。BMW760LI，全球限量版，整个福台市就一辆，那就是地产大亨刘子业的。

刘子业的宝马？刘子业的车为什么大半夜出现在这里？她努力地向车里张望，没错，坐在后座的人就是刘子业。

甄宝扇低头看了看腕上的手表，将近凌晨两点了，她一定要以每小时两千字的速度写完稿子才来得及明早见报。

4 月 2 日的《福台日报》，最醒目的位置写着：“愚人节当天孕妇被剖腹取婴，凶手目的是恶意玩笑还是蓄意谋杀？”

洋洋洒洒几千字后，甄宝扇还不忘加上这样一句话：“本报记者甄宝扇将深度采访，对此案进行后续报道，还事件一个真相。”

甄宝扇加了一夜的班，困得有想睡死过去的冲动，但她行走在路上，听行人已经开始讨论这场匪夷所思的案件，自己要火的预感越来越强烈。甄宝扇决定继续出击。

甄宝扇来到福台市第一人民医院的时候，自己乘坐的出租车差点儿和一辆警车撞上。司机师傅一个急转弯后停到了路边，然后骂骂咧咧地说，急什么急，急着投胎去啊。此时，甄宝扇却瞧见警车里下来了郑赋和郝帅，她早有预感他们今天会来找受害人录口供，所以她连觉都没睡便打车到了这里。

下了出租车，她又看到那辆价值三百万的纪念版宝马车。她瞧见刘子业的助理正在和一个小护士说着什么，便一闪身躲在了花坛下边。

她隐隐约约听到了几个片断：药……钱……不是问题。

甄宝扇脑子里飞快地闪过一个新闻标题："海景公寓开发商深感歉意，支付受害人所有医疗费用"。她又看了看那辆车里面，刘子业并没有离开车子半步，事情都是由助理代劳，缺乏诚意。她撇了撇嘴，有钱人就是没人情味儿啊，要改个标题："海景公寓开发商为息事宁人，不惜以钱出击解决问题"。甄宝扇啪啪连拍几张刘子业坐在高级轿车里的照片后，进了急诊室大楼。

大厅里的人实在太多，六个窗口的队伍都排成了长龙。甄宝扇琢磨，因为拍刘子业跟丢了郑赋和郝帅，自己不知道受害人在哪儿啊，这可怎么办？她的眼睛快速扫描了一圈后，丢失的目标又出现了。

"警察同志也来看病啊，好巧。"甄宝扇笑着说。

郑赋看见她的时候，脸色显然不怎么好。

不过，多年来的工作经验练就了甄宝扇拍马屁的本事，她正想着这个马屁要怎么拍下去时，被一声"让开"引去目光，几个穿白大褂的医生焦急地推着病床向手术室跑去。

郑赋没有说话，大步向前走着。甄宝扇把相机举了起来，本以为郝帅会拦着她，没想到郝帅好像根本没把她当回事，她紧跟着郑赋的脚步向前跑去。

"那个……这是出什么事了？"甄宝扇问郝帅。

"那就是受害人张晶，她的状况好像不太好。"

甄宝扇微微一愣，这是她第一次见到受害人，却有一种似曾相识的感觉。为了确认，甄宝扇马上冲了上去，举起相机抓拍了几张。

“警察同志，现在情况有些紧急，受害人突然心率加快，如果不能及时稳定，会因呼吸困难窒息而死。至于为什么会发生这样的状况，原因有很多种，比如受害人被剖腹时手术环境太差导致细菌感染，再比如缝合伤口不够专业导致发炎，目前我们还不能确认原因。”医生急促地向郑赋解释了张晶的情况。

甄宝扇一边摆弄着相机查看拍摄效果，一边飞快地转动脑子，一个新的标题又诞生了——“凶手剖腹取婴缝合伤口，并非救人只为享受快感!”她放大刚才拍到的三张照片，张晶的脸越看越眼熟，她非常肯定，这个女人她一定见过!

“你见过?”郑赋突然拉过她的手腕一脸迫切，吓得她一哆嗦。

“我……我刚才说了什么?”

“你自言自语，说你见过这个女人。”

“这个女人我好像是见过！可是，我想不起在哪儿见过。”

回到报社的时候甄宝扇已经饿得说不出话了，她抢过同事的泡面，在对方还没有做出反应的时候就把面吃光了，连面汤都没剩下。她来不及向同事解释，打开笔记本就开始敲字，大标题“海景公寓开发商为息事宁人，不惜以钱出击解决问题”——即使在副版也要博个好位置。

数码相机的储存卡插入电脑，几百张缩略图呈现在眼前，除了几张今天拍的刘子业坐在车里的照片，其他都是她前些日子偷拍刘子业的成果。甄宝扇随意地翻看了几张，一张刘子业坐在咖啡厅里的照片吸引了她的注意力。

点击几次放大后，甄宝扇越来越激动，坐在刘子业对面的，就是受害人张晶。

再次放大照片后甄宝扇不禁惊住了，桌下，张晶的脚钩在刘子业的腿上。

甄宝扇快速整理思路。张晶是个没有工作住在海景公寓的单身孕妇，刘子业是海景公寓的开发商，地产大亨。在张晶出事当晚的海景小区里，在张晶所住的医院里，刘子业的车不止一次出现。这绝不是巧合，张晶很可能是刘子业的情妇。如果真是这样，那么她肚子里的孩子很可能就是刘子业的。孩子被人取走，谁能得到最多好处？

刘子业没有生育的原配妻子！

想到这儿，甄宝扇紧张地从乱七八糟的包里翻出手机，然后悔恨地拍自己脑袋，为什么没要他们的电话号码啊！想不了太多了，甄宝扇抱着相机向外跑去，这个发现一定要尽快告诉郑赋。

此时正是中午的下班高峰期，福台市出租车最难打到的时候，焦急地等了三分钟，甄宝扇也没有打到一辆出租车。说时迟那时快，一辆汽车飞快地向甄宝扇撞来。她没想到自己会有这么一劫，本能地向后一躲，结果还是被车擦到，滚到了马路边上重重地撞到了头部。她的相机甩出去后被那辆汽车碾得粉碎……

二

郑赋把报纸狠狠地拍在桌上，《福台日报》上“变态杀手”四个字全篇运用，仅这一个词就可以引起全市孕妇的恐慌。他正着急，却听到电脑前的郝帅絮絮叨叨不知在说些什么。

郝帅今年年初才成为警察，是上个月被分到郑赋这儿的。说实话，他非常不喜欢这个新警员，人长得阴柔也就算了，说话还怪里怪气，经常标榜自己电脑很厉害，脑筋永远不和他这个队长用在一个地方。

“可否说一句我能听懂的话？”郑赋掐掉烟头看着郝帅，脸上的表情好像在说：如果再说那些我听不懂的话，你就和我手中的烟头一个下场。

“啊哦，队长，不要一脸嫌弃我的表情，如果我给你科普后，你就明白时代在进步，我们也要与时俱进。现在，网络犯罪正随着网络的普及呈上升趋势。互联网上的每一台主机、路由器都有一个由 32 位的二进制编码组合，包括网络号和主机号的 IP 地址，为避免联网主机发生地址冲突，这个地址由网络信息中心 NIC 统一分配，具有唯一性。因此，查找主机的 IP 地址就成为我们追查网上信息源，进而侦破案件的重要手段。但是，实际网络应用环境存在 IP 地址伪造的可能，那么，怎样识别 IP 地址的真假？如何根据 IP 地址定位联网机器……”

“可以了，我只想知道你现在在干吗。”郑赋不耐烦地说。

“我在分析 imprisonment 这个病毒，它其实就是一个木马程序，操控中了毒的傀儡电脑。”

“这些基本的东西我也懂，好吧，说些难的。”

“说些难的你又不懂了。”

“呀，我看你是欠打了。”

郑赋刚要教训他，楼下的小警员突然跑上来，一脸的惊慌失措。

“队长，一个出车祸的女子在医院神志不清地说要找公安局郑赋队长，护士只好打电话过来，是不是……你妹妹出事了？”

郑赋心里一颤，抓起桌上的车钥匙就要飞奔出去，刚跑到门口手被人拉住了，回过头看到了一脸关切的郝帅。

“你现在这种状况不能开车，我来开吧。”

郝帅这一句话突然让他觉得这小同志还不错！

正是中午的高峰期，平时三十分钟的车程硬是走了一个小时。

到了医院，郑赋直奔重症室，结果被人一把抓住，回头时他被吓了一跳：头部包着厚厚白纱布，手上插着吊针坐在轮椅上的甄宝扇正蔫蔫地看着他。

“啊哦，甄宝扇，你这是被雷劈到了脑袋吗？”郝帅说。

“麻烦你可不可以把‘啊哦’这两个字吃掉！我为了给你们提供证据真是差点儿被车撞死！”

郑赋示意她先不要说话，然后推着轮椅把她停在了人流较少的地方。“是你往局里打电话找我？”

“没错，是我。”甄宝扇说。

郑赋松了口气：“你急着找我什么事，怎么出车祸了？”

“车祸算我倒霉，说正事，我最近一直在偷拍那个地产大亨刘子业，本来想查出点儿他的经济问题的，今天中午我在整理相机里的照片时，发现了刘子业和张晶在一起喝咖啡的照片。”

“照片在哪儿？”

“在数码相机里，但是……相机在我出车祸的时候被碾碎了。”

郑赋又想揍人了，这个小记者可真不是一般讨人厌啊。上午说见过张晶，结果忘记在哪儿了，这回说拍到过张晶和刘子业，但相机又被车碾碎了，以为逗警察玩儿不犯法啊。

“我晕，你以为我逗你玩儿呢？我为了告诉你们这个消息差点儿被撞死，你居然一脸不相信！”

郑赋看着甄宝扇真是气急了，朝着他就要扑过来，他一闪躲开了。

“啊哦，甄宝扇你没瘸啊！”

甄宝扇眨眨眼，看看自己的腿，又看看轮椅，也是一脸的迷茫。

“我知道了，站不住是因为我头晕。我是伤到了头，是头啊！我受伤的可是我的中央处理器，CPU 啊。”

郑赋很想控制自己的情绪，但他还是没忍住，指着甄宝扇的鼻子嚷着：“我不管什么 CPU，我警告你，不要写一些煽动社会不稳定的言论，什么变态杀人、连环凶手这种让民众恐慌的稿件，否则我会以写不实报道为由起诉你。”

郑赋说完转身就走，不给甄宝扇回骂的余地。自己那么忙，哪有时间听这个小记者瞎掰！

见郝帅跟自己上了车，郑赋又不客气了：“你不是很厉害吗？那就不要跟着我，用你自己的方法去找证据吧。”

郝帅幽幽地回答：“我正好要去三鑫公司，不是跟着队长你哦！”

三鑫公司的办公楼建在全市最漂亮的地段——山水公园的旁边，整个办公室全透明的设计彰显了公司独特的品位。

刘子业的秘书说他在开会，二人在会客室足足等了三十分钟。郑赋有些不耐烦，然而当他看到刘子业的时候，还是被刘子业的气场震慑了。干练、有序、思路清晰是刘子业给他的第一印象。

刘子业丝毫没有掩饰张晶是自己情人的事实，本以为要靠一些手段才能得知的秘密，刘子业却大方得很，而且一切说得合情合理：中年无子，好不容易有了却又如此丧子……他的脸上显出了一个受害者应该有的悲痛。

“请问，您的妻子知道张晶的存在吗？”郑赋冷静地问。

刘子业点点头，然后瞪大了眼睛，就好像发现了新大陆：“你们怀疑我妻子？”

“真相没揭晓前，我们不排除任何人。”

“这不可能，我妻子和张晶的关系一直不错，她还答应只要张晶生下儿子，就入户家里。”

“啊哦，恕我冒昧，你相信你妻子所说的这些话吗？一般来说，一个妻子最不能忍受的就是丈夫出轨吧，况且还有了孩子。”郝帅说。

“我完全相信，因为我的妻子刘丹有不孕症，所以她很感激张晶有了我的孩子，她还说我们的家产总要有个孩子来继承，她非常感谢张晶解除了她多年来的顾虑。”

“不孕症？”郑赋和郝帅对视了一下，仅仅这一点就是一个很好的作案理由。郝帅在心里暗叹：真是一起狗血的豪门恩怨。

“真是对不起，我还有一个会，你们看……”

郑赋不想这么快就结束这次谈话，但问到这里一时也没什么可问的了。

走出大楼，郑赋脑子里开始回忆刚才的谈话内容，商人就是奸诈，刘子业嘴上说爱妻子，其实字字句句都在引导警方怀疑到妻子身上。

手机嗡嗡振动，郝帅把手机扣在耳朵上捂着听筒小声嘀咕：

“甄宝扇？你怎么知道我电话？问的公安局？他们就告诉你了？不可能……”

郑赋不知道他在跟谁聊什么，提醒郝帅打开免提，然后就听到了嘈杂的声音。

“嘿嘿，我说我是你女朋友啊。说正事，你们一定要相信我的话，通过我的各种分析，张晶很可能是刘子业的情人，刘子业的妻子问题很大啊。你们去问刘子业没用，他一定不会承认的。我们不如直接去找他妻子，肯定能诈出线索来。”

“啊哦，我们问过刘子业了……”

郑赋突然抢过电话按了结束键，郝帅好像受了惊，张着嘴看着他。

“这件事不能告诉甄宝扇。”

“啊哦，没关系吧，她还在医院躺着呢。”

“她的手可没残，按电脑键盘的速度肯定不比你慢。”郑赋看郝帅还想说话，马上先发制人，“你下车！”

“啊哦，队长要去刘丹家？我正好也要去，我不是故意要跟着队长你哦！”

三

甄宝扇看着手机想骂人，怎么能在别人没有说完话的时候就挂掉呢？真是没礼貌，没素质，没教养。最主要的是，她还想告诉他们，她现在就在刘子业和刘丹的富华别墅区里准备采访刘丹呢，虽然这次采访的内容与本案无关，但是她一定会想办法问出点儿东西来的。

保姆给甄宝扇开了门，那种大家大业的华丽彻底惊到了甄宝扇，整个别墅是欧式装修风格，从墙面的绘画装饰和灯光设计就能看出女主人是多么在乎家里的细节。

“怎么样，漂亮吗？”

甄宝扇转过身，看到了刘丹，精致的盘头被一枚亮亮的钻石发卡固定，简单的裙子用的却是上好的蚕丝，真是一个优雅的女人。

“是，您家很漂亮。”甄宝扇由衷地说。

“这里的每一处设计都是我亲自参与的，我的家一切都要由我做主，这样我才有家的感觉。”

“你好，我是《福台日报》的记者甄宝扇。”

刘丹微微一愣。

“那个……一直联系您的是我的同事，她准备结婚了，所以我来代班。”甄宝扇解释道。

“我说你的名字怎么有些陌生呢，我还以为是自己记错了。”

刘丹指了指沙发，示意甄宝扇坐下，又让保姆端来了两杯茶。她双手端起茶杯，轻轻啜了一小口后优雅地放了回去，精致的白色茶杯上印着小雏菊，杯体散发着温润的色泽，一看就知道是价值不菲的茶具。

甄宝扇正准备开始采访时，一只纯白色的小博美跑到她的脚边嗅了嗅，像是闻到了廉价袜子的味道，摇摇尾巴就跑开了，然后朝着刘丹汪汪叫了两声，像是讨要巧克力的孩子。

刘丹揉揉它的头：“萌萌，你要乖啊，妈咪一会儿陪你玩好吗？”狗狗很听话，乖乖地跑到保姆那儿撒娇去了，脖子上的金铃铛响得很清脆。

甄宝扇故作轻松地说今天的访问很简单，就是如何看待富豪太太这个身份和如何做好一名贤内助。刘丹是个受过高等教育的人，这些问题对她来说自然不在话下，出口成章的刘丹让甄宝扇频频点头，差点儿就忘了此行的目的。

正当一切就要在愉快的气氛下结束的时候，甄宝扇的话题开始走偏。

“都说一个男人一辈子肯定要出轨一次，这种说法您赞同吗？”

刘丹的笑容迅速凝固，而几秒钟之后，她那有涵养的笑容再次回到脸上。

“其实我并不赞同这种说法，我相信这个世界上有柏拉图式的恋爱。”

“柏拉图式的恋爱是指没有肉体只有精神上的恋爱，那么我可以这样问吗，一个男人一辈子肯定会精神出轨一次，这种说法您赞同吗？”

“其实这种事没有标准答案。我唯一肯定的是，我的老公对我绝对忠贞不贰，我们非常相爱，而且相信对方就像相信自己一样。”刘丹突然眨眨眼，“如果你拍到我老公和其他女人在一起的照片，一次十万块的奖励。”她挑挑眉毛，继而又发出一串爽朗的笑声。

甄宝扇关了录音笔，感叹刘丹的功力。

笑着送走甄宝扇后，刘丹转身冷了脸。萌萌屁颠儿屁颠儿地跑了过来却被她一脚踢开。

书房的电话响起，显示是刘子业办公室的号码。刘丹关了书房门，接起电话，情绪开始爆发。

“什么？刘子业，你答应过我，你和张晶的关系不会让任何人知道，你为什么失信？我都答应接受张晶也接受这个孩子了，我怎么还会害她？”刘丹被逼急了，“刘子业，是你毁了这一切，毁了我辛苦经营的平衡。为了这个平衡我付出多少代价你知道吗？你却……好吧，我要告诉你一个事实……刘子业，患有不孕症的不是我，而是你！我去检查过身体了，没有问题，所以有问题的一定是你。哦，对了，你那么精明，当然知道自己是不会有孩子的，所以，你也有杀死孩子和张晶的理由！”

哐当一声，门外有花盆翻动的声音。刘丹挂了电话，飞快地冲了出去。环视院子一周后，她看到萌萌在窗下跳着玩耍。

步行街是甄宝扇回家的必经之路，今天她居然在街尾发现了一家新开的工艺品店，店的门面装修得很有异域风情，店名也很好听——古曼童泰国工艺品专卖。

甄宝扇不知道什么是古曼童，就进去瞧个新鲜。奇怪的是店中央摆着一个大香炉，香火正袅袅地升起，一股特殊的味道从店里飘出。当她看到一尊尊金色的婴儿造型的玩偶，前面还供着香火的时候，她意识到，古曼童不是普通的玩偶。

甄宝扇的脑中盘旋着朋友的一句话：在泰国，很多人信神，也信鬼……

“这是泰国的古曼童工艺品，请一尊回家不仅可以保平安还能招财呢。”

甄宝扇回过头，看到了面庞清秀的年轻老板，他抚摸着一个古曼童，眼里尽是怜爱。甄宝扇觉得很有意思，写一篇异国特色的稿子也很吸引眼球，甄宝扇随意摆弄着几个古曼童，真心觉得好玩。

“现在很多年轻人偷吃完禁果不小心有了结果就去堕胎，可怜了那些还没有出生就死掉的孩子。古曼童是泰国和尚在召唤死婴灵魂后寄放的娃娃，这些孤小的灵魂在这里接受香火，并感受家的温暖，而他们要做的就是保护那些领养他们的人。”

甄宝扇手一抖，马上把手中的古曼童放了回去，双手合十又拜了三拜。

“不要害怕，我店里的这些古曼童都是泰国德高望重的和尚加持过的，很有灵气。”老板神秘一笑，“孩子会在你看不到的地方陪在你身边，有缘的话还会托梦给你哦。”

甄宝扇向后小退一步，脸上艰难地保持着笑容。老板突然朝着她身后叫了一声：“阿三。”

她顺着老板的视线，看到了一个身穿格子衬衫的年轻男子，男子笑得很明朗。

“阿三，你去哪儿了，我担心了你好久。”店主温柔地说。

“刚才去旁边的拉面店吃了碗拉面，真的很好吃哦。”阿三笑着回答。

甄宝扇瞧了瞧二人，他们举手投足之间都是亲昵和暧昧。

“小姐，还需要什么讲解吗？其实不要想太多，就是工艺品啦，喜欢的话可以便宜些卖你。”店主殷勤地说道。

甄宝扇摇摇头，退出了古曼童工艺品店。那一刻，她突然明白了，他们是Gay！如果能深入他们的生活，可以写一篇“Gay的世界：我们是真爱！”一定会吸引很多读者的眼球。

天快黑的时候，古曼童店的老板关了店门，和格子衬衫的男子拐进了一条巷子。黑暗中甄宝扇侧身而出，小步地跟踪着，继而判定，他们一定是生活在一起的。

走了十分钟后，甄宝扇看到那条巷子的尽头是一栋独立的小楼，整个风格就像南方人家的私宅，大门是铁栅栏的，二人进去的时候顺手挂了锁。

好奇的甄宝扇用相机调好焦距充当望远镜，透过铁栅栏拍了一张照片放大后，终于看清了院子里的格局。典型的南方院落构造，厅堂大敞四开，正位摆放的是故去亲人的牌位，而同样被供奉的，还有她刚刚在店里看到的古曼童。

古曼童究竟是什么？甄宝扇用手机上网查找古曼童的资料。

多数资料里对古曼童的起源有着相近的说法：相传很久以前，有一位名叫坤平的将军，他的太太怀孕超过预产期很久仍未生产，等产下时孩子已经死亡。将军心中十分不忍，便用剪刀剪开胞衣，将死婴用佛油供起来，叫仆人每天早晚都要烧香。有一天，将军睡觉时，梦见有一个小孩儿，指示他明天出战时从何方攻击，可获全胜。将军问他是谁，小孩儿告诉他说我就是你供养的死去的儿子。从此，将军每逢出征时，都将儿子的一部分骨头放入一个小瓶中带在身边。说也奇怪，每当他挂着这个小瓶出征时，必能凯旋。坤平将军从此事事顺意，功名、财富一帆风顺。自此，供养古曼童的方法便流传开来，很多人都照样去做，希望能为自己带来平安、财富。

不过演化到今天，多数古曼童是以木雕或铜塑的工艺品形式存在。然而，在信奉和供养古曼童的人群中，一些人走火入魔，为求所谓的灵验，不惜高价购买婴儿尸体制作古曼童，触犯了泰国的法律。

甄宝扇再次观察自己刚刚拍到的照片。照片中，透明的玻璃瓶里有着少量的黄色液体，里面泡着一个很小的婴儿。婴儿手里抓着从肚子里延伸出来的脐带，口中含着脐带头。她越看越奇怪，这明明就和实验室泡在福尔马林里的婴儿标本一样啊，难道这就是传说中用婴儿尸体制作的古曼童？

院子里传来脚步声，甄宝扇正想躲闪，却被身后的人突然捂住了嘴，她刚要叫，就听到一个凶狠的女人的声音：“不要叫，不然杀了你！”

甄宝扇不敢再动，呜呜了两声，表示同意，绝不反抗。捂着她的手松开了，她看清自己身后是一男一女。

“你在跟踪他们？”女人依旧恶狠狠的。

“没……没有，我是摄影爱好者，拍这个房子。”

女子的丹凤眼又是狠狠地一剜，吓得甄宝扇更加相信此二人非友是敌。

“你们又是谁？不不，你们不用告诉我，天黑了，我得回家了。”甄宝扇说着就想跑，被男子拦下。

“我们是警察。”男子说。

“警察？好吧。天黑了，我真得回家了。”

本以为二人不会那么轻易地放她离去，没想到那一对男女真没拦她，不过耳尖的甄宝扇临走时听到了一句话：“这女的不会坏了我们的事吧……”

甄宝扇家也没回，直接冲到了公安局。当看到还没下班的郑赋时，她就好像看到了亲人，径直扑了上去把今天所有的事都说了一遍。

“平衡？”郑赋问。

“我偷听到的，刘丹说刘子业破坏了她努力维持的平衡。”甄宝扇解释。

郑赋又不说话了，估计他也在想这“平衡”指的是什么。

她的目光转到郝帅身上，继续说：“那两个人肯定不是警察，我跑公安口新闻这么多年，从没见过丹凤眼的女警察。”

“啊哦，我们这儿确实没有丹凤眼的女警察。”郝帅答道。

“对吧对吧，他们有问题！”甄宝扇更加有底气了。

甄宝扇的目光又落到了郝帅的电脑上，郝帅正在分析 4 月 1 日电梯剖腹取婴案的视频，不过因为戴着鸭舌帽，凶手的面部根本看不清楚。甄宝扇看到凶手穿格子衬衫的时候，心脏猛跳了起来。今天在古曼童店里见到的阿三，不也穿着同样的格子衬衫吗？而且视频中凶手的体型和身高，和阿三十分相似。

“你确定？”郑赋突然拽住她的手，吓了她一跳。

“啊哦！如果电梯里作案的男子就是古曼童店里的格子衬衫男，那么很多线索就串起来了。因为走私古曼童尸体的风险太大，所以干脆在本地制造。这个取婴理由成立。”

甄宝扇想，那岂不排除了刘丹杀害张晶孩子的可能了？

四

在讯问室里见到阿三的时候，郑赋也觉得这个阿三就算脱去格子衬衫，从体态上来说也和凶手有几分相似。

“4 月 1 日晚十点左右，你在哪儿？在干什么？有人证吗？”郑赋讯问阿三。

“我一个人在自己的店里睡觉，没有人证。”阿三淡定地说。

郑赋看着阿三，这一切也太巧合了吧？

“这个时间我一个人睡觉有问题吗？”阿三倒是底气很足。

郑赋轻轻挑挑眉毛：“一个人睡觉当然没问题，但你和古曼童店老板又是什么关系？”

“好朋友关系，偶尔去他家住，有问题吗？”

郑赋微微一笑：“当然没问题。”

卖古曼童的老板一脸的莫名其妙，一点儿都不清楚自己为什么被带到公安局。郑赋指了指泡在瓶子里的婴儿尸体：“这怎么解释？”

“那是标本，是我搬到这里时在仓库里发现的，是无主标本。”古曼童店的老板说。

“你说无主就无主啊？发现的时候为什么不报警？”郑赋道。

“警察同志，有人会因为一具不知放了几十年的标本而报警吗？

发现这个标本的时候上面的标签写着 1987 年。那个时候中国还没有古曼童吧？虽然为了迎合市场，我编了一些小故事吸引客户，但是我卖的古曼童可都是合法商品！”

回到办公室的时候，郝帅带着一脸纠结的表情。

婴儿尸体的化验结果出来了，那确实是一个有着二十多年历史的婴儿标本。

郑赋把化验结果狠狠地摔在了桌上。

“啊哦，那要不要放了他们？”郝帅问。

郑赋打开电脑，在身份证搜索中输入了一串字符，然后一个叫刘一山的个人资料出现了。没有案底，就像他清秀的面容一样，清白得很。

“放了吧。”郑赋没好气地说。

郑赋看着郝帅刚交上来的刘子业的收入数据，所有数字在他脑子里生成一个数字——60%。

第一年，刘子业银行私人账户存入数目 830 万，年尾汇出 498 万到刘振国的账户。第二年存入 2001 万，汇出 1260 万；第三年存入 4300 万，汇出 2580 万；第四年存入 7900 万，汇出 4740 万；第五年也就是去年，存入 1.1 亿，汇出 6600 万。所有汇款的去向都是那个刘振国的账户。

这些是刘子业一年的个人收入，奇怪的是他每年的收入和汇到刘振国账户上数额的比例都是 60%。而这个刘振国就是刘丹的老爸，刘子业的老丈人。60% 这个数字证明着谁才是公司的大老板。

不过，为什么刘振国甘于躲在幕后，是他太相信刘子业了，还是私底下有什么协议？

郑赋突然想起甄宝扇提供的线索，刘丹所说被刘子业破坏的平衡是不是指这个？

郑赋还在换算着一些数字，楼下的小警员突然报告说，张晶醒了！

张晶的情绪很不稳定，她抓着医生一次又一次地问：“孩子呢，我肚子里的孩子呢？”

医生怕影响她的情绪，迟疑了很久，最终只能安慰一句：“你还年轻，还可以继续生育！”

张晶摸着自己的肚子似乎明白了什么，又不敢确认。对于一个女性来说，这一切太残忍了，怀胎六月，一百八十天，每天带着希望，带着祝福，等着婴儿的降生。结果，孩子就这么没了，她的一切希望就在步入电梯的那一刻破灭了。

安静了三十秒后，张晶爆发了，她狠狠地敲打着肚子要自杀，医生给她打了安定后她又昏睡了过去。

此时病房门外一阵混乱，刘子业跌跌撞撞地冲进来，先是抓着张晶的手贴在脸上不断自责，然后冲到郑赋身边抓着他的胳膊大叫：“究竟是谁杀了我儿子？警察同志，你们一定要破案啊！”

郑赋突然觉得头疼，有气无力地说了一句：“收队。”

在 KFC 吃快餐时郝帅和甄宝扇很默契地坐在了郑赋旁边。郑赋一口气喝光了可乐后，突然感到胳膊被甄宝扇抓住，他顺着她的目光，看到了坐在郝帅后面吃快餐的一男一女。

“他们就是那天捂住我嘴的人，古曼童老板家门口冒充警察的神秘人。你们不是警察吗？去抓他们吧，他们那天说要杀死我！”

“你又没死，我们拿什么证据抓？”郑赋冷冷地说。

甄宝扇龇牙，好像在说现在是开玩笑的时候吗？郑赋拍了拍甄宝扇的手，他想到了解决问题的办法，起身向二人走去。

“两位能出示一下身份证吗？”郑赋道。

男人警惕地看着他，女人也上下打量着他，这让他感觉有一点儿不爽。

“我是警察，请配合我的工作。”郑赋继续说。

女人突然笑了，好像这是本世纪最好笑的笑话。“你说你是警察我们就信啊？证件呢？”

郑赋拍拍衣服口袋，又拍拍裤子口袋，终于翻出证件递了过去。

女人接过证件后看了一会儿，给旁边的男人使了个眼色，意思是，他确实是个警察。男人一直很从容，说："警察同志，我们完全配合您的工作，但是……您为什么要查我们？"

郑赋想了想，为什么查他们，总不能说因为那个小记者怎么怎么吧，便说："你们和网络通缉令里的情侣犯罪嫌疑人很像。"

轮到甄宝扇的嘴张成O形了，这个理由太爆了吧。果然，那女人爆炸了："你说话给我小心点儿，小心我告你诽谤！"

郑赋淡定地回应："两位是来福台市旅游的吗？"

"没错，我们是来旅游的，下周就回高仁了。"男人把身份证递给郑赋。

"祝你们玩得愉快。"郑赋看完后将身份证还给他们。

郑赋回到座位，接着吃他的汉堡。甄宝扇不依不饶地抓着他的袖子不放："抓他们啊。"

"警察抓不了合法游客。"

"他们假冒警察。"甄宝扇急了。

"他们没有对我说他们是警察。"

甄宝扇憋得脸红脖子粗，没办法，警察也是要合法办案的。

回到局里，郑赋闭上眼想了一会儿，然后飞快地在电脑身份系统里输入了两串数字，电脑屏幕上分别显示出两份身份信息：

金英，女，二十七岁，高仁市人；张均，男，二十九岁，高仁市人。

郑赋换了另一个系统，再次输入两人的身份证号后，愣了。

五

今天是福台市第一人民医院建院以来最混乱的一天。院子里的患者仰头看着顶楼叹息着，这又是什么不治之症啊，逼得小姑娘要自杀。

郑赋接到电话马上赶了过来，他爬到顶楼的时候，一个尖锐的声音穿透了楼顶。

“你们不要过来!”

“好好，我们不过去，张晶你要冷静。”

“我的人生完了，我活着还有什么意思!”

张晶的叫喊声撕心裂肺，单薄的病号服被风吹起，她的一头散发被风吹乱，手腕上插着吊针，而针管线后拖着玻璃药瓶，里边已经回了小半瓶血了，整个场面看起来实在是悲惨。

“张晶，你还年轻，这个事故只是你生命中的一个小插曲，你以后还会有孩子的!”郑赋边说边悄悄向张晶移动。

“不可能了，没了这个孩子他会抛弃我的，他妻子一定会想尽办法弄死我！反正都是死……”

张晶摇摇欲坠的身子又向后退了一步，众人惊出一身冷汗。郑赋想，那个“他”指的就是刘子业吧。

张晶突然身子一歪向楼下跌去，郑赋大步上前抓住了张晶的胳膊，两人一起掉了下去。郑赋脑子里只有一个想法：死定了!

突然他双腿一紧，不知道谁抓住了他的脚，他和张晶就像破布条子一样挂在了楼顶。

“啊哦，郑队你挺住啊。”

听到这声“啊哦”，郑赋眩晕的脑子突然清醒了，这个烦人鬼还是跟来了，不过这次跟得靠谱。

“我能挺住，我怕你挺不住!”郑赋想。

不知道后边有多少人帮忙，当他清醒过来时发现自己已经坐在地上了，眼前是郝帅那张依旧灿烂的笑脸。

“啊哦，我现在是队长的救命恩人了!”

“闭嘴，以后我救你一次就行了。”

郑赋移着小步子下了楼，在自动贩卖机前取了杯咖啡，然后看到一旁的护士表情兴奋，神神叨叨地说着什么。

“警察同志，中午刘子业的妻子抱着狗狗来了，然后张晶就开始要死要活的。”小护士说。

“你怎么知道张晶是刘子业的情人？”

“现在谁不知道张晶是刘子业的情人啊！警察同志，是不是刘丹真的患有不孕症啊？”小护士掏出手机兴奋地指给他看。

三万次的点击，福台论坛的服务器都要爆了。论坛红色的宣传标题非常醒目：“剖腹取婴后续报道：受害人张晶身份浮出水面”，小标题更加狗血——“正室和小三的较量”，记者甄宝扇报道。

看到甄宝扇的名字，郑赋一股火直冲脑门儿，肺都快气炸了，他拨通了手机酝酿情绪。

“记者同志，恭喜你啊，你真的火了，在网上大火特火啊！”

“谢谢，我是火了，但那篇报道不是我写的……”甄宝扇解释道。

郑赋直接挂断了电话，自己那么忙，哪有时间听甄宝扇瞎白话。

郑赋下午回到局里的时候，甄宝扇居然已在等他了。

“你怎么来了，自首？”郑赋没好气地说。

“啊哦，是我请她来的。我想看看甄宝扇的笔记本电脑有没有被 imprisonment 侵袭的痕迹，我猜凶手可能是利用甄宝扇的 IP 在网上发文。”郝帅说。

郑赋冷笑了一声，心想用你的方法查到的线索，我用别的方式也能查到，年轻人果然是好胜心重，难成大事！

“啊哦，可是甄宝扇的电脑并未被病毒侵袭，事实上自从张晶出事后，imprisonment 就再也没有出现过。”

郑赋心想，你看，我就知道是这种结果！

他刚坐稳，福台市第一人民医院的电话又来了，郑赋拿起电话一听，一股火气再次冲上脑门儿。

小护士说，张晶疯了！

郑赋这次真是急了，开车的时候用力按着喇叭发泄。

他想质问张晶这又是哪一出。一会儿闹自杀，一会儿装疯卖傻，她到底想演给谁看！

但是，当看到张晶疯狂地撕咬着窗帘，光脚踩在碎玻璃上，血淋淋的双脚像失去痛觉一般来回奔走的时候，他知道，张晶真的疯了！

郑赋看到中午的那个爱八卦的小护士也在，便一把抓住这个小护士问："告诉我，张晶怎么了？"

"不知道啊，突然就这样了。"

这时，小护士惊呼一声，两眼直勾勾地看着郑赋的身后。

郑赋转头一看，张晶瘫软在地上口吐白沫，她双手抓着脖子痛苦地抽搐着，指甲嵌进肉里如利刃一般划出了好多血道子。医护人员冲了上去，刚要给她打镇静剂，张晶却不动了。

医生摸了摸张晶脖子上的动脉后，又试了试她的鼻息，然后大声呼喊："患者无心跳，马上进行抢救。"

出大事了！这是郑赋脑子里最先出现的四个字。

医生对张晶的心脏进行了电击，可显示屏上的直线再也没有变回波形，最终，医生宣告张晶死亡。

郑赋有点儿蒙了，一种耻辱的挫败感砸在他的头上。

法医说，死者生前行为失常，处于癫狂状态，浑身抽搐，最后是她紧抓自己的脖子导致窒息而死。目前无法判断为什么会这样，一切要等尸检结果。

郑赋又一次抓住受惊的小护士问："这几天，都有谁接触过张晶？"

小护士说："虽然外界都传张晶是刘子业的情人，但其实张晶治疗期间，刘子业也只来过一次，当时你也在场。刘丹也来过一次，然后张晶就开始进入要死要活的状态了。其他接触张晶的人就只剩医护人员和警察了。她也许是承受不住失去孩子的痛苦，所以疯了！"

为什么张晶早不疯晚不疯，偏在这个时候疯，疯完就死，连问的机会都没有！

凌晨两点，张晶的尸检结果出来了，在她的大脑皮层检测到了狂犬病毒。张晶死于狂犬病！

狂犬病毒的突然出现让整个侦查小组措手不及。张晶什么时候被狗咬过？当时有没有打狂犬疫苗？她又为什么会在这个时候病发死亡？

法医说，生活中很多人被狗咬后都不当回事，殊不知，狂犬病毒是非常恐怖的，病毒进入人体后首先侵染肌细胞，然后进入脊髓，进而入脑，并不断跟随血液扩散。病毒在人脑内会感染海马区、小脑、脑干乃至整个中枢神经系统。

其实，狂犬疫苗就是和病毒赛跑，假如病毒先进入神经，人必死无疑；假如抗体在病毒进入神经前杀死病毒，人就安全了。如果被狗咬后没有打疫苗，一旦犯病，死亡率是百分之百。

通知了刘子业和张晶家人她的死讯后，他们很快来到了医院。郑赋知道他们此时悲痛异常，但他今天无论如何也要问出一个答案。

刘子业非常肯定地说，今年年初的时候张晶确实被狗咬过，是刘丹的宠物狗萌萌，当时张晶马上注射了狂犬疫苗。那是张晶和他在一起后唯一一次被狗咬到。

张晶的母亲说她在家乡时没有被狗咬过，因为她非常讨厌带毛的动物，看到都会躲得远远的。

张晶只被狗咬过一次且打过疫苗，可为什么还会死于狂犬病？

法医说出了一种可能："如果注射疫苗后没有产生抗体，或者没有及时产生足够抗体，也可能发病死亡。"

"啊哦，那怎么判断身体里有没有抗体呢？"

"在注射完狂犬疫苗后十五天左右到医院去复查，如检查结果抗体为阳性，就说明已产生了抗狂犬病的抗体；如果呈阴性，应再加强注射一到两支疫苗，之后再验血，直至产生抗体为止。无论如何，在注射完疫苗后一定要到医院复查检测。"

"啊哦，平时看着宠物狗挺可爱的，没想到得病的狗这么可怕。"

郑赋不知道郝帅什么时候出现的，但是郝帅的这句话给了他灵感。

他问法医：“怎么判断咬人的狗是不是得了狂犬病？”

“普通的狗一旦染上狂犬病，二至六周就会发病，发病后十五天内死亡。”

郑赋重重地拍了拍脑门惊呼：“张晶是他杀！绝对他杀！因为刘丹的狗并没有死，说明它没得狂犬病，张晶就不可能是被狗咬而染上病毒的。”

这让大家很兴奋，但是，是谁这么阴险，居然想到让张晶患上狂犬病来掩盖谋杀？

此时郑赋耳边一声惊叫，小护士激动得像发现了新大陆：“呀，我有没有和你们说过啊，张晶闹自杀之前，我看到刘丹抱着狗来过，然后张晶就要死要活了！”

“啊哦，你说过，虽然最大的嫌疑人是刘丹，但她的狗萌萌现在还活得好好的，不像得了狂犬病。”

郑赋想，如果那天刘丹抱的不是萌萌呢？

“你看到刘丹抱的狗是什么样子的？”郑赋问小护士。

“纯白色的小京巴！”

“你确定？”这三个字声音响如惊雷，吓得小护士弱弱地点着头。

郑赋突然笑了，像揭开了谜底。

刘丹的宠物狗萌萌是一只小博美，她为什么抱着京巴去探病，除非另有目的，比如，杀死张晶！

六

郑赋带着一队警员到刘丹家的时候，她正拿着刀指着刘子业，情绪激动地向他咆哮着。刘子业此时却显得很淡定，仿佛在看一场小丑的滑稽表演。

“现在我们以谋杀罪拘捕你。”郑赋道。

刘丹好像没听到似的，依然对着刘子业大叫："刘子业，你不是人，你已经拿走了那么多，为什么还拿走我爸爸的？刘子业，你是诈骗犯，你骗我爸签下了那份协议！"

刘子业冷冷地哼了一声："是你们骗我签下协议才对。我为公司付出了那么多，可是这么多年来你和你爸是怎么对我的？算了，事已至此，我也不想追究了，反正我们要说再见了。"

直到此时，刘丹才意识到家中来了很多警察，正在她家房前屋后进行搜查。

"你们这是在干什么？"刘丹尖叫着。

郝帅对郑赋耳语了几句，告诉他在花园的花坛下找到了一只白色宠物包和一只京巴狗的尸体，还有一个注射器。

郑赋示意他把证物都拿过来。

工作人员把死狗和注射器放在刘丹面前。刘丹看见那只死狗后，向后移了一步，萌萌凑过去嗅那只死狗，刘丹大叫一声："快滚开！"

"刘太太，您果然爱狗心切，您应该知道狂犬病是一种多么恐怖的病毒吧。这只死狗和这些东西是在你家花坛下发现的。啧啧，刘太太，你怎么能把这些埋在自家的花园里呢，如果病毒传染给萌萌怎么办？"

"我听不懂你在说什么。我从来没见过这只狗。"刘丹还试图掩盖。

"你现在听不懂没关系，等我们对针管上的指纹、狗身上发现的长发化验出结果后，你就什么都懂了。"郑赋道。

只见刘丹身子明显一紧，再次冲向刘子业。

"是你，刘子业，一定是你搞的鬼，你什么都知道，什么都知道！"刘丹的情绪又失控了。

刘子业轻轻一笑，带着一种"你已经完蛋了"的表情说："警察同志，我听不懂她在说什么，如果你们抓到人了就请回吧。"

虽然刘子业的语气很是让人厌恶，可郑赋只能带走刘丹。

一个合法的奸商，谁也奈何不了！

公安局里，刘丹万念俱灰。她说，张晶会死，都是她一时冲动。

那天，她发现萌萌经常去的宠物医院有一只因狂犬病病发而奄奄一息的狗，她就给宠物医生阿三一千块钱把狗买了下来。她想让它咬伤张晶，让张晶狂犬病发“意外”死亡。令她没想到的是，这只狗刚到医院就死掉了。

就在她准备放弃的时候，她发现地上有一只小护士落下的注射器，一个新的办法萌生了。

她用注射器吸了死狗的唾液，喷射在张晶腹部的伤口上。当时张晶正好醒了过来，但她只看到刘丹碰她腹部纱布的动作。

“那么你的帮凶是谁？”郑赋问。

刘丹愣了愣：“帮凶？”

“既然你想张晶死，为什么还雇人取走她未出世的孩子？”

刘丹冷笑一声：“警察同志，你是傻了吧，我何必要剖腹取子多此一举呢？这件事与我无关。”

“与你无关？”

“与我无关。”

郑赋双手紧握，刘丹已经没必要撒谎了，那么取走张晶肚子里胎儿的又是谁？

七

郝帅守在新安小区值班室已经一天一夜了，终于在晚上六点的时候，监控室的电脑接到了突然跳出的黄色网站窗口，郝帅点击进入，电脑后台有程序开始运行。

郝帅大喜，imprisonment 终于又出现了。

晚上十一点，小区监控画面中出现一个孕妇，随后一个提着行李箱的男子出现。

孕妇在等电梯，男了站在旁边把玩手机。

郝帅越来越激动，今天就是和 imprisonment 决一死战的日子！

昨天郝帅值夜班的时候接到市民报案，对方说自己是孕妇，连续两天发现一个陌生男子跟踪她，因为看过甄宝扇写的文章所以很害怕。郝帅把这件事情报告郑队，并说服孕妇及其家人，将计就计安排了这一出戏。

电梯来了，孕妇按计划步入电梯，男子压低鸭舌帽尾随而上。

果然，男子进入电梯后 imprisonment 病毒启动了。郝帅对着对讲机大喊：“凶手确认，就是他！”

监视器里还未出现埋伏在附近的郑队和其他警员，却多出了一男一女，这多出来的两人并不在郝帅的计划之内。这个意外让郝帅有些慌了。如果孕妇出了问题，他真的只有以死谢罪了！

郝帅冲了过去，现场有些混乱。只听那一男一女大声说：“我们是警察！”郝帅记得这一男一女，他们是甄宝扇口中的诈骗犯。

“郑队，怎么回事？”郝帅问。

“放心，他们确实是警察。在 KFC 偶遇那天，我背下了两人的身份证号码，在全国身份系统验证后，我又在公安系统查询了他们的身份。女的叫金英，男的叫张均，是高仁市公安局刑警队的。因为不知道他们在秘密执行什么任务，我只好装作不知。没想到我们盯上的是同一个凶手！”

原来，高仁警方根据线报暗查阿三的住处，发现一个用金箔纸包裹的婴儿尸体。当时已判断这是非法的古曼童，但还不知道阿三是从何渠道非法获取婴儿尸体，也不知道他卖向何方。阿三突然失踪，他们调出他的电话记录后才确定阿三来到了福台市，于是一直暗中跟随。直到今天他们得到消息，称在某废弃仓库中发现一孕妇尸体，经过 DNA 比对，确认和阿三住处的婴儿是母女关系，证据确凿，他们这才开始对阿三实施抓捕。

“啊哦，你为什么取走张晶肚子里的孩子？”郝帅对阿三进行讯问。

阿三不说话，郝帅温柔地拍拍他的脸，脸上的表情却是一副你不说我就打死你的架势。

“那些未婚先孕的小三儿本来就有罪，她们不知道什么叫贞洁吗？没有贞操吗？给钱就被男人上，她们太脏了！”阿三很激动。

“啊哦，你在高仁市杀的也是未婚先孕的小三儿？”

阿三沉默几秒后，吐出了五个字：“是我女朋友！”

众人都惊呆了！

一年前，阿三认识了他的女朋友，因为没钱一直受着女朋友要分手的威胁，每次都是阿三下跪挽回。但是突然有一天，阿三的女朋友无论他怎么哀求都不再回心转意了，后来他才知道她怀上了有钱男人的孩子，那男人说只要她生下孩子，就永远衣食无忧了。

于是，阿三疯狂了。

因为朋友是开古曼童店的，所以他知道关于古曼童的一切，也知道有人高价求购婴尸制作古曼童，于是就杀了女朋友取走胎儿。虽然他没有找到销售婴尸古曼童的渠道，却发现自己对血腥有了感觉，剖腹取婴的快感能消除他的烦恼和痛苦。

来到福台市后，在朋友的帮助下他接手了一家宠物店，一直寻找机会再次对未婚先孕的女性下手，之后便盯上了张晶。

那天，刘太太抱着狗狗来到宠物医院，然后在门口遇到了张晶，两人吵了起来。听到他们吵架的内容后，阿三知道张晶是小三儿，并且有了三个月的身孕。于是阿三有了给张晶开刀的冲动。

他不想索人性命，只追求开刀的快感。

“那个古曼童专卖店的朋友是不是你的同谋？”郑赋问。

“不是，真的不是，他只是喜欢我，所以才帮我开店，他不知道我所做的一切。”

“他喜欢你？”郑赋不解。

“我不再相信女人，所以和他在一起了。”

“啊哦，这样啊。那么 imprisonment 是你做的？”

“我大学是学医的，但一直没有找到工作。imprisonment 是我大四的时候做的，当时只是想证明自己的能力而已，没想到用在了这个地方。”

郝帅真心觉得遗憾，一个制造了 imprisonment 病毒程序的聪明人将成为阶下囚。这就是命运吧。

郝帅把存有 imprisonment 证据的手机交给郑队时，听到他说了一句：“这次做得还可以！”

郝帅无奈一笑，听到郑队一句赞扬还真不容易。

“啊哦，那以后我可以跟着你办案吗？”

“随便。”

（原载《啄木鸟》2013 年第 2 期）

做　局

孙春平

黑暗中，宋小希耐不住寂寞，又低声嘟哝，他妈的，四月份了，暖气都停了，怎么还这么冷！透心凉，从心里往外打哆嗦。老郭冷冷地扫了眼前小区一眼，低声斥道，别出声！这个提醒，郭仁璞已不知说过多少次了，进到小区之前还在重复，说夜里蹲坑，最怕的是弄出动静。还说大白天你就是扯着嗓子唱歌，可能也没人注意你，可在深夜，就是轻轻一声咳嗽，都可能传出去很远。宋小希回敬说，敬爱的警官领导，学生这点儿记性还是有的，您就不必啰唆了。老郭承认自己确实是啰唆了，话说三遍淡如水，可你以为我愿意跟你个小屁孩儿啰唆啊？我就是这么一遍又一遍地说，你长记性了吗？

寒夜中，人是不能想冷的，越想那个魔鬼越

顺着骨头缝往心窝窝里钻。片刻，宋小希又耐不住了，摸出烟，抽出一根，先塞到郭仁璞嘴上，再抽第二根时，却被郭仁璞一把将整盒烟都抓了过去，并将先前的那根烟塞回盒内，一并放进自己的大衣口袋里。宋小希小声抗议，不让说话也就算了，怎么连烟都不让抽？前几天不都抽了吗？老郭说，前几天还白挨冻了呢！实在憋不住，你去楼道里抽。宋小希揶揄道，冷尿热屁穷撒谎，我还得撒泡尿呢，也在楼道里呀？老郭越发冷地说，警车就在小区外的胡同里，你要怕冷，就自己开车回去，不用来了。宋小希知道郭警官这回是真生气了，再不敢说话。

两人静静地蹲坐在树丛后面，那树丛就在小区主干道的旁边，只要有人从那栋楼里出来，休想躲过潜伏在这里的两双眼睛。今年开春，北方闹起了倒春寒，气象台说是五十年未遇。以前到了这个时节，小区里的迎春花呀、桃花呀，都已像豆蔻年华的小姑娘一般，有了些艳丽的模样，可今年却还似衣不裹体的乞丐，赤裸着枯枝在寒风中瑟瑟发抖呢。一言不发的宋小希抬头望夜空，黎明前的气压低，一年甚于一年的雾霾在城市上空笼罩着，盘旋着，让人休想看得清夜空中的繁星。倒也不是一颗也看不到，那一弯弦月，还有屈指可数的几颗星星，还算没被雾霾彻底淹没，孤零零顽强地向大地扑闪着熹微的光芒。

还莫怪这顶花带刺的小青瓜蛋子喊冷，就连自己这根吊在棚架上快枯干了瓤子的老丝瓜都有点儿受不了。有人说过，寒冬腊月可别站在冷风里，往背风处躲一躲也会好一点儿，可在这侵人不侵水的倒春寒里，人却像被扔进冰窟窿中，无处躲藏。据说泰坦尼克号大客轮撞上冰山后，死的那些人多数并不是被淹死的，而是落进海水里被冻死的。宋小希虽说是个警察，但终归是“90后”，家里那个丫头比人家也没小上几岁，臭袜子脱下来还得她妈妈洗，让她陪自己这么蹲两个钟头试试，还不得委屈出鼻涕一把泪两行？这一茬儿吃不得一丁点儿苦的年轻人呀，往后能挑得起梁撑得起柱吗？老郭暗暗叹了口气，从衣袋里摸出烟，递到宋小希手上，说你找个楼道，活动活动身子，但一定要注意，别弄出动静来，小心惊醒了谁的美梦找骂。宋小希接过烟，说我十五分钟以内保证回来换你，然后就弓着腰跑了出去。可眨眼间，宋小希又跑回来，把烟还给老郭，说这个是你的。郭仁璞忙将衣袋里的另一包烟掏出来，说黑灯瞎火的，这个你也看得清？宋小希说，往嘴里一塞，还不知道呀。老郭心里说，那是，你的是“芙蓉王”，我的是“红河”，你一盒顶我小半条呢，味道上要是没差别，那才是花冤枉钱呢。哼，还没挣工资，就穷烧，你爹都未必舍得抽这个！

宏达小区近来接连发生了几次失窃案件，闹得人心惶惶。哦，不对，说失窃并不准确，因为丢失的那几辆自行车后来都找到了，一个螺栓都没缺。找到的地点也不远，就在小区内，有辆车子还被扔在了小区警务室板房外，让人哭笑不得。虽说东西没丢，但居民们意见很大。眼下骑自行车上下班的人都是最为寻常的老百姓，他们突然发现代步工具不见时，多是在早晨上班的那个时段，走出家门不见了车子，那就得去挤公交车，没有备出足够的提前量，上班迟到是铁铆的了。就是豁出票子打出租，那个时段也未必有车侍候你。时下的单位不管是国有还是民营，对迟到早退者，几乎清一色采取经济处罚手段，靠着工资养家的老百姓不跺脚骂娘才怪呢。

宏达小区里都是上世纪八十年代的老建筑，原来都是公房，住房改革时，一夜间卖给了职工，不用多说也可以想象得到这些房子的档次，格局陈旧，面积狭小，防盗设施更是有名无实。四周原有的红砖墙早就倒的倒、塌的塌，有些地方还被掏出了人狗共享的洞口。有些单元的居民心齐一些，又有热心人张罗，便安装了防盗门，但多数楼门则是风雨洞开，自由出入。派出所曾多次建议社区物业增设电子监控探头，但那需要经费支持，说说也就说说了。平常，居民的自行车多是放在楼道里，或靠墙而立，或倚挂在楼梯栏杆上。有意思的是，这次移位的车子多是从 A 门到了 D 门，或者是从 B 楼到了 C 楼，反正都没真丢。虽算不上什么正经案子，但居民们左一个电话右一个电话打到派出所，不给个说法总说不过去。

所长对郭仁璞说，宏达那一片归你管，你辛苦辛苦，抓紧把案子破了。老郭说，又不是吃藕，一根筷子可以单挑，这好歹也是破案呀。所长说，警院的小宋不正在所里实习嘛，这一阵子，他就归你调遣了。老郭为难地说，白天跟着四处跑跑还行，我算计着，这案子少不了夜里蹲坑，他个小屁孩儿，能吃得起这份苦？所长说，谁没从年轻时过过？哪个当警察的没蹲过坑？就说是我说的，让他进入实战锻炼。

破案就不能不研究案犯的作案动机。从已知的线索上分析，这事儿极可能是因居民不满楼道内乱放杂物，影响了上下通行，所以才出此下策以示抗议。这类事儿小区里常出，拔气门芯，往轮胎上摁图钉，倒霉者自知理亏，跺脚骂上几句也就认了。可这次的不同在于，总不会是住在不同单元的人，在这种上不得台面的事情上也采取联合行动吧？有那么两三次，竟是几个单元在同一晚都丢了车子，这就让人难以理解了。

在分析案情时，宋小希提出了另一种可能，会不会是窃贼先将赃物转移，待风头过去后，再从容销赃呢？老郭摇头说，眼下丝毫没有发现窃贼准备销赃的迹象，况且，那几辆失而复得的自行车，都是破旧不堪的，有的连锁都没有，若谁真想偷了卖钱，旁边就放着好几辆八九成新的自行车，有的还是变速车，肯定都比那些丢的车子值钱。干这种事儿，偷车人还用得着讲艰苦朴素呀？宋小希说，偷没锁的才好解释呢，贼偷方便嘛。老郭说，四面八方，除了小区大门，还有随处可见的围墙豁口，骑上就可以跑，更方便，犯不上先送到别的楼门里去呀。依我看，倒有另一种可能——恶作剧。现在的年轻人，一时没工作，老爹老妈一日三餐地养着，吃饱了闲得挠墙，专好要些小儿科的把戏，天亮时看着别人像热锅上的蚂蚁似的四处乱窜，他们才捂嘴乐呢。消遣别人就是他们的人生乐趣，听说网上这路事儿不少，比如有女孩子穿高跟鞋踩猫，还有大学生把小狗放进微波炉烘烤，他们得到什么了？损人不利己！

因为接连受到了老郭的驳斥，宋小希心里便有些不悦，还有点儿不服。说心里话，他本就对老郭心存不服，五十来岁了，才混了个一级警司，也就适合破这种刑警队懒得管的案子，还口口声声讲作案动机呢。心里这样想，他口上便讥笑说，敬爱的领导，你真是太不了解我们年轻人啦。你可见过几个无业青年大清早就爬起来的？那个时辰，人家可都美美地睡大觉呢。爱扒窗户看热闹的，倒是那些想睡却睡不着的老头儿老太太们。

对于小屁孩儿的反驳，郭仁璞心里不舒服，却也无力回击。那就等案子破了再说吧，到时候看你还咋嘴硬！

其实要破这种案子，不难，不过多辛苦辛苦罢了。老郭采取的办法便是蹲坑。过了子夜，他带上宋小希，将警车停在小区外的巷子深处，然后潜进小区。一夜，两夜，三夜，都是到了晨曦初现，小区里已有不少晨起甩胳膊抻腿的人时，两人才无果而返。北方的春脖子短，前些年，取暖期一过，天气基本就一日暖过一日，可今年的倒春寒就像电视里播放的连续剧，无止无歇，又臭又长。两人回到所里，不管困成什么样儿，也要先坐在所里新添置的“小太阳”电暖气旁边，驱一驱已侵入身体深处的寒气，才去休息室补觉。坐在“小太阳”前，宋小希嘟哝，事不过三，都白蹲了三天了，咱们还傻狍子似的去挨冻呀？老郭说，那你就别去。宋小希望了望老郭那张脸，不敢再吭声。实习三个月，学校要鉴定，鉴定里若有一句“要注意克服身上的娇气”那还了得，找工作时哪个公安机关还肯接收你呀。

宋小希连着抽了两根烟。他的烟瘾是在警官学院搞追捕训练时染上的。二十公里山路，要求两小时到达指定地点，在山野丛林中连颠带跑，到了终点，身子都瘫了，两条腿再也迈不开步，有同学递过烟，他便吸上了。先是吸别人的，后来就自己买烟礼让别人。怪不得当警察会吸烟的占多数呢，执行起任务来，就得不分昼夜连轴转，又困又累，只好靠尼古丁提神了。吸完烟，宋小希想蹦一蹦，让酸酸的两腿活泛活泛，又怕影响居民的休息，便改做俯卧撑。也不错，身子总算暖和些了。突然，手机嘀嘀地叫了两声，是老郭的信息，打开，白亮亮的屏幕却一字不见。宋小希知道这是老郭在叫他归岗，忙从楼根下的黑影处退回到老郭身边，说，你也去抽一口吧。老郭的大眼珠子瞥了他一下，不动，也不吭声，继续着猫捉耗子的战术。

凌晨近四点，正是黎明前最安静也最寒冷的时刻，终于有人影在小区路上闪出，进了 16 号楼。郭仁璞杵了宋小希一下，两人都瞪大了眼睛。很快，那个身影从二单元搬出一辆自行车，一手扶把，一手提着车后座，只让前轮着地，向着 14 号楼走去。他这样推车，显然车子是上了锁的。老郭低声说了声上，两人立时蹿出。到底是年轻人，小宋几步就冲到了前面，一把抓牢那人的手腕子，另一只手已去腰间摸铐子了。随后赶上来的老郭用手电晃了一下，这一晃晃得两人大为惊诧，原来抓住的是个老爷子，花白的头发和胡须，满脸的褶子，已有些佝偻的身材，气喘吁吁的，看年龄足有七八十岁了吧。小宋还想把铐子扣上去，老郭说，拉倒吧，他还跑得过你啊？快去把车开过来吧。

很快，在清晨的静寂中，两人把老人带回了派出所。值班民警见仨人进屋，脸上露出的也满是惊异，故意夸张地张大了嘴巴。老郭说，你眯一觉去吧，正好把“小太阳”留给我们，总得抓紧审一审呀。

于是，围着“小太阳”，老郭主问，老爷子答，小宋打开笔记本电脑记录，便有了这样两页，应该叫谈话记录。

问：姓名？

答：（老人掏出身份证，丢在桌上）都在上面呢，自己看。

身份证上写着王喜田，男，汉族，1936 年 4 月 22 日生，住址为北口市宏达小区 11 号楼 3 单元 6 楼 2 号。

问：做什么工作的？

答：你家老人八十来岁了还工作呀？我退休前是纺织二厂的，保全工，那厂子早黄球了，我现在吃的是社保。

问：家里都有什么人？

答：一人吃饱，全家不饿，就我老不死的一个。

问：老伴儿呢？

答：闭眼十多年了，享福去喽。

问：没有儿女吗？

答：有个闺女，说是去非洲做买卖，还听说跟黑人结了婚，可一走就再没个影儿了，不知死活。还有个儿子，叫王文革，在广东汕头打工呢，把老婆孩子都带过去了。

问：附近可有什么亲友？

答：穷在闹市无人问。我这么个糟老头子，狗都离得远远的，没人搭理还有什么亲友啊。

问：为什么偷别人的车子？

答：请人民警察把话说清楚，我偷了吗？小心我告你诬陷！

问：对不起，我说错了，我道歉。但你……乱搬人家的车子就对了吗？

答：笑话，我说对了吗？

问：那你就说说，到底是为了啥？

答：你们想因为啥，就因为啥。

问：你要实事求是地回答我们的问题。

答：那你说，你说因为啥？

问：这样的事，你做过几次？

答：没心思数，总有五六次了吧。

问：我们怎么跟你儿子联系？

答：不知道。

问：你从来不跟儿子联系吗？

答：（老人递上手机）自己看，打得最多的那个，就是兔崽子的号。以前还打得通，可眼下打不通了。兴许你们警察本事大，能打通。

郭仁璞用自己的手机试了下，果然打不通。

问：他没有别的电话了吗？

答：又不是存折的密码，我犯得上不告诉你们吗？

老爷子挺倔，而且不是 般的倔，完全是毫不愧悔，一脸无所畏惧的样子。郭仁璞不敢逼得太紧，唯恐这么大岁数的人再出点儿什么意外。他让老爷子躺在长沙发上休息，还找了件军大衣给盖上，把“小太阳”也转向了他。又看见小宋哈欠连天的，老郭便让他也回房间睡觉了。派出所有间闲屋子，宋小希来实习，便做了他的临时宿舍。

宋小希出了办公室，临掩门时，看了看躺在沙发上的老人，做手势请老郭到了门外，问要不要把他一只手铐在沙发扶手上，这样你也能眯一会儿。老郭苦苦一笑说，你这会儿就是撵他，他也不会走的，等所长上班吧。就不再审审了？宋小希说。还审啥，不是都说了吗？也没说啥呀？宋小希不解。那是你脑子困迷糊了，再想想。老郭回应道。哦……还是当初你设想得对，他是在玩恶作剧。只是没想到，这么大岁数的人还扯这个。宋小希答道。老郭接着说，你还在迷糊，先去睡吧，等醒来时就想明白了。这时宋小希似乎想清楚点儿什么，就对老郭说，哈，对了，你是说老爷子想让我们帮他找儿子？

郭仁璞一笑，拍了拍宋小希的肩头说，这回靠谱了，去睡吧。宋小希却来了精神，说就为这点儿事，折腾我们好几个晚上？老郭说，有事找警察嘛。我估计，他也找过，不过都没落到实处，所以才故意往大了整，逼着咱们使出点儿真力气。小宋问，那咱们下一步怎么办？又到哪儿去帮他找到儿子呢？老郭说，我不是说了嘛，等所长来。这不难，请局里跟汕头联系，让当地民警帮忙就是了。

八点钟不到，走廊里传来所长的说话声。老郭迎出去，说了声案子破了，所长便跟进了办公室，先看了看还睡在沙发上的老人，又接过打印好的谈话记录看了看，便撤到门外去了。

所长伸出手，说了声手机，老郭便将老人的手机递了过去。所长调出通话记录看了看，说已拨电话八十六次，已接六次，基本都是老子打给儿子的，他妈的，又是个石头疙瘩里蹦出来的东西。这样吧，你再辛苦辛苦，抓紧跟社区街道核实，我这就去找局里领导，想办法把这小子找出来。老郭说，使出抓野牛的劲，没承想抓到手的连只狍子都不是。所长转身往他的办公室走，走了几步又停下，对老郭说，也不能这么说，你让小宋写篇通讯稿，给报社送去，但一定要把相关的人名和地点都隐起来。我看这事儿的社会意义才大呢，兴许连电视台都会来人搞追踪采访。老郭心里动了一下，心想，人比人得死，货比货得扔，怪不得比自己年轻不少的所长进步快呢，这步棋自己咋就没想到呢？

年轻人贪睡，老郭没打扰宋小希。为了躲开王喜田，他去别的办公室给街道和社区打电话。得到的回答跟老爷子所述相差无几，说老爷子原先跟儿子一家三口住在一起。儿子是下岗工人，在城里打过杂工，做过小买卖，后来先是一个人去了南方，再后来就先后将媳妇和儿子都带走了，只留了老爷子一人住在这里。据邻居们讲，老爷子特别牵挂的是孙子，以前都是每隔十天半月，给儿子打次电话，每次都要跟孙子说上半天。后来儿子的电话打不通了，老爷子还以为是自己的手机坏了，跑到邻居家借座机打，还是打不通，急得鼻涕一把泪一把。为这事儿，老爷子还曾跑到街道办事处，请求帮助他跟儿子取得联系。街道也曾请派出所伸出援手，但派出所的同志说，这种事儿，属于公民隐私，又没涉及治安和案子，公安机关哪好贸然插手？街道把这话转给了王喜田，让老爷子再耐心等一等，儿子总会打来电话的。说这话时还是年前，过了元旦又过春节，结果，过年他儿子也没给老爹拜个年……

老郭去所长办公室汇报，所长深深叹了口气，发起了感慨，说中国的老龄化问题越来越严重，又多是独生子女，不容忽视呀。强调了保护隐私，弄不好，反倒要弄出治安方面的问题来，这也给我们公安工作提出了新课题。虽说国家立了法，儿女要常回家看看，可执行起来还是有难度啊。所长又将一张纸片交到老郭手上，说，这些话刚才我跟局里也说了，你按这个号码打过去，编个什么理由，让王文革抓紧回来一趟。郭仁璞问，那老爷子呢？所长瞪了他一眼说，你说呢？

那个电话，老郭是当着王喜田的面打的。老爷子从沙发上坐起来，支棱着耳朵听，通了，果然是王文革。老爷子伸过手来，意思是要亲自跟儿子说话。老郭拨开他的手，还捂住了老爷子的嘴，先对着话筒自报了身份，问他手机号怎么换了。王文革说原来的号骚扰太多，不光闹腾他，还闹腾他儿子，他儿子正准备考高中呢。老郭问，骚扰的人也包括你父亲吗？换了号，为什么连你父亲也不告诉一声？王文革故作吃惊地说，我没告诉他吗？我是群发的信息呀。老郭懒得戳穿他的谎言，说你老爹这边有紧急情况，你抓紧回来一趟吧。王文革似乎迟疑了一下，问我爸怎么了？老郭说，你回来一趟就知道了。王文革又问，能不能稍缓三两天？老郭心中的火气腾地蹿起来，说了声你自己掂量着办，就把电话撂了。老爷子见状，不无遗憾地说，怎么不让我说两句？我也不多说，问问我孙子就行。老郭把手机交还到老人手上，心里酸酸地说，大叔啊，这几天，你就把这东西彻底关了，不然，你儿子听到你的声音，就又不回来了。

老郭叫醒了宋小希，让他跟自己一块儿去送老人回家。汽车到了楼门口，宋小希扶老爷子下车后，他竟然转到驾驶窗前来，深深鞠了一躬，说人老了，没出息，我真是没招儿了，谢谢警官啦。郭仁璞吃了一惊，急忙开门下车，握住老人的手说，大叔，回家好好休息，别想太多。过两天，你儿子就回来了。往后，家里有需要帮忙的事，你就往我手机上打电话。我这就给你手机打一下，你别接，存上号码就行了。

宋小希送老人上楼，一直送到家门口，再回到车上时，见老郭伏在方向盘上，一动不动。宋小希说，郭警官，是不是太困了？我开车，送你回家睡吧。老郭仰起脸，说你一会儿回去，替我跟所长请两天调休假。我有一阵子没回老家了，我得回去看看老妈。小宋怔了一下，好一阵儿才说，要不是正实习，我也该回家看看我爸妈了。放寒假时，我跟同学去南方玩，连春节都没回去……

（原载《啄木鸟》2013年第8期）

天堂里的脚步声

孙红旗

一

用最简单的字眼概括社区民警的特性，无一例外地会得到两个字：“琐碎”。如果把这两个字当作从警的全部经验，显然又有些偏颇，因为这里抽去了警察的特性，那就是“惊险”。对于从警五年的时景来说，惊险也好，琐碎也罢，早在他的心里磨出了厚厚的老茧。警察面对面的较量，是鬼是人都让时景变得老到豁达，遇事不惊。可是，近期撞上的事一直让时景感到困惑，尽管邻居史克生夫妻俩是人，却像幽灵般神出鬼没，时景哪怕是调动全部的经验与常识，都难以对他们的言行作出合乎逻辑的判断。

先让时景感到困惑的是，史克生近日遁迹了！

与史克生门对门，时景却不能打听，甚至不能从猫眼里往外瞄一眼。

一年前，时景对史克生一无所知。搬进灵秀小区后的两个月，才晓得对面住着一对夫妻。丈夫史克生是位小说家，平常像猫一样安静；妻子姒玉，在殡仪馆销售骨灰盒。据说史克生的小说在京城得过奖。但奇怪的是，时景和史克生家门的距离不盈五尺，彼此相见却还是半年以后的事情。

那次见面双方都吓了一跳。

那日，政协的同学张晓兵入围副处，而且笔试面试都是第一，这是公务员一生的大事。大家为晓兵设宴庆贺，席间个个都恭维着，说晓兵提拔像螳螂，正科不到一年就上了副处，不过螳螂后面有黄雀，提醒晓兵别让人给顶替了。时景说：你有成绩别人有背景，你掐指算算，提拔的哪一个不是上面有人？话题沿着这条线走了下去，倒是时景最没光彩，八个大学同学中有七个被提拔了，唯独他还是个社区民警，级别是科员，难怪他“愤青”一个。话说到这个份儿上都敞开了心扉，结果是个个酩酊大醉。

那日回家甚晚，楼道里没灯，时景磕磕碰碰从一楼摸索着往上走，到了家却打不开门。时景困惑无比，借着手机的微光，才看清是五楼。他哧哧地笑了，骂自己是呆子，的确没有爬升的能力。到了六楼开了自家走廊灯，顿时吓得酒意全无。在他家门前站着一个男子，瘦高个，穿着白色睡衣，身体内空空荡荡没多少东西，过长的手臂像是刚刚进化过来的人猿。那人两眼深陷，眼珠子发出刻薄的光，用低沉沙哑的声音问道：“你是谁？”

时景指指对门，晃晃钥匙。

“怎么一路开门上来。”那人不动声色追问道。

时景打了一个饱嗝，心想当警察五年，怎么被一个人不人鬼不鬼的家伙盘问上了。他做了个醉酒的动作，心想只要推门进去就不用解释了。没想到老婆把门反锁了，让时景狼狈不堪。时景有几分恼怒，用拳头擂打着门，一转身身后的人不见了。还没等他叫开家门，巡逻的警察就出现在他的面前。

第一次跟史克生见面，把110请来了。时景尽管是社区民警，但在这个小区里只是普通居民。两个多月里小区老是踏贼，弄得人心惶惶，草木皆兵。史克生是作家，作家和警察有着相似的敏感，这样想来他的警觉并不多余了。

时景的妻子茶花是超市里的营业员，比时景年长两岁，是个热心肠的人。她的工作是向顾客介绍、推荐商品，要的就是嘴皮子。茶花饭量过人，精力旺盛，回到家里还像上班一样，传递着林林总总的小道消息。茶花说她同事的父亲是史克生的老厂长，说了许多关于史克生的故事，茶花成了时景了解史克生的第一个介绍人。

史克生是两年前搬进这套房子的，那时他还不是一个作家。早期他是小学的语文教师，他带的班在中心学校考试中次次夺魁。后来因为工资太低辞去工作，经人介绍，到一家农业机械厂做翻砂工。史克生从小热爱文学，读书时就开始写小说，据说临近高中毕业他已经写了三十六部作品，总共有四十万字。史克生是个死心眼并且鼻梁骨很高的人，他对其他文学刊物嗤之以鼻，专门耕耘《人民文学》这片热土，不幸的是几年的劳作颗粒无收。老厂长知道了，觉得他是块好料，把他调到厂办公室搞文字工作。当了三年多的代副主任后，农机厂便倒闭了，史克生拿了六千元安置费，从此自谋职业。那时候史克生已经有了姒玉，史克生成了姒玉养着的“专业作家”。

史克生和姒玉认识还得感谢老厂长。老厂长的丧事是史克生一手张罗的，从花圈、挽联、水晶棺、骨灰盒到追悼会的宾客接送，史克生都拟了详细的清单。但是在选用骨灰盒的问题上，办公室代副主任和新任厂长的意见发生了分歧。史克生坚持购买中上等的，价格在一千三百元左右；新任厂长说企业不景气，只同意买八百元以下的。争论的场合是在殡仪馆的骨灰盒商店里，这给了史克生和姒玉一个机会。姒玉性格内向，平常面对的不是尸体，就是尸体御用品。殡仪馆尽管热闹，但姒玉很难和他们沟通。姒玉爱读书，那场争论姒玉看在眼里，最后决定帮助史克生。她说：“老厂长一手创办这个厂，既然驾鹤仙逝，应当办得隆重一点儿。”

新厂长望着姒玉骂了句：“精神病。”转而对史克生吼道：“你成天写小说，不是赚着稿费了吗，老厂长是你的恩人，恰好留给你一个机会，多余的你垫上呗！”新厂长刻薄的话缔结了史克生和姒玉的姻缘。姒玉的心里翻江倒海，不知是因为厂长骂她精神病，还是因为史克生是写小说的。厂长刚转身走，她竟“哇”地哭出声来。高个儿的史克生不知所措了，他手忙脚乱，结结巴巴道：“你别理他，他是个忘恩负义的人，当年……”姒玉摇摇头，不依不饶地恸哭。史克生急了，不知如何应付眼前复杂的场面，只是傻傻地在那儿站着。

“你是作家？”姒玉终于停住哭声问道。

史克生犹豫了一下答：“我只是写小说。”

“看小说是我唯一的爱好！”姒玉闪着晶莹的泪水，从身后的抽屉里搬出一摞子小说，流露出久旱的禾苗逢甘霖的企盼。史克生眼睛一亮，心里暖暖的，仔细打量起姒玉来。姒玉五官标致，眼睛靓丽，皮肤白皙，身材丰盈而娇美，算得上是个漂亮的姑娘，史克生觉得心尖被咬了一口。那年姒玉二十六岁，还是个姑娘。别看她成天把头埋在骨灰盒里，有事没事捧着一本书，心境却高得很。姒玉对作家的崇拜就像虔诚的教徒，和史克生见面，犹如干柴烈火，老厂长的追悼会还没开始，彼此便到了无话不谈的地步。

史克生是羞愧的，他本来想隐瞒那个秘密，或者让姒玉知道他不是作家以前没发表过作品，姒玉在乎“作家”，他不能轻薄了作家的名称。他从两只大木箱里翻出多年来写就的小说，姒玉一一读过，时而抱头痛哭，时而喜笑颜开。“杀了我吧，史克生！杀了我吧，史克生！”姒玉常常情不自禁扑在史克生怀里，目光虚飘地对他嚷道。

姒玉只看小说，不问作品发表的刊物，反倒令史克生不安起来。直到结婚前，史克生才嗫嚅道：“我写了一百零一篇小说，九十八万字，没一篇被采用。”

姒玉先是愣在那里，半晌才目光炯炯道："失败了你还坚持，我就要嫁这样的男人！"史克生无法形容当时的心情，如释重负转而感激涕零，他几乎被幸福击倒了，一把搂住姒玉的纤纤细腰道："我们结婚吧！"

昨晚清查弄了个通宵，可时景睡了半日就趴不住了。胡乱弄一点儿吃的，不时朝门上望望，口香糖的残胶仍旧粘在猫眼里，那一点儿白白的残胶，表示时景对茶花的忠诚。想起不久前发生的事，时景坏坏地笑了。

半个月前，晓兵和几个同学在时景家玩。茶花在厨房里忙碌着，中途说没盐了，扯着嗓子叫时景去买。时景拉开门，却看见对面门敞着，里头还亮着灯，这是半年来少见的情形。时景不禁往门内探探身子，这一看把他吓了一大跳。姒玉一丝不挂站在客厅中间，用黛玉葬花的表情缓缓地撕着一本杂志。应当说姒玉的身材极美，因为没生过孩子，仍保持着少女般的婀娜。石雕般浑圆的乳房丰润挺拔，腰间柔韧，腹部线条平缓而简约。时景一时慌乱，差点儿绊倒在楼梯上。

姒玉显然是看到时景的，他觉得羞愧，他不知道姒玉是否知道他是警察，他应当道歉，但在时景看来她却视而不见，仍旧旁若无人专注地撕着那本杂志。时景不知道史克生在不在屋里，屏住气为姒玉拉上房门。

第二天时景和姒玉在门口照面，时景窘得不敢正眼看她，她却若无其事，嫣然一笑，踩着颇有节奏的步子，款款下楼。

听说婚后史克生继续写作。农机厂倒闭了，火葬场的生意倒是越来越红火。那是个人人都得去的地方，送走别人，又让别人送走。姒玉工作挣钱，并没有冷落史克生，他们的爱仍旧如火如荼。姒玉说："你写，我养着你。"史克生捧着姒玉的脸，吻她的眼睛、嘴唇、脖子，常常是泪湿衣襟。写作生活完全没有规律。有时姒玉下班，他还在床上呼呼大睡。半夜里却突然霍地爬起，一口气写到天亮。但不论什么时候，在电饭锅里，姒玉始终为他炖着两只鸡蛋。这一切都是史克生事后告诉时景的。

时景收拾碗筷，把最后一只碗洗干净，电话响了起来，是茶花打来的。茶花问家里有什么事没。时景说没有呀。茶花说："今天心里惶惶的，没着没落。"茶花多次暗示，邻居姒玉长得漂亮，可惜不会生孩子。茶花说："生孩子是女人的本性，也是女人的资本。"茶花还说："大凡老婆都怕漂亮的女人做邻居。"好在茶花生了龙凤胎，骄傲不言而喻，两个孩子的牵制大大增加了茶花的安全感。茶花旁敲侧击，那意思时景心知肚明。时景说："我是警察，是教育人的职业，怎么会做那种下三烂的事。"茶花说："这样的人最可怕。"

史克生结婚十年没生下一个孩子；写了二十多年书，没发表过一篇小说。史克生瘦了，手臂显长了，头上多了丝丝缕缕白发，鼻梁上增添了一副眼镜。但在他作品发表后，史克生家门庭若市，只是前不久突然冷落下来，房门闭着，几乎听不到响动。

猜疑出于女人的天性，毕竟没有真凭实据。但在得知时景看到姒玉的裸体后，一切都变了。

二

茶花的电话有些蹊跷，她的性格像高原上的气候，心血来潮时不管不顾地大雨倾盆，转眼间便云雾飘散，喜笑颜开。时景当警察五年，工作驾轻就熟，但对妻子却服服帖帖。也许是稍长两岁，也许个性使然，总之在家里的地位时景只能充当老四，好在时景没有被虐待的感觉。工作累人，但儿子西南、女儿西京被奶奶和外婆轮流着带，回家恰好图个清闲。

时景搞好卫生，喘了口气，正准备打开电脑浏览新闻，门铃响了起来。

每次开门，时景都会寻思着茶花会带来什么样的小道消息，茶花说话像放鞭炮，没到喘不上气绝不停止，这种姿态时常让时景惊恐万状。不过茶花刚来电话，紧接着后脚就到，说不定还真有事。时景跑到门边，揭开口香糖往猫眼里一瞧，哦，竟然是史克生。怎么会是他？时景疑肠百结。难道和茶花的争吵被史克生听见了？这么一想时景吓出一身冷汗。

那天送走了客人，时景把看到姒玉赤裸站在厅堂里撕书的事告诉了茶花，茶花顿时变了脸，怫然作色道："你看了！"

"我是无意的。"时景被问得发蒙。

茶花逼问道："你都看到了什么？"

这话让时景半天回答不了。一个男人面对赤裸的女人，目光自然会滑向那个部位。

"你肯定看全了！"茶花把叠起的衣服扔在地上。茶花的愤怒让时景始料未及，他本来可以不说的，但酒精的作用让他说了，而且说得很坦诚。"看全了"说明对方没遮没闪，没遮没闪说明有隐情。茶花的敏感，让时景联想起平常的插科打诨，姒玉的漂亮成了茶花的心病。"你说，那婊子为什么让你看全。"茶花嗓门老大，不依不饶地吼着，显然想把战火烧到对面。

"你轻点儿好不好，让人家听见不是没事找事嘛，我还是人民警察呢。"时景的酒全醒了，他压住嗓子，头皮阵阵发麻。

"我怕什么，人家做得我说不得。结婚十年，连屁都放不出一个，还想来勾引我老公，知道警察还敢下手。"茶花越说越气，竟是泪水涟涟。时景说："我的姐姐，你轻点儿，我说过是无意的，你哪来那么多联想。"

"无意？你无意，人家有心呢！否则偏偏让你'无意'着了？真不要脸，既然长得标致，挂牌营业去，满大街不都是吗！"妻子委屈地哭了起来。

在家里，时景从来不与茶花纠缠，不论对错与否，都是他先软下来。这次争吵也一样，时景叫姐姐叫奶奶地央求，茶花却不肯罢休，时景知道茶花想要什么。果然茶花道："你在家里还没看够呀，一眼就把别人的看全了。我让你看，我让你看。"茶花说着扯去衣服扑了上来，用身体堵住时景的嘴，时景左右躲避，还是被塞了个正着，差点令他窒息。那晚，多年没有的疯狂竟然把时景消耗得气喘吁吁，奄奄一息。茶花开心地说："这是对你好色的惩罚！"

第二天，时景用嚼过的口香糖把猫眼给堵住了。

说史克生遁迹了，现在却找上门来了。

史克生穿着白衬衫，衣服胡乱塞在系着皮带的裤子里。他脸色苍白，身上散发着双氧水的味道。史克生见到时景一句话也没说，推开门自己走了进来，一副不依不饶的劲头。

这是史克生第一次走进时景的家，想起看了他老婆的身子，时景显得不好意思。"你先坐。"时景为他倒了一杯水，想让自己冷静下来。史克生接过杯子一饮而尽。

"你看我有精神病吧！"史克生声音很高，由于冲动脸上泛起了红晕。

史克生的话把时景问蒙了。"什么意思，我不是医生。"

史克生并不理会时景的惊讶，继续他的话题："我刚从精神病院里出来，是被你们警察抓进去的，我被关了十多天，被强行扎针、吃药，还不让我写作，想把我弄成废人。狗娘养的，随便拉一个人就当精神病治，这事你们管不？"说到这里，史克生注意到了时景的异样，叹了口气拍拍自己的脑门儿道："对不起，我一定是把你弄糊涂了。我被精神病医院关了十多天，这次是请假出来调养的。"史克生的口气平静了许多，让时景从突兀的窘境中解脱出来。

"你——精神病院？"难怪这些日子对门没动静。

"你没想到吧，连我自己都没想到。"史克生脸色明显红了起来，长长的手指有些颤抖。

"可是为什么？"时景终于能够提问了。

"为什么，我问谁去？"

"我得知道始末，尽管不是我的管区，我可以和管区民警沟通。"时景道。物有本末，事有始终，他希望史克生告诉他一个究竟。好一会儿史克生才平静下来，说出了原委。

十多天前的一个下午，史克生正在写作，暴热的天气弄得他心烦意乱。史克生说那是他写作以来最不顺的一天。后来他不得不坐在电脑前发呆，又在客厅里望着沙发上的布娃娃。下午三点，惶惶间好像有人揿门铃。史克生以为是送信的，打开门却看到门口站着三个彪形大汉。史克生问："你们找谁？"其中一个人从衣袋里掏出一个证件说："公安局的。你叫史克生吧，还是个作家。"史克生答："是呀，公安局找我有什么事？"那男的说："是这样的，小区里发生一起大案，我们需要你配合调查。"史克生一听配合查案，换上衣服跟着他们走了。那时史克生心里有一种光荣感。公安局找他并知道他是作家，必定了解作家最善于心理分析，说不定警察碰到了难题。到了楼下，那三个人把他送上一辆面包车，车子往郊外驶去。这时史克生才警觉起来。"你们这是往哪儿开呀？"那男的回答："前面就是。"史克生抬头一看是"苹郊精神病康复医院"。不解地问道："到精神病医院干什么？"男的说："先治好你的病，我们再合作。"史克生从座位上跳了起来，头重重地撞在车顶上。"我有什么病？你们才有病呢！"说着去抓驾驶员的肩膀，背上却结结实实挨了一棍。"啊！"史克生一回头，看到身后几个男的手里拿着拘束衣和橡胶棍，骂到嘴边的话又咽了回去。

"这里是精神病医院！"男的摇着手中的橡胶棍狠狠地说。

那日履行检查的手续花去一个钟头，史克生整整骂了一个钟头。检查的结论显而易见：躁狂型精神异变（重度）。

史克生告诉时景说，他被关在重症病房里。房间不大，窗户有拇指粗的钢筋，门是铁的，留有一个观察孔。房间里共有十个病人，其中有一个剃着光头的大汉，原先是建筑公司老板，看到史克生进来舞着拳头大声叫喊："房价还在涨吗？"还有一个瞪着恐惧的眼睛，像婴儿一样吮着脚趾头。对于史克生的到来，每个病人都有不同的反应。史克生生平第一次遇到群集的精神病人，心里有些恐慌。好在他们看到医生手里的橡胶棍后，一个个像监狱里的囚犯蜷到自己床前。

史克生的生活里出现了一个重大的空白，别说现实里，就是在他的小说里也没有这样的情节，更没塑造过类似的人物形象。他吃惊地望着眼前古里古怪的人，使劲地晃着自己的脑袋，身后传来嘭的关门声，史克生如梦初醒，觉察到面临的危险。他猛地跳起，擂着铁门大声骂道："你们有病呀，你们这些瞎了眼的！"光头老板趔趔趄趄冲到他的面前，指着他的鼻子责问："你说我有病？"病房里一片吼叫"有病，有病，打针，打针！"嘈杂声引来了两名医生，其中一名手里拿着针筒。房间里瞬间安静了下来，最后的喧嚣像一片飘零的树叶。史克生大叫："你们不能这样干，我没病，我是作家！"史克生的吼叫在高举的棍子下变得沙哑。"作家，作家，嘿嘿嘿，扎针。"他被按倒在床上，针头深深扎进他的手臂。

史克生说，那晚他做了一个梦，他被关进深邃并且黏稠的空间里，没有光亮没有空气，黑暗中的静谧寓意宫阙的坍塌。他伸出手，无知无觉；睁开眼睛，眼皮异常凝重。他感觉到脑际深处跳跃着千奇百怪的眼睛，干瘦的大腿犹如松木板在空中飞舞。史克生联想起小说，小说里也没有过呀！他极力寻找，树杈像一把把利剑向他飞来。史克生在疼痛中惊醒，感觉像在黑暗中被人追了一个世纪。此时，背部的棍伤隐隐作痛，令他使不上力气。他扭头望望窗外，想知道身处何地。天空灰白，没一丝生气。房间里传来窸窸窣窣的响声，有几个病人起床整理着被子，那个瘦瘦的老头儿仍旧吮吸着脚趾，趾头白得像腌制的萝卜；他们像是一夜都没改变过那样的姿势。史克生完全明白自己在哪儿了，他忍着痛，走到窗前，窗上有坚实的铁栅栏，望着渐渐吐白的天空，细细回想昨天发生的一切，无法得出自己是个精神病人这个结论。史克生喘了口气，把思绪往前拉。一年多来，他除了写作就是讲课，开笔会，接待业余作者和回信，没有一丝一毫的异常迹象。妻子姒玉每天上班下班，做饭洗衣，从来也没有说自己有不对劲的地方，怎么突然和精神病沾了边。思来想去只有一个结论，那就是误会。这么一想，史克生担心起姒玉来。姒玉找不到他一定会恐惧万分。一年多来除了出远门，他就像一只巢性极好的鸟，从来不在外面过夜。

第二天早上查房，史克生严肃而又平静地对医生道："你们一定搞错了，我叫史克生，是作家，不是你们找的精神病人。”医生对他笑笑说：“我知道你叫史克生，是作家，所以我们要为你治疗。”史克生道：“治什么病，我有什么病。我吃喝拉撒一切正常，你们凭什么说我有病。你们他妈的才有病，你们这狗日的，上街随便拉一个人就关进精神病医院，你们这帮畜生才是真正的精神病人!”史克生的声音越来越大，自己已无法控制。

史克生的处境使得他完全失控了，他甚至怀疑自己真的是精神病人。他告诉时景说，那段时间就像做梦，他在一次次激烈的冲突中一次次被扎针。

一连几天史克生被折腾得精疲力竭，他像一条被关进笼子的狗，毫无意义地咆哮着。过了好些时候，他才想起了医生对他的病情结论：躁狂型精神异变。他想自己的表现越发急躁，就越像病人；越说自己没病，就越证明自己有病。哪个精神病人会说自己有病呢，就像醉酒的人否定醉态一样。说自己没病就要被扎针。

史克生告诉时景，第四天一大早他就起床了，他像个乖孩子把被子叠得整整齐齐，又把自己理得干干净净。那天查房的有一名女医生，长得挺漂亮。史克生觉得她有点儿像姒玉，心里涌动起一股柔情。女医生看了他一眼，满脸堆笑问道：“史克生，好些没有呀?”史克生激动得浑身发抖，终于有自己说话的机会了，他用颤巍巍的声音答：“我像做了一场噩梦，现在想来，我的确有病。真是给你们添麻烦了。”女医生满意地点点头说：“这就对了。”史克生不肯放过这个机会，一心想表达清楚：“你们放心，我一定配合你们好好治疗。”女医生伸手在他头上摸了一下，亲昵道：“好孩子，学会放松就好，心里憋屈想想妈妈。我就像你的妈妈。”史克生心想别说叫妈妈，就是叫奶奶也成呀。他点头叫了声“妈妈”，还是起了一身鸡皮疙瘩。后来时景才知道，那名女医生是医院里的心理医生。

史克生告诉时景说：“从那天起，我没再闹过，像小绵羊一样配合医生检查身体、打针吃药，然后安安静静看报纸、看电视、搭积木。果然，第六天被转到三区，也就是轻症病房，和其他病人一起穿玻璃首饰。此后，和医生交谈得多起来，医生对我进行单独的心理辅导治疗。辅导医生是‘妈妈’。‘妈妈’三十四五岁，皮肤像玉一样白，病房里的病人不论大小，都叫她‘妈妈’。”史克生说他注意到，每当她听到“妈妈”的叫唤，脸上会泛起抑制不住的幸福，有时还眼含着晶莹的泪珠，嗓音颤颤道：“孩子……”史克生和“妈妈”交谈时，极力想把自己表现得像正常人一样，以赢得“妈妈”的信任。“妈妈”总说：“史克生，我看你很紧张，你的病就是紧张过度造成的。”史克生连忙回答：“是的是的。”“妈妈”说：“你现在是名人，名人压力大，紧张是难免的。你要学会休息，学会放松自己，这很重要。”“妈妈”的声调极富磁性，像小溪里的潺潺流水。她继续说道：“你有多好的家庭呀，妻子爱你，她养了你这么多年，每天煮蛋给你吃，使你成为真正的作家。你的功劳也有她的一半呀。你的病让妻子非常痛苦，你要配合治疗，早日康复，回到妻子身边。”

史克生对我说，提到妻子，他的心情一下子沉重起来，禁不住泪流满面。“妈妈”用手抚着他的头说：“孩子，别难过，一切都会好的。”“妈妈”白大褂的领子开得很低，两胸露出了一半。史克生说：“这可能是心理治疗的一部分，那些有病的男人哪怕是暴殄天物，看到“妈妈”的模样，都会像孩子一样变得乖巧、宁静。”

史克生停了一会儿继续说道：“我被医生说得热泪盈眶了，几乎相信自己是个病人。妻子姒玉因为我的病痛不欲生。妻子都这么认为，我一定是有病了。”史克生说到这里，突然抓住时景的手激动起来，霜白的鬓角显得很扎眼。“但是我还是不明白，是谁把我送进精神病院的。我想知道，又不能操之过急地提问，否则还可能被关进重症室。”史克生说着端起杯子，里面却没水了，时景连忙为他倒上，他慢慢喝起来。

史克生望着时景：“你看我有精神病吗？你是警察，准确、敏锐，我有精神病吗？”这是他第二次问时景了，目光中失去了自信。

时景肯定地回答：“没有。”

史克生像孩子一样哭了起来：“我的确没有精神病，但是姒玉为什么把我送进精神病院……”史克生伤心得说不下去了。

时景又一次震惊了。

时景知道，若没有姒玉的鼓励，史克生怕是要放弃写作了。但这些年姒玉一直养着他、鼓励他，每天为他煮鸡蛋，这个时候说放弃，姒玉不知道会多伤心。那天史克生被文联主席叫去了，和主席一同就座的还有一个男人，五十岁左右，他意味深长地看了史克生一眼说：“我们的编辑换了一茬又一茬，唯有你的稿子没有处理掉。”这时文联主席才告诉史克生，对方是北京一家大型文学期刊的编辑，是专门从北京赶来点拨他的。史克生一会儿哭一会儿笑，像孤儿第一次看到亲生母亲，心里充满了幸福。

编辑说：“你马上就会走出来了，努力！”史克生回到家里，什么也不说，什么也不做，等姒玉下班回来就将她翻倒在床上，撕去她的衣服，嘴里嚷着：“我要走出来了，我要走出来了。”史克生和姒玉做爱像一场真正的厮杀。姒玉说：“你就要成为作家了，我就是作家的老婆。”

不久，那家刊物刊登了他的中篇小说《陶土壳的新闻》，连同小说刊出的还有对史克生的介绍。史克生跑遍了城里所有书摊，把当期的刊物全部买了回来，摊在客厅的地上，四仰八叉地躺在上面，笑声如同暴风骤雨从楼道上刮过，引得楼下老王家的狗叫声不绝。

姒玉开门进来，把什么都看明白了，她突然像掉进窨井里，情绪徒然暗淡下来。迟疑片刻，她无声地进了房间，悄悄关上了房门。

史克生的笑声在屋里回荡，整整二十多年斗室创作，耗尽了他的心力，头发白了，背也弯了，但他没有倒下，现在终于挺立着走进了文学的殿堂，成为真正的作家了。而此时，他忘记了眼前的一切，甚至忘记了姒玉的存在。当他即将声噎气绝的时候，恍惚间想起卧室里的妻子，便紧张地爬起来，看见姒玉在卧室里独自抽泣。

“你怎么了？”史克生吃惊地问道。

姒玉捂住自己的脸说：“你是作家了。”

史克生恨不得扇自己两个耳光。他把姒玉搂在怀里说：“我这个作家是你用鸡蛋喂出来的。”

时景想，姒玉把史克生爱得死去活来，怎么会把他送进精神病院呢？他稍稍仰起身子，用警察的目光审视起眼前这个男人。他四十五六岁，长脸，高鼻子，嘴角微微下挂，天生一副哭相。他的眼睛不如时景第一次见着时清澈，浮肿的下眼袋挂着黛色，因为太瘦，他的背像一张弓，看去比实际年龄大些。此时他涕泪淋漓，完全不像一名作家。时景无法说出内心的感受，否则他会失去最基本的判断力，跌回到疑云重锁的怪圈里。“姒玉为什么这么做？”时景试探地问道。

“不知道，我不知道！”史克生又激动起来。

时景做了一个手势，让他安静下来。“史克生，这里面一定有误会。”

“你是说我误会她，还是她误会我？”史克生盯着时景问。

“你怎么知道是姒玉把你送进精神病医院的。”时景避开他的提问，理性地思考着史克生判断的基本依据。

“‘妈妈’说的，还有我的病历。”

时景望着他，等着他解释这两个问题。

史克生说出他认定的事实。他说到了第八天，医生们对他几乎没有了戒备。心理辅导同样是“妈妈”。她说史克生恢复得很好，如果继续配合医生治疗，很快就可以回家了。史克生问“妈妈”，发病的时候是谁把他送到这里的。“妈妈”答：“孩子，是你妻子呀，还会有谁？”史克生说：“可我清楚记得是警察把我带来的呀。”“妈妈”“说：告诉你是精神病院的医生，你会来吗？”史克生觉得“妈妈”说得有道理。接着问“妈妈”：“我当时一定病得很重，很多事都记不得了，我想知道我妻子为什么要把我送到这里。”“妈妈”笑笑答：“你心情狂躁，要杀害你妻子。不过一切都过去了，我的孩子。”史克生咽下一口唾沫问：“是有人看到还是我妻子告诉你们的？”“妈妈”从白大褂袋里掏出一份病历。史克生接过后细细读起来。病历是在史克生被带到精神病医院前五天写的，也就是七月十四日上午九时。临床症状写道：史克生因虚幻的小说创作，精神进入了癫狂状态，常把小说中人物与现实混淆，几番殴打妻子，甚至数次拿刀比画着要杀害妻子。临床检查结果：躁狂型精神幻觉性异变。

史克生告诉时景：看完病历他惊呆了，他什么时候打过妻子，什么时候用刀威逼着要杀妻子。如果那样，妻子为什么不报案而叫来精神病医生？如果这样，邻居为什么不知道？史克生心里像猫抓了一样，正想发作，却遇上"妈妈"异样的目光，那目光充满母爱。史克生想起自己的母亲，母亲的奶水很好，他一直吸到了两岁，但是在他五岁的时候父亲因车祸去世了，母亲也随之改嫁。史克生做了几次深呼吸道："妈妈，我没事，我没事。"妈妈说："这就对了，要学会放松自己。"史克生静了一会儿告诉"妈妈"：七月十四日他并没见过医生，因为那天是星期五，他在市文联组织的青少年文学讲习班讲课。"妈妈"惊愕地望着史克生，看到他清澈的目光。"妈妈"说："病人从来不认为自己有病，往往是拒绝就诊，你入院的时候躁狂症状很明显。"史克生道："我是被冤枉的，能不叫喊吗！"史克生忍不住放开喉咙。令史克生没想到的是，"妈妈"的目光突然变得冰刀一样冷，令他心寒不已，他发现了自己的异样，连忙说对不起。妈妈从椅子上站起："这就对了，好孩子，要学会放松。"

史克生鹦鹉学舌的腔调，把自己也逗笑了。

阳光从窗外照进来，把史克生的脸照得格外分明，时景甚至能看清他脸上的毛孔和渗出毛孔细密的汗珠。史克生的面色有几分苍白，透出浓重的倦意，除此之外，在他脸上找不到一丁点儿病容。

时景觉得整个事件都匪夷所思，他问道："这么说，就诊病历是如玉代你做的？"

"还会有谁。"

"你七月十四日真的在上课？"

"当然是，每个星期五我都有课，那天讲的是拉美文学代表人物加西亚·马尔克斯的《百年孤独》，直到晚上八点钟才回来。我还记得，少年宫的主任请我喝了酒，她也是文学爱好者，席间我们聊得很开心。不信你可以调查，文联主席还作陪呢。”

时景摆摆手，意思是他相信他的说法。“但是姒玉为什么要这么做?”

史克生被问得噎在那儿。半天他才十分痛苦地回答：“我不知道!”

不知为什么，这个时候时景想起姒玉的裸体，老婆嫉妒姒玉的身材是有道理的。不过时景觉得，姒玉不是有意向自己展示婀娜身材的，因为在时景撞见她时，她正漫不经心地撕着一本杂志。这么一想时景心里一惊。姒玉的怪异令人费解，尽管住在顶楼，大白天光着身子敞着门，总要回避邻居呀；更奇怪的是，姒玉明明知道被他看见了，却没有做出任何反应。这一点时景以前从来没往深里想，尤其被妻子茶花呵斥以后。现在细细回想，觉得十分蹊跷。

“姒玉她好吗?”时景试探着问。

史克生望着时景，没理解时景问话的意思。

“听说你第一次发表作品的时候，她却哭了。”

“我成了作家，她怕失去我。她是爱我的，但为什么对我做这样的事情。”

时景心中没有答案，但凭借警察的职业敏感，他隐约有一种感觉，这种感觉无法对史克生说，因为对近期发生的一切，时景还没有一个正确的判断。“你打算怎么办?”

“我不知道。”史克生无奈地回答。

“你和姒玉谈过没有?”时景问道。

“上午一出来，我就直奔殡仪馆了，馆长说她出差进骨灰盒去了。我告诉过你，我是请假出来的，姒玉是我的合法监护人，既然她可以第一次把我弄进去，也可以第二次把我弄进去。时景兄弟，你是警察，可你知道吗?对没病的人来说，精神病院就是实实在在的监狱呀!”史克生说着撩起自己的衣服，时景看到他骨瘦嶙峋的背部布满一条条黑色的伤痕，还有手臂上无数的针眼。

“他们怎么能这样?”时景愤懑道。

时景望了一会儿史克生问:“真像病历上说的,你打过姒玉?”

“连你都不相信我!”史克生生气地站了起来。“我们是邻居,我打姒玉你们夫妻会听不见?我用刀杀她,求救最方便的就是你们,你又是警察,她对你说过那回事没有?”史克生的冲动令他手臂一阵痉挛。

时景让史克生坐下,往脑海深处搜寻,却跳出姒玉的裸体。时景没法告诉史克生自己看到的一切和自己的怀疑,生活多年的妻子因为他“看全了”而引发轩然大波,面对有直接利害关系的史克生,会发生什么,时景心里没底。

时景想了想,肯定地回答:“当然,我没察觉,什么也没听见。不过你妻子姒玉的行为太突兀了,太令人不可捉摸了。”时景这么说着,相信史克生也理解不了。

史克生果然叹了一口气问:“你说我该怎么办?”他目光里流露出乞怜,令时景同情。应当说,史克生的叙述再清楚不过了,尤其是那些细节,是无法编造的。时景之所以心存疑虑,是因为史克生的遭遇相当于格林童话;最关键的是他刚从精神病医院里出来,所谓的依据不过是史克生的一面之词。可是既然相信史克生从精神病院里出来,为什么怀疑他的历险经历呢?这有点儿自相矛盾呀!

“那么你选择报案吗?”时景问,“我可以通过我的所长与对方派出所取得联系。”

“那会怎么样?”史克生望着时景问。

“他们会先询问你,然后调查其他证据,最后可能会传讯姒玉。”

史克生霍地从沙发上站起来道:“那可不行,我不能坑害姒玉!”

时景点点头道:“所以,等姒玉回来后,你好好和她谈谈。这有点儿像写小说,主人翁的不幸遭遇,总要倒回去写发生的原因。”

“你说得对,总要写到原因。”史克生说着站了起来,踉跄走到门边,又犹豫地站住了。片刻他转过身子严肃地问道:“小时,你以警察的尊严告诉我，我到底有没有精神病?”

时景扑哧一声笑了，他说：“史克生，如果你再问，连我都没有自信了。”

三

送走史克生，时景调整了一下自己的情绪，两个小时里他的思绪完全处于失控的状态。那是一个遥远的故事，故事的主人公近在咫尺却从不往来，他们的卧室只隔一道墙，他不知道墙的那边发生了什么，不知道谁是这个离奇故事的导演，但不管怎么说，史克生匪夷所思的遭遇完全在时景的经验和常识之外，是他从警多年从未遇到过的事情。他在史克生的叙述中变换着角色，一会儿是邻居，一会儿是民警，可这样的变换都无助于弄清事实。时景拍拍脑门儿，眼前依旧晃动着史克生骨骼粗大的胳膊，他的精神有些恍惚，脑海里浮现起史克生那双深邃的目光，有一种梦幻迷离的感觉。史克生的眼中有一种捉摸不透的东西，让你无法判断他脸上的表情是否是他内心真情的流露，而言谈与神态的迥异，恰恰动摇了你做出正确判断的信心。

史克生的生活平常却又大起大落，就在史克生的作品发表后，真正的春天到来了。

在《陶土壳的新闻》之后，北京那家刊物又发表了他的两篇小说。史克生成了市文学界的名人。自那以后，史克生担任了市作协副主席，不时出席省作家协会组织的笔会，有一次，还参加中国作协组织的新加坡访问团。史克生穿起了西装，头上喷洒了啫喱水，皮鞋的亮度也增强了十倍。刚搬进灵秀小区，史克生从来没有收到过信件，但近一年多，他成了邮差最熟悉的人；以前家里除了姒玉家亲戚，没有来过客人，现在不但门庭若市，时常还有文学女青年上门请教。

“名人效应。”时景心想。

对面的门关上了，一切悄然静止。激烈之后，世界仿佛蓦地落进了幽谷。楼下老王家的狗吠了几声，而后是死一般的寂静。有一种情绪在时景的体内流动，既不是海水，也不是火焰，偶尔的跳跃，像荒草地上的野兔。一声巨响让时景猛然惊醒，时景却躺着没动。他的思绪在搜索，房间里什么样的物件会发出如此巨大的响声。没有。时景霍地跃起，环顾四周，一切井然有序，但这个声响的确不像在梦中。时景拍拍后脑心想："我是不是也发神经了。"

说得也是，正常与否仅仅是一张纸的两面，把纸举在日光下，正反便模糊了，是与非、黑与白骤然消失。奇怪的是，瞬间的走神让自己明晰地窥探了另一个自我，那是一个放荡不羁的身形，在似睡非睡中自由自在，无拘无束，个性十足而又玩世不恭。这是另一种获得。好在一切都与警察无关。

当意识再次浮现出水面时，时间已是下午四点，时景想起那声响可能来自对面，这一想可吃惊不小。百无聊赖中想起了文联马主席。文联和公安局同在一幢楼，因为时景酷爱书法，与马主席有过交往。马主席是书法家，搬进这幢房子，还为时景写过迁徙楹联。时景打开手机拨了过去。"马主席，我是时景，对不起呀，休息天打搅你啦。我想知道一件事，其实也不是什么事，史克生上上个星期五去青少年宫上课了吗？""去了，还一块儿喝了酒。有什么事吗？""我也不太清楚，所里让我问问。我们虽然是邻居，可人家毕竟是作家呀。有消息我告诉你。"

本能告诉时景至少要先弄清楚几个问题，比如，史克生住院的原因和住院的真实性，比如在医院里的遭遇等。不管作为邻居还是警察，他都要给自己一个真实可信的介入依据，哪怕往后把案件交给管辖地派出所，也可以给同行一个肯定的说法。这个电话证实了史克生前面说的话，七月十四日，他的确在青少年宫上课，并且和马主席一块儿喝了酒。但是这只能证明一个方面，如果精神病医院里根本没有史克生说的病历，或者即使有病历但记录的时间不是七月十四日，仍旧不能证明史克生的叙述有多少真实性。

时景在客厅里踱着方步，把脚抬得老高，有点儿像莫斯科广场上的卫士。史克生古灵精怪的遭遇给了他一项使命，要他去探索一个作家一生的命运。他想，这是一件值得他付出的事情，即便以邻居的身份，何况背后还有警察这张牌！

楼梯上有细弱的声音，老王家的狗却没动静；奇怪的是，只有姒玉上楼，老王家的狗才不吠。时景不明白，是姒玉的步履轻盈，还是老王家的狗和她熟悉，时景宁愿相信自己的直觉：姒玉的身形类似于幽灵。时景悄悄走到门前，透过猫眼窥视，果然，姒玉面部平静动作优雅地推开房门。时景的心一下子提到了嗓子眼儿，一个被无缘无故关了十天且备受折磨的丈夫，在见到妻子的瞬间会有什么样的反应？那一定是真正意义上的厮杀。想象着高大的身体挥舞着粗大骨骼的手臂击打着那具美丽的身体，甚至想象着刀光剑影，他应当履行警察的使命。时景飞快地穿好衣服，套上鞋子，犹如战场上嘶鸣的公马，拉开门准备冲过去。

恰巧，房门开了。妻子茶花站在面前。

茶花手里拎着刚买回来的蔬菜，上下打量着时景，皱着眉头问："你这是去哪儿？"

"嗯，是这样的，姒玉回来了。"时景指指对面。

"姒玉回来你就要过去，那干吗还穿戴呀？"

"哎，你胡说什么呀。"时景蹬开鞋子，生气地往里走。"我是警察，不能看着别人家出事！"

妻子愤然地把手中的菜往地上一掼，一把扯住时景道："是我胡说，还是你胡来。我说呢，今天总觉得心里跑马似的，原来老天爷在点拨我呀。你看，你看，猫眼里的口香糖都揭了，这个下午就在这儿盯着吧。那妖精一回来你就手忙脚乱地往那边跑，是她叫春还是她讨种呀，要不是被我撞上了，这会儿岂不是面成一团了。还警察警察的，别玷污那名称！罢罢罢，既然你这般舍不下她，我也做个顺水人情。"茶花说着伸手拉门，时景连忙上前用身子堵住。

清官难断家务事，在社区调解别人家的纠纷，时景有的是法子，可这些法子在茶花面前就是不管用。时景把茶花拉回沙发上坐下，他吁了一口气，为茶花倒了杯水，湿了热毛巾，抱起她的头枕在自己大腿上。细语和声道：“茶花，你都想哪儿去了，我爱你还来不及呢，怎么会有那份儿心思。我爸妈都是农民，农村里的习惯你知道，最好多生一个。可我是警察呀，想保住饭碗就得按政策办事。你说我妈吧，生个孙子想要个孙女，生个孙女又想要个孙子，这块心病你一下子给解决了。看她疼你的心思连我都妒忌了。咱们不说感情吧，就看看我们这对宝贝，借我十个胆子我也不敢胡想呀，更何况警察有严明的纪律。”

“好呀，你是说我们没感情了，全靠孩子和警察的纪律拴着，难怪你像只偷食的猫呀，你这不是把我往死里逼吗!”妻子嘴里这么说，口气却软多了。她在时景怀里，身子一抽一抽的。时景知道他的话起作用了，于是抚着她的肩说道：“前几天不是说起史克生失踪了吗，可他今天回来了，然后是姒玉。”

“那你还去凑热闹。”

“你知道史克生从哪儿出来吗？从精神病院里出来。”

“精神病院？”

“是姒玉送他进去的。”

茶花从沙发上支起身子，瞪着大眼望着时景说：“姒玉送他进精神病院!”

时景点点头：“史克生从精神病院一出来，就赶到了殡仪馆，结果姒玉外出进货，跑到我们家里诉了两个钟头苦。”

茶花听到这里一下子来了劲头说：“姒玉为什么把史克生送进精神病医院？撞在一起还不被史克生打死？”

时景说：“我的担心跟你一样呀。姒玉对医生说史克生要杀他，你听到那边闹腾没有？”

妻子摇摇头。

“史克生前脚刚从我们家出去，姒玉后脚就到了，我正担心，穿戴整齐准备过去劝他们，警察不能看着别人家出事不管呀。这是正事，如果姒玉真的出了事，我还不被弄个渎职罪什么的。正在紧要关头，你及时出现了。”

接着时景把史克生说的从头到尾复述一遍，茶花的表情告诉时景，史克生的故事完全把她给迷住了。茶花像警察破案一样谈了许多假设，天才的想象力绝不像是一名超市里的营业员。关于史克生的遭遇，茶花最后归结两点：一是姒玉想侵吞史克生的遗产；二是姒玉外头有男人。

茶花突然担心地说："如果史克生告诉你的是真的，姒玉说不定被杀了，可那边一点儿动静都没有呀。"

"杀人要动静吗？"时景朝门望了一眼。

妻子用恐怖的目光看着时景："你好像很有经验。"

时景笑了，说："文联主席那里我打过电话了，病历卡上记的时间没错，史克生的说法是对的。不过我还是怀疑史克生是否真的看到了病历。另外，面对姒玉，史克生好歹会说些什么，可屋里一点儿动静都没有，也不正常呀。"时景分析道，妻子就喜欢他这种逻辑性极强的推理。

"要不是你多疑，我早把事情解决了。"时景说着心里却想，史克生如果真的把姒玉给杀了，事后又供出到过自己家里，还真的会被扯进去。

"那我们总不能见死不救吧？"茶花显然比时景焦急。

"打110报警吧。"时景最后说。

"你是不是神经了？"茶花反对道。"你这是报复人家吧？对方要是知道我们把警察招来，有事倒好，没事还不恨我们。"

"我有办法。"时景不再理会妻子，拨通了110。他尽量保持冷静把史克生的遭遇向110说了一遍，并且特别强调他和妻子的推测及可能发生的结果。

楼下老王的狗叫了起来。时景悄悄走到门边，然后抬起手指放到唇边轻轻嘘了一声。茶花赶了过来，即刻把眼睛贴在猫眼上。

"两个警察。"茶花激动地说。

时景挤了过去，果然门外有两个警察东张西望，接着其中一个掏出手枪，把子弹推上膛，放进裤兜里。楼道里出奇地安静。

"我要出去帮他们。"时景压低嗓门对妻子说。

“不行，你一出去不就证明是你报的警，有事也就罢了，没事往后两家怎么处。再说，两个武装警察还怕他们不成。”

时景想想也是，可他警觉着外面的动静，把门推开一道缝。

两个警察交换了一下眼神，一个警察开始叩门，好一会儿，门开了一条缝，史克生探出半个头。“我们是灵秀派出所的，查一下暂住户口。”警察说着亮出工作证。时景没听清史克生的回答，好像要关门的样子，门被警察强行推开，又迅速被后面的警察关上。

一切归于寂静。

等待的时间好长。时景和茶花一个用眼睛，一个用耳朵，关注着事态的发展。茶花问：“要是两个警察斗不过史克生，我们要不要过去帮忙。”时景道：“那还用说，我要履行职责。”茶花问：“不是说精神病人力气很大，晓兵被人顶替了差点儿发疯，连着推开两个同事，纵身从二楼跳了下去，竟没有一点儿伤。”

一提这事就让时景惋惜。晓兵尽管总分第一，可还是让人顶替了，顶替他的是一个年轻漂亮的女人。现在有些领导用人绝不避讳，直接而又肆无忌惮。好在同学开导，晓兵说他是练跑酷的，那点儿高度他如履平地。

大约十分钟光景，他们对那边可能发生的一切进行了种种猜想与推测，每一个画面都充满着暴力。直到想象力枯竭，茶花突然从猫眼里看到警察出来了。

“看到了什么?”时景问。

“警察表情怪怪的，一个还朝我们这边笑笑。”

“带走史克生没有?”

“没有。”

“这个史克生搞的什么鬼。”时景摸不着头脑了。

“是不是我们让警察白跑了?”

“我不知道。”

“警察白跑了会不会出卖我们?”茶花担心地问道。

“你说什么呢，好的家庭是命，好的邻居是福。把我们出卖给史克生，这种事警察不会做。”

茶花点头表示认同。但是她想，警察来了又莫名其妙地走了，临走前还朝这边笑笑是什么意思。茶花想不明白，时景说：证明平安无事。两人又说了一会儿，茶花朝门那边望望，见没动静，有些心灰意冷，为刚才平白无故的激动感到好笑。

茶花正准备做饭，电话响了起来。时景拿起电话。“是110呀，是我是我，哦哦哦，哦哦……”时景听着听着竟是一脸尴尬。

放下电话，时景自嘲地笑了。茶花上来搂着他的脖子问：“警察怎么说？”

“警察说，史克生和姒玉正在屋里做爱！”

四

茶花的嘲笑让时景感到无奈。茶花的嘲笑从来彻底、不留情面。茶花说：“有精神病的不是史克生，而是你时景。”茶花还说：“五年警察白当了，别人在里头做爱你却打110报警。”茶花甚至怀疑这一切都是时景为了掩盖和姒玉见不得人的事杜撰出来的。

时景细细回味与史克生见面的全过程，感觉史克生不会装疯卖傻，问题是警察的结论太离谱了。一个人不可能像变脸术那样，在极短的时间里闪现着完全不同的脸孔。作家——精神病——凶杀——做爱。尽管史克生有艺术天分，毕竟不是千面观音。但是作家自有作家的奇思妙想，史克生或许是在创作小说，他分别体验着小说中不同的人物心态，顺便把警察们痛痛快快地玩儿了一把。

一切都是猜测，一切都没有证据。

对门屋里萧瑟平静，像是走了和尚的庙宇，木鱼悄无声息地卧着，空洞的山岙里更加空洞。猫眼里的口香糖再没堵上，几天来，时景特别留意对门的动静，110的回复老在时景的耳边回响，还伴随着零零碎碎的画面。事实已经证明，时景的担忧是多余的，史克生在天堂里造爱，却把他拖进地狱里煎熬。那天以后时景没再见过史克生，只是早晨上班在楼梯口遇到过姒玉。姒玉的表情像一碗清水，给人以素雅恬淡之感，他无论如何也不能把她与史克生的描述联系起来。时景极力想忘记史克生告诉他的一切，或者把“精神病”一事当作一段残忍的幽默，但是五天后骤然再起的风波，让时景目瞪口呆。

那天他正在社区开项目警官座谈会，主任讲话期间他接到了茶花的电话，茶花变声变调的嗓音让时景感到吃惊。

“史克生被抓走了！”没容时景回答，茶花像连珠炮般嚷道。“来了四个人，全是彪形大汉，手里拿着胶棍。史克生是被套在帆布衣里抓走的。他大叫挣扎着，用脚钩着楼梯扶手不肯下楼，脸上全是血。”

时景脑皮层像过电一样发麻，不相信自己的耳朵。“你在听没？”那边茶花大声责问。时景说：“在听。”茶花说：“时景，我想哭！”时景问，“怎么了？”茶花说：“史克生被拖下楼前使劲往我们这边挣扎，还叫着警察和你的名字——你知道吗？那些人用棍子狠狠地打了史克生。他晕过去前，往后仰着头看着我们门上的猫眼，好像知道我在里面窥视。你知道那眼光像什么？”时景无言以对。“时景，像我们的奥巴马……”茶花说不下去了。他们的宠物狗叫“奥巴马”，一次散步时被车轧死了，死前“奥巴马”流着泪，用惊惑与悲哀的目光望着茶花。

时景失魂落魄。对史克生遭遇的肯定、否定再肯定，激发了他更大的兴趣。好在座谈会主持人不是他，他向同事请了假，开车往家赶。

茶花抑郁寡欢，不过没时景想象的那么糟，茶花的抑郁里带着丝丝的兴奋。茶花问时景：“看见地上的血没有？”时景答：“看到了，还有墙上蹭的鞋印。”时景问茶花：“姒玉在不在家？”茶花摇摇头说：“没看见。”时景问茶花：“有没有出去劝阻？”茶花瞪着眼说：“我敢吗？那是厮杀，那帮人说不定把我也绑了去。”

时景说：“你又不是精神病人，绑你干什么？”

茶花说：“史克生是精神病人吗？”

时景无言以对。茶花告诉时景，他们击晕史克生后，抬着他下了楼梯，老王家的狗一直叫个不停。但除了楼梯上急促的喘息外，没一家开门出来阻拦。茶花说，她从窗户看着他被扔进车里，车后门有红十字标志，她记下了车牌号码。

时景总觉得事情不对劲，史克生是被强行弄进精神病院的，他到底有没有病只有他妻子姒玉知道。毕竟，姒玉才是他唯一的监护人。不过史克生再次被抓，证实了他讲述的全部事实。史克生的确是被姒玉送进精神病院的，至于姒玉的动机和警察的处警结论，时景无法理解。

茶花说："时景，我受不了那男人哀怨的眼神，我们应当帮助史克生，他毕竟是作家，还是我们的邻居，作家和邻居怎么能接受这样的污辱呢？你得拿个主意。"

时景说："警察执法讲的是证据，姒玉没有报案，警察就很难介入。"

"你总不能见死不救吧，姒玉想借精神病院的手整死史克生，你也不管吗？"

时景心想，重要的是要与姒玉交流，听听她的想法，再确定行动方向。

时景其实去过苹郊精神病康复医院，那是因为两年前社区里发生的一起精神病杀人案件。那个家庭已被患有精神病的儿子折腾得一片灰色，再也无力承担被害人的赔偿和治疗费用。时景跑前跑后，在政法委为被害人争取了司法救助金，又通过精神病医院免去了一部分治疗的费用。那时，他与医院的领导有过接触。

时景决定干预这件事，只是与史克生非亲非故，代表不了谁；如果以警察的身份到精神病医院，一旦受阻便会节外生枝。再说，如果真的是姒玉把史克生弄进去的，背着她去医院调查，她会作何感想？

时景想了想对茶花说："还是先和姒玉谈谈。"

做出这样的决定后，时景和妻子安安静静吃了顿晚饭。

晚上七点，时景和茶花站在姒玉门前，门上的猫眼圆圆的，里面像往常一样悄无声息。两道门之间虽然仅几步之遥，此刻却变得异常遥远。时景有过片刻的迟疑，茶花却轻轻地叩了门。好一会儿门开了，姒玉穿着睡袍、盘着发髻出现在门口，看到时景夫妻愣了一下，而后像是才认出他们是邻居，脸上挤出一丝笑容。

“我们可以进来吗?”茶花小心翼翼对姒玉道。

“当然，我们是邻居。”姒玉平静答道。姒玉知道时景的身份，却只说是“邻居”，这让时景冷静了下来。

姒玉屋里挂着多种多样的灯笼，沙发上堆着大大小小的布娃娃，把房间弄得热热闹闹。时景不禁想起了姒玉工作的殡仪馆，她成天面对骨灰盒和冰冷的尸体，家里的布置，倒也显示出其内心的渴求与精神上的寄托。茶花抱起了一个洋娃娃，和时景坐在沙发上，谢了茶水。看到姒玉平静的样子，时景怀疑史克生被绑她是否知道。

“我们过来是想告诉你一件事。”这是时景和茶花商定的开场白。“下午四点钟，你丈夫被人强行绑走了。”

听了这话，姒玉顿显痛苦状。片刻她才说：“不是绑走，是送他去治病。”

“你丈夫得了什么病?”时景一副询问的模样，开了头往下的话就好说多了。

“精神病。他虐待我，还想杀我，这日子没法过下去。”姒玉依然平静地说。

“呀，出了这么大的事我们怎么不知道，时景，你听到声音没?”茶花像模像样插话问道。

“是呀，是呀，我们都没听到。”时景应着茶花的话。

“这是史克生的高明之处。”姒玉嘴角上挂着冷笑，一副识破他们俩的模样。

时景迟疑了一下，他没有证据证明史克生没有施暴。他想了一下说：“那你向有关部门反映过吗?比如社区或是市妇联、派出所警察。”

姒玉不屑一顾，扭动了一下身子。侧面的灯光打在她身上，透出她赤裸的胴体。茶花显然也看到了，拉了时景一把，用身子挡住他的视线说：“真要是那样，你得让别人知道你丈夫虐待你，才有证据向有关部门反映，让大家帮助史克生回心转意，他是作家呀！”

姒玉扭头望着茶花，一股厌倦的表情写在了她的脸上。茶花的话显然让她觉得不舒服了。“你看过我丈夫写的小说吗？”她冷冷问道。

茶花摇摇头。

“他把什么都写在里面了。”姒玉说着痛苦地凝视着那盏苏州灯笼。“你们不知道，更不会理解，他的病灶让我痛苦万分，我还要把这种痛苦强加给邻居或是别的什么人吗？”姒玉说着，一缕发丝落了下来掉进脖子里，洁白的面颊上流下晶莹的泪珠。

茶花用手揽着姒玉的背道：“那你怎么办？不如离婚，让他一辈子待在精神病院里。”

姒玉再一次用不满的眼光看着茶花，好一阵子才说：“他是病人呀，我怎么能抛弃他？”

时景扯扯妻子衣角。从姒玉那里他已经知道史克生的确是被妻子送进精神病院的。如果史克生真的有病，一切都正常不过了。时景站起身子，抢在话意正浓的妻子前面说：“你丈夫的遭遇真是不幸，不过你也别太难过，要保重身子，相信医院一定能治好他的病。”说着拉起茶花离开了姒玉的家。

关上自家门，时景吁了一口气。茶花说：“那么好的身材，也不多看两眼。”

“你没看出来，再往下问，她就会怀疑到你身上了。”

“这女人挺可怜，那么多年没生一男半女，心里的痛也只有她自己知道。还每天煮鸡蛋给丈夫吃，巴望着他成为作家，现在好了，倒把他喂出精神病来了。到头来是鸡飞蛋打。”茶花说着叹了一口气，打开电视机。

时景没表态，心里觉得怪怪的。姒玉的目光恍惚，神情飘忽不定。她说史克生把什么都写进书里了。他的处女作《陶土壳的新闻》，时景在市文联看到过，里面写到农民陶土壳酷爱文学，因为写作被关进牢里，就把小说写在被子的反面。出狱后，妻子为给丈夫买稿纸，竟和村书记睡觉，却被想当书记的村长抓了个正着。妻子被剪掉头发扒光衣服游街，脖子上还挂着一只破鞋。一直到“文革”结束，陶土壳终于发表作品并且陶醉在疯狂的幸福中时，妻子却静静地割腕自杀了。那个故事写得凄婉动人，讲述了生存与死亡这个永恒的主题。但是姒玉今天的话，让时景想起史克生发表作品时姒玉悄悄躲在屋里哭的情景，不觉倒吸一口冷气。他拿史克生在自己屋里叙述遭遇时的神态和姒玉比较，尽管史克生显得有些狂躁，但毕竟流露着许许多多的真情，而姒玉身上，一点儿人情味都看不到。

“你怎么不吱声呀。”茶花见时景没反应，推了他一下。“你不信史克生有精神病?”

“是的，不信。”

“可是姒玉说得明明白白的呀。”

“我想明天去康复医院。”时景没说出自己的想法，相信茶花也不会理解。

五

时景向所长请了假，又去秀灵派出所查询了处警结果。他虽然没穿警服，衣袋里却揣着警官证。赶到苹郊精神病医院已经是上午十点钟了。正对医院大门，立着一块褐色大石头，上面刻有狂草“以人为本”四个大字。院子中央绿化带种着树木，裸露的泥土尚未铺上草皮。院子里停着一辆印有红十字的救护车，车号正是茶花告诉时景的。大门右侧是门诊，左侧是住院部，往里延伸分一区二区三区四区，从楼下可看见铁窗里一张张苍白的面孔和一双双失神的眼睛。时景知道，第四区是重症区，也就是精神病区，收着患有精神分裂症、躁狂症的病人。时景在住院部服务台询问处了解史克生的情况，被告知史克生属重危急病人，一般先送入急诊抢救室救治，然后办理入院证和相关手续。

住院部过道阴森森的，特有的气味刺激着时景的神经，那种气味史克生身上有过，他一下子把史克生和精神病院联系起来，脑子里便闪烁着史克生被肢解的图面，个个像毕加索画里的人一般。“重危急病人”，那是什么概念。茶花说史克生是被套上拘束衣并被击晕后才抬上车的，医生击打他是因为他的躁狂，躁狂并且被击晕的精神病算是重症吧？但是从史克生的角度来说，一个好端端的人被无辜捆绑击打，摊到谁的身上，再挣扎、反抗甚至是自卫都自然不过了。

进了四病区，抢救室里却没人。一个胖胖的保洁员在打扫卫生，她说那个病人被送进重症室单间里了。

重症室是封闭的，护士站和医生办公室设在外面。

“我想探视史克生。”时景径直对医生道，医生是位四十岁开外的男子，胸前的牌子表明他是主治医生，姓王。

王医生看了时景一眼：“你是谁？”

“我是他的亲戚。”

“什么亲戚？”

“远房的。”

王医生没再抬头：“除了老婆，史克生没有亲戚，他的家人全死光了。”

时景没想到王医生对史克生的家史这么了解，而且直言不讳。“我只想看看史克生。”他说。

“医院有规定，不是直系亲属不能探视，何况史克生是重症病人，为保证治疗效果，严禁与外人见面。”王医生的回答干净利落。

这一切是时景料想到的，他自然不会轻易放弃。“你知道吗？史克生是知名作家。”时景试图说服王医生。

“他就是曹雪芹，活着会生病，死了躯体也会腐烂。”

王医生的话把时景噎在那儿。“你怎么能这样说话？”半天他才扯起喉咙大声嚷起来。

“你再胡搅蛮缠我就叫保安了。”医生嗓门比时景还大。

时景咽下唾沫，逼着自己安静下来。“我不想和你争吵，我从市区赶到这里，只想见见史克生，没必要无事生非。”时景缓缓语气道。他很想亮明身份，只是没想好怎么解释警察介入的理由。

医生没再理他，把他当作身边的茶几板凳晾在那儿，弄得时景进退两难。

过了好一会儿，王医生见时景没走开，便在一部红色电话上按了一下。两名保安出现在他的身后，一边一个架着他的胳膊。“你是不是也想进去？”保安恶狠狠道。时景刚想喊叫，突然想起史克生的话，如果挣扎，真的会被当成躁狂症病人送进抢救室，那样，局面将无法收拾。

“好好好。”时景像俘虏一样举起双手道。“我不用你们动手，我只是想见一见史克生。我了解他，他没有精神病，这里面肯定有误解。”时景知道，说这话在他们眼里就像是病人梦呓。他与史克生非亲非故，却在精神病医生面前说重症病人没病。果然，王医生听了哈哈大笑起来。

“那么你有精神病。”王医生说完挥挥手。

不管时景怎么反抗，他还是被保安挟持着扔到医院门外。

门在他身后关上了，透过铁门，时景看到院落里的树木仿佛静止了，知了也悄悄屏气凝声。楼上铁窗里印着一张张苍白的脸，他们有的挥舞着手，有的“嗷嗷”直叫。时景觉得心灰意冷，更多的是狼狈与羞辱，自从当警察以来，从来没有像现在这样被人当犯人架着撵走。如果刚才亮明身份，保安也许会住手，但是一个人打着警察的牌子私自闯进精神病院惹是生非，带来的怕是更多的麻烦。时景从自身的遭遇想到里面的史克生，心里沉甸甸的。一个正常的大男人被绑着像牲畜一样受着棍击，然后叫比自己小的医生为“妈妈”，时景心里说不出是什么滋味。

史克生是市里的知名作家呀！而我作为警察和邻居却无可奈何。

茶花听完叙述，伤心了一会儿。茶花历来喜欢有男人味的男人，喜欢那种路见不平拔刀相助的男人。因此，警察的身份永远让茶花着迷。

茶花说：“明天我和你一起去。”

时景说："如果我们俩都被关进去，谁来做我们的监护人？"

茶花一脸沮丧道："你想放弃？"

时景说："暂时也没好法子。"

第二天，时景给晓兵讲了史克生的故事和自己的遭遇。自从副处岗位被美女顶替之后，晓兵变得沉默寡言，公开场合很少发表言论，即便是同学在一块儿，晓兵也是有一句没一句地装起高深来。时景说："人就是要摔打摔打才能成熟起来，就像孩子，跌得多，长得也快。"听完史克生的故事晓兵没有马上表态。时景望着晓兵，目光中有一种期待。好久晓兵才问道："这是不是警察管辖的范围？"时景答："至少现在还不是。"晓兵说："就是说警察目前还没有立案依据？"时景点点头。晓兵道："如此说来，你是多管闲事。"时景道："我们毕竟是邻居。"晓兵想了想道："你是想告诉我，如果史克生的妻子姒玉不报案，你们就没有介入的理由；而史克生在他妻子报案之前有被害的可能。换句话说，姒玉因为某种动机想借助精神病医院杀害自己的丈夫。"时景答："尽管绕口，基本就是这个意思。"晓兵说："还是要先见到史克生本人，如果他真的没病，可以通过政协直接干预。那样，你也有一个立案的理由。"时景问："具体怎么做？"晓兵没回答，接了个电话出去了。

晓兵大学学的是文秘，还是个文学爱好者，时景当时把《陶土壳的新闻》推荐给他时，弄得他们夫妻痛哭流涕。晓兵说："文学的魅力有时比职位更让人心动。"不过这次晓兵三天里一直没有吭气，让时景心里没一点儿底。

那天晚上时景值班，早上八点半刚处理完两起治安案件后，他便接到了晓兵的电话。晓兵告诉他九点钟出发，去苹郊精神病康复医院考察。不知为什么，听了晓兵的话时景眼眶一热，竟然半天说不出话。当晓兵在电话里"喂喂"时，时景才问道："去考察我算什么身份呀？"晓兵说："你就是政协特邀的监督员。"

到了政协楼下时景傻了，没想到晓兵会弄出这么大的动静。他说动了政协副主席、教科文委主任、社科和法制委员会主任、市卫生局副局长，电视台的摄影师和报社的专栏记者也来了。大家上了一辆中型豪华面包车，浩浩荡荡往城外驶去。

时景坐在晓兵身边，有些心虚。晓兵笑笑说：“你知道，那种地方是个宣传死角，现在精神病市场竞争激烈，为了抢占病源，邻市把精神病医院都设到市交界线上了，广告做到了全省、全国。我们也得大张旗鼓地宣传宣传自己。院长听到我们去的消息高兴得不得了，说：‘宣传多多，病源多多。’他们准备两天了，到那里你该干什么就干什么。”

时景心里暖暖的，不得不佩服晓兵的这一手。

苹郊精神病院完全不是三天前的模样，大门上悬挂着横幅标语“热烈欢迎市政协领导莅临检查指导”。身穿白大褂的医生护士面带笑容夹道欢迎，裸露的泥土覆盖上了绿油油的草皮。时景一眼看到了重症室里的王医生，好在他没认出自己。会议室在门诊部的二楼，检查的程序和通常的一样，先听汇报后领导作指示，然后是参观。会间晓兵与院长说了一通话，又把时景叫了出去。院长对时景说：“你先等等。”没一会儿院长带来了王医生。当时景说到史克生这个名字的时候，王医生愣了一下道：“欢迎您来指导。”时景什么也没回答。王医生是个绝顶聪明的人，对今天的阵势很有心得，别人不提自己不会无端提起，他带着时景一直来到四区医生办公室，拿出了厚厚的病历卡交给时景。时景细细看着，王医生一声不吭坐在一旁，不卑不亢。

“史克生从没看过门诊，你们怎么认定他有精神病？”第一次就诊记录果然和史克生说的一样，而且一字不差。

“时主任（今天时景成了主任），有心理疾病的人往往不会承认自己有病，尤其是躁狂型精神病患者，几乎没有一个会主动配合家属或医生进行诊疗的。躁狂型精神病不仅会危害社会，同时也会给自己、家人造成伤害。很多家属或监护人被折磨得痛苦不堪。他们在无奈情况下，私地里把病人的情况告诉医生，一切由着医生去处理，这样的情况，在躁狂型精神病里占了绝大多数。”

“你们不经过检查，就对病人进行治疗吗？”时景终于大胆提问题了。

王医生道：“很多病人被强行送进医院往往是病发时，对这样的情况我们医院有规定，先采取抢救性措施，迫使病人安静下来，然后实行常规检查与治疗。史克生就属于这种情况。”

“史克生第一次被送进医院，十天后不是好了吗？为什么第二次又把他弄进来。而且是打晕后抬到车上的。”时景直截了当问道。

“第一次住院，通过我们药物治疗和心理辅导，史克生的病情得到有效的控制。我们从有利于病人健康的角度出发，让史克生暂时回家调养，这并不意味着病人病愈出院。看来当时的决定是错误的，这个错误导致史克生病情第二次复发，而且严重程度超过前一次。至于使用橡胶棍，只是不得已的一种保护性措施。”王医生的回答条理清晰、雄辩。

“你们是怎么知道的？”时景的口气越来越严厉，有点儿像审问，好在王医生今天很有耐心。

“是病人家属通知我们的。史克生回去后，对妻子百般殴打，还要用刀行凶，所以要求我们将她丈夫回收住院。作为唯一的监护人，家属的做法没有错。”

“王医生，我是史克生的邻居。直到史克生被送到精神病院那天，我从来没有听到他们夫妻之间有过争吵，更不用说打架动刀子了。史克生从这里回去后跑到我家里，叙说了他的遭遇。他的思维清晰，表达得体，没有任何精神障碍。我当时还担心，受了委屈的史克生会对妻子大打出手，甚至造成伤害，因此在他妻子回家后我还报了警。但是处警的警察告诉我，他们夫妻见面后在家里做爱。为此我还专门去了派出所，查到了处警记录。史克生在家的几天里，姒玉照常上班，家里没发生过任何争吵，直到你们第二次将史克生打晕后弄进来。”时景有些激动。

王医生望着他，口气平缓地说：“病历您刚才都看过了，第二次同样是监护人的请求。史克生到了精神病院后，他的家属还送来了衣服。至于警察说的，他们毕竟不是医生。再说了，妻子同床共枕，比外人更了解自己的丈夫。”

王医生说完起身打开柜子，从里面拿出一张物品清单，时景看到上面记录着姒玉送来的衣物登记，有棉袄、毛衣和棉鞋之类，他心里像被什么咬了一口，什么季节呀，姒玉是想把史克生一生都留在精神病院里？时景沉静了一会儿强调说：“你知道，史克生是位有才华的作家。”

“作家得精神疾病的概率会更高一些。”

“我的意思是，史克生没病！”

“没病，难道他妻子有病？”王医生很专业地说道。“她才是唯一的监护人呀，谁会把没病的丈夫送进精神病医院，这可不是老年福利院，治疗是要花钱的。”王医生的口气生硬起来，说完看看时景，嘴角挂起一丝讪笑。

时景被说得一脸尴尬，竟然想起妻子茶花的挖苦。

“有没有这样的可能，为了个人的目的，妻子暗地里向精神病院谎称丈夫的病情，借助医院的手达到自己的目的。”时景紧接着问道。

“您说的是谋杀？那样的话凶手应当是妻子；不过您别忽视了一个环节，医院也要进行病情检查的，除非您把医生也当作同谋。那样，就是警察的职责了。”

时景全盘衡量，自己没法说服王医生，要不是今天的检查阵势，时景相信他早就被保安扔到外面或者关进重症室了。于是他提出最后的要求：“我想见见史克生。”

医生显出惊讶的表情，然后压住自己的情绪道：“时主任，史克生处于重度病期，不适合见面。”

时景说：“你可以一同去，我会向你证明史克生没病。”

“证明史克生有病没病的是医生。”王医生显然有些不耐烦了。

“王医生，这是我来的其中目的之一。”时景咬住不放。

王医生望着他，像是在权衡利弊。时景接着说：“新闻有它的双重性，我不希望在对你们医院的宣传中出现反面的声音。再说，如果别的精神病医院抓住这一点做文章，那么，我们今天的活动就失去全部意义了。”

王医生抬眼看了时景好一会儿，然后说道：“我实话告诉您，史克生的病情很不好，进去对您会有危险。昨天，他的病情稍稍稳定，我们对他进行心理辅导，没想到他竟然打伤了女医生。”

时景正要开口，后面传来了脚步声，是检查组的一班人到了重症室。晓兵看到时景高声叫道：“两同学没完没了地聊，可别忘记时间呀。”时景扭头朝他挥手，意思说快了。转脸对王医生说：“你陪我见见史克生，这对你来说并不难。不然的话，你我在检查团面前都会难堪。”时景的话说得斩钉截铁，没一点儿商量余地。王医生听了没再说话。他顺手从抽屉里拿出钥匙，一撩白大褂离开座位。时景跟着他拐过一条走廊，走到一扇铁门前。

门开了，房间不大，里头有一张床，床上空空的。走进房间，地上有一溜溜黑印，像是胶鞋磨出的痕迹。时景曾听说精神病人常在水泥地上撒尿，用胶鞋摩擦后蘸着在墙上画画，这情形和看守所有几分相似。时景的目光在房间里搜索，看到门后蜷缩成一团的史克生。他的身边散乱着许多白纸，还有一支支被折断的水笔。史克生的衬衫破破烂烂，粘有不少血迹，花白的头发竖在那儿，眼睛里充满恐怖的表情。时景的心战栗了一下，低下身子道：“史克生，是我，我是时景。”

史克生没有理会时景。一双无神的眼睛越过他的肩膀望着王医生道：“笔，我要笔。”

时景回头看了一眼王医生，他耸耸肩膀，做了个无可奈何的动作。“他一直闹着要写小说，他的病和小说有关，写作不利于他的治疗。但是考虑到稳定情绪，我们给了他纸，没给他有水的笔，这样就可以挫败他写作的信心，让他觉得自己永远失去了创作能力。”

时景怒不可遏道：“你知道史克生有多少年创作史吗！”

医生摇摇头。

“二十六年！”时景的喊叫在房间里回响，让王医生倒退了两步。“我不知道你的治疗是不是对路，不让他写作等于病上加病。”时景顿了顿，克制着情绪道，“请你先在门口待一会儿，我不会有事的。”

王医生犹豫了一下，还是退了出去。

“我就在门外。”他说。

时景伸手去扶史克生，这才发现他的脚被锁链固定在地上。“克生是我，我是你邻居小时呀。”时景弯下身子，重复着刚才的话。史克生表情苍白如同一张人物肖像，对时景的话没有一点儿反应。“史克生，你不认识我了，我是你邻居，我夫人叫茶花，我是茶花的丈夫，是一名警察。我知道你没病，一切不过是误会。还记得几天前在我家里吗？你向我讲述你的遭遇，我相信一切都是真的，后来警察到过你家，那是我报的案，警察看到你与妻子做爱。这一切才过去几天呀，你怎么可能不认识我？”时景使劲地摇晃着史克生的肩膀，失控地大叫起来。

铁链的摩擦声同时响起。

史克生还是那副表情，眼睛像两个深邃的洞穴。

时景不信史克生真会疯，这太残酷了。这不仅贬低了他的判断力，证明他在无理取闹，而且晓兵那里也无法交代。时景不停地劝着，有好一阵他似乎走神了，甚至不知道自己在说些什么，做些什么。思绪的游离，让他的行为完全失控。时景仿佛看到史克生的目光中显出惊慌、恐惧，一个彪形大汉站在他的身后，举起粗大的棍子，张开网一样大小的拘束衣。

“你有精神病。”史克生的嘴动了一下，时景听到了丝线般的声音。

时景幡然醒悟，目睹史克生一脸惊恐的表情。时景从地上抓起纸对史克生说：“克生，你是作家，你是市里唯一能在北京刊物上发表小说的作家，你不可能会得病。史克生，只要你告诉我你没病，我就能把你弄出去，我能做到！”时景的声音一定是歇斯底里了。

史克生失神的眼睛长久地望着时景，白色的眼球爬着蚯蚓一样的血丝，像一幅没有疆域的地图。好长时间他像是明白了时景的话，迟疑地举起一只手，指着墙上画的门说道：“从那里逃出去，我有钥匙。”史克生的手就这么一直举着，嘴角流下了涎水。时景抬头看看四周，洁白的墙上画着一扇扇门，那些门画得并不大，足以让一个人从那里钻出去，外头有明媚的阳光，天空好像很美。

他看看地上发黑的胶鞋痕迹，相信那些门是许许多多病人的杰作！时景的心里一阵阵战栗。

“史克生，我带你出去，你是作家，你是一个真正的作家！”

听了时景的话，史克生重新蜷起身子，把头深深埋在两腿之间。

“这里挺好。”时景听到地底下发出一个沉重的声音。

时景身后的门开了，有一股凉飕飕的风钻进他的胯下，太阳被玻璃反射进房间，落在一只盛水的碗里。

时景知道王医生站在他的身后……

午餐很丰盛，但时景滴酒未进。他不知道自己在吃着什么，这些化作美酒佳肴的钱，仿佛是那些没有灵魂的肉体的赠品。

晓兵见他情绪不高，只字未提史克生的事。院长喝得红光满面，还不停地劝酒，接着是酩酊大醉。时景心里想着史克生，便恨起姒玉来。邻居近两年，姒玉给过时景两个赤裸的画面，却让他无法了解她诡异行为的动机。也许，伤害别人本来不需要目的，人是世界上唯一没有任何理由就可以给别人制造痛苦的灵长类动物，尤其是女人。

史克生的病终于成了事实。

这天晚上时景对茶花讲述了医院里的一切。她伤心地问：“史克生真的有精神病?”

时景无言以对。

茶花沉寂了半晌突然道：“我告诉姒玉去，看她还说什么。”她两眼瞪着对面，口气狠狠的。茶花做出这样的决定，符合她的性格，时景知道劝她没用。茶花风风火火拉开房门冲了出去。她的冒失，倒给时景一个回旋余地，万一把事情搞砸了，时景这里还有一条退路。

茶花敲门坚定而又固执，强烈的节奏在楼道里回荡，像一声声愤怒的呐喊。时景心情有些紧张，不知接下来会发生什么。伴着老王家的声声狗吠，一个低沉的声音在楼下响起。

“你敲什么呀，家里没人。”老王道。

“人呢?”茶花显然有些吃惊。

“老公被送进精神病院，老婆下午自杀了。”

剧烈的惊诧令时景从沙发上跃起，紧接着楼下“砰”的关门声淹没了最后一声狗叫。走到门外，茶花呆呆地站在原地，脸上的表情无所适从。姒玉自杀，是茶花也是时景都没想到的，一直以来，她安适静谧，怡然自得，没有一点儿寻短见的迹象，现在却毅然抛弃眼前的一切，无所顾忌地自杀了。

茶花泪盈于睫，时景搂过茶花，她像孩子一样倚在他怀里：“时景，怎么会这样，姒玉的死和咱们有关吗?”时景也不知所措，他不知怎样回答茶花的提问。

时景回头看看眼前那扇门，里头宁静依然，他脑子里闪烁着凌乱的画面。骨灰盒——炉子煮蛋——花圈——裸体撕书——哀乐——精神病院——哭声——家里的装饰——自杀……他想从这些毫不相干的画面里找出合理的答案，一切都是白费心机。

时景突然觉得自己这个警察当得特别窝囊。

时景搀着妻子回到家里，妻子问：“时景，你还记得姒玉说的吗?”

“什么?”

“她说书里写着的，都写着什么?”

时景向茶花讲述了小说《陶土壳的新闻》里的故事。

“这么说，姒玉的自杀和小说里面写的有关，陶土壳的妻子是在丈夫成功后自杀的呀!”妻子茶花像是恍然大悟。

时景同样不能肯定妻子的推测，也没有反驳的理由，他毕竟不是心理医生。姒玉的自杀，结束了这个家庭所有的梦想，也埋葬了一个个无法破译的谜团，就像对面关着的门，神秘莫测而又暗藏玄机。

茶花问：“姒玉死了，史克生怎么办?”

“不知道。”时景疲倦地答道。他没把握史克生能在精神病院治好精神病，只是有一点可以肯定：史克生面前铺着厚厚的白纸，他手中那支笔再也无法写出一个字；病房墙上画满了大大小小的门，史克生却永远不能从其中任何一扇门走向洒满阳光的大地。

时景倒退着回到房间。恍惚间看到姒玉光着身子，在房间里撕着刊有史克生小说的杂志，动作优雅而又落寞。灯笼里的火苗忽明忽暗地跳跃，像一群无家可归的幽灵在荒郊草莽中飘游，是天堂，也是地狱。冥暗中，姒玉手里的杂志变成了锋利的刀，刀口无情地切向自己的手腕，一注殷红的血喷洒在她洁白的睡裙上，犹如朵朵飘零的花瓣。时景惊恐万状，想起了史克生对姒玉的担忧，想起他深邃无神的眼睛和长长胳膊上的粗大的骨节，心头袭过阵阵隐痛。

一个警察，连邻居的忙都帮不上，何以帮助天下人。这是时景五年警察生涯里最刻骨铭心的遭遇。也许，在时景心里，只有是非与法律，这里有一条显而易见的界线，但是在姒玉与史克生身上，时景却很难辨识。经验与常识告诉他，毁掉史克生的是姒玉的爱。在她心里，史克生永远属于婴儿，一个每天为之煮着鸡蛋对她百般依赖甚至唯命是从的婴儿。她一边希望史克生成功，却无法忍受史克生脱离她独自前行并且越走越远。从史克生发表作品的那一刻开始，姒玉感知到了无限可怕的威胁：西装革履、学术会议、年轻美貌的女文学青年。这一切远离她而存在，如一把把尖刀扎进她的胸膛，她陷入了惶恐、绝望中不能自拔，癔症之中她的精神在坍塌，在质变，于是，她选择了独自占有史克生最现实的方式。

到现在，时景都无法判断他的介入对史克生悲惨的结局意味着什么，或许促使一个结果的到来，或许什么也改变不了。

正想着，时景接到了所长的电话，说他的管区一个精神病人砍伤了父母，让他与精神病医院协调一下，先把病人弄进去……

（原载《啄木鸟》2013 年第 11 期）

有料可挖

冶进海

一

我现在在去 C 大的路上。此时是凌晨两点，我得从一个现场赶往另一个现场。窗外的黑暗与灯火交织闪过，像快进的胶片，有超现实之感。我努力捋着思绪，可脑浆像开了锅的稀粥，在沸腾，在灼烧，想裂开后尽情释放，而每根神经宛如牵紧的琴弦，随时可能绷断。

C 大有一名男博士，把同门师兄给灭了，据说搬起一块石头，朝对方脑袋上砸了又砸，直至一团血肉模糊。惨烈可以想象，公安部门应该有现场照片，多角度的、特写的、专意曝光过的，如果想看，找法子还是可以看到。不过我的目标并不在此。跑了两年政法口，我见过太多触目惊心的犯罪现场，令人发指，但会铁板钉钉地摆在面前，像浓黑胶稠的地沟水，压得人喘不过气来。我有个女同事，去了某些犯罪现场或看过照片后，会几天几夜恶心、反胃、呕吐、睡不着、四肢无力、浑身冒虚汗，半夜给我发短信——哲学命题：人真能干出这样的事？

有些犯罪手段和实施经过，正常人无法想象。灭人肉体的行为很极端，法律要严惩，并加以声讨和反思。声讨和反思属于那些有正确信念的人们，惩罚是司法部门的事儿。作为一名深度报道记者，我尽可能将不为人知的一些细节，像淘金一样逐渐筛选出来，呈现给读者，也供反思者寻找依据。

其实，这个案子前两天已经见诸本地大报小刊，两三百字、内容大同小异，当事人用了化名，没点出 C 大，只说是某高校，原因更是语焉不详——公安部门正在调查中。

这样的报道比较普遍，明显的中国特色。

互联网崛起后，每天有海量信息供人浏览。博士灭师兄，一时的互联网热点话题，还没讨论出个结果，就很快被其他新闻取代，这有点儿像后浪拍死前浪，残忍得不留痕迹。但昨晚凌晨时分，老穿那件土黄色长大衣的部门主任老范打电话让我跟进这条新闻："有料！可挖！"

老范的根据是，有个叫"魑魅魍魉 2012"的网友昨晚十点多发了条微博，声称死者是中和县县长敬长明。老范到中和县政府网站上一看，曾为县长的敬长明，已经从县主要领导介绍中悄然撤下，原因不详，但他过去的简介中，有个头衔值得关注——在读博士。

当时我在另一个县的宾馆里刚结束了采访准备打道回府。老范特意派我采访跟进这条新闻，除了人手紧张外，还有另一个原因，我是 C 大毕业生。为此，我连夜打车到汽车站，坐上去省城的末班车。第二天上午，我悄然住进 C 大的博士楼。这是幢新修的大楼，方方正正，却直插云霄，令人仰视。楼高，房间多，博士住不满，就让外来参加会议或探亲访友者住，管理人员顺带搞点儿创收。案子发生在812房间，我住进1812，相隔十层。如果我是007，肯定深夜攀援而下，越窗而入，一览案发现场，从凝固的血斑、打斗的痕迹中寻找蛛丝马迹。

不过作为深度调查记者，披露的是某些人或某些组织掩盖的损害公众利益的事实，即老范所谓的“有料”。我首先得找到爆料人，业内称之为“深喉”的家伙。经验之见，爆料者大多为掌握或接近核心事实的人，他们向媒体爆料，目的可能是寻找救济渠道，揭开被捂的盖子，也可能是报复或打击对方。但考虑到自身安全、利害关系等，“深喉”往往抛出一个线索，诱饵般勾起媒体的兴趣，自身却藏匿起来。

我想网络里这个叫“魑魅魍魉2012”的爆料人，应该熟悉当事人双方，至少对敬长明比较了解。在他死后，还想着把这件事大白于天下，可见其中藏有不少秘密。当然，也有可能是接触这个案子的公安人员，发现有猫儿腻，或者一时心血来潮，发了条微博亦未可知。现在微博上的信息良莠不齐，猛料与谣言齐飞，意见与流言共存，像农田里除了大片的庄稼也有不少疯狂蔓延的杂草。凭直觉，我觉得“魑魅魍魉2012”爆了个猛料，但一天静悄悄过去了，他没有更新微博，我给他发了私信，也无回音。看样子，接下来，只得靠自己主动出击了。

二

C大博士楼细长高耸，矗立在C大接二连三建起的楼群中，老远可以望见。楼顶有一硕大的钢化圆球，白天色彩缤纷、光泽夺目，夜晚楼体隐没在黑暗中，楼顶的圆球泛出黄光，如一轮圆月架在空中，乍一看令人心动。因为这个圆球之故，C大博士楼也被称为“日月楼”，博士们动不动就会说自己跟“日月同辉”。不少本科的学生，三三两两闲逛到这里，抬头仰望一阵，慨然叹息：“这就是博士楼呀！”

博士并非人人能读，博士楼也不是任何人想进就能进。楼门口装有感应器，刷卡才能进入，博士生人手一卡，外来者敲门办理入住手续后才能拿到临时卡。好多人想进，忘记带卡或者没有卡，要么敲门请服务员从里面打开，要么等后来者刷卡。

开学后第八天的某个中午，覃国宁在食堂吃过午饭慢慢踱回博士楼门口时，发现有一辆丰田越野车横着停在门前，霸道而强悍，一名男子从后备厢中提出一个大箱子，匆匆走上台阶，伸手推不开玻璃门，东张西望寻找原因。

覃国宁走上前刷卡，玻璃门"吱"一声打开。对方推开其中一扇，示意他先走。覃国宁也没客气，擦身而过的时候望了对方一眼。这一眼，让他心里咯噔一下。对方西装革履，一看就是名牌，油光可鉴的胖脸上挂满讨好似的笑容，但眼神空空的，盯着他却好像没看他这个人，焦点在遥远的另一个地方。这跟蓬头乱发、衣着随意、动不动作沉思状的男博士相比，明显两条道。对方客气地感谢时，真诚像热腾腾的水蒸气随时能感觉得到。覃国宁心想，这家伙或许是某高校衙门的头头儿来这边开会什么的，到了别人地盘自然表现得要谦让些，但在本校，诸多的教授专家看他脸色，对年轻博士更是不屑一顾。

走进自己的405房间，覃国宁还在想那个人。那个人看他的眼神让他不舒服。这时他手机响了，来电号码陌生："国宁你好，我是敬长明，你的同门，现在在812房间。你在哪儿呢？能过来一下吗？"

报到当天，覃国宁从花名册上了解到，导师今年招了俩博士，另一位叫敬长明。可报到至今已经六天了，一直没见到那位仁兄，现在突然接到来电，覃国宁不免欣喜，同门嘛，不是亲人，胜似亲人。

"是你呀！"一见面，对方亲热地把手臂环在他肩上，"我这个电话该早点儿打。"

原来是刚才一起进门的中年男子。

"敬长明，不，明哥，怎么才报到呢？"瘦小的覃国宁被圈在对方怀里极不舒服，但想到是同门，尽可能表现得热情些。

“单位事多，抽不开身，惭愧惭愧。”

“明天上午刚好有导师的课，你来得正好。”

“对对对，你多大了，家是哪儿的？看着好年轻呢！”

“我二十八了，家是青县的，也不年轻了，古人说三十而立，我目前老大无成。”

“年轻的时候把书读好，像我们，老了再想读也读不进去了。我还是挺羡慕你们，一天无忧无虑，在这么一个如诗如画的校园里读书、睡觉、交女朋友。”

就这样寒暄起来，没到十分钟敬长明接了一个电话，嗯嗯唔唔几声说有事要出去，顺便从柜子里提出一个盒子递给覃国宁，说一点儿特产拿去尝尝。那盒子包装精美，一看档次颇高。覃国宁想推辞一番，对方往他怀里一塞：“拿着，别废话。”覃国宁只好把礼盒接过来，笑着表示感谢，然后送敬长明到楼下。丰田越野车还在等他，不过停到了博士楼边上。敬长明摆摆手，拉开车门就进去了，又摇下车窗来对覃国宁说：“别客气，日后同门之间兄弟一般，不必酸文假醋。”

这一别就是半个月。有一天上课，覃国宁一进教室发现导师旁边坐了一个人，仔细一看，原来同门敬长明来上课了。深灰色的夹克，蒜头鼻上架了副金丝边的眼镜，头发靠后梳着纹丝不乱，笑呵呵地跟导师一起抽烟聊天。他打了个招呼：“明哥来了。”对方点点头，稍作调皮地一笑，但没有出声。接下来上课，六硕士、俩博士、一位访问学者，一齐听导师王明新讲课。导师并没有特意介绍敬长明，不过开讲时笑呵呵提了一句：“今天又多了一位。”导师讲课时本地方言中夹杂着普通话，语速颇快，而敬长明很认真地在记录，表情呈思考状，不时抬头看一眼导师，不断点头以示回应。

那天讲的是庄子的经典名篇《逍遥游》。导师主要研究先秦两汉文学，对庄子情有独钟，今天刚好讲到《逍遥游》，便分析其中蕴含的庄子的人生哲学，个体有限论与精神超越，追问永恒长存的生命意义，提出人应看破功名利禄权势，以达到绝对自由。

导师讲完让学生们谈谈学习感想。按规矩，应是博士生先说。上节课覃国宁先发的言，这次因有敬长明在场，便推让之。敬长明点点头，当仁不让，说了很长一段，见导师微微颔首，气势便上来了，手势也出来了，语句铿锵有力，其中最后几句话让覃国宁记忆犹新："要达到逍遥无待之境，就要做到物我两忘。套用现在的话就是大公无私，群众没私心，就一心一意为国家作贡献；干部没私心，就全心全意为人民服务。人人都能设身处地地为他人着想，社会就安定祥和，从而实现个人的逍遥游。"

年轻的硕士生们面面相觑，有的忍不住嘀咕了一句："做报告呢。"

覃国宁随后也谈了一番听课感想。他硕士毕业后考公务员到某市国土资源局当宣传科干事，拍个照摄个影写点儿材料什么的。混了几年，可越混越找不到北，同事多排挤，领导给脸色，自觉耗尽一生精力当一名文山会海的官员太不值得，于是不顾父母哭天喊地的责骂，毅然决然辞去公职，到 C 大找了间宿舍，成天吃泡面复习博士考试，以求走上学术之路好栖身于高校，超脱于尘俗。机缘也巧，据说导师内定的考生英语没过关，覃国宁综合考评下来成绩第一，就一举成为 C 大一名博士生。他倒是很向往庄子的"以游无穷"而忘记自身存在的逍遥游。可超凡脱俗者能有几人？他心里老打着一个大大的问号。

下课后，敬长明邀请导师一起吃饭，也叫上了覃国宁，三个人未免单调，又把访问学者和几个硕士生叫上，凑成一桌，吃小肥羊火锅。饭局上，覃国宁才知道，敬长明是中和县常务副县长，副处级别，可实权颇大。搞个博士头衔，对日后高升颇有作用。

敬长明给每个人敬酒，每次都一饮而尽，还一一分发名片："到中和来，给我打电话，一切我来安排。要是不打电话，下次见面我可指着鼻子开骂！"

三

C大博士楼1812房间，一张小床、一把椅子、一个带书桌的书柜，除此之外，看到的全是白净的墙壁，看多了令人心慌。我一直在思考，老范派我来调查这件事，主要想跟进什么？有“料”，难道是指覃国宁砸死一个县长？作为刑事案件这很明了，主体、客体、主观、客观四大要件明显，具体原因尽管可以酌情参考，但是故意杀人基本定型，覃国宁不是死刑就是无期。那么老范指的是案子的前因后果吗？当地媒体报道此事件简明扼要，对具体原因以“公安部门正在调查中”一笔带过。但跑过政法口的我能想得到，这些跑口记者肯定在貌似闲聊中打听到了一些内情，只是不方便写出来，或者有部门特意打过招呼，所以一律隐晦不表。不然，到目前还不知道杀人内情，这就小看了中国警察的能耐。

据说覃国宁砸死敬长明是自己报的警，这样的情况一般会坦白从宽。

我打电话给C城晚报跑法制版的记者周晓芸，她一听，像只鸟儿咯咯咯地笑了：“大记者敢情为了这件事啊，很简单，两个字——情杀。覃国宁看上的姑娘成了敬长明的‘小三’，气不过，就给灭了。”

“一个博士，按理说，学历到头了，连这点儿事情都想不明白，岂不是不合情理？”

“读书越多人越痴，你不知道中国近代的哲学家金岳霖呀？为了林徽因还不是终生未娶。像为一个女人走火入魔的哲学家、文学家、思想家多的是。”

“‘小三’能跟林徽因比？再说了，覃国宁不是未娶，而是杀人。杀人是最极端的行为。”

“这我就不懂了，反正我听公安宣传口的人这么说，具体情况还真不了解。”

“你知道牵扯进去的女人是谁吗？”

“听说也是 C 大的，具体是谁我不清楚。”

我脑子在迅速运转。如果仅仅是一起情杀，该怎么做深这篇报道呢？是县长私生活的腐化，还是大学生做“小三”现象的调查，抑或男博士仇视某种不良的社会现象？

我决定到覃国宁杀人的 812 房间门口去看看。

812 和 1812 一样，在博士楼的西北侧，最边上有一扇大窗户正对楼道，想必下午五六点的时候门口光线很好。我赶去时天已擦黑，楼道里悄无声息，感应灯随着脚步声依次亮起来。果然不出所料，门上贴了封条、戳着红印，令人望而心惊。我去敲隔壁的房门，没人应声；再隔壁，也是无人。依次敲到第七个房间，有男生打开门，光着臂膀、趿着拖鞋、大胡子满面，像程咬金。他说知道有个博士在博士楼里被同门杀害了，但具体什么原因他不大清楚。他甚至不知道被害者跟他是同一层，只相隔五十米左右。

因为各院系博士的房间是打乱的，先报到者可以挑选自己看中的楼层房间，不一定非要本院系博士住到一起，所以我只能逐一摸排，先找到文学院的博士，再进一步找到了解事件核心的知情者。

果然，到了六搂，敲开了文学院博三一同学的房门，对方一听我问他知不知道覃国宁，便立即说不是杀人被抓起来了吗？我说是呀是呀，我想打听一下他为啥杀人。他警惕地看了看我，说正忙着写博士论文，又是道听途说的，所以不想多说什么。不过，他告诉我，覃国宁是住在 405 房间。我赶紧顺楼道跑下去。

覃国宁左边房间住着文学院古文字学专业的一女生，身材高挑、开朗大方。右边是经常跟他去打篮球的对外汉语的一男生，平和稳重。因为是同一级的，又在一起上英语课，所以三人关系比较好，常一起聚餐吃个小火锅什么的。他们口中的覃国宁瘦小、单薄，可待人真诚、热情，讨论起问题来容易激动，但又有些木讷，说话时老会走神。对覃国宁的行为，两人均表示了极大的遗憾，觉得放弃自己的一生来杀人太不值得。对敬长明，覃国宁也偶有提起，甚至起初是非常喜欢谈他的，觉得一个常务副县长忙成那样子，还有志于学，十分难得，后来就不怎么谈了，甚至避而不谈。

你一句我一句，俩博士对覃国宁的学习生活甚至情感状态，谈得相当详细。我有一个直观感受，覃国宁愤而杀人是积蓄已久；怒火不喷出来，或许会造成更大的毁灭。尽管深度调查一定要客观超然，甚至是机器人状态，但我当时在想，写完深度报道后一定要写篇小说，把一些需要用想象来填补的情感链条给补充完整。

四

第一学期，导师王明新的课，敬长明隔三差五来听。那段时间，他忙着建设工业园的事，平荒山、通电、通水、通气，四处招商引资，跟外来企业家谈判，加上文山会海，中午、晚上还得接待一些客人，一切让他处于一种超负荷状态。来上课，他也是电话不断。手机在桌子上放着，一振动，大家都能感觉到。有些他直接掐断，但有些，他一看号码，即使在上课途中，他也跟老师眼神示意，然后跑出去接听。接着接着，会情不自禁地大声起来，有时候脏话连连，声调高亢。

“你让周之林接电话，他妈的，怎么搞球的？你脑袋长到驴脖子上了？”

“好，好，好，我马上去处理。”

“弄不好，弄不好你给我滚球蛋！”

“没问题，没问题，这件事我说了没问题，肯定没问题。”

这时候，大家虽在听导师上课，但心思明显不能集中，都被他的电话声给吸引过去了。

如果在学校能待一两个小时敬长明会叫覃国宁到房间来，或者相约到校门口小馆子吃点儿东西、喝点儿小酒，侃上一番。敬长明常感慨，中国官员其实再忙，也要抽点儿时间来读书，因为管的事情多，每个方面都得了解一些，不然会被下面人给蒙了，如果想成就一番功业，就要拼命学习。

“级别越高的官员学得越多，学思想政治，学政策法规，也学唐诗宋词、文艺鉴赏，还有韦伯、马尔克斯之类的也得看看。各种调研报告看不懂，得找专门的书来看。我知道的几个厅级领导案头除了文件，要读的书不比博士生少。昨天到一个厅级领导办公室，人家看的是外国人写胡适的著作，你想想，多有心。”

敬长明会让覃国宁帮着借些书，有专业方面的，也有他特意提出要看的，一次十几本，提前借好，装在一个布袋子里。每次一来，敬长明先把书放进自己车的后备厢，说回去抽空阅读。下次回来时，再换上一批。还书的时候，覃国宁有时也会翻翻敬长明借过的书，有些地方还真做过批注，一看就是最近写上去的。覃国宁觉得，这个敬长明，虽然忙得跟陀螺一般转动，还依然保持大量阅读的习惯，值得钦佩。

他俩关系慢慢走近，相见甚欢，谈笑风生。有时，敬长明来省城，要待好几天，见这个见那个，合适的饭局就约覃国宁作陪，同时也邀一些关系好的硕士生，有男有女。覃国宁有时觉得这样的饭局可以开拓一些视野，有时又觉得好无聊，纯粹陪吃陪喝。

要是在省城过夜，敬长明就回博士楼的房间睡觉，很少住外面宾馆，说是替县里省几个钱。有一天晚上，快十二点了，敬长明喝大了，给覃国宁打电话，让他到楼底下来接。覃国宁把敬长明背上博士楼跟他彻夜长谈。敬长明心情不错，一根接一根地抽着烟，点拨他似的说一些官场掌故。说得兴起时什么都说，比如当官也不难，官道有两条，看你找不找。明道是凭实干和才华，暗道三个字，“不要脸”！再比如有些领导十万是小菜，百万算捎带，千万才是胆，上亿也敢揣。诸如此类。

覃国宁当过公务员，搞不定的就是官场关系。

“领导会当面指出你的不是，你得虚心听，千万别觉得委屈什么的，更不能辩解。第一他有这个权力，再者不见得不是对你好，而且越当面骂你越把你当自己的亲信。”敬长明说，“我他妈骂人，肯定冲跟我的人，你不想听我骂，好，一边儿待着去。”

覃国宁一想，这是什么逻辑，难怪自己几次辩解后领导脸色变得难看。

“要注意背后说坏话的人，中国人太爱背后戳人是非。当面只给你说好话，暗地里下刀子，这种人一定要防，可往往防不胜防。”

“我看到别人对我好，我就掏心窝。”

“官场，是名利场，又不是名利场。处理关系最好简单点儿，就是利益。上下级就是上下级，同事之间最好不要做朋友。这就像妻子就是妻子，情人就是情人，情人不会像妻子一样把身心交给你，妻子不会像情人一样成天玩浪漫。”

覃国宁听得入神，他牢记孔子的“不义而富且贵，于我如浮云”，待人接物“君子坦荡荡”的训导，可总搞得焦头烂额。现在敬长明以毋庸置疑的口气说，他连连点头，心想如果自己再有那么一天进入公务员序列，也得秉承中庸之道，才能左右逢源。

最让覃国宁印象深刻的是敬长明谈女人。“说白了，贪是人的本性。本性有善有恶，看恶能否抑制住。贪财恋权搞女人，财生不带来死不带去，搞多了反而是累赘。权越大，位子越高，说不定能成点儿气候，造福一方。这个女人嘛，就像这一排书，封面看着不同，其实内容、观点大同小异，但遇上脾气、性格对味的、有冲击力的，那就是欲罢不能，极致体验了。”

这些话，基本上是推心置腹了。覃国宁当然也不吝啬，将自己想到的、观察到的、思考到的，和敬长明交流，以便让敬长明作出更高明的判断。不过，他所做的一切，在敬长明看来，绝对是幼稚，绝对不懂什么叫中国官场。

那一夜，覃国宁像是在暴风雨中浸泡了一夜，冰冷刺骨，内心却十分燥热。

快到期末时，发生了两件事。一是某天敬长明带来一个女的。高个头儿、骨感身材，说是他表妹，想考博，考咱们王老师的博，有些知识要点搞不懂，希望覃国宁帮忙复习。那女人笑起来媚态万端，眼神往男人身上一瞟，几乎有勾魂摄魄之功效。覃国宁看了第一眼，不敢多看，暗自猜想她和敬长明的关系，但什么也没问。敬长明每次来都给他带“特产”，如北京烤鸭、天津狗不理包子、西湖龙井、新疆哈密瓜、宁夏清真手抓肉等，不要还不行。现在帮个小忙当然义不容辞，也不用猜三想四干扰别人私生活。于是覃国宁在自己宿舍帮这个后来成为他师妹的女人赵珊珊复习功课。不过时间没多长，如果再长一点儿，覃国宁绝对受不了赵珊珊看他时的眼神，虽然没有特意看，但让他骨头酥软、心思恍惚。还好，赵珊珊只问十几个问题，而且题目已经写好了，有简答、有论述、有名词解释，针对性强。覃国宁一道一道地解说，该从哪些方面作答，答出哪些要点，再怎么总结观点以提升思考水准等。可这个女的听得一愣一愣，除了像名词解释这样能明确划出一些答案的她看懂了外，其他的，再怎么点拨都搞不明白。后来，这个女的干脆摇着覃国宁胳膊，趴在他肩膀上软声细语央求说："你得给我把答案写出来。"覃国宁脸热心跳，手下无力又不敢回头去看，写出来的字跟蚯蚓爬似的。这女的后来看出苗头，说我出去给你买好吃的，你帮我写出来。覃国宁一道道写完答案，已经是夜半时分，这女的还没回来。第二天，敬长明跑来要走了答案。

另一件事，就是导师王明新带着覃国宁去了趟中和县。中和县最近几年除了大力发展工业外，也在不断调整经济结构，发展清洁产业，其中旅游业被寄予厚望。中和县西面有一座山，山势累叠、形体厚重、松柏苍翠，远观气象万端，静穆中透出神奇。其中有座庙，"文革"期间被拆得只剩下几座墙基，最近打算修复，再请几个和尚坐镇。敬长明邀请了老师王明新和师弟覃国宁，目的是根据县志再辅以专业知识，把这座庙的建筑时间延伸到秦汉时期，然后请人刻石题字什么的。最好再搜集一些当地神话传说，使这座庙连同这座山成为本地乃至全国的一大旅游景点，以便壮大中和县的旅游产业。

其实，所谓建筑时间、民间传说、庙的前世今生等内容，中和县宣传部、文化局、群艺馆的工作人员都弄得差不多了，打出来的文档至少有三百页，导师王明新不过是对材料提提意见。不过，既然以专家身份出现，必须得像个样子，不能随意搪塞。于是覃国宁跟着导师王明新在县宣传部工作人员的陪同下，到深山里转了两天，然后住在县城最高档的宾馆好吃好喝地翻了两天材料，最后找相关工作人员开了一天研讨会。会上他才知道，导师王明新是"中和县地方文化资源与旅游开发”课题组组长，这次参会者有不少是本省学界大腕。研讨结束后拿了礼品，临走时，工作人员给覃国宁塞了一个红包，说敬县长特意交代过的辛苦费。覃国宁接过来，厚厚的、挺沉，回去打开一数，整整一万。

虽然也建言献策，但没起多大作用，拿这么多辛苦费，未免受之有愧。于是覃国宁再见到敬长明时，坚决要退钱。敬长明不依，说账都走完了，你给我，让我私吞呀？

无奈，覃国宁写了篇论文，谈中和县的历史文化资源和挖掘开发的意义，然后投到一家核心刊物上，版面费花了六千，算是给自己也给中和县的“辛苦费”一个交代。

这篇论文导师王明新看到后挺高兴，称赞这是课题组的一大成果，说论文的版面费让杂志社开个发票过来他给报销。但覃国宁没有找导师报销。

五

作为C大过去的一名学子，我有六七年没来过校园了。我不知道为什么。刚毕业的时候，隔三差五要到校园里细细逛上一圈，回味回味北门外的小吃什么的。后来有一次进去，发现推土机正在推那片樟树林，工人们正在大面积地移栽樟树。我一问，原来这块地要建一座教学楼。我有些吃惊，大学里最快乐的时光，很大一部分是在这片浓荫蔽日的樟树林里度过的，邀几个谈得拢的同学，在树林里某个水泥石桌上打牌、烧烤、一起读书、高声辩论。到处都是三三两两的学子，有谈恋爱的，有社团聚会的，有吃一大堆零食的，也有听着音乐看书的，反正，各有各的欢乐与幸福。没想到，毕业没两年，那片樟树林只能存在于记忆中了。再后来，C大内到处破土动工，建宿舍楼、教学楼、实验楼、博士楼等，几天不见，就有一栋楼矗立眼前，空地越来越少，路也日渐狭窄，变化的速度可谓“日新月异”。那个园林似的校园渐渐被一排排钢筋水泥的楼群所取代，学生多得跟逛集市似的。校园内的那条街道不亚于地级市的步行街，还有车辆络绎不绝。本来路窄，猛然冲出一辆车，你往往躲避不及。变化太多，我也没心思去逛了。

这次因为采访来到C大，除了感叹时光匆匆、物是人非之外，还有一个感受，就是这里的学生没我们过去那么开心，除了操场上还有一群生龙活虎的年轻人外，其他的，似乎被生活压得很疲惫，走路缺那么点儿精气神，没几个脸上洋溢着阳光般的笑容。

根据指点，我找到了覃国宁和敬长明的师妹——赵珊珊。

第一次拒之门外，第二次怒眼相向，第三次，我先通过QQ跟她沟通，晓之以理动之以情，希望以这次悲剧借鉴后人，并不想讨伐谁或指责谁，但她死活不同意。可到深夜两点钟时，她突然发了个短信给我："想喝酒吗？到626来。"

"学校准备处理我们了。"她手持罐装啤酒，盘腿坐在床上，"也好，不是你的，终究不是你的。"

"难道跟覃国宁事件有关？"

"怎么没关？我怎么进来的，覃国宁很清楚！他知道我不是考进来的，而是操作来的。"

"操作成博士？"我不免吃了一惊，"肯定不容易。"

"当然，我读的是在职研究生，有学位没学历的那种，考博士却难得多，除了要求多发几篇核心论文，还要求加试专业科目。专业课简单，导师出题，题目提前知道了八九成，花上几天时间背出来不成问题。英语考试麻烦一些，找了一个跟我身形长相相近的替考者办假身份证替考，信息是我的，相片是她的。"

"不怕被发现？"

"怎么会发现呢？当时担心前后左右的考生指认，所以除穿戴打扮近似之外，还披头散发、戴个深色眼镜，开考后进去，答完后早早出来。还好，英语考试是第一门，当时替考者迟点儿进去、早点儿出来，没几个人注意。到后面，都是我自己作答，即使有人疑心，也说不出什么来了，因为接下来的考试都是我。"

"即使当时是通过非正常手段进来的，可已经快三年了，覃国宁也没有证据证明你就是操作进来的。"

“有。他保存了一套试题。我当年找他问答案，他写出参考答案后把那些试题及答案都保存在电脑里了。后来他看到当年考博试题就知道有人泄题了，他现在完全可以说出我在试卷里写了些什么，但那份试卷他无论如何是看不到的。答案唯有一个，他提前做过。”

“他已经向学校举报了？”

“没有。他写了一封信，措辞很激烈，是写给教育部的，涉及我们学校的问题。具体什么内容我不清楚，可我担心他也告发了我，因为学校已经开始处理了。”

她喝得不少，脸颊潮红，醉眼蒙眬。跟我说话的间隙，她喝了三罐啤酒，加上床前扔的五六罐，我觉得她已经达到极限了。没想到，她还一个劲儿地吆喝着我喝酒，同时跟我碰杯，说敬长明死后她就迷上了喝酒。

“你看——”她扶着我跳下床，打开C大的主页，点开其中一条信息，我一看，标题赫然是“C大将清退二百八十六名未能按期完成学业、长期旷课的研究生”，其中博士九十六名。名单里第一百四十三个就是赵珊珊，死者敬长明居然也在。

“事发前，覃国宁已经给教育部写信了，说C大博士招生不规范。”

“既然上面要处理，他没必要杀敬长明。”

“他痛恨敬长明。”

“为什么？”

“敬长明起初在覃国宁心中是一个谙熟中国官场生态同时又具有远大抱负、好学而睿智的师兄、长者。覃国宁对他几乎言听计从，甚至把每节课做的笔记都输入到电脑里发给敬长明看。可后来，他发现敬长明不是他所想象的那种人，于是两人分道扬镳。但问题是，毕竟是同门师兄，有一些事情会交织在一起，敬长明的不端行为渐渐让覃国宁不齿了。”

“可以揭发、举报啊？”

“他应该想过，可真查起敬长明来要涉及导师王明新，会让王老师一辈子的声名不保。覃国宁可能考虑到了这点。”

“为什么?”

“哼，亏你还是记者！你想想，敬长明是怎么考上博士的？我是怎么考上博士的？都是通过王明新。再说了，中和县搞的好几个课题都是他带头的。你想想，课题费能少吗?”

我感觉眼前豁然开朗，但倏然之间又变得迷雾重重。现在，独家深度报道越做越难，因为一个线索刚一出现媒体便蜂拥而至，主要事实很快就会被报道出来，而且尽可能将事实吃干榨尽，再经过电视、报纸、网络的评论，受众基本上掌握了全部内容。要想把报道做得更深，独树一帜，除了用坚硬的事实和逻辑外，还有一个至理，就是超越这条新闻，将其引申到更宽广的社会现象上，而且这个现象还未被大面积地披露出来。

“得还覃国宁一个清白，他是个好小伙。”赵珊珊用老练的语气说，侧过身子冲我笑了笑，百媚顿生，“你不相信吧，覃国宁曾打算追我，但我说了一句话，他只好放弃了。”

“嗯，怎么说的?”

“这个，你只有自己去想了。记住，你写的报道要保证有关我的内容一律删掉，这是君子协定。我跟你谈这些，只是让你明白事情原委。”

来之前，我答应过她不录音、不录像，只是想通过与她交流来梳理一些思路。所以，有关她的内容我不能写进报道里。因为深度报道无比看重证据，物证高于书证，书证高于人证。说实话，对于调查中的证据我们会妥为保管，甚至请专业人员作证据保全，而且要保存两年，因为一般权利人的民事诉讼时效期限为两年。

六

读博士期间的第一个寒假结束，覃国宁赶往 C 大的路上遇到了一个女生。该女生手持 C 大学生证，跟他同时在县城小站候车，上车后又居然是对铺。

女生五官标致、睡相可人、呼吸轻微，散乱的发梢披散在脸上，被窗外忽明忽暗的光线一映衬，俨然是天仙下凡。

覃国宁忍不住偷偷扫描时，该女生忽然一个翻身从平躺转为侧卧，露出很有曲线感的背部和纤纤细腰。紧绷的牛仔裤把臀部呈现得浑圆饱满，长腿屈膝，线条优美。作为大龄单身青年的覃国宁，心儿癫狂不已，辗转反侧，一夜不寐。

第二天一早火车到站时，他仍然精神亢奋，不是替该女生拎着皮包、拉着皮箱、屁颠儿屁颠儿地跟在身旁，就是鞍前马后效劳，还说自己是男人、兄长，该照顾老乡兼学妹。不过，略微遗憾的是，他身材瘦小，只有一米六七，夹在大包大箱中间更显柔弱；女生一米七六，长发飘逸、顾盼生姿、活力四射，见他非要充英雄当大哥，只好哂笑着跟他拉开距离。

到了C大，他迅速了解到该女生的基本情况：新闻传播学院播音主持系的，叫莫万丹。目前大四，芳龄二十一，能歌善舞，曾参加过本省选美大赛，入前十后自动退出——因为不想被潜规则。最近跟同学联合拍摄校园微电影——《爱情要毕业》。

“我想到省电视台工作但没关系，连去实习的机会都没有。覃哥哥，你要是有熟人，帮我介绍介绍，进去了我得好好感谢你。”女生细嚼着牛排说。覃国宁满腔的热情还没表白，女生就提出这样一个要求，如一桶冷水把他的热情给泼了个精光。

不过，这女生虽然动不动露点儿播音腔，但“覃哥哥”叫得黏黏糊糊的，好似“亲哥哥”，加上娇嗔的味道让覃国宁难免产生一种赴汤蹈火在所不辞的念头。

找关系，覃国宁所能想到的就是敬长明。敬长明听他说完后像教父一样微微一笑，立即给省电视台一副台长打电话，约时间一起吃饭。那副台长是他老乡，又是本科校友，很给面子，答应第二天晚上见面。

吃饭时覃国宁发现，敬长明约了十几个人，一大桌子，除了莫万丹和他，基本上都是老乡，其中有一个化浓妆的女子说是某企业的副总，但是外地口音，举止神态颇为轻佻。

饭后去唱歌，剩下了七个人，五男两女。敬长明要了一个豪华大包，酒水瓜果占满了两张桌子。莫万丹从一进场就被唱歌的中年男人们拉到包间中央，不是伴舞就是陪唱，一曲接一曲，应接不暇。亭亭玉立的莫万丹脱了外套露出浅蓝的对襟毛衣，在微暗的灯光中愈加清纯。她伴舞陪唱之余还不时看一眼覃国宁，招呼他去点歌，可覃国宁心头酸酸的凄凉万分，低头自顾自地喝酒。

再后来，他借着上厕所的机会打车回了宿舍。

那一晚后，覃国宁拒绝跟这个叫莫万丹的女生再联系。直至有一天，莫万丹站在博士楼门口等他，让他陪她去打掉腹中的胎儿。

“敬长明的，他马上要当县长了，这时候不好出面，让我跟你去。”

覃国宁一怔，敬长明居然连个电话都不打来，拿准了他要帮这个忙。

他确实得帮这个忙，不为敬长明，只为眼前的莫万丹。因为莫万丹说是他把她送到敬长明怀里的，她以为敬长明跟他一样也是正人君子。

“滚他妈的正人君子！”

“覃哥哥，不要怪他，我是自愿的。”莫万丹做完手术后手脚冰凉、冷汗淋漓，倚靠在覃国宁身上怎么也走不动，却不停地替敬长明开脱，“他身不由已，要不他就过来了。”

“他哪点儿好？”覃国宁忍不住很生硬地问了一句，“一张脸跟癞蛤蟆一样，疙疙瘩瘩、扁扁宽宽，又肥胖，你不嫌恶心吗？”

“他爱我，每次来 C 大时总陪我散步，说这是他最幸福的时光。”莫万丹在医院妇产科的楼道里抹起了眼泪，“我能感觉得到，他是真爱还是虚情假意。对我而言，男人的年龄、外貌不是问题，只有感情，唯有感情。”

“好个感情，我看是他的钱和权力换回了你的感情吧？”

“你怎么这么说呢，他为我做了很多，我付出一点儿也是值得的。”

“包括你刚打掉的那个无辜的生命？”

覃国宁声音很大，一个中年女大夫过来，很生气地冲他喝了一句：“吵什么吵！大人的命也不想要了？”

莫万丹哀怨地恸哭起来，肩膀一抽一抽的。覃国宁心软了，把她背到楼下，打上出租车，送到博士楼敬长明住的房间，然后把提前买好的乌鸡给炖上。

“我明白你说的，可我也像海藻一样身不由己地喜欢上他了。再说了，我又没男朋友。”

七

“C大清退二百八十六名未能按期完成学业、长期旷课的研究生”，这条出现在C大网页上的消息，我发给晚报社周晓芸后，她当天就做了采访。虽然学校宣传部门支支吾吾，但第二天还是见报了。见报之后，其他媒体纷纷跟进，许多信息被迅速挖掘出来。媒体称，此次拟清退的二百八十六名硕士生、博士生中有自筹、非定向、定向、委托培养等多类学生，其中定向和委培的占67%。另外，拟退名单中还有一名奥运冠军和一位一线歌星。

好多媒体抓住冠军和歌星做文章，而据我的推断，从死者敬长明是县长的情况来看，名单中还应该有大量官员。大量官员进入高校混取文凭，这才是老范所说的“有料”。

我反复看着这份名单，试图找出一两个我听说过的官员。可惜的是，自己全国各地到处跑，对本地官员的姓名掌握得不是很多，名单里面的名字没有一个我认识的。

不过，时代变了，互联网的出现让大多数官员的身份信息一搜即来。作为记者，我深谙利用新技术的重要性。我按名单上的名字一个一个展开百度搜索，三秒钟，我就兴奋起来，输入的第一个名字，网页上显示得最多的信息是本省牛口市市委常委、政法委书记吕金德，其他两个同名的分别是画家、医学家，远在外省。

问题是，清退名单中的吕金德，是否就是这个吕书记呢？

从专业角度讲，网络只是一个信息源和线索源，所得信息必须在现实中求证，证实后才能放心使用。接下来，我得小心求证。

还好，作为记者我们联系面比较广，牛口市那边有专门的跑口记者，我很快要到了吕金德的电话号码。我打过去，说是想了解一下他是否是名单上被清退的博士生。这个吕书记挺痛快，哈哈大笑，说接到学校的电话了，也看了报道，自己就是名单中的吕金德。因为工作忙，没时间读书，曾表示过要放弃，但学校不置可否，现在也不打算进行补救了，主动放弃。

我吁了口气，继续搜索名单上的名字，第二位、第三位、第八位、第二十三位、第二十八位……一通搜索下来，网页上显示的官员就有六十七位，其中，不会混淆名字的就有五十多位。也就是说，仅被清退的博士生中就有 70% 以上是官员。

我打电话一一确认，几乎都痛快地承认了自己就是名单上的那个他。有些还开玩笑，说不是交钱就能毕业吗？有几个官员还表示不满，说招收时一次性缴纳了数万元的学费，但没人通知他什么时候上课、在哪里上课这些信息。好几个官员指责校方只管收钱不管服务，比现在政府的服务意识还差。有些还问，是不是打算给他们退费呢？

我打了一天电话，除了个别官员千叮万嘱不要泄露其姓名，大多数官员觉得清退了也就清退了，没什么大不了的，只不过损失几个钱罢了，确实没时间读书。有些官员居然不知道博士还有考试一说，以为交了钱，到了时间就可以拿到毕业证、学位证了。有个年纪大的官员说，早一点儿发证他还能多干几年，现在退下来了，有没有无所谓了，一副埋怨 C 大不积极为他着想的口气。

晚上我在食堂吃了碗面后转到操场上，本来想随意活动活动筋骨、舒散舒散心情，没想到，遇到正在投篮的一位老先生。我过去读书时，他年富力强，不断给本科生开讲座，一讲一个晚上，风趣幽默，特显学术功力，有一次讲着讲着停电了，他借着月色讲，大家摸黑听，十分安谧。我走过去跟他一起投球，在搭讪中，他向我证实，确实有大量政府官员、国企高管和高校教师在 C 大读定向、委培的研究生。这种现象目前比较普遍，而且名牌大学里更多，因为官员混学历也要看牌子。另外，文科好混，所以C大的公共管理学院、法学院、文学院，成为官员混文凭的重灾区。

“有些连论文的格式都不会，你说，能读出个什么结果？”

教授义愤填膺，同意再说一遍并让我录音为证，还给了C大前校长罗庆昌的手机号码，说如果罗校长还在岗位上，绝对不会这么胡搞。

我立即给前校长罗庆昌打电话，罗老毫不隐讳地说：“官员当然应该深造，但是确实有很多人不是为了学东西，而是来混文凭。”

罗老也证实，现在有些学院活动经费来源渠道不如学校多，就想歪点子，靠发文凭收取学费，因此各学院招收官员、企业家学生的冲动比学校大得多。但同时，官员路子多，想方设法混进来，学校阻止起来也困难。

第二天一早，我来到校党委宣传部。部长笑嘻嘻地听我自报家门，一听是记者，立即像四川变脸似的，脸一抹，就成了黑脸了，说马上要开会不便接受采访，然后端起水杯请我出门。我转战到大办公室介绍我自己，并问谁负责跟外媒联系，里面有五六个办公人员，各忙各的，有个实习生给我倒了杯水，但我一问起覃国宁事件，她只是点头笑笑却不发一声。到中午吃饭时间，有位副部长过来客气了一下，说一起吃饭。我顺杆往上爬立即答应，想趁机采访几句。副部长一看我如此厚脸皮，不得已带我到C大对外营业的餐厅点了两个菜，沉痛地说，在清退部分研究生一事上，这次是媒体“绑架”了学校，学校现在很被动，相关部门都在过问，希望我不要再继续追究此事。

我旁敲侧击，想了解一下官员收费问题，以及已经发出了多少官员文凭等。这位副部长看我如此执着，愤而扔下筷子，说吃饱了，要回家休息，站起来拂袖而去。

“魑魅魍魉2012”出现了，爆了一条新料，是关于覃国宁、敬长明的导师王明新的，说王明新先后从中和县财政以课题费的名义拿走了至少五十万。

八

有一天傍晚，夕阳暖融融的，C大的博士们吃过晚饭三三两两往博士楼走。这时，许多人看到了戏剧性的一幕：身穿风衣、戴着墨镜的敬长明从汽车后备厢里提出大袋小包的东西，招手让正走过来的覃国宁拿一下，覃国宁像没看到一样自顾自地上了门口的台阶。敬长明抱着东西追过去，往覃国宁怀里塞，边塞边说许久不见，得找个地方坐坐。覃国宁无动于衷，末了，把怀里的几件东西朝外一抛，立时，袋子里的东西摔得四分五裂，掉出来撒了一地。有烟有酒，有巧克力、茶叶、点心，有罗汉果、人参、虫草，多是名贵之物。还有几套钱币和邮票，莫万丹挺喜欢收藏这些。一瓶酒被摔碎后，酒香四溢。

覃国宁看也不看，掉头进门。

还好，敬长明车里还有司机，这时候赶忙冲出来，弯下腰捡拾掉在地上的东西。一看有人围观，敬长明神色冷峻，立即钻进车里。等司机捡完东西放进后备厢，他冷着脸说："回去。"

当晚，已成为博士的赵珊珊来敲覃国宁的房门。赵珊珊进校以来覃国宁只和她见过一面，是教师节吃饭时，十几个博士联合起来请导师吃饭。虽然坐在一张桌子上，但赵珊珊和覃国宁没怎么说话。赵珊珊主要是围着导师说。

这次突然造访，覃国宁心想，多半是替敬长明说话来的。可赵珊珊进来之后，说你这儿有吃的没，我快饿晕了。

覃国宁给泡了袋方便面。

赵珊珊个头高挑、眼神妩媚，一边吸溜着方便面，一边打量着覃国宁的书柜，突然"扑哧"一笑说："你这小孩儿还挺倔的！"

覃国宁面无表情，躺在床上翻开一本书，是朱熹的《论语集注》，竖排繁体，便轻声朗诵起来。

赵珊珊冲上来，一把打掉书，说："你这人怎么这样呀，客人上门，爱答不理的，有你这样的待客之道呀？"

“你来干吗？”

“我来找你借书看呀！”赵珊珊放下方便面，环顾书架，啧啧称奇，“这么多书，天文地理、经史子集，无所不有，你可真是博学呀！这本康《熙大字典》跟《新华字典》有什么不同呢？你给我讲讲，我得用功学习呢，不然赶不上。”

覃国宁最得意的，就是读博士期间买了许多正版书。每有同学造访他房间，总会对两个书架上摆满的书籍啧啧称赞，无比艳羡。这让他受用无比。他是在京东、当当等网上商城搞促销活动时买的，虽然是打折书，但绝对正版，而且是商务印书馆等国家大型出版社出的。有一次来了位女博士，现当代文学专业的，夜晚，本想和他聊聊人生、谈谈感情的，但覃国宁一高兴，讲起自己的书来，一本本取下来让女生过目，谈书的品相、书的内容、版本如何之好，讲了三四个小时，该女生尿憋，最后迫不得已给闺友发了个消息，让对方速速来电。一听手机响了，该女生才如释重负，冲覃国宁笑笑后迅速逃离，再也不敢上他房间。自此，覃国宁成为男博士中的一朵“奇葩”。不过覃国宁显然没意识到这一点，只要有人对他的书感兴趣，那无疑刺激到他最舒服的区域，于是便大肆讲解。

这时候听赵珊珊发问，覃国宁跳下床来，抖擞着洗得发白的短袖T恤，热情万分。他瘦骨嶙峋，浓眉毛，眼睛极小，像是用刀子划开了一条缝，看人的时候，那缝里突然射出一束光亮，在你身上扑拉一下便消失了。讲到书，讲到自己的专业，那两条刀削脸上的小黑缝，似乎变成了一个硕大的光源，笼罩着赵珊珊。

“寒可无衣，饥可无食，至于书，则不可一日失。有人叹读书难，其实藏书尤难，藏之久而不散，则难之又难。你看我这块牌子，写着‘概不外借’，其实还有不少书，我根本不拿出来让人看，是珍藏本。《苌楚斋随笔》载，清朝时，江宁甘氏藏书四十万卷，钱塘袁枚藏书三十万卷，钱塘丁氏藏书四十万卷，均比《四库全书》所收之书及存目加起来还要多……”

覃国宁说得口沫横飞，赵珊珊突然扑上来，在他脸颊上重重亲了一口。

“怎么啦，亲不得？”看覃国宁发蒙，赵珊珊斜着眼睛问，媚态万端。

“你不是跟敬长明好吗？怎么又跟我这样呢？”覃国宁几乎不敢看赵珊珊的眼睛了。据说当年苏妲己之媚，害得杀她的士兵没有一个忍心下手，而现在的赵珊珊，早用眼神把覃国宁击成一摊泥了。

“我跟谁好是我的事，没人能管得了吧？何况谁说我跟敬长明好，他那么花心，我干吗要跟他好？”

赵珊珊的手臂圈过来，像一条黏糊糊的八爪鱼，覃国宁瘦小的身材被包围在中间，没有挣扎的余地，只能听之任之了。

第二天一早，赵珊珊起床开门，发现门口有一束粉红色的百合花，静静地绽放着，等待她发现那一刻的惊讶。花的根部还有一盒麦当劳的快餐，打开一看，依旧温热。花束中间有桃红色卡片，上有隶书一行：“窈窕淑女，君子好逑”。

覃国宁再次开始了他的爱情之旅。在这条道上，他屡屡受挫，从大学本科到硕士研究生，再到博士生，追求过的女生不下一打，正儿八经谈了几天恋爱的只有一个，就是本科的初恋，牵了几次手，动了几次嘴，但对方嫌他无趣，很快说了拜拜。没想到，在他决定不在校园里找女朋友时，赵珊珊主动投怀送抱，让他疑窦丛生的同时却欲罢不能。

两人骑单车逛公园，跑步上桃花山，到河边放孔明灯，牵着手走遍 C 城的大街小巷，逛超市商场，一起煮火锅吃泡菜……覃国宁觉得万无一失了，决定向赵珊珊求婚，还特意用积蓄买了只镶钻的戒指。

“你当真啦？”

“嗯。”

“可我不会嫁给你！”

“为什么？“

“我心里早有人了。”

“敬长明吗？”

“对。”

“那你还来找我?”

“他让我来找你的。”

覃国宁半张着口合不拢，失魂落魄地回到宿舍后发起了高烧，连着几天几夜做噩梦、冒虚汗，都是隔壁的舍友照顾他的。等能下地了，他便直奔汽车站，赶往中和县。

当时县长敬长明正在办公室和本地两个企业家议事。瘦弱的覃国宁冲进来，一个箭步，像只猴子一样跳起来直扑敬长明。敬长明一愣神，想也不想便从大办公桌另一端逃跑，覃国宁奋起直追，口中呜哇有声，手里能捡到什么就朝敬长明砸去。有个老一点儿的企业家喊“快报警”，另一个年轻的企业家情急之下，抄起桌子上硕大的玻璃烟灰缸，从身后给覃国宁脑袋上来了一下。这一下用劲猛，“咚”的一声，覃国宁摸了摸右边的太阳穴，迷茫地看了一眼打他的人，便歪着身子倒了下去。

“报警，快报警!”年老矮胖的企业家还在喊，“什么人啊，吃了豹子胆了，敢袭击县长!”

县长秘书已经跑进来了，对眼前凌乱不堪的一幕露出匪夷所思的表情，但很快清醒过来，说自己刚才低头写个材料，没注意到这个人进了县长办公室。

“打120，先救人，我认识他。”

覃国宁和敬长明的谈判是在病床前展开的。覃国宁说要举报敬长明在外包养情妇、作风不正。敬长明说这算啥，作风问题捕风捉影，我不认，你怎么举证?覃国宁想想也是，自己写论文还有个论据、论点什么的，举报敬长明作风不正，论点不鲜明，又拿不出有力的论据，比如跟踪拍摄的私密照片、情色录像什么的，如果没论据，这篇举报文章就没法布局，写出来也是废文一篇。

不知道是凑巧，还是有人特意交代，在覃国宁躺在中和县人民医院的病房里接受专家治疗时，好久没联系的莫万丹给他打了一个电话：“覃哥哥，你能跟敬长明谈谈不?我跟他已经没关系了，他再缠我，我就豁出去了，举报他!”

“有啥可举报的?”

“他送我的那辆红色奥迪，还有一套一百二十平方米的房子，不会是用他的工资给我买的吧?”

“怎么证明是他送给你的呢?”

“他安排人过的户，过户前的名字是他妻子的，不过我想这些事他妻子不知道，只是身份证被借用了。”

“那你赶紧举报啊!”

“不行，我好不容易进了省电视台混了个主持人，人前光鲜亮丽的，不能因为跟他的关系把我的一辈子给毁了。覃哥哥，我求你了，我们一个县城出来的，你帮帮我吧，你和他那么熟，他不心甘情愿分开，我成天提心吊胆过日子。我连死的心都有了，当时怎么那么傻呀，被他一哄，就什么都答应了。”

覃国宁头上包着纱布偷偷跑出医院，再次去了县政府。门口保安盘查比以往严格，他进不去，只好给敬长明打电话。敬长明说在省城开会，要不晚上到宿舍里谈。

这是敬长明最后一次在宿舍过夜。

敬长明那晚参加了一个省领导组织的晚宴，喝了不少酒，躺在C大博士楼的床上，有些看破红尘似的说：“国宁，我想跟你好好谈谈，你这小子，需要教育，深刻反思。”

覃国宁肚子里窝了一团火：“我跟你没啥好说的，你有屁就放，放完我告诉你，你该怎么做。”

俩人都动了气。敬长明觉得，你覃国宁也不小了，怎么还这么幼稚？自己堂堂一县父母官，跟你做同门师兄弟，私交不错，你追到县政府打县长，还反了天了，这能行？要不是看在师兄弟面子上，没让公安来查，不然你冲进行政机关袭击公务人员，判个三五年不成问题！覃国宁觉得，你敬长明这种人贪污腐化，还读什么博士，完全是斯文败类，祸国殃民！敬长明说：“什么斯文败类，要不是高校堕落，我们能进来吗？你知道这个学校里像我这样的官员有多少个？就我知道的，二三十个！难道是正儿八经考进来读书的？还有你去问问王老师，王老师从我们县里拿走了多少钱，那些钱，你以为真是他作出贡献的所得吗？祸国殃民？你以为就我一个人这么干吗？”

吵到不可开交时覃国宁急了，敬长明胖脸上干瘪的嘴唇一动一动说一些让他匪夷所思的黑幕，他越来越受不了，叫他闭口。而敬长明喝酒之后，倾诉的欲望特别强烈，还喋喋不休地说你日后当了官，到了我这个年龄，一个样，不然你还能做什么啊，有什么价值可以体现啊，真以为老百姓会给你树碑立传啊！

覃国宁四下张望，最后抱起敬长明床前架子上摆着的一块一尺多高的玛瑙石，高高举过头顶，朝下一砸，敬长明瞪着眼还在说，但迅疾止声了。

永远止声了。

九

那天上午，我到校财务处去了解拟清退研究生的缴费情况，以及清退时费用的处理问题。但财务人员三缄其口，问不出个一二三。记者对沉默的采访者除了多方开导、循循善诱之外，不能像公安那样铐起来讯问，只好另觅他策。

没想到，财务处办公大厅摆着一台查询机——我们读书的时候还没有类似的工具，我走过去试了一下，立即心花怒放，这台查询机可以根据学生学号查询到任何一个学生的缴费信息。我手中的拟清退名单中有这些人的名字、学号，我万分兴奋，一查，果然不出所料，这些官员基本都缴纳了数万元不等的学费，最少的一万五，最多的三十万。

为此，我到财务处处长办公室了解情况，可这些“万金油”们一听说记者造访，而且是以批评监督出名的媒体记者，立即像受惊的麻雀一样飞走了。

其实，他接不接受采访已经不再重要，查询机里的信息每一处我都拍了下来。这将作为最重要的物证予以保留，成为我写报道的一个重要链条。

接下来，我想找覃国宁和敬长明的导师王明新作个采访。但老人家俩弟子一个死亡、一个入狱，遭遇如此重创只得休假在家，接电话的是他老伴，一听说是记者便毫不犹豫地掐断电话。我可以想象她老人家的状态，应该是气急败坏。

从校办公楼去博士楼的路上，我折身走进公共管理学院。这里是官员混取文凭比例最高的地方，也是培养官员、企业家最多的地方。我见到一些老师和学生，问是否知道C大清退官员、企业家读博士研究生的事。好多人表示不知情，但也有人反问，说干吗退掉呢？这些人怎么可能来上课？他们只要交钱就行了。

到行政办公区域，我发现刚好有位副院长的办公室门是虚掩着的。我敲门进去，对方正埋头看一份文件，头也不抬，问有什么事。

我问："吕金德吕书记曾经在这里读博，您有印象吗？"

"书记怎么啦？到我们这里读书的书记多得很！"对方听到吕金德的名字，立即抬起头，一连串数了几个书记，对我进行"批评教育"，"吕金德没按期完成论文，我们已经打算清退了，你们记者追着问，还要干吗？难道要把一座堂堂学府搞臭不成？"

我说我从C大官方网站上看到几年前的一条消息，公共管理学院有名副院长的科研项目就是在吕金德那个市开展的，后来，吕金德还作为评委考核了这个科研项目的完成效果。弟子当老师的评委，的确耐人寻味。

"你是哪儿请来的记者？跟我们学校宣传部联系了吗？先找我们院办去，我忙着呢，不送了。"对方恼羞成怒。

回到博士楼门前，发现门口被警察封了，有两辆警车闪着警灯停在那里。

一问，原来是警方带覃国宁来指认现场了。

门口拉了警戒线，男女博士们站在线外伸头张望，每张脸都充满着好奇，也想多看一眼覃国宁。我个头儿不高，又特想了解一下覃国宁的想法，于是故技重施，夹着采访包、挺着肚子、大声地打着电话，大模大样朝里走。这时候有几名刑警协同本校负责人打开博士楼门往里走。我不动声色地跟在后面继续装作打电话的样子，负责警戒的年轻民警看了一眼后并没伸手拦住我。

我跟到812房间，这里曾是敬长明忙里偷闲，读书休养身心的地方。

这时节，屋子照不到光线，像隐没着很多魔鬼般昏暗。覃国宁戴着手铐脚镣，哗啦哗啦地响，但面无表情。有一名民警站在他前方拍照，让他站在中间，手指着床头不动。另一名民警喝令他再指那块石头。那是块玛瑙石，靠着另一侧的墙根躺着，闪光灯一闪，我看到光艳瑰丽的表面有一层褐色的血迹，像没擦干净的陈年酱油。

我还记得，那块玛瑙石造型像极了一只回首翘望的鸟儿，加上它的色泽、质地，以我的判断，那应该是珍品，价值不菲，适合作为展品让人观赏。但可惜，现在它作为凶器，只能存放在幽暗阴冷的档案室里了。

（原载《啄木鸟》2013年第4期）

职　责

吕　铮

一

林楠回到家的时候，父亲已经摆了一大桌子菜，他看看手表，刚过八点。窗外秋天的景色渐浓，而他却提不起一点儿精神。

“爸，今天叫我回来到底什么事啊？”林楠不耐烦地问。他所在的经侦大队今天将抓捕行动定在凌晨之后，作为探长，林楠是今晚行动的主要执行人。

“就想让你回来好好吃一顿饭，没别的事……”父亲欲言又止，却充满期待。

“爸，真没别的事啊？”林楠再次追问。一种不好的预感总在他脑海萦绕，因为几个小时前父亲那个莫名其妙的电话。

林楠是个经侦警察，在打击经济犯罪一线一干就是五年。现如今刚刚过了二十八岁生日，而心情却毫无秋日阳光那般灿烂。经侦工作忙啊，涉税、侵占、商业贿赂、各类诈骗，社会主义市场经济越是蓬勃发展，经济犯罪就越是层出不穷。加之又赶上今年破案会战，公安部部署的各项战役一层层压下来，林楠这个小探长就像上了弦似的一天到晚奔波，祖国大好河山可劲儿地转，唯独回不了家。女朋友耐不住寂寞了，与他挥手作别，老爸一个月也见不了儿子几次面。

林楠并不高大全，内心还没升华到拿加班当乐趣、献青春舍爱情的地步。有几次干累了，也想找茬儿请假偷懒，但一进队长办公室就打了退堂鼓。队长高洪波是他师傅，用土话说，林楠是什么鸟儿变的，师傅都一清二楚。在高洪波面前，林楠根本说不出像样的瞎话，一张嘴就拌蒜。从破案会战那天开始，队长高洪波就没回过家，直接给林楠这个小探长起到了正能量的示范作用。看林楠一进门，同时接着俩电话的高洪波就用眼神示意他坐下，然后顺手扔给他一包烟，停顿了一下，又扔给他一个“件儿”。公安局里管案件线索叫“件儿”，大部分案子，都是从“件儿”开始的。林楠接过“件儿”一看，脑袋顿时大了，这是一个公安部经侦局组织的叫“战斧行动”的商业贿赂专案，里面严格地规定着办案的要求和时限，一看就是个“大活儿”。

“好好熟悉材料，立即准备开展工作，下午听你的侦查计划汇报。”高洪波利用挂断和重新拨打电话的间歇对林楠说。林楠本是想来请假的，不料却被动领了任务，觉得自己简直就是偷鸡不成反蚀把米。

林楠迅速熟悉材料。“战斧行动”涉及面广、影响重大，商业贿赂案件牵一发动全身，如果工作不缜密严格，不但有可能跑风漏气，还会因证据缺失造成案件流产。查账、调查、沟通、汇报，林楠不敢怠慢，一忙起来就是两天，请假倒休的事早就忘到了脑后。

他们队里崇尚两个名词，就是“铁拳”和“野战军”，说的就是要劲儿的时候就必须冲上去、不掉链子。同时林楠明白，往往在“大活儿”面前，才是考验自己、证明自己的最好时机。

林楠干得不错，证据在最短时间内取得，经过法制部门认可，今晚就可以“动人”。公安局管抓捕犯罪嫌疑人叫“动人”，与“美丽动人”不同的是，警察的“动人”更具行动力。

而正当林楠下午制订抓捕计划的时候，却接到父亲一个有些莫名其妙的电话。林楠一听父亲支支吾吾，心里就感觉发虚。父亲去年刚刚退休，身体硬朗，性格开朗，养鱼、养鸟，一屋子热带雨林似的花花草草，退休的生活弄得比上班还忙。父亲知道林楠工作忙，平时没有特别着急的事，从来不给儿子打电话，而一打电话，就往往是家里出了什么大事要事。最近一次父亲打电话，是奶奶去世。所以林楠一听到父亲支支吾吾，心里就七上八下，在办公室里转了半天磨，还是决定先回家一趟。林楠一边开车一边琢磨，一去一回，应该能赶上“动人”时间。

“爸，别老吞吞吐吐的，我这不都回来了吗？有什么事就直说，能办咱就快点儿办。”林楠看着父亲说。

“哎，小楠，真的……没什么事。嗯，既然回来了，就吃两口再走，这一桌子的菜呢，别浪费了。”说不出来父亲是什么语气。

“爸，您可真行，我还以为什么大事呢。”林楠的语气中透着不耐烦，连日工作的压抑突然爆发。“我从前天到现在，就没睡过一个整觉，一会儿还得去抓捕嫌疑人，您这时候叫我回来，不是……不是添乱吗？”林楠重重地叹气，一点儿没顾忌父亲的感受。

“哎，我……真是的，行了，没事，小楠，你走吧，我……”父亲像个犯了错的孩子一样，嗫嚅着说。

“那我走了啊。”林楠一边说一边转身。

“注意安全，早点儿回来。”父亲还是那句话。

窗外已是漆黑一片。就在林楠开门的一瞬，突然看到了门后挂着的一个半人高的薄塑料袋，里面黑漆漆的，是张CT片。萦绕在他脑海中的不祥预感，似乎突然破茧而出，张开一双黑色的翅膀。

林楠一愣，顿时停住了脚步。

“爸，您去医院了？”林楠缓缓转过头问。

“嗯……今天下午取的结果……”父亲在努力用坚毅的表情和语气回答。

二

林楠不敢相信眼前发生的一切，他怎么也想不到这两个字会和身体硬朗的父亲联系在一起。

而“癌症”，这两个再怎么书写也不会好看的字，此时就愣生生地写在他手中的诊断书上。林楠感到心和整个世界都在迅速下坠，全身有种失重似的无力。他愣在那儿良久，才想起要劝劝父亲。

父亲真的老了，两鬓斑白，腰杆不再笔挺。林楠试图直视父亲双眼，却发现根本没有勇气。“爸……您……怎么现在才说……”他半天才从牙缝里挤出一句话。这时才发现坐在饭桌后的父亲面色灰黄。

林楠眼睛一湿，泪就要往眼眶外打。他强忍着，努力控制情绪，但大脑却感性地开始回忆，往事历历在目。上小学时父亲背着他去广场看降旗，国旗在橘红色的夕阳下迎风招展，父子俩一起庄严地注视，一改傻傻的笑容；上警校的时候，父亲骑自行车送他到马甸校区，汗水打湿了父亲的后背，林楠走进校门后，远远地回头看着，父亲很久也没有离开；毕业后上班的第一天，父亲骑车赶在林楠之前到了他的单位，为的竟然是给他送一条遗落在家里的警用皮带……

林楠终于泪如雨下，把头低下，根本没有勇气去说一句话。说什么呢？说您没事，放心，一切都会好？说这是误诊，要再去好好检查？还是说，爸爸，有我在，您别害怕？五味杂陈的感觉瞬间充满全身感官，林楠挣扎着瞪大眼睛，默默地看着客厅墙上母亲的遗像，照片里的她还是那么年轻，容颜被定格在最美好的时光中。十年了，一晃而过。林楠耳边总是回响起母亲那最后的嘱托：照顾好你爸爸……

照顾好爸爸……照顾好了吗？我照顾过爸爸吗？林楠浑身颤抖，一千个声音在他脑海中同时震响，你，照顾好爸爸了吗？

左肩一热，反而是父亲扶住了林楠的肩膀。

“小楠，没什么大不了的，有病就治，我只是……只是……”父亲没有把话说完。

林楠长长地呼出一口气，忍住眼泪说：“爸，您放心，一切都会好的，爸……”

“没事，哎，真的，我约好了明天住院检查，是让肿瘤科的潘主任亲自看，都安排好了，不用担心……”父亲缓缓地说着。

这时，电话突然响了起来。这是探组侦查员小吕打来的电话，林楠下意识地看了看表，九点五十。

“喂，好，你确定吗？嗯……现在嫌疑人在家呢？好……”林楠顿时从低迷的情绪中解脱。“爸，我……”林楠欲言又止，随即又如泄气的皮球。

“没事，我知道你工作忙。快去吧，注意安全，早点儿回来。”父亲还是那句话，还努力地挤出一丝笑容。

林楠无言以对，一把抱住了父亲，这才发现父亲昔日强壮的身躯早已瘦骨嶙峋，林楠感到一种发自心底的悲凉，自己全身的热血正在冻结。他紧紧抱住父亲，生怕失去似的久久松手。

三

来到蹲守地点的时候，小吕已经抽了半包烟了。

“探长，你可算来了。”小吕脸上有了放松的表情。“人在呢，屋里现在还亮着灯呢。”语气里却有些紧张。

林楠的脑子里还在嗡嗡作响，满眼都是父亲诊断书上那两个丑恶至极的汉字。“在呢？”他愣了半天才重复这两个字。

“在呢。”小吕点着头表示肯定。在林楠的探组里，小吕算是最能吃苦的探员。刚参加工作的年轻人总是把工作和梦想放在一起，充满干劲、不计得失，但随着岁月的磨砺，许多人会渐渐失去这些宝贵的东西。小吕去年刚刚从公安大学毕业，现在还戴着像“小飞机”样的见习警衔。林楠相信小吕也有着像小飞机一样的执着和冲劲儿，却忘了小飞机毕竟缺少飞行经验。

林楠没有多想，或者说他来不及多想，他没有像往常一样冒充物业人员入户调查；也没有拿着神州行手机拨嫌疑人家的电话，以作确认；更没有另择时机，待真正看到嫌疑人的时候再行抓捕。就这样混混沌沌地，贸然跟着面前这个小飞机，慌不择路地进了小区，上楼，踹门，结果一脚丫子踹出的不是犯罪嫌疑人，而是嫌疑人的父母。

小吕傻了，五分钟前的信誓旦旦立马急转直下，转为惶恐和自责。

林楠也傻了，全身的敏感神经一股脑儿地蹦跳起来，将刚才的麻木彷徨一扫而空。

“坏了，漏了！”林楠用一个没出声的口型默念。

四

“你是干什么吃的！”能对林楠说这话的，全队只有他师傅有资格。林楠这几年探长工作干得风生水起，经常向总队长甚至是主管局长汇报都不觉紧张，但一到他师傅高洪波面前，就立马歇菜。

林楠羞愧得满脸通红，憋了半天气也不知该如何解释。

“到底怎么干的活？不到七点就出去蹲守，这么长时间了，弄不清嫌疑人是不是在家？”高洪波气得鼓鼓的，批评起来没了节制。“我告诉你，林楠，别觉得今年你破了几个案子就扬扬得意，就翘尾巴。可笑！咱们干经侦的，不求十个多，就怕一个错！我说过多少遍了，还不长记性。我告诉你，今天这个案子是部里督办的重点案子，经侦局的领导亲自等待抓捕消息，你今晚要是不把人给我落实了，就别回来见我。”高洪波没等林楠解释就挂了电话。

林楠拿着被挂断的电话发蒙犯愣，那种无力感又占据了全身。他在秋风里重重地一声长叹。

没想到，接下来的电话竟然是武然打来的。

武然是林楠的警校同学，在警校的时候，两人就是五千米长跑的竞争对手。而既生瑜何生亮，两人毕业一分配，竟还到了一个单位。现在两人都是探长，时不时地拿案子比画一下高低。

林楠木然地任由电话响了N声才接通。“喂，什么事?”林楠淡淡地问。

武然讲话干净利落，大致意思是，刚刚接到高大队的电话，要求他立即根据行动线索对“战斧行动”中的嫌疑人进行抓捕，他已经带着探组迅速出动，发现嫌疑人正在回家的路上。

林楠知道这是武然明着给自己下马威，但心里明白也怪不得他，自己烂泥扶不上墙，怎能怪高大队临时换将。林楠渐渐冷静下来，父亲憔悴的面容就又浮现在眼前。林楠一咬牙，三步并作两步迅速回到嫌疑人的家中，他和小吕此时需要做的再无其他，就是阻拦两位老人给嫌疑人拨打电话。

五

半小时后，在即将驱车到达嫌疑人住址之前，高洪波收到了武然发来的短信，简短的两个字：拿下。

短信是群发，林楠也收到了这两个字。高洪波深呼了一口气，林楠心里却泛起了一阵酸涩。

小吕见高洪波来了，低下头作鸵鸟状。而林楠却没资格躲闪。

“师傅，不，高队……我……”林楠不知是要辩解还是自责。

高洪波转过头，没拿正眼看林楠，远处一辆警车飞驰而来，一阵急刹声骤然响起。

特有的急刹车是武然的做派。车门一开，武然带着胜利者特有的姿态，和组员押着嫌疑人走出警车，在红蓝光影的映照下，嫌疑人的表情惶恐不安。

“林探长，人帮你给抓到了，现在移交给你啊。”武然一边说，一边掏出一支烟犒劳自己。

高洪波听出了武然的挑衅，不轻不重地拍了一下他的脑袋，说：“那么多废话，去，把人带回车上，先不送看守所，回去突审。”

武然一吐舌头，悻悻地带着组员重新把嫌疑人押解上车。

“林楠，刚才行动是怎么回事？这么失常？”高洪波皱着眉头问，满眼都是恨其不争的神情。

“师傅……我……”林楠欲言又止，他不会把责任推到小吕身上，更不想将父亲的事和盘托出，同时也明白“战斧行动”的重要性和这次失败的危险。想得太多，嘴就不知道如何表达，林楠支吾了半天也没说出句整话。

“别你你我我的，我就问你刚才行动是怎么了？工作不细致，摸排不到位，没有确定嫌疑人在家就贸然动手。如果今晚嫌疑人不到位，明天咱们如何完成以点带面的整体战役工作计划？我怎么向上级领导交代？”高洪波说到酣处也掏出一支烟。“我不是说你，林楠，这公安局有句老话，叫‘干有眼力见儿的活儿’，这个案子影响这么大，你不把工作重点和精力放在这上面，平时干得再积极努力也白搭。这些都不说了，当务之急是立即突审嫌疑人，他涉及的商业贿赂非同小可，一会儿你主审，我给你打下手，趁着热乎劲儿，必须把他拿下。”高洪波试图重新激起林楠的斗志。

不料林楠却撂下一句话：“师傅，明天我要请假，就一天时间。”那语气毋庸置疑。

高洪波不可思议地看着林楠，气氛骤然变冷。

六

林楠不知是怎么逃回家的，之所以用逃，是因为他师傅高洪波那复杂的眼神。他没有如想象中的那样遭到师傅拍桌子瞪眼的怒骂，也没有被强留下审理案件，而是被一句淡淡的却极具杀伤力的话驱赶走了。

"回家吧，这个案子给武然了。"高洪波低下头说。

林楠顿时脸憋得通红，无地自容。他知道，自己多年建立起来的信任和认可都在这一刻轰然倒塌。作为一名警察，没有什么能比让别人接手自己侦办的案件更令人羞愧和耻辱的了。

到家的时候，天已经蒙蒙亮了。秋天的早晨微凉，远处不时传来晨练者的开嗓声，几片落叶在水泥地上被风驱逐，停停走走。

林楠走进容纳父子俩的狭小居室，餐桌上昨晚丰盛的晚餐已经不见踪影。桌布铺得整整齐齐的，茶壶和茶杯也摆放规矩，碗筷显然已经收拾干净放进橱柜，一切像每次凌晨回家一样，看不出一丝慌乱。而餐桌上的烟灰缸里，却插满了烟蒂，烟蒂像插入土地的剑戟一样竖立，记载着被消磨的时间长度。林楠从那里看出了父亲的彷徨和恐惧。

记得小时候，父亲几次戒烟均告失败。第一次是林楠上小学时，父亲被查出了脂肪肝，在母亲的强烈要求下，父亲转头对趴在后背上的林楠说，"儿子，爸爸从今天开始戒烟好不好？"林楠不知戒烟为何意，但用力地点着头，表示同意。在那个年龄，林楠觉得父亲作出的一切决定，都是对的，包括背着妈妈偷偷教他喝酒。刚开始父亲确实戒了一段时间，但随着妈妈病情的加重，香烟又慢慢占据了他的生活。母亲得了一种怪病，刚开始持续发烧，后来出现胸闷气喘等症状，她是医院的护士，症状与病房里的几个病人相似。在父亲的茫然无措中，母亲被送往隔离病房进行检测治疗，直至她闭上美丽的双眼也没能再次拥抱挚爱的亲人。后来父子俩才得知，母亲得的病学名叫严重急性呼吸综合征，在该病肆虐的时候，人们把它简称为非典型性肺炎。在母亲弥留之际，父子俩穿着防护服见了母亲最后一面，母亲对他们说了两句话，一句是微笑着对父亲说：戒烟吧，把你的毅力拿出来给我们看看；一句是对林楠说：照顾好你爸爸……

而事与愿违，在母亲离去之后，父亲的烟瘾变本加厉，一向爱唱俄罗斯小调的父亲，开始变得沉默，夜色中浓浓的烟雾成了林楠初中记忆的背景。直到林楠考上了警校，父亲才重现微笑。在林楠走进警校大门之前，回头望着父亲说了一句话：爸爸，戒烟吧。这一次父亲真的把烟戒了，没想到，昨晚，他再次点上了香烟。

七

林楠被烟雾呛得咳嗽起来，睡梦中的回忆与现实交织在一起。一睁眼，发现父亲就坐在他面前。

林楠从沙发上爬起，装作困倦地揉着眼睛。“爸，起这么早啊。”林楠说。

“嗯，早点做好了，快点儿吃，别耽误上班。”父亲平淡地说，一如往昔。

“爸……我今天请假了，陪您一起去医院。”林楠说。

“嗨，不用。”父亲强作笑容。“医院都安排好了，我自己能去，等你忙完了再来看我，我……没事……”

“不行，我陪您去，我会在您身边。”林楠说着就攥住了父亲那枯瘦的双手，仿佛怕丢失一样。

父子间的感情往往是深埋而不易显露，正如同经年累月的沉香，厚重有力却不轻佻。父亲默默看着林楠，老泪纵横。林楠却努力地笑着，用手擦去父亲的泪水，而自己内心最柔软的地方却正在被无情撕碎。

早晨八点，父亲给家里的鸟刷完笼、鱼换完水之后，又把晒在阳台的花挪进了屋里，才缓缓地走进卧室。他精挑细选了几件衣服，还犹豫不决，仿佛去参加一个重要的仪式。最后还是穿上了那件母亲为他买的白色夹克衫，轻轻拢了拢头发，仿佛找寻着年轻时的状态。在出门之前，他默默地停留在母亲的遗像前良久，轻声地说：“亚芳，我走了……”

“爸……”林楠欲言又止。

“走吧，办完了住院手续就赶紧上班。”父亲竭尽全力，展现满脸阳光。

八

医院位于林楠家的西南方。门口的停车位紧俏，停车处为了多增加收入，跑马圈地似的占用了好几处未划白线的空地。医院门庭若市，摩肩接踵，鲜花礼品商店在门口扎堆，生意红火，欣欣向荣。林楠没想到这里竟然会人声鼎沸，毫无自己想象中的阴冷寂静。

肿瘤科的主任姓潘，是医院做癌症切除手术的权威专家。

“潘主任，我父亲的病到底……”林楠话说一半，就觉得无力继续。

潘主任五十岁上下的年纪，高高瘦瘦的，一副无边眼镜后是一双温和的眼睛。

“别着急小伙子，你父亲的病情没有你想象的那么糟。”潘主任缓缓地说，但一字一句都牵动着林楠敏感的神经。“你父亲虽然是癌症晚期，但从检查的结果、病情的诊断和他的身体情况综合分析，我认为还是有手术机会的。”

“有手术机会！”林楠的眼睛里重现光芒，但随即又被理性的思维压倒。“如果手术，有多少成功概率？会不会……会不会……走不下手术台？”林楠问。

潘主任沉默了一会儿，看着林楠的眼睛说：“我无法百分之百地向你保证你父亲手术后的结果是乐观的，但作为一名医生，我可以向你保证只要有一线希望，就会尽百分之百的努力，我会尽我的职责，绝不放弃。”潘主任说。

“谢谢主任，我爸爸，就拜托给您了。”林楠用重重的语气说。

“如果你们确定手术，我们可以安排在周五上午，到时你要提前到，有一些手续需要办理。还有，在手术之前要尽量给你父亲积极正面的暗示，要给他树立信心，让他做好准备。”

“好，我一定按照您的要求做。”林楠站起来，深深地给潘主任鞠了一躬。随即将口袋里的一个纸包放在潘主任桌上，准备转身离去。

“哎，小伙子，你这是干什么?”潘主任看也不用看就知道这纸包里的东西。

林楠从未想过自己也会这样做，但警察毕竟也是人，耳濡目染，也知道社会上存在许多潜规则。无奈，心底沉重的一声叹息，为了父亲的生命，林楠也不能免俗。

“潘主任，这是……一点儿小意思……”林楠从未觉得自己如此卑微，脸上有火辣辣的灼烧感。

“拿走。”潘主任用毋庸置疑的语气命令道。

“潘主任……”林楠还想解释。

“小伙子，每个职业都有它的道德和尊严，你要是相信我，就收起这包东西。”潘主任的语气平和但有力量。

林楠默默地点头，又深深地鞠躬说：“我爸爸，拜托给您了……”

九

下午回到单位的时候，高洪波似乎还在生林楠的气，看林楠过来了也不理，自顾自地低头看材料。

“师傅。”林楠轻轻叫道。

“你不是今天请假吗？怎么这么早就回来了?”高洪波没拿正眼看林楠。

“师傅，我想拿回那个案子。”林楠坚定地说。

“什么?”高洪波气不打一处来。“你说什么？我没听清。”他明知故问。

“我说，我要拿回那个案子，重新开始办理。”林楠斩钉截铁地回答。

“开什么玩笑!”高洪波发作起来。“林楠，你以为搞案子是儿戏吗？你说拿回来就拿回来，说放下就放下。警察搞案子不是由着性子来，而是要充满敬畏和责任感。”

“师傅，请您给我一个机会。”林楠不想过多纠缠，他只想要一个结果。他忘不了刚才离开病房时，父亲对他说的一句话：“尽好自己的职责。”

高洪波一愣，对林楠的表现摸不着头脑。他问：“林楠，你跟我说句实话，你这两天到底怎么了？”

“您别问了，师傅，我……就想要回那个案子。”

高洪波犹豫了一下，说：“好，去找武然吧，他已经做完了嫌疑人的第一次笔录，现在正整理卷宗呢。那小子干活利索，跟你不相上下，刚才他还跟我磨叽呢，说想把这个案子重新给你。”

林楠一愣，不知道武然葫芦里卖的什么药。

“记得自己是干什么的。”高洪波在林楠身后提醒道。

十

武然递给林楠一支烟，两个昔日警校的同学、如今的竞争对手慢慢地吞云吐雾。

“楠子，你是不是最近有什么事啊？”武然问。

“没什么。”林楠说。

“不会，我看你不正常，抓人那个漏儿，不像是你干的事儿。”武然摇着头说。

“错就错了，我认栽，多亏你那天出手相助，要是嫌疑人跑了，我更没法跟高大队交代了。”林楠说得很诚恳。

“呵呵，你认什么栽，说得我抢你食儿似的。我告诉你林楠，我武然就不是那种胜之不武的人，要比画咱就堂堂正正地拉出来比画，我可不会乘人之危。得了，第一次笔录给你撂这儿了，你好好看看，这个案子我不管了，还是你搞，别给自己丢脸。”武然说着拍了拍林楠的肩膀，走了。

林楠看着他的背影，苦涩地笑了。这小子的德行一直没变。

代号“战斧行动”的这个专案，是公安部经侦局集全国几个省经侦之力，搞的一起打击医疗行业商业贿赂的案件。从外地某省抓获的一个受贿医生的线索开始查起，陆续有几个行贿的医药代表落网，而林楠负责抓捕的这个嫌疑人，就是本市某医药公司的医药代表，名叫田奎。

田奎今年四十多岁，社会经历复杂，当过工人、干过苦力、做过老板，无论做什么职业，精明的他从来不做亏本的买卖。这几年搞医药行业，凭借以钱铺路的处世方法，也着实买了些机会，挣了些钱。但俗话说，常在河边走，哪能不湿鞋。“战斧行动”一打响，砍下的第一斧子，就落到了田奎的身上。据被查获的医生供述，仅田奎每年向他行贿的数额，就高达几十万元。专案组顺藤摸瓜，在经历了林楠失误的小插曲后，一举将他擒获，而深陷潜规则思维的田奎，在武然讯问的过程中还振振有词，一句话反复出口：没钱上贡，哪个医院哪个医生会买我的药？

林楠看着笔录，感觉田奎还是存在侥幸心理。按照公安部的指示，“战斧行动”打的就是一场裂变的战役，说白了就是从受贿方查起，顺藤摸瓜反查行贿方，再从行贿方入手，扩散调查到新的受贿方，以此类推，扩大战果，打出声势，以儆效尤。第一次笔录，武然已经问得很到位，田奎对上线行贿的供述已经取得，结果也同外地受贿医生的口供相符。下一步，就是要依照公安部的要求，继续深挖田奎其他的行贿线索。要挖，自然要从本市的行贿线索挖起。

而林楠怎能料到，这一挖，竟然就挖到了一个熟悉的名字。

十一

田奎说出潘主任的姓名，是在林楠给他作讯问笔录开始五个小时之后的事情。

搞讯问就是与人斗。调虎离山、引蛇出洞、旁敲侧击、欲擒故纵，斗智、斗勇、斗心，藏锋、藏智、藏势，关键时举证、看破绽突击，硬功夫得有，软招数得上。林楠依照讯问计划，带着田奎从开始的抗拒侥幸，到中间的沉默畏罪，又经过矛盾彷徨，一直到最后心理防线的土崩瓦解，整整从下午问到天黑。当田奎抽完了林楠的第二包烟时，他的供述已经从量变转化为质变，行贿事实和盘托出。

“你说肿瘤科的潘主任受贿，有什么证据？”林楠表面冷静，内心却在剧烈地震颤。

“三年前的春节前，潘主任的科室从我的公司进过一批设备，作为好处费，我给过他五万块钱。”田奎回答。

“在什么地方给的？还有其他人在场吗？”林楠追问。

“我在他医院办公室里给的，这种事都是一对一的，当然不会有别人在场。”田奎回答。

“钱的特征是什么？怎么包装的，他拆开看了吗？”林楠问。

“钱是五沓，都是从银行现取的，没有拆包。我拿报纸包好给的潘主任，他当时没有拆开看，但这种事大家都心照不宣，谁不知道这里面装的是什么？”田奎反问。

“你如何证明自己说的是真话？”林楠问。

“呵呵，我们这些生意人，有时为了安全，也会做一些记载，留一些痕迹。我当时给潘主任送钱的过程，都拿一个录音笔录下来了，录音笔就放在我公司的抽屉里，如果你们需要，可以去拿。”田奎诡异地笑了一下。“林警官，我说了这么多，是不是可以作为从轻处罚的条件啊，我算是揭发检举吧？”田奎的表情毫无焦虑。

林楠继续问下去，潘主任、李主任、范科长……他默默心算，仅仅这几个小时获得的线索，如能查实，便会断送不下十名医生的饭碗和前途。商人的好处不是好拿的，中国有句老话叫“吃人家嘴软、拿人家手短”，还有句老话叫“拿了给我送回来，吃了给我吐出来”，两句话其实说的是一个道理。

十二

为了保证潘主任起码的尊严，经过向领导请示，林楠决定在潘主任回家的路上开展抓捕。

晚上九点，当潘主任的自行车被林楠和小吕拦下的时候，他还未从疲惫中恢复过来，认了半天，觉得林楠眼熟。

“我们是经侦总队的，在侦办一起商业贿赂案件，田奎你认识吧？”林楠单刀直入，毫不拖泥带水。小吕在一旁亮出了警官证。

潘主任这才如梦方醒，深深地叹了口气。“该来的，总会来……”他似乎早就预料到了这个结果，默默地伸出了双手。

讯问室里，潘主任坐在田奎刚刚坐过的位置上，按照讯问规定，他双手被戴上冰冷银亮的手铐。

“我知道这一天早晚会来。”潘主任知天命似的，怅然若失。

“早知今日，何必当初？”林楠反问。

“如知今日，就不会有当初。”潘主任回答。“有时一闪念的错误，要用一生去偿还，这是报应。”他又说。

“为什么收田奎行贿的五万元？”林楠问。

“我收的那五万元，不是他的行贿款。”潘主任回答。

“那是什么？”

“是鱼钩。”

“什么？”林楠诧异。

“是田奎钓我上套的鱼钩。”潘主任回答。“无论你信不信，我都要说，这笔钱不是我主动要的，而是田奎给我设下的圈套。到今天大概有三年了吧，这五万元我一直存放在我家卧室的保险柜里，一分没动，不信，你可以去我家搜查。”

“一分没动，那你当初为什么要收？”林楠又问。

“因为糊涂、因为侥幸、因为轻视了那句话——伸手必被捉。”潘主任深深地叹了口气，“我和夫人要孩子晚，快四十岁的年纪才有了儿子，那年儿子要上重点小学，光赞助费就要十几万，哎，一时糊涂啊，以为自己可以尽了父亲的责任，但没想到却落入了别人的圈套。”

“为什么说进了别人的圈套?”

“我说过，那笔钱是田奎钓我的鱼钩。鱼咬钩容易，吐钩却难，要不就付出血的代价，要不就要付出生命中最宝贵的东西。”潘主任正色道。“那笔钱我收完之后，马上就后悔了，想要退给他。但田奎却威胁我，说收钱的过程已经被他录了音，留下了证据，如果我不去促成采购他公司设备的事宜，他就到执法部门去告发我，让我身败名裂。我从十八岁上医学院，一直到四十岁当上主任，经我手治愈的病人不少，治病救人是我的理想，也是我的生命，我不想因为这件事而失去我生命中最珍爱最宝贵的东西，所以，我还能有什么选择？只能就范。林警官，作为一名医生，我每次手术都在放射线下进行，我们是在用自己的生命来换取病人的生命，从这点出发，我问心无愧。但我还是做了错事，违反了医德良知，我愿意接受一切处罚，但我希望你相信，这几年无论我再怎么需要钱，也从来没有动过这笔钱，我没有让金钱玷污道德。”

“但你因为这笔钱，连续三年采购了田奎的医疗设备和药品。”林楠一针见血。

潘主任无言以对。

“因为这五万元，你用高于平均市场价的价格去购买田奎公司的滞销设备和药品。你能给我和你自己一个合理的解释，说你没有用金钱玷污道德，问心无愧吗?”林楠乘胜追击。

“我……”潘主任深深地低下了头。“我……认罪……”潘主任的声音怯懦卑微。

林楠故意停顿了一会儿，以掌握讯问的节奏。“潘主任，在案件之外，我想告诉你一个道理，也算我作为一名经侦警察的经验。行贿者永远比受贿者记得清钱的数量；行贿者永远不会为受贿者去辩护受贿的理由。”林楠这番话掷地有声。

“嗯……我懂……”潘主任默默地点头。“但林警官，请你相信，我没有因为这五万元，去给我的病人滥用药物，没有因为这五万元，对我的病人做过任何有损于他们健康和生命的事情。你……相信吗……”潘主任用询问的眼神看着林楠，又仿佛在心底拷问着自己。

“我相信。”林楠果断地点头，他准确捕捉了潘主任眼神里去伪存真的东西。

“哎……这一下，我反而轻松了，该有的结果和报应都来了，我终于不用整日提心吊胆惊慌度日，也不必每时每刻都受到田奎的要挟了。”潘主任再次叹气。“一失足成千古恨啊，我如今担心的不是自己，而是我那二十多个床位的病人啊……”潘主任缓缓仰头，泪流满面。

林楠坐在讯问台上，如雕塑般静止。他不可抗拒地想到了自己的父亲，那个在医院肿瘤科寂静的病房中等待一线希望的瘦弱老人。林楠努力不让眼泪流淌，却无济于事。

一旁的小吕看在眼里，一头雾水。

十三

案件破得很成功，经过田奎的供述，几个省市涉嫌受贿的医生纷纷被依法处理，同时又牵出了几个行贿害人的医药代表。正如林楠的总结：行贿者永远比受贿者记得清钱的数量；行贿者永远不会为受贿者去辩护受贿的理由。几个涉嫌行贿的医药代表，几乎是报复性地说出受贿医生的姓名和犯罪事实，商人视金钱如生命，他们对受贿者恨之入骨。而又如潘主任说的，行贿者的鱼钩不是好吃的，要不就付出血的代价，要不就付出生命中最宝贵的东西。受贿的医生纷纷被抓捕、刑拘、开除公职，付出了惨痛的代价。这是一场没有赢家的交易和博弈，被惩处的是行贿者和受贿者，而受害者却是无辜的病人。

公安部对经侦大队的成功破案通令嘉奖，高洪波拿着公安部发来的贺电却一点儿也笑不出来，心里反而像有万根钢针锥刺般疼痛。他无数次地反问自己，作为林楠的直接领导，为什么对民警家庭出现重大问题失察，为什么没有第一时间知道林楠父亲的病。

他是林楠的师傅，而在他眼里，林楠却更像是他的儿子。他太了解这个年轻人了，林楠很用功很努力，但内心有时却很脆弱，心里有话总不愿表达。林楠十年前失去了母亲，如今父亲又得了重病，心里的悲戚彷徨如何能找到出口。而自己呢，在这个孩子最需要帮助和劝解时做了些什么？高洪波无法停止对自己的责问，默默地在办公室里抽烟，一个烟头险些烫坏了垫在底下的嘉奖文件。他又想起了林楠的父亲，那个独自承担生活苦痛的可敬可佩的人。他掸了掸桌上的烟灰，站起身来，披上衣服出了门。

秋天的上午最迷人，高远的蓝天上白云像马儿般自由奔腾。高洪波跑断了腿、磨破了嘴，找了所有认识的关系，也没能寻到一个可以代替潘主任的医生。他伫立在医院门前的枫树林里，一阵茫然。

十四

在病房里，高洪波见到了林楠的父亲老林。

老林正在做手术前的准备，一点儿不知道已经发生的变故。看高洪波来了，就挣扎着坐起，又被高洪波扶回了原位。

“大哥，我来晚了，您别怪我啊。”高洪波惭愧地说。

“嗨，高队，您这是说什么呢，您工作这么忙还来看我，我感谢还来不及呢。”老林握着高洪波的手。“林楠……没给您添什么麻烦吧？”老林试探地问。

“没有没有，怎么会！”高洪波给老林吃了颗定心丸。“这孩子干活努力，有想法有冲劲，今年破了几个大案，打了漂亮仗，现在手里还有一个公安部交办的专案，搞得很好。”

“嗯，那就好，那就好。”老林的脸上露出欣慰，仿佛得到了需要的东西。

“您这身体……”高洪波欲言又止。“哪天做手术啊?”高洪波问。

“明天做手术，是潘主任亲自主刀。”老林无神的眼睛里闪烁着一丝希望。

“嗯，潘主任好，他手术的成功率一直很高……”高洪波不知话题该如何继续。

“嗨……这种病啊，不是光手术成功就可以治愈的……我的身体啊，我自己最知道……”老林摇了摇头。

“哎，您别这么说啊，现在医学这么发达，只要积极治疗，总会有好办法的。”高洪波说。

“呵呵，您就别给我吃宽心丸了。”老林叹了口气。“我也不是不认字，自己的身体自己知道，我给小楠看的诊断结果，只是显示癌症晚期，但并没有给他看病理报告，我的病理报告上说，已经扩散了……”

“大哥……”高洪波语塞。

“我同意做手术啊，一半是为了自己，一半是为了小楠。”老林自言自语地说。“这孩子啊，从小好强，做事一根儿筋，随我。我之所以决定做手术啊，也是想让这孩子知道，他爸不窝囊，敢最后搏一把。”

高洪波默然，半天也不知说什么好。

“哎，没福气啊，等不到儿孙满堂的时候了……”老林老泪纵横。“小楠这孩子啊，干事急，情绪化，有时还有畏难情绪，幸亏放在您手下啊，我才放心。您人止，立得住，冲您这个师傅，他也歪不了。”

“大哥，这您不必说，您放心，林楠没了妈，但有两个爸，您好好治病，这孩子我替您管着，有啥不对了、做错了，我替您教训。等您病好了，我再全须全尾地还给您。”

“呵呵，好，好，老高啊，有您这句话，我就放心了。”老林握住高洪波的手。

高洪波笑着走出了病房，始终压抑着自己的情绪。门外秋风顿起，漫天的落叶飞舞起来，高洪波穿过人群，屏气凝神，疾步走进车里，打开音响，开大音量，痛哭流涕。

哭罢，他思索了良久，拿出手机拨通了公安部领导的电话。

“喂，刘局，您好，我是高洪波，有个特殊的请求希望您能给予支持和帮助……”高洪波一字一句地说着，掷地有声。

十五

这一夜，谁也没有睡。

林楠反复翻看着网络上关于癌症晚期手术治愈的病例，努力让希望在心中燃起；老林在病房中辗转反侧，已经断水断粮做好了手术的准备，却不知明早的手术将交与其他医生的变故；潘主任在十人一间的看守所里闭目无眠，心里反复想着不久前那句撞击他心扉的话；高洪波在办公室的沙发上躺了一夜，抽完了一盒中南海。

清晨六点，林楠走进了父亲的病房。老林已经换上了新的病号服，等待手术室的通知。

“爸，医院临时决定，今天换一个医术更好的医生为您做手术。”林楠说着违心的话。

“什么？换个医生做手术？不是潘主任了吗？”老林惊诧。

“对，不是潘主任了，潘主任临时有事，所以……”林楠无法自圆其说，编了一宿的谎言终究抵不过父亲洞察的眼神。

“小楠，你跟我说实话，到底是怎么回事？是不是……我的病……”老林说着脸色就灰颓下去，眼神中最后的一丝希望也迅速消失。

“不是不是，您别瞎想，今天给您主刀的医生医术也很好，您放心，一定没问题的。”林楠劝着父亲，却根本劝不了自己。

老林沉默了一会儿，反而用惨淡的笑去安慰林楠。“我没事的，我知道了……小楠，无论发生了什么，你都要好好工作，好好生活，尽好自己的职责，做个好警察。”

林楠一没忍住，泪就淌了下来。他不知道，如果父亲的手术真的不成功，自己到底算不算是罪魁祸首，会不会一生为此愧疚；自己视之为生命的正义和职责，会不会断送了父亲求生的最后一线希望。而理智又时时提醒着他，作为一名警察，违法必究是最基本的职责，一切辩解，都不能成为逾越法律的理由。林楠被头脑中这两个截然相反的职责煎熬得痛不欲生，他默默地走出病房，透过楼道的玻璃默默地注视远方，那是一片绚烂的枫树林，虽然已近凋落，却充满红的生机。林楠在那片景色中若有所思，仿佛一切不好的预感都将被一扫而光。

这时，楼下传来了一阵刹车声。林楠辨得那个声音，那是武然的做派。林楠透过窗户惊讶地发现，从警车里走出了四个人，分别是高洪波、武然、小吕，还有潘主任。

潘主任已经脱下了囚服，换上了医生的白大褂，透过他高高瘦瘦的、让人心悦诚服的儒雅，林楠捕捉到的是他无边眼镜后面那双温和的眼睛。

十六

手术室的红灯亮了，父亲被缓缓推了进去。他拉着林楠的手，久久不肯松开。

“爸，您放心，我会一直在门口等您。”林楠抚摸着父亲的额头。

“小楠，好好听你师傅的话，当个好警察。”父亲一字一句地说，表情复杂。

潘主任走过去轻声说：“老林，要对自己有信心，我们会尽心竭力地为你做好手术，咱们要一起努力，加油。”

父亲又紧紧地握住潘主任那只白净柔软的手，表情渐渐转为安慰和踏实。在此刻，医生就是上帝，是能拯救一切、拥有神奇力量的万能的上帝。

“爸，我在门口等你。”林楠努力地笑着对父亲说，同时又在心中默念数遍。

在手术室的门即将关闭的时候，林楠轻声叫住了潘主任，却欲言又止。

潘主任驻足回望，看着手术室门前看守他的武然和小吕，默然地对林楠说："这也许是我做的最后一次手术了，你放心，我一定会尽心竭力的。昨夜你师傅跟我说了很多，我很同意他说的其中一句，'一个人，最重要的就是尽好自己的职责'。是啊，人丢掉什么也不能丢掉责任，能为自己为他人尽到责任的人，才是最幸福的。人失去什么也不能失去尊严，一次失足终身悔恨，很难再去弥补。这个手术，不仅仅是我为你父亲切除癌症病灶的手术，也是为我自己切除内心病灶的手术。放心吧，孩子，我会尽心竭力。"

"您……是一位好医生……"林楠说。

"不是……我玷污过医生最珍贵的尊严，我只是在尽我最基本的职责……"潘主任在对林楠说，又像是在对自己说。

手术室的大门关闭了，世界停止了呼吸。秋风起了，林楠转头眺望远方，一轮红日将世界的每个角落照亮。

（原载《啄木鸟》2013 年第 5 期）

幸福的恐龙

戴雁军

一

认识马奇的人都知道，马奇曾经是宽城电视台的一名记者。但马奇天生就是个不安分的家伙，他在电视台工作了不久就跳槽到《宽城日报》，理由是每天扛摄像机，把他的肩膀压得一高一低。他一向认为自己是个型男，一个肩膀高一个肩膀低显然影响了他的公众形象。但是他在《宽城日报》工作的时间也不长，大概不到一年就写了辞职报告，原因是他觉得自己的劳动没有得到主编的尊重。他的很多稿子，都是跑了很多路，流了很多汗，有时还冒着生命危险写出的，却都劳而无功。比如，有一次他钻进一家制造假药的工厂，亲眼目睹了那里的工人把一筐一筐的烂红果洗都不洗就煮成酱，然后把面粉搅拌进去，再搓成丸，外面粘上一层砂糖，就这么一个简单的过程，“北京同仁堂”出品的“山楂丸”就诞生了。

就是这类马奇用冒险甚至生命代价写成的稿子，被主编看一眼标题就毙掉了。马奇觉得在报社根本不可能实现自己的人生价值，所以，马奇再次辞职。

马奇当然不会知道，他的辞职，是他生命的重要转折，他从此将跨入另一个行星，进入另一条轨道，命中注定，马奇要成为宽城最有名气的编剧和作家。

马奇的写作生涯是从他注册了一家贸易公司但两个星期就关门大吉后开始的。那天，马奇在已经倒闭的公司里收拾残局，一个女人走了进来，这个女人叫金婵，是宽城电视台大型生活服务类相亲节目“织女嫁牛郎”的主持人，金婵以她的机智幽默、处变不惊和风情万种赢得了宽城人民的喜爱。她已经主持过两百多期节目，有五十多对牛郎和织女走上鹊桥共浴爱河。但是金婵自己却是一位单身妈妈，她有一个五岁的儿子，但她没有结过婚，那个男人在两人就要结婚前夕像风一样神秘消失，为金婵留下永远的痛和悬念。

在以往的日子里，马奇和金婵的关系有些模糊不清，他们经常互相调侃，马奇把金婵叫成神经大条女，金婵称马奇为精神分裂男，两个人嘻嘻哈哈，谁都不拿谁当正经人。但是有的时候，金婵会把一袋儿豆浆两根儿油条外加一只茶叶蛋送到马奇的办公室，这让马奇觉得特别温暖。

金婵为马奇提供了一个再就业的机会，她对马奇说，我们台里的编剧何天明得了严重的心脏病住进医院，一时半会儿敲不了键盘。导演刘培让我来找你，他刚刚接了投资方的一个选题，青春偶像剧，就算何天明不生病，他这种“50 后”的编剧也写不了青春偶像剧。你明白我的意思了吧？

就这样，没有任何思想准备的马奇上了贼船。上了贼船不久马奇就有些后悔，虽然以前写过小说，但他根本不知道写电视剧会这么难。他的剧本被导演刘培否定了一次又一次，他自己也不记得修改了多少次。写电视剧简直就是一种非人的折磨，马奇觉得自己被扒掉了不止一层皮，他想撒手不干，但他和投资方签了合同，不干就意味着他要巨额赔偿。他没有这个能力，他就像一只螃蟹被刘培导演扔在水里煮，煮得骨头红了，肉烂了，这才修成正果。这部基本上没有什么外景戏的青春偶像剧让投资方赚了钱，马奇的编剧生涯正式开始了。随着第二个剧本的成功，马奇的名字在宽城变得越来越值钱。

这天上午，昼伏夜出的马奇正在睡梦中呢喃，床头柜上的手机响了。电话是在云南拍戏的刘培导演打来的。刘培导演像吃了伟哥一样兴奋异常，他对马奇说："你马上去梨树沟看一看，那里发现了一批恐龙化石。据知情人士说，围绕着恐龙化石会发生一些很有趣儿的事，我觉得值得去看看，弄好了，这会是一个空前绝后的题材，是影视剧中的空白。你辛苦一趟，只可惜我不能和你一块儿去，你替我向陈村长问好吧。"

二

马奇第二天风尘仆仆，驾车十多个小时来到梅岭县城，到县城的时候，他的黑色宝来已经变成了黄色。

马奇在梅岭县宾馆住了一晚，第二天一大早就搭乘农用三轮前往梨树沟。马奇之所以搭乘农用三轮，是因为至今梨树沟也没有修公路。不要说公路，就连一条像样的乡村土路都没有。到处都是山，窄巴巴的山路只能驾驶这种被当地人称为"狗骑兔子"的农用三轮。即便如此，"狗骑兔子"也不能直接开到梨树沟，只能开到赤土乡乡政府驻地，剩下的二十多里山路，要步行过去。

马奇是幸运的，他在第一时间就搭上了农用三轮。但马奇又觉得自己不走运，这辆农用三轮显然刚刚拉过飞禽走兽，飞禽肯定是公鸡或母鸡，走兽肯定是猪，满车厢的动物排泄物把马奇熏得不敢呼吸。马奇觉得自己就像一个落难公子或被拐卖的妇女，无可奈何地朝着情非得已的目的地而去，那种感觉难以言表。但马奇又是亢奋的，他隐约觉得梨树沟发生的事情很可能成就自己的下一部经典之作，为了这部经典之作，闻点儿鸡屎味和猪屎味是应该付出的代价。

一路上都是马奇熟悉的风景，四周的山绿得扎实厚重，空气中弥漫的植物气息沁人心脾，群鸟惊飞是城市中早已不见的风景，更不要说偶尔会有一只色彩斑斓的雄性野鸡从杂草丛中飞起来跳到路边，然后再惊慌失措地逃走。山是多姿的，横看成岭侧成峰，形态不一，有的委婉婀娜，有的粗粝险峻，有的相依相偎，有的孤独成剑。就是这些崇山峻岭，阻断了梨树沟通往富裕的路。马奇在这里还见过另一道风景。秋天的时候，梨子熟了，摘了，这时候，一队一队由马、驴和骡子组成的运输队行走在山间小道上，就像上世纪三十年代云南红河那边的马帮越国经商。梨树沟的梨，全靠这些四条腿的畜生运出大山，能运多少运多少，运不出的就烂在家里。

三年前马奇在梨树沟采访的时候也是秋天。那年秋天多雨，正是梨子熟了要下树的季节。暴雨连续下了好多天，有人冒着生命危险往外运梨，结果，路太滑，又赶上山体塌方，连人带马一起滚落下山，还好，人没死，拖着一条断腿爬了回来。那一年，梨树沟的女人们含着眼泪顶着大雨在梨园摘梨，她们一边摘一边哭，雨水和着脸上的泪水往下流。她们不知道把梨摘下来后该怎么办，可她们就是要摘，也许是怕梨树太累，想让这些辛苦了一春一夏的梨树歇一歇。梨子都摘完了，大雨还在没完没了地下。看着一筐一筐绿如翠玉的梨子，女人们再也压抑不住内心的绝望，坐在梨树下号啕大哭。满坡的哭声让男人们心颤，男人们也流泪了，那些能换回一年花销的梨，全部烂在梨树下。

马奇的心就在这一刻沉重起来。他想起一个人，梨树沟的村长陈天放。陈天放当了二十几年村长，最大的愿望就是能有一条公路把梨树沟和外面的世界连接起来。为了实现这个愿望，陈天放跑去乡政府给乡长跪下磕头，天天跪在那里磕，求乡长帮帮梨树沟。乡长先是给陈天放摆困难讲道理，但陈天放就像傻子一样根本听不懂乡长在说什么。乡长气得骂他狗日的，用脚踢他的屁股，但不管用，他像个圣徒一样每天在乡长办公室门前长跪不起。乡长被逼得没办法，也给陈天放跪下了，两个男人面对面跪着，乡长说：“陈天放你个狗日的，你这是逼着公鸡下蛋啊，你就是把乡政府所有人都杀了，把他们的骨头拿去做虎骨酒，把他们的肉拿去做人肉包子，把他们的皮拿去做鞋子，你把这些东西都拿到集上卖了，你看看能换回多少钱？能修几尺几寸公路？”陈天放说：“乡长啊，俺梨树沟人穷了祖祖辈辈，俺不缺胳膊不少腿，俺比别人差啥，差的就是一条路。只要你乡长肯帮忙，帮俺跟上头打打招呼说说情，俺不信俺梨树沟就开不进去汽车。”乡长说：“你狗日的把狗耳朵竖起来给我听着，你知道把一条公路修到梨树沟要多少人民币吗？”陈天放眨了眨眼睛说：“这个事归信用社管吧？”乡长瞪着眼珠子在陈天放脑袋上狠狠敲了一下说：“光隧道就要挖上十几条，这条路的造价，一个亿都不够！你知道一个亿是多少钱吗？你梨树沟才几百口子人，要是把一个亿按人头分，一个人能分多少你知道吗？你梨树沟人一辈子两辈子都花不完！”陈天放也瞪着眼睛看着乡长说：“照你这么说，俺梨树沟修路的事只能是做梦了？这辈子也没指望了？”乡长把陈天放拎起来说：“有指望没指望我也不敢说。不过我要警告你，你狗日的要是再跟我提修路的事，我就把你扔到粪坑里喂蛆！”陈天放的眼泪就在这一刻流了下来，他哭哭啼啼地对乡长说：“梨树沟的人选俺当村长，是因为俺拍着胸脯答应他们要把公路修到乡里，修到县里，后生们娶媳妇的时候，能用小汽车把媳妇接进门，姑娘们出嫁的时候也风风光光地坐着小汽车去婆家，到了秋天，俺梨树沟的梨，能用大卡车一车一车地运到城里。俺梨树沟的老少爷们儿大小孩儿娃都信了俺的话，现在，你说俺这个想法只是个梦，你让俺还有啥脸回去当村长？俺给乡亲们当孙子都没人要了。”

马奇十分清楚地记得，三年前他在梨树沟的时候，正好赶上陈天放过生日。陈天放的老婆刘翠云杀了两只鸡放了些蘑菇炖了，又炒了一大盘鸡蛋，煮了五香花生米给陈天放过生日。马奇被隆重请到陈天放生日宴的贵宾位置上，几杯酒下肚，陈天放就给马奇讲了他那些丢人现眼的往事，讲着讲着，陈天放又哭了。陈天放是一个爱哭的男人，这是马奇对陈天放的最初印象。那个时候，马奇对陈天放没有太多的了解，只是觉得这个山里男人过于枯瘦矮小，一副窄窄的肩膀能担得起多重的担子呢？这一年陈天放五十二岁，黑瘦的脸上写满沧桑，而他当村长的时候才二十八岁。他流着眼泪对马奇说："俺当了二十几年村长，梨树沟从前是啥样现在还是啥样，二十多年前没有公路，现如今还是没有公路。俺愧对梨树沟所有活着和死去的人。马作家你给俺出个主意，有啥法子能让县里把公路给俺修起来？"

三

走了大约三个小时，马奇终于看见了南山坡。刚刚踏上南山坡，马奇就仿佛受到惊吓般倏地站住了，他满脸疑惑地看着眼前的一幕，不知道发生了什么事。依马奇的经验，应该是哪个剧组在这里拍戏，阵容十分强大。群众演员都是梨树沟村民，他们拿着木棍、铁勺和各种农具，满脸愤怒地站成一排篱笆，而他们身后，是一圈真正的篱笆，这道篱笆呈半圆形，把整个南山坡都围住了。马奇看到在篱笆围起的中央，有一块牌子像一位孤独的少妇站在那里守望，牌子上工工整整地写着：恐龙化石重地，外人不准入内。马奇一眼认出，这几个字是张小泉写的。张小泉是梨树沟的文化人，陈天放的助理，一个非常聪明的小伙子。

与梨树沟村民对峙的是警察。警察身后是一些看上去身份不明的男人，他们呆立在警察身后，一脸无奈。而警察则像一组群雕，他们像是在完成一个造型，一动不动地站在那里。他们腰间都有枪，枪很安静地躺在枪套里休息，没有人把枪拔出来。警察们都显得极有耐心，他们的造型像一群固化了的兵马俑，让马奇体味到历史的厚重感。

马奇没有回头，大步朝村里走。马奇现在最想见的人是陈天放，他很想知道警察和梨树沟的村民在太阳下对峙是怎么回事。

村街上空荡荡的没有一个人，只有两条狗在追逐一群母鸡。狗是游戏的态度，狗脸上甚至露出戏谑的笑容，母鸡们也不是真的害怕，它们跑跑停停，用翅膀扇起一地尘埃，两条狗在尘埃中舞蹈着。

快走到村委会的时候，马奇看见张小泉从村委会方向走过来，一副垂头丧气的样子。看见马奇，张小泉的眼睛一亮，迎上来说："马作家你咋来了，你可真会来，我们梨树沟一有事你就来，你的鼻子可真够长。"马奇笑了一下说："看看你这张脸，像挂在梨树上的梨，绿兮兮的，是不是失恋了?"张小泉叹息一声说："刚刚挨了村长一顿骂，当着那么多人，我的脸都没处放了，我真想变成一只蚊子从窗户飞出去。走吧，跟我回家吧。"

张小泉是梅岭县电视台的通讯员，经常写一些小通讯小稿子发给电视台，两年前还获得过一次梅岭县电视台最佳通讯员奖，奖金一百元。张小泉当初写通讯，是受马奇指点的。马奇没指点之前，他的通讯稿总是写得不得要领，该说的没说，不该说的磨叽了一大堆，经马奇点拨，张小泉明白了怎么写通讯和新闻，所以张小泉对马奇特别感谢也特别崇拜。前两次来梨树沟，马奇都住在张小泉家。张小泉家安静，只有一个老娘，而且有电脑能上网，马奇工作起来特别方便。按道理，梨树沟这样偏远的山村，安装宽带是一件很不容易的事情，按正常渠道收费高得吓人，陈天放想都没敢想。但是电信公司为了树立企业形象，搞了个网络普及扶贫工程，无偿为梨树沟安装了宽带，让梨树沟跟世界接了轨。

吃饭的时候，马奇有些迫不及待地问张小泉南山坡那一幕是怎么回事。张小泉一脸神秘地看看窗外，又吩咐他娘到大门口，嘱咐说："有人来你就大声说话。"他娘就像铁道游击队里的芳林嫂一样到大门口望风。张小泉把门关上说："马作家，按说，这事我不能跟你说，因为你是外人。但是，你是俺的师傅，俺要是瞒着你不说，那就不够仗义，再说，俺也知道你不是大嘴，不会把这事传出去。"马奇说："你就别卖关子了。"张小泉咽了一下口水说："你先看看俺电脑上的这篇通讯稿。"说着就把电脑打开，把稿子找了出来让马奇看。

本台通讯员张小泉报道：近日，我县赤土乡梨树沟村发现了一批侏罗纪恐龙化石。梨树沟村民陈加林在青龙山南山坡放羊时，山腰上突然有很多碎石滚下，羊群四下惊逃。陈加林在追赶惊散的羊群时意外发现碎石头是从山腰处的岩石断层中滚落下来的，他在岩石断层处发现了隐约可见的恐龙化石。陈加林马上找来村长陈天放。据陈天放观察，该恐龙体形超大，仅股骨就长达两米多，据此推算，该恐龙身长可能达到三十五米，而这之前，中国发现的最大侏罗纪恐龙均未超过三十米。村长陈天放说，侏罗纪恐龙化石不会只有这一个，而是一批。梨树沟侏罗纪恐龙化石的发现，对于深入研究中国恐龙动物群的组成、地层划分对比及侏罗纪古地理与古气候等，具有十分重要的意义。

马奇看完这篇刚好三百字的通讯后好半天不说话，只拿眼睛盯着张小泉。张小泉有些发毛，一脸胆怯地问："马作家咋啦？这篇通讯写得不好吗？"马奇这才问道："县电视台播了吗？"张小泉说："播了，在文字新闻里播的，头条，他们觉得这篇报道是他们新闻史上最有分量的。"马奇说："你们县电视台也太不负责任了吧？就凭你这些文字就能播出？侏罗纪恐龙化石？谁告诉你这是侏罗纪恐龙化石？村长是考古工作者吗？他有什么资格认定这是侏罗纪恐龙化石？又有什么资格推测该恐龙身长可以达到三十五米？"张小泉无语了，吭哧了老半天才说："电视台要怎么做才能算负责任呢？"马奇说："要采访，要录像，要看到真东西，要经过专家鉴定，要有科学依据。懂吗？"张小泉说："电视台来采访了，不过是新闻播出之后，但是村长没有接受采访，只请他们吃了一顿饭就走了。村长说，目前还不太方便完全公开这件事。"马奇说："那你为什么要写？村长知道吗？"张小泉犹豫片刻说："就是村长让我写的，村长说一定要把这件事的动静搞大。他问我最好的恐龙化石是啥，我就在网上查，查到了侏罗纪，我就写成了侏罗纪。"

马奇一脸惊愕地瞪大眼睛说："这也太荒唐了吧？还好是县电视台，这要是省台或中央台，麻烦可就大了，人家朝你要侏罗纪恐龙化石，你拿什么给人家看?”

张小泉说：“现在就已经有问题了，县科委的人来了，他们要看恐龙化石，但是村长不让看，把人赶跑了，昨天他们又来了，还带来了警察。村长早有准备，成立了护石队，把整个南山坡都围了，不让外人进。刚才你也看到了吧，男女老少齐上阵，都在南山坡保护恐龙化石呢。”

马奇说：“恐龙化石是需要保护，但这不是你们的事，是国家的事，恐龙化石是国家的，要交给国家。”

四

马奇已经不记得从什么时候开始，他的睡眠和梦境紧紧连在了一起。这天夜里马奇做了一个有史以来最荒诞离奇的梦：他和金婵结婚了。梦境中他和金婵手挽手走在教堂的红地毯上，金婵的儿子手捧鲜花夹在他们中间。快走到牧师面前的时候马奇忍不住笑了起来，金婵也笑了起来，他们两个几乎是异口同声地说，“我怎么和你结婚了?”然后他们就捂着肚子大笑，金婵把眼泪都笑了出来。牧师生气了，大声说道：“够了够了，在这个神圣的日子，你们用不堪入耳的笑声玷污了你们自己，你们可以游戏人生，但是不可以游戏婚姻!”牧师说完这些，拿起《圣经》头也不回地走了。看着牧师愤怒离去的背影，马奇还是忍不住笑，然后把自己笑醒了。

马奇睁开眼睛的时候正好看见张小泉从外面撒尿回来。黑暗中马奇雪亮的眼睛把张小泉吓了一跳，张小泉用一种怯怯的语气问：“你是睡着还是醒着?”马奇笑道：“我又不是张飞，能睁着眼睛睡觉不成?快躺下，我想问问你恐龙化石的事。”张小泉像猴子一样蹿上炕，咕咚一声把自己的脑袋扔在枕头上问：“你想问啥?”马奇说：“恐龙化石到底有多长?”张小泉犹豫了一下说：“实话跟你说，我根本没看见恐龙化石。”马奇惊讶地说：“你没看见?你那篇通讯写得像真事一样，你居然连恐龙化石什么样都不知道?”张小泉说：“村长不让看，村长说要选一个黄道吉日才能让恐龙和大家见面，这之前谁都不能看。”马奇更加惊讶地问：“这么说，看见恐龙化石的只有村长和陈加林两个人？”张小泉说：“是吧。”马奇又问：“就是说，恐龙化石还没挖出来？那地方在哪儿你知道吗？”张小泉说：“不知道啊，村长说他已经把那地方隐蔽起来了，神仙也找不到。”马奇说：“你就没私下问问陈加林吗？”张小泉咽了一下口水说：“陈加林才不会说呢，他是村长的亲侄子，再说，他已经进城打工去了，谁也不知道他去了哪儿。”

第二天刚刚吃过早饭，陈天放就把电话打到张小泉家，让马奇赶紧到村委会，说是有事要向马作家讨教。在去村委会的路上，马奇接到金婵打来的电话，她问马奇梨树沟好不好玩，她这两天不录节目，想来梨树沟看看马奇，顺便旅游一下。马奇有些惊讶，他有点儿不敢相信金婵会说这样的话，因为从语气上听，金婵是认真的，她从没这么认真地和马奇说过话。马奇不由得联想到夜里那个梦，难道真的有心灵感应吗？前脚刚刚梦到金婵，金婵的电话后脚就到，而且十分暧昧，难道金婵真的有什么想法？马奇害怕了，一时不知道该如何回答金婵，金婵在那边急得大喊：“哑巴啦！说话呀，去梨树沟怎么走？是不是要先到县城，你能去县城接我吗？”马奇脱口而出：“梨树沟这边暴雨成灾，非常危险，你还是老老实实在家陪儿子吧。”金婵被骗成功，她有些担心地说：“那你还不赶紧回来，小心地震，下雨就是地震的前兆你知道吗？”听到这话马奇心里温暖了一下，在这种温暖的感觉中，金婵那张生动活泼的脸在他脑海中浮现出来。毫无疑问，金婵是一个漂亮女人，同时又是一个乐观向上的人，好像她的生活中没有什么烦恼，就算当初那个男人抛弃了她和她肚子里的孩子，金婵也没有当一回事，这个女人是强大的。以往，金婵在马奇眼里是没有性别的，她不是那种能让男人一下子产生感觉的女人，她用强大包裹着自己。马奇从来不知道她的内心世界是什么样子，是青草地还是大森林。

村委会的桌子上铺着一张图画纸，已经泛黄。陈天放正撅着屁股在图画纸上东一笔西一笔地画着。马奇走过去看，纸上是一幢建筑，很大的房子，乍看像一座庙，细看又没有和尚在里面敲木鱼的感觉。马奇问道："这是你们村的粮库吗？"陈天放搁下笔，眨着小眼睛看着马奇，嘿嘿一笑说："你说它是粮库它就是粮库，只要是有了它，俺们梨树沟就再也不愁啥，它不光是粮库，还是俺们的银行。"马奇越听越糊涂，再次问道："那你画的是什么呢？"

陈天放不笑了，把笑容收拾得干干净净，一脸庄严地问马奇："马作家你是有大学问的人，你说，在俺梨树沟建个恐龙博物馆中不中？"马奇一下子愣住了。之前张小泉也说过建博物馆的事，马奇只当是天方夜谭，没想到陈天放已经在搞博物馆的设计了。马奇闷了好半天没说话，他现在真的替陈天放担心了，他担心陈天放收不了场，他把别人当成猴耍，到最后，真正的猴子可能是他自己。

马奇就那么沉默着，陈天放很有耐心地等待，仿佛只要马奇一句话，这个博物馆就可以建起来了。马奇想了想，觉得没有必要把气氛搞得这么僵，而且，他觉得应该给陈天放提个醒，于是他以一种半调侃半认真的语气说道："陈村长，我觉得你玩得有点儿大。你想扛起一座山，但是你没有那么厚重结实的肩膀，所以我认为，凡事要量力而行。有些事情，可为且为，不可为就不要跟自己过不去。"

陈天放的脸青了一下，又绿了一下。他跑出去到房后撒了泡尿，提着裤子回来说："马作家你是要给俺泼冷水还是把俺当成了骗子？俺一个庄稼人，不管做啥事都是实实在在的。就说这恐龙化石，侏罗纪的，就埋在俺青龙山里头，这是俺敢拍着胸脯向你保证的。不错，你也教育俺了，说恐龙化石是国家的，俺知道是国家的，俺肯定要把它交给国家。但是俺想了，这恐龙生在俺梨树沟，长在俺梨树沟，死在俺梨树沟，为啥？因为俺梨树沟是它的老家，用你马作家的话说，是故乡。这里的山，这里的水，这里的一泡狗屎一石青苔，都是恐龙们喜欢的。所以俺想建个恐龙博物馆，让恐龙们永生永世不要离开俺梨树沟，俺梨树沟会让它们延年益寿，让它们的骨头再过个十亿八亿万年也是结结实实的不缺钙，让这些恐龙幸福地生活在梨树沟。难道这样，它们就不是国家的了吗？肯定是国家的，把它们放在俺梨树沟和放在北京有啥区别？马作家你给我说说有啥区别？北京那地方空气不好，那么多的汽车在马路上放屁，那么多的空调往外喷着热气，那么多的外地人把北京城装得像个鼓鼓囊囊的肉包子，俺的外地恐龙不愿意去那种地方凑热闹。要不咱俩就打赌，要是把俺的恐龙们运到北京，它们会抗议，它们会大声喊，让俺回家！让俺回梨树沟！”陈天放说到这里眼泪流了下来，蹲在地上呜呜地哭。马奇也感动了，马奇这时候的脑子里走来一只又一只的恐龙，它们步履稳健，神态安详，长长的尾巴把南山坡的青草地打理得像地毯，它们优雅的身姿高贵得像皇帝和皇后。亿万年前它们是地球的主人，是生命的先驱。

陈天放说：“马作家你帮我做一件事，你帮我写个方案，把我的这些想法写进去，把我没说明白的话说明白。你比我会说，要是把咱俩比成鸟，你就是鹦鹉，俺就是鸭子，事情从你嘴里出来就是阳光，从俺嘴里出来就是乌云。你帮帮俺，也帮帮梨树沟，恐龙地下有知，也会给你磕头。”

五

张小泉来的时候，马奇已经答应了陈天放，他们甚至已经开始讨论细节。在讨论细节的过程中，马奇突然提出要看一下恐龙化石。作为交换条件，马奇坚持要看到实物才能动笔，他要对自己写的方案负责，也是对陈天放负责。但是陈天放只拿出两个恐龙蛋化石让马奇看，他告诉马奇他只拿回两个恐龙蛋，没敢惊动恐龙，因为他还没有给它们盖好房子。马奇听了哈哈大笑：“你把我也当成张小泉了。”陈天放也哈哈大笑，指着马奇的鼻子说：“一百个张小泉也换不来你一个马作家。俺说的是真的，恐龙们还在做梦，俺不敢惊动它们。”

但是马奇不干，马奇说看不到恐龙化石他一个字都不会写。陈天放显然不想放过马奇，他答应马奇，只要马奇写出一份像样的方案，他立马让马奇看恐龙。马奇还是不干，马奇坚持先看恐龙后写方案，陈天放则坚持先写出方案再看恐龙，他们像两个为了自己的利益互不相让的商人争来争去，到最后，陈天放拍着马奇的肩膀说："兄弟呀，其实，不用看你就知道恐龙在哪儿。俺把你当成兄弟，你就别再扒俺的衣服了。"马奇不再坚持了，马奇觉得陈天放把话说到这个份儿上他已经无法再坚持了。所以马奇叹息了一声说："村长老哥啊，不是所有的人都像我这么好打发的。我敢肯定，到时候会有人拿枪逼着你把恐龙拿出来，你可怎么办？"陈天放嘿嘿一笑说："车到山前必有路，船到桥头自然直。马作家，你知道俺想要的是啥。"马奇说："我知道你想要一条路，可是，就凭两个恐龙蛋，你就能把路要来？"陈天放说："这是梨树沟唯一的机会。"

话说到此，马奇不想说什么了。

张小泉就在这个时候闯进来了，惊慌失措的张小泉把马奇和陈天放都吓了一跳。张小泉脸色煞白，气喘吁吁地说："不好了，乡长来了！"

陈天放脸色一沉："你啥时候才能把毛长齐？乡长来了就把你吓成这样，俺还以为是恐龙复活满地追你呢。乡长人在哪儿？"

张小泉说："进村了。"

陈天放问："来了多少人？"

张小泉说："就他一个。"

陈天放一愣："就他一个？"

张小泉说："就他一个。"

陈天放说："驴日的是来骂娘的，是来找俺要恐龙的，别说他是乡长，就是县长来了，也拿不走俺的恐龙。这驴日的肯定是挨了县上领导的臭骂，窝了一肚子王八火，就跑来找俺撒气。马作家你是不知道，俺当村长二十多年，他骂了俺二十多年。他骂俺狗日的，俺也不饶他，俺骂他驴日的。他让俺四条腿，俺也让他四条腿，他又不是俺爹，凭啥让他骂俺。可这驴日的挺能吃话，俺骂他他也不生气，就凭这点，俺一直拿他当个人。驴日的毛都白了，俺干了二十多年村长，他干了二十多年乡长，就要退下来了。驴日的没啥长进，俺还指望他能干上县长，让俺也沾一点儿光呢。"

正说着，听到外面有了动静，人没进屋，声音先到，一声粗吼：“陈天放你狗日的，也不出来接接老子，老子的腿都走断了!”陈天放迎到门口说：“你那驴腿结实得像枣木桩子，要是走断了鬼都不信!”

乡长肩上背着蛇皮袋子，一步跨进门来，看见马奇，把要骂的话收了回去，换了一张脸说：“啥时候来客人了?”

陈天放接了乡长肩上的蛇皮袋子，命张小泉去摘梨，然后介绍说：“这是马作家，省城来的。”乡长听了立马把脸笑成一朵菊花，走过来和马奇握手说：“上次我来，就听陈村长说过你。俺们乡下人没啥文化，可就是喜欢个文化人，听说马作家写得一手锦绣文章，改天让俺学习一下，培养培养俺的文化细胞。说起来俺们还是本家，俺也姓马，贱名马子民。陈天放你看看马作家，长得整整齐齐，眉是眉眼是眼，看着就让人滋润，给我们老马家长脸。哪像你，长成歪瓜裂枣的熊样，看你一眼俺眼球疼。”

马奇被逗得笑起来，说：“不影响你们谈工作，我出去走走。”

马乡长一把拽住马奇说：“没事没事，我就是顺路，到这儿歇口气，喝点儿水，和陈村长说几句话就走。”陈天放一听就乐了，说：“顺路?你还能顺到哪儿去?俺梨树沟是梅岭县的最边边，再往前走就啥都没有了，你还想往哪儿去，阴曹地府啊?说瞎话脸都不红。你就跟俺说实话吧，你是干啥来的，不管你是干啥来的，俺都不怕你。”

马乡长也不恼，从蛇皮袋里掏出两瓶酒两条烟说：“你狗日的一肚子花花肠子，都绕成一个肉疙瘩了，给，老子大老远地跑来，还要给你上礼。”陈天放眼睛一下子直了，说：“这是咋了，河水往山上流，你这方向不对呀，给俺送礼?这可是狗娘下了一窝猫崽，破天荒的事。你是不是有事求俺?”

马奇觉得这俩人真的很有意思，村长不像村长，乡长不像乡长，像是两个光着屁股一起长大的伙伴儿。马奇觉得自己在场肯定碍事，所以还是笑着出去了，这一次，马乡长没有阻拦。

马奇刚刚出门，就听陈天放和马乡长在屋里对骂起来，骂的什么，马奇没心思听，他往南山坡走，走了十几分钟就到了。马奇又看到了那道篱笆，篱笆的质量很高，全是杂木棍子，榆木柳木枣木，随便拔出一根就是武器，就能把人打死。马奇还看见不远处的山路上有人影晃动，他们手里拎着家伙，像抗战时期的民兵在放哨。

马奇后来走到一块大石头前，这块石头在平展展的草地上显得特别突兀，它仿佛是从天而降，否则你无法解释它的来路。马奇曾经问过张小泉这块石头的来历，张小泉说不知道，不光他不知道，梨树沟所有的人都不知道，包括八十岁的、一百岁的老人，没人能说出这块石头的真正来历。只是传说若干年前的一个清晨，一个十几岁的男孩儿赶着羊群上山，看见了这块石头，而前一天傍晚，这个男孩儿披着一身晚霞赶着羊群回家的时候，这块石头还没有。仅仅一夜，这块石头就突然冒了出来，像一株植物破土而出，惊讶了整个梨树沟。那个牧羊的男孩儿如果还活着，恐怕有两百岁了。

石头高两米多，背阴的一面有六十度左右的斜坡，坡上有脚窝，能塞进去半只脚，顺着这些脚窝可以登上石头顶端。顶端是平的，两米见方，让马奇想起南非开普敦城西的特布尔山，特布尔山因山顶平整如桌又名桌山。桌山海拔一千零八十二米，它是开普敦居民的气象观测站。每当山顶上飘起白云，人们就认为那是上帝铺在餐桌上的桌布，上帝准备用餐了，所以应该是个好天气。

马奇觉得，和开普敦城西的桌山相比，这块石头只能算一只凳子。现在，马奇站在这只凳子上，视野一下子开阔了许多，南山坡像一块人工铺就的绿色地毯，那么工整，那么平展。这是马奇迄今为止看到的最大一块绿草地，微风吹动的时候像一片起伏的海水。马奇突发奇想，他觉得如果恐龙化石真的存在，在这里建一座博物馆是完全可以的。为什么不可以呢？让恐龙们呼吸这里的纯净空气，让这里的潮润滋养恐龙的骨骼，让它们在这里回望亿万年前的光阴，再把亿万年前的光阴复制到现在。当光阴再过去亿万年的时候，它们依旧在这里守望，因为它们，光阴就永远不会老去，整个宇宙都被它们神话了。这该是一件多么浪漫的事情啊！

就在马奇沉浸于奇思妙想的时候，张小泉跑来了。张小泉站在巨石下大声说道："马作家你快去拉拉架吧，村长和乡长掐得像两只公鸡，乡长拿梨砸村长，村长把梨筐扣在乡长的脑袋上，梨筐上的柳条子把乡长的脑袋扎破了！俺劝了半天也劝不开，你是客人，你有面子，你快去把他们拉开吧！"

六

马奇撒腿就跑，以百米冲刺的速度跑到村委会门前。马奇看见两个壮得像车轴一样的汉子抬着一副担架，担架上躺着马乡长。马乡长闭着眼睛，担架杆上挂着两只老母鸡，老母鸡离马乡长的脑袋很近，扑腾的翅膀不断扫到马乡长的脸上。马乡长像死了一样没有任何反应，眼睛闭得紧紧的，像是被针线缝上了。

马奇吃惊不小，看着担架走远，两步跨进门去，看见陈天放正坐在椅子上没事人一样抽烟，而且还吐着烟圈儿。马奇有些激动地说："陈村长你怎么能这样，把人打成这样你要承担法律责任的。"陈天放听了嘿嘿地笑起来，说："马作家你这是想哪儿去了，俺和驴日的马乡长是老伙计了，俺能打他吗？可驴日的拿梨砸俺的脑袋，差点儿把俺的天灵盖砸碎，气得俺拿筐扣了他，像扣王八一样把他扣在地上。俺一屁股坐在筐上把他压住，俺说，你叫俺一声爹俺就放你出来。驴日的说，你是俺爹的爹。马作家你说好玩不，俺活了五十多岁，还是头一回这么玩。"

马奇说："可他已经不能走路了，这么远的山路，抬到医院至少两个小时，路上要是出了问题怎么办？后果会很严重的。"

陈天放又是嘿嘿一笑说："马作家你可真善良。告诉你吧，俺是怕他累，让人把他抬回乡里，还送了他两只下蛋的母鸡，俺可不想占他的便宜。你没见那驴日的闭着眼珠子像吸了毒一样滋润吗？"

马奇说："那你们为什么吵成那样？"

陈天放说："他不该骗俺，把俺当成傻子。他说县里已经争取到给俺梨树沟修路的资金，这些资金由三部分组成，县里拿小头，地区行署拿中头，省里拿大头。路呢，不修柏油的，修沙石路，隧道少打几个。这样上坡路就多了，多就多呗，不管咋说，上坡路也是路，总比没路强，能省钱比啥都好。说过了国庆节就动工，乡里出劳力，俺梨树沟只要能干活的都去帮着修路，不给一分钱的工钱。马作家你说，他这说得有鼻子有眼，像真的一样，可是俺信吗？俺不信，他这是忽悠俺，俺知道他是为了恐龙的事来的。果不其然，这修路的事他还没说利落，他就问俺恐龙化石在哪儿，让俺立马把恐龙化石交出来，不交这路就修不成。俺就问他，要是俺不把恐龙化石拿出来，他这个乡长是不是就让人撸了？听了这话他就骂了起来，他骂俺是狗脑子，骂俺是吃青草长大的。他说对了，俺就是吃青草长大的，高粱、玉米、谷子、豆子，都是草，俺就是吃这些草长大的。"

陈天放说到这里又点燃一支烟，继续说道："驴日的给俺拿来的烟，不抽白不抽。俺刚才说到哪儿了？"

马奇说："说到你是吃草长大的。"

陈天放说："对，他骂俺，俺也骂他，俺骂他是吃屎长大的。俺跟他说，这恐龙化石是俺手里的一张王牌，俺梨树沟的路修得成修不成，就靠这张王牌。俺让他不要管俺梨树沟的事，他说他是乡长，他不管谁管。俺问他，二十多年前俺就跪下求你给俺梨树沟修路，你管了吗？这些年你管过梨树沟啥事？你啥也没管过。他像挨了鞭子的骡子一样跳了起来，他说你梨树沟能通电话能上网，是谁把电信公司给你领来的？你梨树沟连着两年大旱，颗粒不收，是谁把口粮给你送来的？去年你梨树沟的梨运到县城没人买，是谁帮着你销掉的？你有没有良心啊？其实俺就是成心气他，俺说这些事都不算啥事，俺心里的大事就是修路，真要是把路修成了，你就是让俺吃耗子药服毒见阎王俺也愿意。就这样，俺和他刀对刀枪对枪，把他惹急了，正好张小泉扛了一筐梨进来，他就拿梨砸俺。他把俺砸疼了，俺就急了眼，把一筐梨倒在地上用筐扣了驴日的。哈哈哈……马作家你把这些写成书，摆到新华书店保准有人买。"

马奇看着滚了一地的梨和那只大筐，一时不知说什么好。沉默了好一会儿，马奇说道：“我倒觉得，马乡长说的修路的事，可能是真的。”

陈天放嘴巴一撇：“二十多年了，俺梨树沟的路都没修起来，就凭他那一张烂嘴扑扑地一说就修了？马作家你太幼稚了，打死我也不信！”

马奇说：“凡事都有可能，你就信他一回不行吗？梅岭县和二十多年前比不一样了，再说还有省里和地区的支持，真的有可能。要我说，你应该和马乡长实话实说，就说你没有恐龙，只有恐龙蛋，否则真的不好收场啊。”

陈天放说：“晚了，他已经走了。”

马奇说：“你可以去乡里找他呀。”

陈天放看着马奇，仿佛不认识：“咋着，你也让俺去乡里？俺才不去呢。这是啥时候啊，那驴日的也让俺跟他去乡里，说是开会，可俺知道，他这是调虎离山，俺走了，村里没人主事了，他们就可以钻到青龙山里找恐龙了。俺才不上他的当！”

马奇有些无奈地说：“真有你想的那么复杂吗？”

陈天放说：“马作家俺知道你是替俺着急，你放心，没事，啥事都没有。今天中午俺和你喝上几盅，喝完了你美美地睡上一觉，睡醒了，你就给俺写那个建恐龙博物馆的方案，俺明天就要用。”

马奇叹息一声说：“陈村长，你觉得还有必要写吗？”

陈天放把烟头扔在地上，用脚一踝说：“马作家你这是变卦了呀？你答应了俺就不能变，你是男人，不是娘们儿！”

马奇再次叹息一声说：“我没变卦，你要是觉得这个方案非写不可，我马上就给你写，我是个写字的，没有别的本事帮你，也只能帮你写几个字。”

陈天放说：“马作家俺先替梨树沟的人谢谢你。俺知道你没看见恐龙化石心里不踏实，你把心放在肚子里，俺梨树沟有恐龙蛋，就一定有恐龙。为啥呢？这道理你比俺清楚，没有恐龙，哪来的恐龙蛋呢？”

七

吃过午饭马奇就坐在张小泉的电脑前写方案，这对马奇来说只是举手之劳，他只要把陈天放的愿望写成文字就可以。可能是马奇写惯了剧本的缘故，只要一写东西，他的脑子里就会伴随着画面。随着文字的增加，马奇的脑子里先是浮现出一座大型建筑，这座建筑的风格类似于古代帝王的行宫，也像一座气宇轩昂的庙宇，红墙碧瓦，飞檐流阁，屋脊上是一条向天长啸的龙，看上去非常有气势。再往下写，马奇就走进了这座雕梁画栋的建筑。马奇的一只脚刚刚跨进门，就看见了很多姿态各异的恐龙。好像是一个恐龙家族，它们有老有少，有大有小，有肥有瘦。有的倚窗闲眺，有的匍匐闭目，有的嬉戏玩耍，有的悠闲漫步。它们一点儿也不在乎来访者马奇，对马奇不理不睬十分高傲。马奇一点儿也不介意，马奇觉得这些庞然大物就应该具有高傲的气质，所以它们不理睬马奇是十分正常的。论年龄，马奇不知要比它们晚多少亿辈，作为晚辈的马奇有什么理由挑剔这些长者的态度呢？

后来马奇和它们进行了非常友好的谈话，马奇一点儿都不奇怪它们竟然能用人类的语言和他交谈。谈话的主题是它们对村长陈天放的抱怨，它们觉得自己的生活太单调，没有什么娱乐活动，食品只有牛肉和玉米，水果只有梨，它们现在一看到牛肉玉米和梨就反胃，它们希望能改善一下伙食，再订阅一些杂志和报纸供它们阅读。它们和马奇谈得正热烈的时候，马奇听到一个声音在他耳边不停地叫唤："马作家喝茶吧，马作家你的口水都流到键盘上了。"

马奇睁开眼睛，看见张小泉端着一杯茶站在他身边。张小泉说："马作家你把茶喝了，要是想睡就到炕上睡。"马奇这才彻底清醒，知道刚才不过是南柯一梦。马奇有些不好意思地一笑说："我这人就是不能喝酒，一喝酒就这个德行。"张小泉咧嘴一笑说："马作家你是不是做梦了？我听见你说梦话，说的都不是人话。"马奇很惊讶："不是人话？那是什么话？"张小泉笑起来说："俺听不懂，反正不是人话。马作家你接着写吧，俺不影响你。”

张小泉走了之后马奇就开始回忆刚才那个梦。那个梦实在是太豪华了，豪华得把马奇的记忆完全屏蔽，他把脑袋想疼了也没能回忆起他在梦中到底用什么语言和恐龙们进行交谈。但是马奇联想到一件事，他想陈天放是不是也做过和他同样的梦？陈天放的梦境里是不是也有一群鲜活的恐龙？或者，陈天放根本就不用做梦，他的脑袋里不管白天黑夜都活跃着那些恐龙，恐龙支撑了陈天放的整个精神世界。

现在，恐龙支撑着马奇的思维，他很快就把建恐龙博物馆的方案写好了。写的时候马奇灵感迸发，写了把恐龙博物馆建在梨树沟的诸多好处。其中最主要也最能打动马奇的是，如果把博物馆建在梨树沟，会让这一方土地上的人脱贫致富，会为他们造福，让恐龙对人类作出贡献，而不是搬进城市束之高阁只供展览。

一直睡到晚上七点。城市的夏天这个时候还彩霞满天，但是山区已经完全黑透了。张小泉的老娘把马奇叫醒，说是饺子已经煮好了，让马奇起来吃饺子。

吃过晚饭，马奇出门到外面走走，一走就走到了南山坡。天上没有月亮，只有几颗星星发出微弱的光。马奇在星光下信步走到那块大石头前，猛一抬头，马奇吓得差点儿跳起来。马奇清清楚楚记得这块石头的顶端曾经是平的，平得像一张床，但是现在，这块石头的顶端突然冒出一个尖，由平顶变成了尖顶。马奇惊愕万分，以为自己又在做梦，但这明明不是梦，因为他能闻到花草的芬芳和羊粪蛋的臊味儿，他还能感觉到空气的湿润和新鲜。但马奇还是特别恐惧，他不明白这到底是怎么回事，这块石头，难道被神化过吗？

马奇想逃走，但是双腿如铅，刚刚跑了两步就被什么东西绊倒了。这时候，马奇听到大石头顶上的那个尖东西咳嗽了两声，马奇听出是人的声音，他的恐惧感这才淡了下去。马奇爬起来大声问道：“你是谁？”那人回答：“我是恐龙。”马奇说：“是侏罗纪恐龙吗？”那人回答说：“是白垩纪恐龙。”马奇说：“你挺厉害，还知道白垩纪。”那人说：“只要百度一下，谁都会知道。”马奇说：

“你是不是看到很多恐龙在你眼前行走?”那人说:“不会看到,因为没有路,它们无路可走,它们只能在青龙山里睡大觉。”马奇说:“你能肯定它们在青龙山里?”那人说:“俺能肯定。五十年前,俺青龙山就挖出过恐龙,俺青龙山里绝不会只有一只恐龙,那它就太对不起俺梨树沟了。”马奇说:“陈村长你快下来吧,上面风大,小心感冒了。”

陈天放说:“俺现在像是坐在火焰山上,一点儿都不冷。马作家你给俺写的那个方案,张小泉打出来给俺念了,写得真好,俺听了特别感动也特别激动,你真是个好作家。俺梨树沟要是不把恐龙博物馆修起来,就对不起你的方案。”

马奇说:“但是我知道,这个方案也许永远是个方案。”

陈天放说:“马作家,这两天俺梨树沟可能要出事,明天早上你就走吧。俺不是赶你走,俺是为了你的安全,俺会找人把你送出梨树沟。”

马奇听了一愣,很快反应过来说:“我知道梨树沟会发生事情,我就等这件事情发生呢,我就是来这里寻找事情的,你怎么能让我空手而归呢?我又怎么向刘培导演交差呢?”

陈天放没说话,从石头上下来,挽住马奇的胳膊说:“你不走不行啊,张小泉的娘把饺子都给你包了,你也吃了,这饺子就是发脚的意思,吃了饺子,你不走就不好了。马作家你过两年再来梨树沟吧,那时候俺梨树沟可能会有更有意思的故事。回吧,这里凉,你们城里人身子娇贵。”

八

这天晚上,马奇给刘培导演打了电话,告诉刘培导演梨树沟发生的事情不适合写剧本,不过他可以写成小说让刘培导演拜读。刘培导演就在那头哈哈大笑,说:“马奇你可真不要脸,居然敢说让我拜读你的小说,我有兴趣读就不错了。不过,我还真想读读你到底写了什么东西,然后再把你的东西贬得一文不值。”

马奇睡不着，还想给什么人打个电话聊一聊，想了半天，唯一能联系的人只有金婵。马奇就给金婵发了一条短信，问金婵有没有时间在 QQ 里聊一会儿。金婵仿佛就在等马奇的短信，没过几秒钟就回复，说她在线。

金婵：想我了？（偷笑的表情）

马奇：想死你了！（大笑的表情）

金婵：上次你骗我，你说梨树沟暴雨成灾，我问了下台里的天气预报组，根本没那回事，你个大骗子！

马奇：你又没受损失，我也没骗到什么。

金婵：是不是梨树沟没有像我这样的美女，你寂寞了？

马奇：梨树沟还真没有像你这样的美女，如果你来了，他们肯定把你当成王母娘娘下凡。

金婵：啊呸，你直接说我母老虎河东狮吼算了。

马奇：好了，不跟你贫了，你最近怎么样？你儿子乖不乖？

金婵：不太好，挺郁闷的。

马奇：怎么了？

金婵：跟你说了也没用。

马奇：说说呗，只要能帮上忙的，我肯定效犬马之劳。

金婵：我想结婚，可我不知道嫁给谁。

马奇：这样子啊？

金婵：对，就是这样子。

马奇：没想到，你居然也想结婚了，有点儿俗了。

金婵：啊呸！这世上有不想结婚的女人吗？

马奇：（偷笑的表情）

金婵：哼，刚才你还说你会效犬马之劳。

马奇：（惊讶的表情）你不会是想和我……

金婵：你不是男人啊？

马奇：我不光是男人，还是原装处男。

金婵：我知道你嫌弃我。就当我什么都没说。

马奇：理解错误，我不是那意思。

金婵：那你是什么意思？

马奇：我觉得吧……

金婵：好了，我明白你的意思。你能在无聊的时候想起我，我挺感动的。我困了。

马奇：不是吧，金婵，以前你不是这样子，你受什么刺激了？

金婵：儿子。

马奇：儿子？怎么回事？

金婵：儿子从五岁起就找我要爸爸，最近这段时间闹得越来越凶。他不明白别的孩子都有爸爸，为什么就他没有，儿子的眼泪把我的心都淋湿了。

马奇：那你就给儿子找个爸爸，哪怕是假的，让儿子的小心灵得到满足和安慰。

金婵：我找了。

马奇：那就让这个“爸爸”站在你儿子面前啊。

金婵：如果你愿意。

马奇：你什么意思？

金婵：我把你的一张工作照放大了挂在家里，我对儿子说，这就是你爸爸。

马奇：（吃惊的表情）怎么会这样？你不是开玩笑吧？

金婵：儿子天天问我，爸爸在哪儿？为什么不回家？我告诉他爸爸在伊拉克，是个大商人，专门代理中国的名牌卫生纸和女士丝袜。

马奇：（愤怒的表情）不带这么陷害人的，你真狠，把我弄伊拉克去了。

金婵：我是给自己留退路，如果儿子大了逼着我见爸爸，我就说你在伊拉克被一颗从美国飞来的流弹击中，光荣牺牲了。

马奇：（愤怒的表情）过分！太过分了！我死得这么没价值啊？你认识那么多男人，为什么偏偏选中了我？

金婵：因为你善良。

马奇：我善良吗？

金婵：上次你去梨树沟，你把钱和衣服，能留下的东西全都留下了，这就是善良。

马奇：那是因为情况特殊，那年梨树沟的梨全都烂了，好多人家日子不好过，我只是同情而已。

金婵：我假设了一下，你现在待的地方就是伊拉克，等你过几天回来，就算是从伊拉克回来了，你要见我儿子，让他叫你一声爸爸。

马奇：我抗议！抗议你这种荒唐的做法！

金婵：你也太自私了吧？如果我找了另外一个人，你肯定拍手叫好。而且，刚才还在给我出主意，让我给儿子找个假爸爸，我是得到了你的启发才想出这个办法的。我把这个角色给了你，你应该感到无比骄傲和自豪，也许有一天，假的就变成真的了。

马奇：喂喂喂，你这不是追求我吧？

金婵：我要睡了，拜拜。

马奇气得鼻孔都翻了起来，他看着金婵的头像变灰，心里后悔得不行。马奇觉得自己真是犯贱，为什么要找金婵聊天，等于是自己挖了个坑跳了进去。他凭什么要给另一个男人的儿子当爸爸？凭什么？

马奇后来喝了一碗凉水平息了一下自己的火气，重新坐在电脑前的时候马奇冷静下来了。他开始分析金婵的心理，金婵到底是想给儿子找个爸爸还是想给自己找个老公？如果是后者，她为什么找到我马奇头上？事先一点儿征兆都没有，发生得这么突然。接下去马奇又想到了更为实际的问题，如果他真的给金婵的儿子做了爸爸，好处和坏处分别是什么？好处是，他已经三十六岁，年纪真的不小了，在这样的年纪，突然从天上掉下一个儿子，等于是顺手牵羊，金婵本人又是一个上得厅堂下得厨房的优质女人，除了一天到晚没个正经也没有什么可以指摘的毛病。闲来无事的时候“一家”三口出去逛街或旅行，身边一个漂亮女人和一个帅帅的男孩儿，未尝不是一件好事。坏处当然也是很明显的，以马奇的条件，找一个像样的女孩儿是不成问题的，为什么偏偏要一个带着私生子被人抛弃的女人？作为男人，马奇的尊严肯定会受到世俗的挑战。

马奇睡不着，躺在炕上设想了很多他和金婵生活的细节，比如金婵会不会做他喜欢吃的浇汁鱼和红焖大虾，会不会用西红柿做馅包饺子，等等。马奇觉得一个女人能不能当好他马奇的老婆，关键就是看她会不会做菜。马奇在自己的丰富想象中沉沉入睡，觉得没睡多久就被张小泉叫醒了。张小泉说："马作家起来吃饭了，吃了饭我送你走。"马奇迷迷糊糊地说："谁要走啊？走哪儿去啊。"张小泉有些着急地说："马作家你快起来吧，再不起来就晚了。"马奇再次追问说："到底是谁要走啊？"张小泉说："马作家你就别逗俺玩了，俺娘做了烙饼、炒鸡蛋、绿豆小米粥，就等你吃呢。吃了饭，俺就送你上路。"

马奇生气了："谁说我要走，我不走！"

九

马奇是被两个壮汉硬抬上担架的。尽管马奇拿出吃奶的力气挣扎，但那情景简直就是狮兔相搏，最终还是被那两个男人像抱一只羊一样抱到了担架上。担架杆上挂着两只母鸡，母鸡不断扑腾着翅膀，翅膀能扫到马奇的脑袋上，让马奇想起前两天马乡长被抬走的一幕。

两个壮汉抬着马奇健步如飞，张小泉背着马奇的旅行包跟在旁边。张小泉说："马作家你这是享受贵宾的待遇，俺梨树沟这副担架相当于城里的奔驰和奥迪，没有身份的人，就是花钱请俺抬俺也不抬。"

马奇气哼哼地说："我很生气。"

张小泉说："俺知道你生气，俺还知道你喜欢俺梨树沟，你舍不得走，可是俺必须听村长的，村长是俺的老天爷。"

马奇说："你是愚民。"

张小泉说："俺梨树沟的人都是愚民。"

马奇试图从担架上跳下来，但最终还是放弃了。因为跳下来也是白跳，两个壮汉会像老鹰捉小鸡那样把他捉回来。但是马奇不甘心就这么离开，马奇要智取张小泉。

这时候太阳已经升起老高，阳光刺得马奇睁不开眼。马奇说："张小泉我眼睛要被晒干了，你让我下来自己走。"张小泉嘿嘿一笑说："那你就翻过来，屁股朝天，那样太阳就只能晒到你的屁股，你就舒服多了。"

马奇说："张小泉你太没有良心了，我是你的老师，是我教会你写通讯写报道，你还得了奖，就冲这个，你也应该给我开个后门，让我下来。你放心，我不会回梨树沟，我就待在一个陈天放看不到我的地方。"

张小泉说："俺可没那胆子，村长要是知道了，还不把俺的卵蛋挤出一个喂狗。"

马奇想了想说："我的包里有一部备用手机，比你那个两百块钱的诺基亚好多了，你要是放我下来，我就把手机送给你。"

张小泉说："不行，马作家你就别想了，你就让俺把你送到乡里，再把你送到去县城的车上，你平平安安地回省城。啥时候闲了，你再来梨树沟。"

马奇终于黔驴技穷了。

山里的天说变就变，太阳说没就没了。马奇舒舒服服地躺在担架上，身体一舒服，马奇的脑子又转开了，他想，怎么才能说服张小泉呢？现在，能诱惑张小泉的只有一个办法了。

默默走了一会儿，马奇突然说："张小泉，你想不想换一种活法？"

张小泉说："咋换？"

马奇说："想不想到省城找个工作？"

张小泉脱口说道："做梦都想。"

马奇说："我能帮你在省城找份不错的工作，白领，又体面又不累，工资也说得过去。"

张小泉没说话。

马奇一下子有了希望。

不料张小泉说道："马作家你把俺看低了，俺不会和你做交易，现在你就是把天上的仙女介绍给俺做老婆俺也不敢要，你就安心回省城吧。"

马奇猛地从担架上跳下来，两个壮汉扔了担架一把抓住马奇。马奇大声喊道："我撒尿不行啊！"两个壮汉扭过脸看张小泉。张小泉说："放开马作家，马作家早上喝了俺娘两大碗小米粥，别让马作家尿了裤子。"两个壮汉这才把马奇放开，马奇撒腿就跑。马奇现在的优势是，那两个壮汉和张小泉走累了，而马奇还一点儿力气也没用，更何况闲人出猛力，马奇跑起来像兔子，眨眼间就蹿出了几十米。

张小泉和那两个壮汉并没有追赶马奇，好像是有意放马奇走。张小泉甚至笑了起来，笑得眼泪流了满脸，两个壮汉也呵呵地笑，把天笑得越来越阴，雷声也隐隐地响起了。

马奇被他们笑得直发毛，不知道是怎么回事。但马奇很快明白过来，他跑错了方向，如果这样跑下去，他就能跑到乡政府，然后让张小泉他们塞进"狗骑兔子"送往县城。马奇停下来往回看，果然看见张小泉和两个壮汉晃晃悠悠地跟在后面。马奇被自己气得火冒三丈，大骂自己是个笨蛋，他气喘吁吁地站在那里想，算了，一切都让上天安排好了，他只能这样无功而返了。

马奇站在那里大声喊道："张小泉你快点儿，你看你们三个，慢得像乌龟，赶快过来抬我，我走不动了！"

马奇看见张小泉突然脸色一变，木桩一样定在那里。这时候马奇听到从后面传来的人声和脚步声。马奇回头，看见一队人迎着他们走过来。先是三五个出现在马奇的视野里，然后又有三五个从后面冒了出来，然后又是十几个紧随其后，其中还有一匹马，马上驮着摄像机。走在队前的是马乡长，很显然，马乡长正在充当向导，他边走边向后面的人比比画画地说着什么。这时候，马奇看见了大约二十人的队伍整整齐齐地在山路上移动，他一下子明白过来，这队人马是奔陈天放而来，不，是奔恐龙而来。陈天放所说的梨树沟这两天要出一件事，指的就是这件事了，而马奇弃之不舍的，最想看到的，也是这件事。

马奇走到张小泉面前，嘿嘿一笑说：“现在你再敢把我放到担架上，我就大喊救命。”

张小泉苦笑一声说：“随便你吧，天要下雨娘要嫁人。其实，俺也不愿意让你走。”说完，张小泉把马奇的旅行包放下来，朝两个壮汉一挥手，三人默默往回走。

马奇背起旅行包，看着一队人马朝他这边走来。走在最前面的马乡长看见了马奇，马奇刚要打招呼，马乡长却把脸扭了过去，仿佛不认识马奇。马奇脸上的笑容僵了一下，很快释然。在这样一种特殊的场合，马奇的出现对马乡长来说完全是多余的，恐怕再没有比装作不认识更好的选择了。

马奇把目光从马乡长的头上飘过去，他也装作不认识马乡长。马奇也不管这支队伍里都是什么人，自己也加入到这支队伍中。但是马奇能看出队伍里有警察，虽然是便衣，马奇还是能感觉到他们的身份。

大约走了一个小时，马奇看见了山坡上的羊群和满坡的梨树。马奇也看见了黑压压的几百号村民齐刷刷地站在那道篱笆前。再走近一些，马奇看见了陈天放，陈天放像羊群里的领头羊一样站在最前面。在陈天放的身边竖着几块牌子，上面贴着黄色的广告纸，直到走近了，马奇才看清广告纸上写的是建恐龙博物馆的方案。

十

这天是八月十七号，马奇后来在他的小说中详细描写了这天发生的事——

两军对垒的一幕再次在梨树沟上演。一开始，局面是僵住的，没有人说话。双方人数多寡悬殊，一方二十几人，一方六百余人，让人有种危险的感觉。陈天放的神情是淡定的，村民的神情也是淡定的。这样淡定了几十秒，陈天放呵呵地笑起来。陈天放对马乡长说：“马乡长，来了这些领导，你咋不给俺介绍介绍，俺等着和领导握手呢。”马乡长脸色一沉说：“狗日的陈天放你可真能装，这是咱县委田书记，你狗日的敢说不认识吗?”陈天放看一眼站在马乡长身边的田书记说:“田书记你认识俺吗?”田书记摇了摇头。陈天放的脸色就在这时候一变，眼睛直勾勾地盯着马乡长说:“马子民，没人的时候你咋骂俺俺都不在乎，可是，当着这些领导你骂俺狗日的，你可就不是个人了，你这几十年的饭白吃了，吃到狗肚子里去了。你继续给俺介绍吧，介绍完了，俺还要致欢迎词呢。”

马乡长忽然哈哈一笑说:“好，俺给你介绍，除了咱县的领导，有省里来的专家，北京来的专家，还有咱公安上的同志。这些领导和专家大老远地跑来，你梨树沟可是风光了。”

陈天放也换成一张笑脸:“那俺就代表梨树沟的人民对领导和专家的光临表示热烈欢迎，尤其欢迎俺梅岭县的田书记。田书记和专家们是头一回到俺梨树沟，俺特别感动。俺为啥感动呢?因为俺梨树沟的这条路不好走，翻山越岭沟沟坎坎的，来一趟不容易啊。作为梨树沟村长，俺向大家说一声对不起，这都啥年月了，俺梨树沟还是这么原生态，真是对不住大家了。好了，俺不说路的事了，俺知道领导和专家是奔俺梨树沟的恐龙来的。现在，俺请大家看一下俺梨树沟关于建设恐龙博物馆的设想和方案，这是俺村委会集体研究后写出来的，为了节省时间，俺把这方案用大字写出来了，希望领导和专家们给俺提提意见。”

马乡长大声说道:“陈天放，你也真能歪着屁股想!在你这山旮旯子修博物馆，你是做梦的时候想出来的吧?陈天放啊陈天放，俺知道你一肚子花花肠子，可你知道不，你这是牙床上修铁路——满嘴跑火车!你这是为难咱田书记!”

田书记阻止了马乡长，田书记抬起头，看了一眼高高的青龙山，然后收回目光看着陈天放说:“我很意外，也很高兴。其实，我已经把你写的这些东西都看完了，你能有这样的想法，说明你在恐龙化石这件事上是动了脑子的，想法很大胆。但是我觉得，在这里修建一座大型博物馆的可能性不大，如果建一个展览馆，把恐龙化石拍成照片展览一下还是有可能的。我也按照约定俗成的叫法叫你陈村长，陈村长，梨树沟侏罗纪恐龙化石的报道已经引起省领导的高度重视，北京也知道了，影响非常大，所以，这些恐龙化石就不是你们梨树沟的事，也不是咱梅岭县的事，而是国家的事，这个道理，我想你是明白的。”

陈天放毕恭毕敬地说：“俺明白。”

田书记继续说道：“但是我觉得，你今天这个欢迎仪式有点儿不太合适，你把全村人聚集在这里，虎视眈眈地面对我们，还有你们身后的这道篱笆，都是拒人千里的姿态。所以我建议，你让大家散了，把篱笆拆了，让专家们看一看恐龙化石，鉴定一下，接下来该怎么安排这些恐龙化石，我们听上级领导的，你说好不好？”

陈天放没说话。

田书记接着说：“我再补充一下，梨树沟的这条路，确实该修了，这件事已经落实，马乡长也专门来和你谈了这件事，请你相信政府。”

陈天放笑了：“这样的话，二十多年前俺就听崔县长说了。俺相信政府，从俺生下来俺就相信政府。政府让俺等，俺就等，这一等就是二十多年，这二十多年，把俺的希望都等没了，俺不知道还要等多少年。现如今，你田书记和专家们来到俺梨树沟，走了俺梨树沟的路，俺知道走路的时候你们在想啥，你们一准儿在想，这是人走的路吗？俺告诉你们是，是人走的，俺梨树沟祖祖辈辈的人都是走的这条路，这条路，就是俺梨树沟人走出来的。田书记你刚刚告诉俺，说修路的事已经落实，可是，俺不敢相信。俺为啥不敢信？是因为你田书记和专家们是奔恐龙而来，要是没有恐龙，没有人跟俺说修路的事……”

马乡长跳了出来，他有些气急败坏地说：“陈天放，你哪来这么多废话，你赶紧让田书记和专家们看恐龙，恐龙到底在哪儿？”

陈天放不急不慌地说：“俺的博物馆在哪儿，恐龙就在哪儿。”

马乡长手一挥说：“那俺就不客气了！公安上的同志，麻烦你们把篱笆拆了，让田书记和专家们上山看恐龙！”

一场搏斗就这样开始了。警察们冲上去要拆篱笆的时候，村民也冲了上去，他们有的护住篱笆，有的和警察撕扯起来。陈天放跳起来喊着住手，但是没人能听到他的喊声，他把嗓子都喊哑了……

后来张小泉对马奇说："要是俺村长相信田书记就好了，田书记说了要给俺梨树沟修路，俺村长信了就好了。村长折腾了这些事，不就是为的这条路吗？俺村长也不该骗田书记，田书记人都来了，就该告诉田书记没有恐龙，只有两个恐龙蛋。可是，俺也理解俺村长，村长等了二十多年，他不敢相信田书记了，但是这一次，田书记是当着那么多人说的，他就该信。村长这个人，老是觉得自己最聪明，可是山外青山楼外楼，比他聪明的人多着呢。"

即使过去了很长时间，陈天放被警察戴上手铐的那一幕还是让马奇记忆犹新。那一刻，马奇觉得人世间最大的悲剧发生了。陈天放被戴上手铐的那一刻，他的表情复杂得让马奇痛心。那眼神，有几分慌乱、几分困惑、几分惶恐和几分无奈。那场混乱持续了十几分钟，一名警察朝天开了一枪，村民被镇住了，所有人都恢复了理智，田书记也十分震惊地明白了一个事实：梨树沟所谓的侏罗纪恐龙化石，只是一个传说。

陈天放之所以被戴上手铐，一是聚众闹事，当着那么多省里和北京的专家，给梅岭县抹了最黑的一笔。第二条罪名是造谣生事，扰乱社会治安，造成了极其恶劣的社会影响。

那时候天下雨了，雨幕中的群山变得柔美起来，六百多名村民集体跪在田书记和警察面前，他们请求田书记放了村长，他们说宁可不要路，就是再过几百辈子没有路，他们也不会再说一个字，但是他们不能没有村长。

田书记就在那一刻流下了滚烫的泪水，但他却一直在摇头，他说人是一定要带走的。

村民们在暴雨中长跪不起，警察们迈不开脚步。

陈天放给村民们跪下了，他说："让俺走吧，求求你们把路让开，你们要是不把路让开，就是给俺罪上加罪了。"

路，让开了。陈天放笑了，他对张小泉说："你去把担架拿来，让人抬上田书记。下雨了，路滑。"但是张小泉像傻了一样跪在那里一动不动。

十一

马奇回到宽城的时候心情一直郁闷，他一直为陈天放担心。他觉得这次梨树沟之行是他人生中最重要的收获。以前，马奇觉得自己是个挺不错的男人，但是现在和陈天放比，马奇觉得自己什么都不是。比如，如果自己明明知道是一件不可为的事，肯定不会去做徒劳的努力，而陈天放不是，陈天放是那种不撞南墙不回头，撞了南墙仍不回头的人，马奇把这定义为“梨树沟精神”。就是因为这种精神，马奇给金婵打了电话，马奇在电话里告诉金婵，他愿意当她儿子的爸爸。马奇觉得给另一个男人的儿子当爸爸，实在是一件不足挂齿的小事。

马奇和金婵发展得很好，两个月后就确定了关系。有一个周六，金婵请马奇去“织女嫁牛郎”的录制现场看节目，马奇如约而至。当节目进行到一半的时候，观众席中突然走出一位男观众，这位观众大步走上台，站在金婵身边。金婵看到这个男人的时候身体颤抖了一下，她的面部表情是惊恐，伶牙俐齿的金婵在这一刻完全傻了。那位男观众说自己叫潘越，他向观众讲述了自己的故事，他说他因一次意外事故而失忆，完全忘记了以前的事情，包括他的恋人，这之后他随父母去了加拿大，一去就是七年。七年后他拾回了失去的记忆，想起了他的女朋友，他一分钟都没有耽误就从温哥华飞回北京，然后连夜赶到宽城，他是为他的女朋友而来，他的女朋友就是金婵。

那一刻全场观众掌声雷动，他们大声喊着金婵的名字，喊着爱情万岁。台上的女嘉宾纷纷流泪，她们拥向金婵，金婵早已泪如泉涌，潘越也泪流满面和金婵紧紧拥抱。

这个时候，马奇唯一能做的，就是默默离开。

这期间，马奇曾经两次给张小泉打电话，都没有人接，又发了电子邮件，也没见回复。后来马奇开始了一个新剧本的创作，这个剧本马奇写得很吃力，好不容易写完一稿，投资方和刘培导演看后都不满意，他们提了大概一火车的修改意见。马奇气还没有喘匀就又开始了剧本的修改，二稿完了三稿，三稿完了四稿，到最后，马奇有些绝望地对刘培导演说："我以后要是再给你写剧本，我就是你孙子。"刘培导演咧嘴一笑说："我也跟演员们说过同样的话，当了别人多少次孙子我都记不清了。"

这个剧本耗尽了马奇全部的人生经验，终于在来年的十月开机。这个时候，距马奇离开梨树沟已经一年零两个月了。有的时候，马奇会想起在梨树沟曾经发生的事，但毕竟时过境迁，梨树沟离他有些遥远了。

这天上午，马奇一直睡到自然醒，睁开眼睛一看，已经快十二点了。这时候，马奇的手机响了，他拿起来看，见是一个陌生号码，马奇犹豫着接还是不接，犹豫间手机不响了。马奇闭上眼睛想再睡会儿，但是手机又响了。马奇有些不耐烦地接通电话，问对方是谁，那边一开口，马奇就听出来是张小泉。张小泉说："马作家你为啥不接俺的电话？俺给你打了好多次，都是关机。"马奇笑笑说："我写作的时候怕干扰，所以经常关机。"张小泉说："马作家你啥时候有空来俺梨树沟吧，现在，你可以直接把车开进俺梨树沟了，俺特别想你，俺娘也想你，你来吧。"马奇十分惊讶地问："修路了？"张小泉说："修了，所以俺才敢请你。"

马奇的情绪一下子上来了。他想起了陈天放，他知道陈天放被警察带走以后三天就回来了，他想问问陈天放的近况，但是他没问，他已经决定再去梨树沟走一遭，只要看见陈天放，就什么都清楚了。

马奇还记得陈天放爱吃城里的糕点，于是专门去稻香村选了几样，糕点被装在喜气洋洋的盒子里，看上去红红火火的。

第二天早晨六点马奇从家里出发，下午两点到达梅岭县城，又开了一个多小时到了赤土乡，然后，马奇才把车开上了通往梨树沟的盘山路。

这是一条砂石路，没铺柏油，路面还算平整，勉强称得上两车道，中间开凿了五个隧道。马奇没有在盘山路上开车的经验，所以目不斜视小心翼翼。这条路真的有点儿惊险，弯路多，上坡路多，有的时候会有一辆"狗骑兔子"迎面开过来，让马奇猝不及防。

现在已是深秋，四周山上的树木绿得浓稠厚重，有了一种壮美的感觉，这种壮美的感觉是以前从未有过的。

马奇直接把车开到村委会门前，张小泉早已经在那里候着。看见马奇从车里下来，张小泉的眼睛红了，眼泪也流了下来。马奇笑呵呵地说："不带这样的，见了面就哭，多不吉利。"张小泉这才抹了下眼睛，绽出一脸笑容说："马作家，你比去年老了。"

张小泉把马奇带进村委会。屋子是装修过的，雪白的墙，铝合金的窗户，崭新的办公桌椅，桌子上还放了一台笔记本电脑。马奇把屋子扫视了一遍，扭过脸问张小泉："村长呢？"

张小泉沉默了一会儿说："不在了。"

马奇一愣："不在了，去哪儿了？"

张小泉说："去世了。"

马奇满脸惊愕，他不敢相信这是真的。

张小泉说："修路的时候，村长给大伙煮了绿豆汤往山上送，走到半路的时候，不知从哪儿掉下来一块石头，直接砸在村长脑袋上，村长当时就断了气。"说到这里，张小泉的眼泪又下来了，哽咽着说，"修路的那些日子，俺村长高兴得一天到晚唱小曲儿，见人就笑，他那个幸福的样子，把俺一村人都感染了，可是……俺村长的命短，那块石头把他砸得比恐龙还吓人。"

马奇失声痛哭。

陈天放被葬在青龙山的半山腰。在这里，可以看见整个梨树沟，也可以看见盘山路。

张小泉说："让俺村长天天看着这条路，就算在九泉之下，俺村长也会天天哼小曲儿。"

马奇把一束火红的杜鹃花放在陈天放墓前。在马奇以前写过的剧本里，曾经出现过在墓地和墓碑前摆放着鲜花这样的场景，这些场景中的鲜花，通常是白色或黄色的。但是马奇选了红色的杜鹃，因为马奇觉得，生命，是应该用红色来祭奠的。

（原载《啄木鸟》2013年第4期）

神枪传奇

岳　勇

因为枪法出众，赵铎一进咱们特警队，就做了一名狙击手。接下来，便是枯燥乏味的射击训练和苛刻严厉的心理素质磨炼。在滚烫的水泥地面上，端着85式狙击枪，一趴就是好几个小时，那可真不是闹着玩的。赵铎的枪法神到什么程度？据说能一枪打断300米外的一根牙签。有的狙击手，刻苦训练了一辈子，也没在实战中开过一枪。但赵铎是幸运的，刚进入特警队没多久，就接到了狙击任务。

那是一名持枪歹徒，在抢劫一家银行时被保安发现，情急之下，挟持了一名银行女职员与警方对峙。谈判无果，情况危急，警方只好出动特警队协助处理。歹徒与警方已经对峙六个多小时，情绪异常激动，人质随时都有危险，负责现场指挥的刘局长给狙击手赵铎下了命令：一有机会，就地歼灭。赵铎观察好地形，立即在银行对面一幢三层高的居民楼顶隐蔽起来。枪口伸出天台围墙，悄悄向歹徒瞄准。

可是歹徒的反侦查能力很强，手里的仿 64 式手枪并不是顶着人质的太阳穴，而是贴着人质右前侧脖子。若是顶着太阳穴，赵铎可以开枪击穿他拿枪的手掌，步枪子弹从歹徒手心穿过后，不会伤到人质。但如果歹徒的手枪是贴着人质脖子的，那步枪子弹穿过他的手掌后，仍有可能击伤人质。而且歹徒异常狡猾，将银行的不锈钢栅门拉下来挡住警方，只将人质露出半个身子，自己却躲在墙后。赵铎能看见歹徒时隐时现的身影，却很难瞄准其致命部位。

关键时刻，警方的谈判专家想了个法子，借给歹徒送水之机，故意把一瓶矿泉水扔到了门边。歹徒不知是计，上前半步，伸出一只脚，用脚尖来钩水瓶。就在这一刹那，他的上半身已不知不觉暴露出来。刘局在无线耳机里命令赵铎："开枪！"然而这时，众人期待的枪声并未响起。

歹徒捡到水，立即又缩了回去。错失良机，刘局气得不行，正要骂人，却见赵铎提着长枪，从藏身的居民楼里大摇大摆走出来，径直往银行里走去。歹徒瞄见他，大声威胁道："别过来，你再上前一步，老子就要杀人了。"说着，将枪口狠狠往女人质脖子上一戳，女人质顿时吓得哭起来。刘局急忙喝令赵铎退开。

赵铎这小子，假装没听见，掀开不锈钢栅门，大步闯进去。后面的同事都惊呆了，不知这小子到底要干什么。歹徒躲在女人质后边叫嚣："别过来，老子真的要杀人了！"赵铎没当回事地撇撇嘴，突然一个箭步冲上去，一枪托打在歹徒手臂上。歹徒痛得一缩手，女人质趁机跑开。赵铎将她护在身后，说："快跑！"

歹徒手里没了人质，气急败坏之下，躲到柜台后边，举起手枪作射击状。后面冲进来的警察急忙隐蔽在大门两边。赵铎却全然不惧，又是一枪托下去，早把歹徒的手枪打落，然后飞起一脚，将他踢翻在地。后面的同事一拥而上，将歹徒制服。

刘局的脸都气歪了，上来对着赵铎就是一顿剋："你干什么？

找死么？要是人质有个闪失，怎么办？”

赵铎就笑：“你放心，人质不会有事的。”

“为什么？”

“因为那家伙手里拿的是一把假枪。”

“假枪？你怎么知道？”

“因为我从瞄准镜里看见他用他的枪点烟呢。”

赵铎说完，背着枪，头也不回地走了。

刘局立在原地，愣了半天，也忍不住笑了。

谁也没想到，赵铎这小子竟一战成名，从此以后，咱们刘局就记住了这个胆大心细的小伙子，每遇紧急任务，需要狙击手到场，必点名叫他前往。赵铎也不负众望，数年来，十余次出战，四次开枪，每一颗子弹都命中目标眉心，将一个个负隅顽抗、穷凶极恶的歹徒当场毙命，将一场场危机化解于无形。他的事迹经过报纸报道后，老百姓都亲切地称他为“神枪手”。

但是后来的一次任务，却使他再也不能平静地拿起自己的狙击枪。

那一年冬天，已经逼近年关，咱们特警队突然接到出警任务。有一个姓孙的小包工头，领着十几号人给一个姓蒋的大包工头干了一年活，年关时节，姓孙的小包工头自己垫出十几万元给手下的民工们发了工资，但等他回头找姓蒋的大包工头结账时，那个无良老板蒋某却跟他玩起了失踪。屋漏偏逢连夜雨，这时小包工头孙某的儿子又被查出了重病，光手术费就得十几万。他所有的积蓄都给工人发了工资，哪里还拿得出钱来？孙某数次找蒋某讨要工程款无果，最后一怒之下，拿着一把水果刀闯进蒋某的家，将他那正在摇篮里睡觉的八个月大的儿子给劫持了，要挟蒋某立即结账还钱。

接到报警后，警方立即赶到现场，一面跟孙某谈判，一面派人去找大包工头蒋某。可是蒋某听到风声，早已躲起来，只剩下做不了主的老婆在家。孙某从上午等到下午，还不见蒋某，人就急了，几次威胁警方说，要是再见不到蒋某，就要让他绝后。负责这次现场指挥的，又是咱们刘局。刘局一看孙某已经丧失理智，人质随时都有生命危险，当即命令狙击手赶到现场待命。

赵铎端着他的85式狙击枪在对面一间小学三楼厕所窗户边隐蔽起来，枪口早已瞄准孙某。只是孙某左手抱着孩子，右手持刀，刀锋贴着孩子的脖子，如果贸然开枪，子弹稍微射偏，就不能让孙某当场毙命，而如果对方手中的刀稍稍一划，这孩子就没命了。所以刘局虽然已经下达“就地击毙”的命令，但没有百分之百的把握，赵铎仍然不敢开枪。

双方又耗了一个多小时，孙某突然暴躁起来，向警方发出最后通牒，如果20分钟内见不到蒋某，就要让他儿子见血。我们顿时紧张起来，谁也不知道姓蒋的那家伙藏到哪里去了，20分钟根本不可能找到他。就在这时，孙某怀中本来一直在乖乖睡觉的孩子，突然哇哇大哭起来。孙某忙把水果刀拿在左手，右手向后伸去，不知是要拿什么东西。因为他左手抱着孩子，手里虽然拿着刀，但刀锋距离孩子已经有五六寸远了。赵铎果断地扣动扳机，子弹呼啸而出，噗的一声，射入孙某眉心……

后来赵铎听处理现场的同事说，孙某倒地后，孩子跌落在他身上，只是微微有一些擦伤，这才放心。

那位同事又告诉他：“你知道孙某最后那一下，是想拿什么东西吗？他想去拿后面桌子上的奶瓶，那孩子肯定是饿坏了……”

赵铎一听，当时就呆住了。

同事拍拍他的肩膀说：“不用难过，如果不是抓住这个机会，咱们还真拿他没辙。”

赵铎木然地点点头。从不抽烟的他找同事要了根烟，坐在地上闷声不响地抽起来。

他知道孙某也有孩子，在这种时候，一个怕孩子饿着、肯冒险回身给孩子拿奶瓶的已经做了父亲的男人，怎么可能忍心杀害一个无辜的孩子呢？也许这件事，还有更好的解决方法。

他想，一个狙击手的职责，到底是杀人还是救人呢？作为一名狙击手，他也许比常人更应该尊重生命，无论是人质还是嫌疑人的生命，都要尊重。一名嫌疑人，到底该不该死，应该是法院的事，不该由自己来决定。法院判错了，嫌疑人还可以上诉；如果自己扣错扳机，就再没有改正的机会了。

从此以后，赵铎的训练状态一直不佳，瞄准人形靶的时候，竟迟迟不敢开枪，这对于一名狙击手来说，无疑是致命的缺点。大约半年后，赵铎自己提出申请，退出了特警队，回到了原来的分局刑侦大队。

回到刑侦大队后，经过一段时间的调整，赵铎很快恢复到了以前的工作状态，手里拿着一把64式手枪，五发子弹50米外能打出50环以上的成绩，颗颗子弹都能穿透靶心。不过当上刑警后，他每次出任务，拔枪时都比以往更慎重，大多时候，都是依靠自己空手夺白刃的功夫制服犯罪嫌疑人。

因为工作出色，屡破大案，没两年时间，赵铎就升了官，被派到下面一个镇派出所当所长。上任伊始，这位赵所长就雷厉风行，一举打掉了镇里民愤极大的两个流氓团伙，受到了群众的拥戴。

就在他当上所长的第二年春天，市区发生了一起金铺劫案，两名保安被三名歹徒用仿64式手枪打死，价值七百多万元的金器被劫。经过调查发现，这起劫案的主犯是一名叫朱大鸣的刑满释放人员，他当过侦察兵，有极强的反侦查能力，而且枪法很好。警方公布了他及两名从犯的头像，发布了通缉令。

有一天，赵铎所在的派出所接到群众举报，说发现一名疑似朱大鸣的男子，背着一个牛皮包进了绣林山。考虑到朱大鸣手里有枪，而且很可能还有同伙接应，赵铎一面命人向市局报告请求支援，一面带人火速赶到绣林山。

绣林山方圆数十里，后援未到，赵铎手下人手太少，不能展开全面围剿，只好派人先堵住下山的路，自己领着十几号人，每两人一组，沿山路进山搜索。

赵铎带着一名刚分来的警校毕业生小吴，一头扎进大山深处。前行不远，脚下的羊肠小道分成了两条岔道。赵铎犹豫一下，让小吴走左边一条岔道，自己走右边一条小路。因为右边的小道更加隐蔽，遇见犯罪嫌疑人的可能性更大。他嘱咐小吴，如果发现犯罪嫌疑人，千万不能逞强蛮干，一定要发信号等待支援。

赵铎沿着那条岔道走了一个多小时，忽然看见前面山路拐弯处一块大石头后面闪过一条人影。赵铎做过狙击手，眼睛特毒，一眼就认出那就是通缉令上挂了号的朱大鸣，立即掏出手枪，打开保险，喝道："朱大鸣，你已经被警方包围，赶快弃枪投降！"石头后面没有动静，只能听到一声细微的手枪子弹上膛的声音。

赵铎知道只能跟这家伙正面交锋了，用枪指着石头后面，一步一步走过去。

走到距离大石头五六米远时，巨石后边突然闪出一个人，举枪便朝赵铎射击。赵铎也不含糊，枪口一抬，同时扣动扳机。然而就在这一刹那，他忽然发现朱大鸣不知什么时候竟然悄无声息地劫持了一名上山干活的村妇，人质在前，他却躲在人质后边。赵铎暗叫不好，就在扣动扳机的同时，下意识地将枪口一偏，子弹呼啸着从人质耳畔飞过。经此一缓，朱大鸣的子弹，已电光石火般射进赵铎的胸膛。

赵铎倚着一株小树倒在地上，挣扎着要向歹徒开第二枪，朱大鸣早已丢下人质，从他身边跳过，向山下逃去。后来朱大鸣赶在市局援兵到来之前硬闯下山，开枪将把守路口的两名民警击成重伤后，仓皇逃走了。

当进山搜索的同事听到枪声，赶到赵铎所处的位置时，赵铎已经不行了。临终前，他指着被自己鲜血染红的土地说："把我的骨灰，埋在这个地方……"

赵铎牺牲后，战友们遵从他的遗愿，将他的骨灰埋在了他牺牲的地方。每年祭日，总有同事前来祭奠。

一转眼，三年时间过去了。赵铎的坟上，长满了青草。而朱大鸣作下的那宗金铺劫案，虽然已经抓获其中一名同伙，但案子一直没有告破，警方抓不到朱大鸣和另一名案犯，那价值数百万元的金器也始终没有下落。

这一天，绣林山上忽然来了一个长发遮脸，戴着墨镜的女人。她在山上转了一圈，然后在朱大鸣当年开枪杀害赵铎的那块大石头后面停下来。晚上，她左右侦察，瞧见四野无人，便从背包里拿出一把折叠铲，在那块大石头下面使劲挖起来……

第二天早上，有早起上山干活的村民发现大石头下面被人挖了一个坑，坑边死了一个女人，长发，戴着墨镜，眉心中枪，血流满地。村民吓坏了，赶紧下山报警。

警察赶到现场后发现，死者哪里是个女人，分明就是几年前金铺劫案的主犯朱大鸣。只不过他男扮女装，旁人一时瞧不出来。而被朱大鸣挖掘过的泥坑里，有一个脏兮兮的牛皮包，包里装着金铺被劫的全部金器。

但是让警方不解的是，击毙朱大鸣的那颗手枪子弹，是从哪里来的呢？有人说可能是他自己的手枪走火，也有人说可能是同伙黑吃黑，可是现场并没有发现其他人的脚印，住在附近的守林人昨天夜里也没有听见枪声。如果是同伙黑吃黑，那他打死朱大鸣后，为什么不拿走埋藏在地下的金器呢？市局出动不少警力，多方调查无果，遂成悬案。

后来人们发现，朱大鸣中枪的地点，距离“神枪手”赵铎的墓地才十来米远，再联想到几年前赵铎射向朱大鸣的那颗弹头一直没有找到，坊间便有一种传说，说打死朱大鸣的，就是“神枪手”赵铎三年前射出的那颗手枪子弹。

（原载《北京文学》2013 年第 11 期）